青い衣の女

バイロケーションの謎

ハビエル・シエラ 著

八重樫克彦・八重樫由貴子 訳

ナチュラルスピリット

LA DAMA AZUL
by Javier Sierra

1991年4月14日に運命的な出会いを果たした、
アグレダのコンセプシオン修道院の修道女たちに。

この世の偉大なるプログラマーの〝道具〟として現れてくれた
キャロル・サビックとJ・J・ベニテスに。

偶然とは、もしかすると、神を認められぬ場合につける別名ではなかろうか。

テオフィル・ゴーティエ『ヴェルニーの十字架』

バイロケーション

［名詞］同一人物が同時に二箇所に存在する現象、およびその能力。

バイロケーションする

［動詞］ラテン語の「2」「二重」を意味するbi-と、「場所、位置、地点」を意味するlocare locusが起源。あるものが同時に別々の二箇所に存在すること。

スペイン王立アカデミースペイン語辞典（２００１年第22版）より

〔地図Ⓐ〕ヌエバ・エスパーニャ副王領

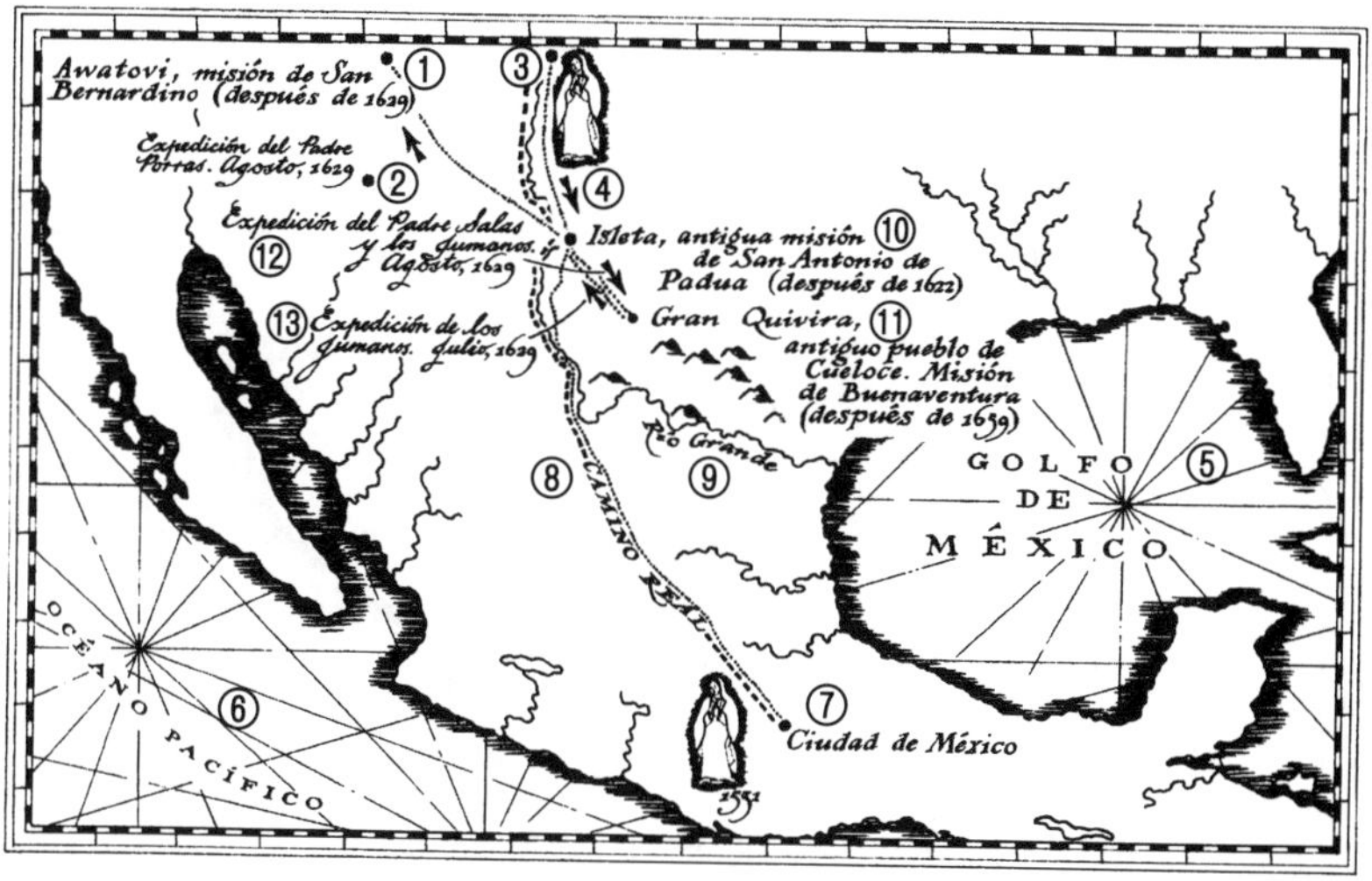

①アワトビ、サン・ベルナルディーノ伝道所（1629 年以後）

② 1629 年 8 月、ポーラス神父らの足取り

③ サンタフェ

④ 1629 年 7 月、ペレア神父と 10 名の修道士の足取り

⑤メキシコ湾

⑥太平洋

⑦シウダー・デ・メヒコ（メキシコ・シティ）1531 年

⑧カミノ・レアル（王の道）

⑨リオ・グランデ川

⑩イスレタ、サンアントニオ・デ・パドゥア伝道所（1622 年以後）

⑪グラン・キビラ（クエロセ）、ブエナベントゥーラ伝道所（1659 年以後）

⑫ 1629 年 8 月、サラス神父とディエゴ、フマノ族代表団の足取り

⑬ 1629 年 7 月、フマノ族代表団の足取り

〔地図Ⓑ〕スペイン王国

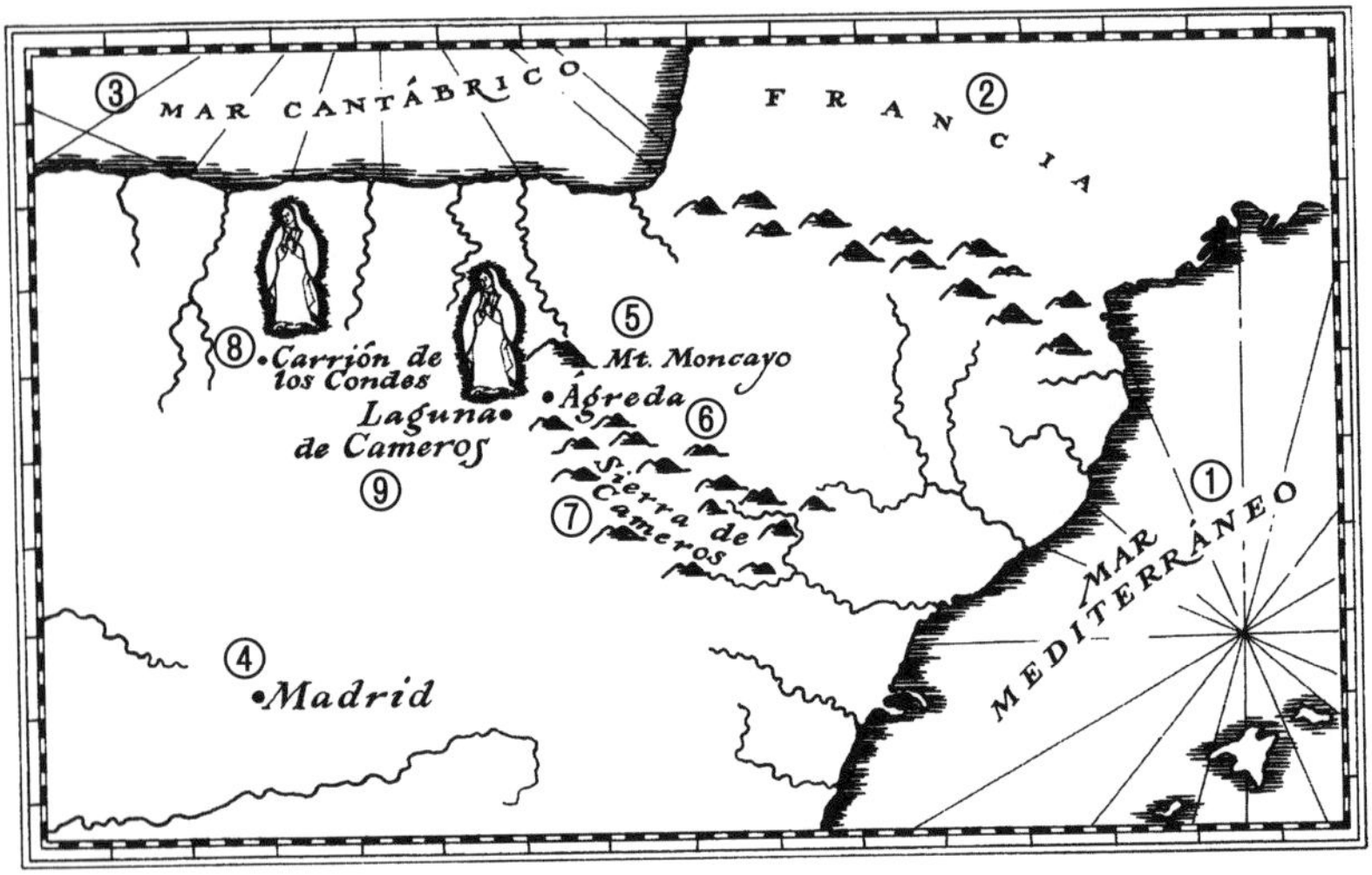

①地中海

②フランス

③カンタブリア海（ビスケー湾）

④マドリード

⑤モンカヨ山

⑥アグレダ

⑦カメロス山地

⑧カリオン・デ・ロス・コンデス

⑨ラグーナ・デ・カメロス

登場人物

【現代】

ジュゼッペ・バルディ ……… ヴェネチア在住のベネディクト会士・音楽研究家
ルイジ・コルソ ……… ローマ在住のフランシスコ会士・作家・大学教授
スタニスラフ・ズシディフ ……… バチカン在住の枢機卿・教皇私設秘書
アルバート・フェレル ……… 音響技師・軍人・コル　ソの助手
アマデオ・テハーダ ……… ビルバオ在住の御受難会の修道士・大学教授
カルロス・アルベル ……… スペインの雑誌記者
チェマ・ヒメネス ……… カメラマン・カルロスの同僚
ホセ・ルイス・マルティン ……… 国家警察の捜査官・カルロスの友人
ジェニファー・ナロディ ……… ロサンゼルス在住の画家・元軍人
リンダ・メイヤーズ ……… 精神科医・ジェニファーの主治医

【17 世紀】

アロンソ・デ・ベナビデス ……… ヌエボ・メヒコ※1の統轄司祭、異端審問官
エステバン・デ・ペレア ……… 異端審問官・ベナビデスの後任
フアン・デ・サラス ……… サンアントニオ※2伝道所（イスレタ）の老神父
ディエゴ・ロペス ……… サラス神父の助手
サクモ ……… グラン・キビラ（クエロセ）に住むフマノ族の戦士
グラン・ワルピ ……… 同族の長老、サクモの父
ベルナルディーノ・デ・センナ ……… フランシスコ会総長
セバスティアン・マルシージャ ……… 同会ブルゴス管区長
マリア・ヘスス・デ・アグレダ ……… アグレダのコンセプシオン修道院長

※1　16 世紀から 19 世紀まで存在したスペインの副王領ヌエバ・エスパーニャの州の一つ。現在の米南西部ニューメキシコ州のほとんどを含む地域。
※2　17 世紀終わり頃サンアグスティンに改称。

この作品はフィクションであり、実在の人物、団体、事件等とは一切関係ありません。

1

1991年春、イタリア・ヴェネチア

ジュゼッペ・バルディ神父は軽い足取りで、傾きかけた日が降り注ぐサン・マルコ広場をあとにした。そのままスキアヴォーニ海岸に出ると、サン・ジョルジョ・マッジョーレ方面行きの先発のヴァポレット（水上バス）に乗り込む。ヴェネチアの絵葉書でおなじみのサン・ジョルジョ島は遠い昔、彼の属する修道会が所有していた土地だ。老いた神父はそんな時代に思いを馳せつつ、いつもその島を眺めている。何もかもが急激に移り変わっていく。そんな不確かな時代に、皆が皆、変化に乗り遅れまいとしている印象すら受ける。信仰もしかりだ。約二千年の歴史を誇るキリスト教信仰でさえも例外ではない。

窓際に空席を見つけて座ると、バルディ神父は腕時計で時間を確認する。それから修道服《アビト》の襟元のボタンを外して、ワイヤーフレームメガネの小さなレンズを磨き始めた。

「パーテル・ノステル・クイ・エス・イン・チェリス……」小声でラテン語を口ずさむ。

メガネをかけ直したベネディクト会士は、４００の橋で結ばれた水の都が美しいオレンジ色に染まっていく光景を眺めた。

「……サンクティフィチェトゥル・ノーメン・トゥウム……」

連禱を続ける神父は、夕焼けに目を向けながらも控えめに周囲を一瞥する。

〝異常なし〟と胸を撫で下ろす。

ヴェネチア市民の足として知られる白い水上バスも、この時間帯には乗客もまばらで、バルディのほか、若い日本人カップルと見覚えのあるジョルジョ・チニ財団の奨学生3名だけの貸し切り状態となっている。

〝なのに、なぜびくつく？〟と自問する。〝あの5人が報道カメラで狙っているとでも言うのか？　そんな状況とは無縁のこの島に来て、かなりの年月が経っているだろう？〟

14分後、船はコンクリートの桟橋に接岸し、彼を下ろす。扉が開いた途端に冷たい風が入り込み、乗客全員がはっとしたものの、誰ひとり下船する彼に関心を寄せる者はいない。

バルディ神父は島での暮らしが平穏であるのを心底喜んでいた。修道院に戻ると彼は、まず靴を履き替え、顔を洗い、仲間たちと夕食をとったあと、独居房にこもって読書やテストの採点をして過ごす。19年前この修道院にやってきて以来、そんな生活が習慣化している。実に平和な日々だが、そんな中でも、予期せぬ電話や手紙、来客があるのではないかと、どこか身構える自分がいる。それが彼に科された報いであり、今後も彼の肩にのしかかっていく重荷なのだろう。

だがバルディは、恐怖症に極力陥らぬよう努めていた。

研究に専念できる以上に喜ばしい生活があるだろうか？　その点については申し分ない。実際ベネデット・マルチェロ音楽院で先多声音楽《プレ・ポリフォニー》を研究しながら教鞭を執る仕事は、若い頃には味わ

1

うことのなかった心の平穏を彼にもたらしていた。勤勉な生徒に恵まれていたのも大きい。学ぶ側の意欲が高いので、教える側にも熱が入り、西暦１０００年以前の音楽がどんなものであったか、興味深い逸話を交えて教授している。そんなバルディを教授陣は尊敬し、研究で忙しい彼に便宜を図り、最も融通の利く時間帯に講義を設定してくれた。それでも調査で休講にすることはあったが、文句が出ることはなかった。学生たちからも慕われているバルディの講義は、音楽院内で一番人気だったからだ。

だが順調な仕事ぶりをもってしても、別の関心事から気を紛らわすことはできなかった。長年密かに取り組んできた、口にすることはほとんどない事柄だ。

１９７２年、バルディはサン・ジョルジョ島にやってきた。音楽が原因《もと》での追放だったが、奇しくもチニ財団は、直属の上司である司教に求めても得られなかったであろう喜びをもたらしてくれた。ヨーロッパでも有数の図書館、各種催しやユネスコ、Ｇ７など名だたる国際会議で使用された施設、いくつもの教育機関のうち、特にヴェネチア文化と民族音楽学に特化したふたつの学院には心が奪われた。ベネディクト会士たちがサン・ジョルジョ島に音楽研究家の楽園を創ったのは、ある意味必然とも言える。はるか昔から育まれてきた芸術に、敬虔な思いで向き合えるのは、ベネディクト会以外にありえない。近代学問としての音楽の礎《いしずえ》を築いたのは、６世紀に同会を創設した聖ベネディクトゥスその人だからだ。

バルディはその道の専門家だ。現在もなおベネディクト会だけが保っている、八つの聖務日課が音楽に基づくという事実に最初に気づいたのも、ほかならぬ彼である。それは魂を奪われるほどの発見だった。午前2時に唱える朝課の祈りはド、朝課のあとの讃課はレ、午前6時・9時・正午の一時課・三時課・六時課はそれぞれミ・ファ・ソ、午後3時の九時課はラ、日没時の晩課はシ、一日の終わりの終課はドの音に相当する。メロディー作りに使われている音階は、ベネディクト会士が日々唱える祈りから着想を得たものなのだ。

「日課と音階は密接につながっている。祈りと作曲は相関関係にある。音楽とは、まさに神の言葉なんだ！」そう授業で熱弁したところ、彼の評判は飛躍的に高まった。

しかし古参のバルディ神父は、さらなる発見を修道服《アビト》の内に秘めていた。彼が導き出した見解は人々を圧倒する内容だった。たとえば、昔の人々は和声を理解し、それを厳密に音楽に応用していただけでなく、それが意識の状態をも変化させ、聖職者や古《いにしえ》の奥儀を授けられた者たちを現実世界よりも高い領域に触れさせる術《すべ》も知っていた。彼のこの見解は、精神の高揚感は幻覚剤や向精神薬、あるいは幻覚作用をもたらすキノコによって得られると主張する者たちとの間に、何十年にもわたって議論を巻き起こす結果となった。

では古代の人々はどのように音楽を使っていたのか？　会話の相手が身を乗り出すような時には、バルディも快く応じて説明した。古代の賢人たちは、精神の波長を適切なレベルに合わせて〝あの世〟からのメッセージを受け取っていた。その状態なら、魔術師や神秘家たちはいかなる過去の瞬間をもよみがえらせることができる。言い換えれば、音楽によって脳波の振動数を調整することで、知覚の中枢部分を刺激し、時間を旅することが可能になる。

そう語ったあとで半ば嘆くように、「残念ながらその知恵は、いまとなっては失われてしまったのだが」と口にするのだった。

既成の概念に囚われないバルディ神父の考え方を問題視する者は多かったが、論争によって彼の人懐っこい表情が曇ることはなかった。銀色の髪にがっしりとした体格、実直さがにじみ出るまなざしが、人生の勝利者たる威厳を添えている。それに、とても65歳には見えない若々しさだ。聖職者として貞潔の誓いをしていなかったら、間違いなくバルディは女子生徒のハートのみならず、彼女たちの母親たちの心をも奪っていたことだろう。

その日、これから起こるできごとなど知るよしもないまま、バルディはいつもの笑顔と足早な歩調で、修道院に入っていった。門番のロベルト修道士が何か言いたげにしていることにも気づかぬほどだった。

1

2

362年前、ヌエボ・メヒコ
グラン・キビラ

サクモは恐怖に襲われ、膝からくずおれた。しなやかな体が地面に突っ伏す中、周囲が闇に包まれる。どれだけ目を見開き、こすってみても、戦士の瞳はわずかな光さえ捉えることができなかった。名状しがたい輝きに目をくらまされ、部族が崇める聖なる岩の入口付近で、ひとり暗闇に残された状態だ。恐怖心のあまり、叫ぶことすらできないでいる。

夜警につくようになって以来、一度たりともこんなことに遭遇したことはない。

一度たりともだ。

激しい輝きに背を向けることすらできぬまま、サクモは手探りで〝蛇の谷〟の入口からの脱出を試みる。谷に近づくべきではなかった。大岩の中心に通じるくぼみは、呪われた場所だった。氏族《クラン》の者なら誰でも知っている。奥には5世代にわたるシャーマン、妖術師、治療師が埋葬され、精霊たちと交信できる集落内で唯一の場所だ。それゆえ最も恐れられている。なぜそんな所へ来てしまったのか、自分でもわからない。〝危険な場所だと承知していたはず。しかも夜警の範囲

2

からは大幅に外れている。いったい何が、奥儀を授けられた者たちが眠る三日月岩まで導いたのか?〟

夜明けまでには3時間ほどある。交替の時間まで3時間。死んだ彼が発見されるであろうまで、あと3時間とも言える。だが、サクモにはまだ息がある。息切れしつつも呼吸はしている。衝撃を受けても怯えていても、生きていて、無数の問いが頭に押し寄せている。

〝フマノ族の戦士を一撃で倒すとは何たる光だ。稲妻か? 閃光が岩に身を潜め、大の男を襲撃するなんて。次はどう出る? 一挙に襲いかかり、むさぼりつくすつもりか?〟

ほうほうのていで逃げる間、脳裏を次から次へと問いが巡ったが、周囲の平原が静寂に包まれているのに気づき、自問を止めた。この静けさはあまりよい兆しではない。心の内でつぶやく。その瞬間から彼の頭は、理性を欠いた危険極まりない思考に囚われ始めた。さっきの光が追いかけてくるだろうか? 生々しい記憶に再び恐れを抱く。彼を闇の中へと突き落とした火は、まるで怪物の喉から発せられ、ひと息で大草原を焼きつくす呪われた吐息のようだった。実際、彼の部族の予言はこの世の終わりをそう告げていた。世界は炎に包まれ、激しいきらめきによって万物が滅びる、4番めの世界が悲劇的な終焉を迎えると。

突如現れたその光が終末の兆しであれば、もはや誰にも何にも阻むことはできない。

自分に何ができる?

危険を知らせに走るか?

でもどうやって?

目がくらんでいるのに？

臆病風に吹かれていることに気づき、サクモ自身が驚いた。わずかに冷静さを取り戻し、状況を解釈し始める。彼が遭遇した闖入者《ちんにゅうしゃ》は、それまで見聞きしてきたものとはまったく性質が違う。彼の両目に照りつけた虹色の輝きは、裂け目から突如として噴き出した泡のようにも思えた。彼に襲いかかってきた光は、周囲を焼き焦がすばかりか、素早く移動する。そんな敵に立ち向かう術などあるのか？　彼以外の戦士だったら、どうやって光を食い止めようとするだろうか？　いっそのこと彼の妻も、娘のアンクティも、部族の者たちも、目覚めることなく死んでいく方がましではないか？　では……彼はどうする？

「アンクティ」愛娘の名を小声でつぶやく。

暗闇と不気味なまでの静けさの只中で、戦士は足を止め、先ほどあとにした大岩を振り返る。どうせ死ぬならせめて勇者として最期を遂げたい。そんな思いが頭をよぎり、かなうはずのない敵に勝負を挑むことにした。一時代の終わりを告げる怪物と戦った、最初の犠牲者として後世に名を残すかもしれない。

そう決意した瞬間に事態は急変した。

戦士にとっても予期せぬことだった。

ゆっくりと途切れ途切れに発せられる言葉が、平原を覆っていた重々しい沈黙を破る。穏やかで、どこか親しみを覚える声で、耳元で囁かれている感じがした。この世のものとは思えぬ不可解な声が、あろうことか彼の名前を口にした。

2

「だ……い……じょうぶ？　サク……モ？」

たどたどしくも問いかけてくる言葉は、紛れもなくタノア語だ。その事実に戦士の身がすくんだ。眉をひそめた男は本能的に腰に帯びた黒曜石の斧に手を伸ばす。まさかあの光が叫んでいるとでもいうのか？

サクモは幼い頃から父親に鍛えられてきた。彼の父はクエロセ〔訳注　グラン・キビラの現地語名〕一帯の部族をまとめる偉大な長老〝グラン・ワルピ〟だ。しかし、生きた敵から身を守ることは学んだが、死んだ敵から身を守ることなど学んではいない。

「サク……モ……」

先ほどよりも強い口調で声が訴える。

死霊か？

老練の父を思い起こし、歯を食いしばり武器を手に防御体勢に入った。この世のものかあの世のものかは別として、語りかける光にむざむざ屈する気はない。一撃もせずに赤茶けた砂に崩れるわけにはいかなかった。

「サク……モ……」

揺らめく声が三度めに彼の名を口にした瞬間、男の手にした斧が空を切る。敵を寄せつけまいと円を描きながら防御するものの、視界は定かではない。〝さらばだ、アンクティ〟。自分の名を呼ぶものが何であれ、すでに間近に迫っているのを感じた。相手の息遣いが聞こえ、体温すら感じる。死の恐怖に駆られた戦士は、武器を握った左手を小刻みに震わせ、空を見上げて避けられぬ瞬間を待ち構えた。充血した両目を見開き、漆黒の闇に目を凝らす。すると、トーテムのごとく大きな人の姿が自分の真上に浮いていた。暗い思いが脳裏をよぎる。〝女だ！　女の悪霊がおれを殺そうというのか！〟

運命の皮肉としか思えぬが、クエロセの井戸近くのその場所で、もう何年も前に父から死に方を教えられた。奇しくもそこは、彼が戦いながら死ぬことを学んだ場だった。

3

1991年春、カリフォルニア州・ロサンゼルス

「つまり、何度も同じ夢が繰り返されるということですか？」

患者が深く腰かけたソファーを覗き込むようにしながら、メイヤーズ医師が問いかける。大都市の商業地区、ブロードウェイ・ストリートにある診療所をジェニファー・ナロディが訪れるようになって2回めだ。ずっと悩まされている光景がまったく治まらないと嘆く。患者の言葉に精神科医リンダ・メイヤーズは困惑していた。問診表を見る限り、ミズ・ナロディはスポーツ好きの34歳、精神病の既往歴も家族歴もなく、経済的にも恵まれている。しかも魅力的な女性だ。未婚で交際相手がいるわけでもなく、かといって伴侶を必要としているふうもない。両親との関係も至って良好だ。要するに、傍目には何ら深刻な問題を抱えてはいない女性ということになる。

「ええ。この3日間に二度も」精神科医の詮索するような目を避けながら、ジェニファーがぽつりと洩らす。と同時に褐色の長い髪を手でかき上げた。「いわゆる悪夢ではないけど、また繰り返すんじゃないかと思うと、寝るのが不安でたまらなくて」

「最後にその夢を見たのはいつ？」

「昨夜です！　だから今日、朝一番でここに。まだ情景が目に浮かぶほどで……」

「この前、処方した薬は飲んでいるわね？」

「もちろん。でもヴァリウムは効かないみたい。どうにもわからないのは、なぜあの光輝く女性が頭にこびりついて離れないかです。わたしの言うこと、わかってもらえますか？　至る所にあの姿が焼きついて、とにかくいい加減頭から取り除きたいのです」

「ということは、何度もその女性が夢に出ていると？」

「そのとおりです」

「わかりました。大丈夫よ」なだめるように応じながら、黒い大きな手でノートに何やら殴り書きをする。「まずは、その周期的に繰り返す夢をどうにかしていきましょう。率直に言って、その夢が怖い？」

「はい、先生。それに心配で」

「教えてほしいのだけど、最近何かショックを受けるような体験をした？　交通事故とか、身内の誰かが亡くなったとか……。何か不安や心配、気が滅入ることは？」

ジェニファーは目を閉じると、胸を膨らませてから肺の中の空気を一気に吐き出した。内面にある正しい答えを探し出そうとするように。すると空っぽの胃袋に痛みを感じた。そういえば、まだ朝食をとっていなかった。

「強いて言えば」女医の言葉を反芻する。「長期滞在していたヨーロッパから戻ってきたことかしら。ロサンゼルスに帰って以来、夢が再発したから。ここ2～3日は特に鮮明で、執拗《しつよう》な感じ。

3

当初は時差ボケや生活環境の変化によるものかと思っていたけれど……とにかくそんな状態で」

「再発？　以前にも同じような夢に悩まされていたの？」

「それはこの前話したとおりです。何年も前から、先住民や光を放つ不思議な女の人が夢に出てきて。いったいなぜなのか、まったくわからない！」

「ジェニファー、ヨーロッパって言ったけど、どこに住んでいたか教えてくれる？」

「ローマです」

「ローマですって⁉　何てうらやましい！　おお、麗しのローマ。皇帝に教皇、パスタとフラスカーティ・ワインの都。ローマはまさにわたしの憧れの街なのよ！」

「先生も行ったことが？」

「あればどんなによかったか。うちの夫、ガリシア系のアルゼンチン人で、ヨーロッパへ行くといえば、決まってスペイン、ア・コルーニャに里帰り。祖父母の出身地なんだけど、わたしにとっては頭痛の種でね」

「スペインからなら割と近いのに、イタリアに足を延ばすことはなかったんですか？」

「みごとにナシ！」リンダ・メイヤーズは明るく笑う。「それどころか、夫ときたら、自分の家族と会話できるようにと、わたしにスペイン語まで習わせる始末よ」

おどけて見せるメイヤーズにジェニファーが乗る様子はあまりない。屈託のない医師の笑顔に感化されると思いきや、むしろ深く気落ちした思いが彼女に取りついた。

「そう……残念ね。ローマは本当に素晴らしい街なのに。広場はもちろん、市場や狭い石畳の路地も、香り漂うカプチーノ、〝無為の歓び《ドルチェ・ファール・ニエンテ》〟という人生観も……」

急に患者の態度が変わったのを、メイヤーズは見逃さなかった。相手に気づかれぬようノートに〝ローマ〟と記し、次の質問までに少し間を置く。しばしばある思い出や風景が、患者が自我の深層を掘り下げていくきっかけとなることもある。もしかしたら、まだ記憶の新しいローマでの体験の中に、この件の解決につながる手がかりがあるかもしれない。そう考えて、穏やかな物腰で、しかも巧みに道筋をつけていくことにした。

「ジェニファー、ローマであったことで何か話したいことはあるかしら？」

予期せぬ医師の言葉に、患者は潤んだグリーンの瞳を見開く。

「何かって？　いったい何を？」

「あなたが教えてちょうだい。時々ちょっとしたこだわりや未解決の仕事が原因で、同じ夢が繰り返されることがあるの。その人の脳が克服したがっているものごとと関係する場合もね」

「そう言われても、ローマではいろんなことがありすぎて。多くのことをやり残したまま、置いてきているから」

「ぜひ聞かせてほしいわ」

ジェニファーは精神科医の黒い瞳を見つめた。縮れ毛を丹念に束ね、浅黒い大きな顔をした女性の誠実なまなざしは、初対面から彼女に信頼感をもたらしていた。それに相手の気持ちを察してくれるので、視線で訴えるだけで、長い話になると伝えることができた。

「望むところよ、ジェニファー」と医師が微笑む。「ローマのことなら何でもござれだわ！」

4

「バルディ神父、こんばんは」

サン・ジョルジョ修道院の門扉をくぐるや、門番の修道士が気取った笑顔で声をかけてきた。ヴェネチア中を見渡しても、彼ほど人を辟易《へきえき》とさせる修道士はいない気がする。

「あなた宛ての郵便物、独居房に置いておきましたよ」ロベルト修道士が告げる。「今日はついていますね。とりわけ3つは、どれも分厚いものばかり」

「それだけかね？」

門番は肩をすくめて応じる。

「足りないですか？　せっかくお待ちかねの、聖人たちからのお便りが届いたのに」

信じられぬという顔でバルディは眉をひそめ、ロベルト修道士の不謹慎な好奇心に非難の意を示すと、無言で足早に上の階へと向かう。〝お待ちかねの〟〝聖人たちからのお便り〟、年配の音楽研究家は思わず身震いした。

「待ってください！」ルーベンスの描く智天使《ケルビム》並みによく肥えた顔の若修道士が、手にした紙を振りながら呼び止める。「今日の午後、あなた宛てに二度ほど電話がありましたよ」

「誰からだい？」急いでいる様子で階段の踊り場から訊き返すバルディ。

「名乗りはしませんでしたが長距離電話で、おそらくローマからだと思います」

「だとすれば、またかけ直してくるだろう……」

自室に戻ったジュゼッペ・バルディは、もう電話のことなど忘れていた。ロベルト修道士の言葉どおりに、郵便物の束が置かれているのを目にし、心が緩んだ。中でも際立っているのはもちろん3通の厚い封筒だ。2通はローマ、もう1通はスペイン北部の工業都市から送られてきたものだ。差出人はそれぞれ〝聖マタイ〟、〝聖ヨハネ〟、〝聖マルコ〟となっている。門番の言葉ではないが、実際に彼がいつも心待ちにしている小包であり、文字どおり〝聖人たち〟からの手紙だった。

ベネディクト会士は満足げに郵便物を撫でる。

3通の封書はいずれも過去の人生との唯一の接点だ。サン・ジョルジョ修道院の誰ひとりとして知らぬ彼の過去だ。それぞれから不定期に届き、重なることなどめったにない。3通同時に来たのは初めてだ。そのため、仲間たちが同時期に手紙を書くに至った事実は、最初の瞬間は喜びだったものの、瞬く間に警戒心に変わった。

もっとも、彼が驚いた理由はほかにもあった。その日届いた郵便物の中に1通、セピア色の封書が混じっていたが、それには見紛うことなきローマ教皇庁国務省の紋章が刻まれている。速達料金が記された上にある消印は、間違いなく2日前にバチカン内で押されたものだ。バルディはひとまず聖人たちの郵便物を脇に置き、異例ともいうべき書簡から手をつけることにした。

「教皇庁がなぜ？」と口にした瞬間、ローマからの二度の電話の件を思い出した。

4

最悪の事態も考慮しつつ、開封前に封筒を手探りする。中を開けると、公式書類に使用される厚手の紙が出てきた。緊張しながら文面を追う。

《前略　聖ルカ殿
　現在貴方が進めている研究を直ちに中止するように。先日の軽率な行為を追及せんと、教皇聖下の科学顧問団が貴方をローマに召喚するつもりである。訪問はくれぐれも次の日曜日以降にならぬように。まずは大至急、教理省長官に連絡されたし。繋がらぬ場合には対外事業協会へ。詳しい指示は先方から伝えられるであろう。

ズシディフ枢機卿》

末尾に記された署名を見て、バルディ神父は目を疑った。と同時に息を呑む。今日は木曜日ではないか！　土曜日までにローマに出向くよう言っているのに！
もっとも、彼が懸念したのは緊急云々ではなかった。記憶違いでなければ――まずありえぬことだが――〝軽率な行為〟を理由にたしなめられるのは、実に19年ぶりのことだ。一度めはこのヴェネチアの島へ流されるという結果を招いた。二度めの今回はどのような代償を払うことになるのだろう？

5

ついにサクモは相手に挑む覚悟を決めた。

だが、追っ手と対面し、相手の眉間に石斧を突き刺す前に、戦士は再び閃光に目を射られた。自分を見据える背の高い奇妙な女の輪郭をかろうじて捉えるや、乾いた木のような硬い風の衝撃を浴び、あおむけに倒される。

「サク……モ……」繰り返し彼の名を呼ぶ。

最期の時が近づいている。いまやそれを実感していた。間もなく生命が消えゆくだろう。

家族はどうなる？

部族の未来は？

あの世で待ち受けるのは何なのか？

谷はまたもや不思議な明かりで満たされた。今度ははっきりと知覚できるほどになっている。降り注がれる輝きの中で、戦士は嘆き声を押し殺す。遠くに見えるクエロセの石造りの家々、彼の氏族《クラン》の地下祈禱所〝キバ〟、三つの湖のほとりまでもが青く輝く強い光に照らされている。しかしサクモには目の前の驚異に浸る余裕はない。目くらましに続いて、新たな不快感が彼を襲う。周囲の空気を震わせる音が耳元に張りついてくる。バッタの大群が押し寄せる時よりも千倍は強烈な音と振動にさらされ、絶望の淵へと追いやられた。これが死というものか？

両手で耳を塞ぎ、地面をのたうち回る。絶叫して拳で頭を叩いても、耐えがたい騒音は一向にやまない。それどころか体の内にまで充満した。

すでに彼の精神は極限状態に達している。自分の敵が間近にいることさえ忘れるほどだ。自虐行為で疲れ果て、最後の力を使い果たし、とうとう地に伸びてしまった。

やがて薄れゆく彼の意識を闇が支配し、あとには静けさだけが残った。

5

奇怪な音と光が和らいだ時、若き戦士は地面にうつぶせに倒れたままだった。顔に描いた文様も崩れ、頭も引っかき傷だらけだ。どれだけの時間、意識を失っていたのかわからない。頭は割れるように痛み、吐き気も覚え、武器も手放している。石斧は何歩も離れた所に転がっているが、這いつくばって取りに行く気力も残っていない。

「親愛……なる……サク……モ……」

彼を怯えさせた声が重くのしかかってくる。四方八方から聞こえてくる気さえする。声の主がどのぐらいの間、その場で彼が気づくのを待っていたのか、定かではない。が、とりあえず彼は生きている。まだ生きている！

「なぜ逃げ……る？」

長老グラン・ワルピの息子は、困惑しつつも簡単には応じない。相変わらず地面に顔をつけたまま、まだ相手と戦う可能性を模索している。間もなく打開策がひとつ浮かんだ。つねに腰元に収めている小さな石刃。捕らえた獲物の皮をはぐのに使っているナイフだ。

戦士としての闘争本能が、再び体中の血管にみなぎってくる。

「あなたに……会うために……長い旅をして……来た……」途切れ途切れだった言葉が、次第にまとまっていく。「怖がることは……ない……危害は……加えない……」

精霊の発する声は柔和で澄んでいた。間違いなく彼の部族の言葉で語りかけている。慌てる様子もなく、穏やかに訴えていた。声に意識を向けたサクモは、耳障りなバッタの羽音が止み、光も和らいでいることに気づいた。ようやく自分の置かれた状況を冷静に捉え、目の前のものを見据えるだけの余裕が生まれた。

最初は大きな染みに見えていたものが、やがて輪郭のぼやけた影へと変わる。地面に押しつけたままの顔の上を赤アリが列をなして這っているのに気づき、驚いた。

やっと視界が戻った！

顔を上げて目を凝らし、敵の顔を初めて鮮明に見ることができた。

「何てこった……」呆然としてつぶやく。

目の前の光景を描写するのは容易ではない。わずか40〜50センチほどの距離に、ほっそりとした女の顔がある。予想していたとおり、ずっと彼のことを見つめていたようだった。まっすぐに伸びたイグサのように見えなくもない。大きな目は明るい色で、肌の色も真っ白だ。これほどまでに白い顔は見たことがない。小ぶりな両手に目をやると、滑《なめ》らかな細長い指をしている。衣服

5

もそれまでまったく目にしたことのない奇妙なものだ。とりわけサクモの目を引いたのは、女の頭と体をすっぽりと覆った空色のマントだった。髪は隠れていて見えないが、黒ではないかと直感した。また、衣服を締めつける形で腰に巻かれた太い紐も目を引く。女は彼を哀れむように微笑んでみせた。

「何日だか……わかる？」

予期せぬ問いかけにサクモはうろたえる。精霊と思しき女は唇を動かさずに声を発しているようだ。

「今日が何日か……日付がわかる？」

男は呆気に取られて声の主を眺めるが返事はしない。何を言っていいのかわからない。

「わたしたちの暦では……１６２９年……。やっと会えたわ、サクモ……。さあ、わたしに……力を貸して……」

「力を貸す？」

「１・６・２・９……１６２９年」年号を繰り返してみせる。

しかし男にとっては、その数字は意味をなさない。

ゆっくりと身を起こしたサクモは、よろめきながらもようやく立ち上がった。腰にある石刃を手探りで確かめると、相手に悟られぬよう静かに手首の裏に隠した。白い肌から光を放っている女の体が、数十センチほど浮き上がった気がする。下から見上げていた時とは違い、やせ細った女の表情からは攻撃的な色は感じられず、穏やかさがにじみ出ている。疑う余地はなかった。サクモの目の前にいるのは大平原に宿る青い精霊だ。いつだったか父親が話してくれた精霊だ。

「この世の終わりの時が来たというのか？」

清楚な婦人は戦士の問いかけに顔を輝かせて答えるが、相変わらず口は動かさない。

「それはまだ。わたしがここに来たのは……あなたの仲間たちに伝えたいことがあるから……そのためにもあなたのような人物が必要……だった……。もうすぐ……もうすぐよ、サクモ」

「もうすぐ？　何がもうすぐなのだ？」

「本物の……真の神の到来が。そのための準備を……してほしい……血を流す争いは……避けねば……ならない」

対面している人物の姿をよく見ようと、戦士は目をこする。先ほどのまぶしさのせいか、まだ目がひりひりしている。

「おれを殺すつもりか？」刃物を握り締めて問いかける。

「そんなことはしない」

「だったらなぜ、おれを選んだ？」

「しるしがある……からよ……サクモ」

「しるし？」

「腕を……見て」

その時まで彼は気にも留めていなかったが、左前腕の表側に暗紅色の跡がある。蛇の咬み傷ほどの大きさで、バラの花の形をしたあざだ。

5

「観る能力……を備えた者のしるし……よ」

女は前かがみになると、一方の手を伸ばし、剃り上げた男の頭に触れた。サクモの背筋に得も言われぬ震えが走り、全身の力が抜け、握り締めていた石刃が手からこぼれ落ちた。

「わたしを攻撃……しないで……今度……あなたに手渡すものがある……それは……あなたの孫の孫にしか……わからない……300年ほどの年月を要する……もの」

「300年？」

「4000回ほど月が巡る……長さ……」うなずいてみせた。「大切に……保管して」

「何なのだ？」

「もうすぐ……また会う時に……受け取って……もらう……」

そこまで告げると女は姿を消し、平原はまた闇だけに包まれた。

6

1991年春、スペイン・マドリード

「で、今日はどこに行くつもりだ？」

歩み寄ってくるカルロスを見ながら、チェマ・ヒメネスがからかうような口調で尋ねる。大食漢で運動嫌いのチェマは、丸い体型をさらに丸くして待ち構えていた。不測の事態に備えて、フィッシングベストのポケットにはカメラのフィルムを詰め込めるだけ詰め込んである。長年のつき合いで、カルロスの奇行には慣れている。とはいえ、前回の二の舞はご免だからな、とチェマはひとりごつ。先週セビリアでの取材の際、レンズ用フィルターを買おうと店を探している間に、さっさと出発したカルロスに置いてきぼりを食らい、迷路のようなサンタ・クルス地区で路頭に迷ったのだ。これまでもカメラマンとしていろいろな人間に同行してきたが、カルロスほど落ち着きのない男には会った試しがない。また、説明のつかぬ事柄に出くわした際、彼ほど見境がなくなる人間も見たことがない。

足元に置いた愛用のカメラバッグと、幾多もの旅をともにしてきた擦り切れたナイロン製のリュックを見やる。今回は準備万端にフラッシュバッテリーもフィルムも十分揃え、途中で買い足

す必要はない。

カルロスは満面に笑みを称え、カメラマンに別の問いで応じる。

「新たな謎に向けての用意はできてるか？」

その言葉にチェマはうなずく。

「万全に整ってるぜ」ひけらかすように荷物を示しながら言葉を続ける。「今度は置き去りにならないからな。セビリアの再現は勘弁してくれよ」

「何言ってんだ！　あの世で迷子になったわけでもなかろうに。どっちみちあの時の宝石商は、写真一枚撮らせてはくれなかったさ。きっとカスティージョ・デ・ラス・グアルダスの高みで運転中に霧に入ったあと、30分で３００キロも移動したって話も嘘だったんだろうから」

「テレポーテーションだと言っていたのか？」

カルロスは無言でうなずいた。

「それに、あの辺の人々の気質を考えてみろよ。おまえのカメラを目にしていたら、口を開いたかどうかも怪しいぞ」

「やれやれ……」と嘆いてみせるチェマ。「ところで、今日の目的地はどこだい？」

「聖骸布を追う予定だ」洗面所脇の自動販売機から取り出したばかりの、今朝2杯めのコーヒーを口にしながらカルロスは告げた。

「聖骸布!?　おまえ、いったいいつから聖遺物マニアになったんだ？　あんなものは老婆たちが興味を示すものだ、と言っていたじゃないか」

友人の言葉にカルロスは答えようとしない。

「そんなもんはほかのやつらに任せとけばいいのに……」

〝確かに奇妙な話だ〟と、カルロス・アルベルは思った。彼自身もこの2ヵ月間、友人と同じ問いかけをし続けてきていた。不可知論者を公言し、おおよそ信仰心などない自分が、なぜ急に宗教的なものごとに異常に魅せられるようになったのか？　イタリア旅行から戻ってからというもの、敬虔じみたものごとへの関心が影のようにつきまとっていた。当初は気にも留めなかったが、グアダルーペの聖母の肖像画が何の気なしに開いた本のページから突然現れるということが数回あった。子どもの頃、おばあちゃんのナイトテーブルに載っていたカードのようなやつだ。途端に昔の、まだ信仰心を持っていた時代の記憶に引きずり寄せられた。ほかにも音楽関係の執筆でシューベルトの『アヴェ・マリア』に接し、画家ムリーリョの『無原罪の御宿り』の切手に遭遇した。なぜ急にそんなことが起こり出したのか？　何かの兆しか？　もしそうなら、いったい何の兆しだ？　だから新聞を読んでも、つい宗教的な記事ばかりに目が行ってしまうのか？

実際カルロスは特異な性格の持ち主だった。大学を終えて間もない23歳の時に、信仰の危機に直面し、日曜日のミサからも教会に集う者たちからも距離を置くようになった。とはいえキリスト教を巡る葛藤は、多くの偉人たちと同様、長年くすぶっていたものがある日を境に表面化したものだ。交通事故で命を失いかけたことで、一気に噴出した。新車のバイク、メタリック仕様のBMW・K75を時速90キロで運転中、赤信号を無視したタクシーと衝突した瞬間、自分の人生がそれまでとは違うものになるのを悟った。何もかもが闇に包まれ、空っぽになった。集中治療室

6

に横たわっていた15時間、彼の意識は途絶えたままで、わずかの刺激にすら反応しない状態だった。何ひとつ記憶にも残っていない。意識を取り戻した瞬間、カルロスは初めてだまされた気分を味わった。再び生きることに不満を覚え、何に対しても誰に対しても怒りを抱いた。退院して家に戻ってからも、そのことを両親に説明することもできなかった。人生のあとには……光もなければ、ハープを奏でる天使たちもおらず、先に亡くなった身内たちが暮らしている天国もない。何もかもが裏切られた思いだった。死んでいたといっても過言ではない空白の15時間には暗闇しかなかった。虚無と冷たさだけが支配する、けっして乗り越えられぬ空間だけだった。

だがそれも、いまから10年も前の話だ。再び普通に歩けるまでに半年間リハビリに励み、ようやく回復した時には、彼の心の奥深くで何かが永久に変わっていた。

その頃からカルロスが、人生に異常な関心を示すようになったことは、何ら秘密ではない。物理的な見方だけでなくその境目にあるもの、すなわち精神的な現象に目を向け始めた。といっても、宗教上の奇跡のほとんどは精神活動の誤解が要因であり、そういった妄想じみた性質のものは、いずれ科学が解き明かしてくれるだろうと思っていた。

現実というものをますます機械的に捉える一方、生命は生命を引き寄せるというような奇妙な確信も抱き始めていた。死からの帰還を果たした以上、人生を手放すつもりはないとでも言わんばかりに、他者の生き方を漁り出した。その点では記者という職業は理想的だったとも言える。仕事を通じてふだん人々が夢見、実践していることや、味わっていることを追体験できた。何よりも月刊誌の編集に携わるようになり、想像以上の自由が得られた感がある。『ミステリオス』

誌はその名のとおり、謎や神秘体験を扱う雑誌だが、長年さまざまな超常現象などを取り上げながらも、厳密さを重視する姿勢を貫いている。そのため誌面ではしばしば、すべてを理詰めで説明しようとする科学者が登場することもあれば、われわれが生きる社会での痛みを和らげられるのは、ひとりひとりの信仰心だけだと主張する神学者が執筆することもある。種々雑多な学説や理論の間に挟まれるかたちで掲載されるカルロスのレポートは、やや懐疑的な色を出した現地取材のものが多いため、『ミステリオス』の編集長も楽しんでいる様子が多々あった。

イタリアでの取材を終えて戻ってきた直後、カルロスは老練の数学教師と知り合った。すでに退職しているその教師は発明家としても知られ、この宇宙がどのように機能しているのかを発見できたと断言していた。彼はインタビューで興味深いことを語ってくれた。われわれが生きている現実世界は目には映らぬ巨大な精密機械の一部分であり、いかなる行為も何らかの反応を引き起こすのだという。「偶然に生じるものなどない」と教師は言った。「今後きみの周りで互いに結びついた不思議なできごとが起こった場合、要するに何かが、あるいは誰かがきみのために設計したのではないかと感じるような事柄が続いた時には、一瞬たりとも疑念を持たぬことだ。ひとつひとつを注意深く観察していくがいい。原因となるものに突き当たったとしたら、それが何であれ真の神を見いだしたことになる。そこで初めて、神は白ひげを生やした老人などではなく、一種のスーパーコンピュータ、この世の偉大なプログラマーであると認識するだろう。その時きみは、同時に自分の存在意義を見いだすことになる。それ以上に人生に求める最良の事柄があると思うかい？」

6

不可解に思えなくもないが、カルロスにとってはこのメッセージは妙に納得がいった。現にその日の朝も、チェマとの待ち合わせの一時間前に奇妙なことが起こったばかりだった。他愛もない事柄がつながり合って、彼の心をつかんだことで仕事の予定が変更になった。

事の次第は次のようなものだ。編集部のオフィスに向かって歩いている途中、カルロスは路上で金のメダルを拾った。正確に言えば、鎖が彼の靴ひもに絡まったのだ。いらいらしながら解いてみると、見覚えのある聖像の浮き彫りが施されている。磔刑の場に向かうキリストの顔が映ったとされる布の……いわゆるメダイ、メダイユと呼ばれるものだ。おそらく落とし物だろうが、いったい誰が、職場の近くにそんなものを落としたのだろう？

メダルには持ち主の名も刻まれておらず、手がかりとなりそうな年号や日付すらない。カルロスは何の気なしにそれをポケットに放り込むと、まっすぐ職場に向かった。自分の席に着いて、その日送られてきたばかりの通信文に目を通していたところ、数分前の発見が単なる偶然ではないのを確信した。連なる記事の見出しのひとつに《カメロス山地の村で、保存状態のよいトリノの聖骸布の複製を発見》の文字があった。

聖骸布だって？

さっき拾ったメダルも、聖顔布をモチーフにしたものじゃないか？

とても単なる偶然などと一笑に付すことはできない。

カルロスは改めて老いた数学教師の言葉を真剣に思い起こしていた。神を捕まえられるかもしれないこのチャンスを、わざわざ逃すつもりか？

当然その時点では、直観がその先、自分をどこに向かわせるかなど考えもしなかった。

「ところで、隊長」カルロスの正面で直立不動の姿勢を取り、従軍記者を装ったチェマが再び尋ねる。「本日はどこを目指すのでありましょうか？」

「北に向かう。ログローニョだ。カメロス山地は行ったことがあるか？」

「カメロス山地⁉」信じられぬという表情でカメラマンが口にする。「この時期に？」

チェマは不安げに編集部の窓越しに外を見やった。空は一面雲に覆われているばかりか、暗雲とあってはどう見ても悪い兆しだ。実際マドリードを覆い始めた雲は、凍てつくような霧雨で街中を濡らし始めていた。さらに憂鬱そうな口調で言い加える。

「ラジオを聞いたと思うが、気象情報では最悪の……」

相棒の言葉を気にもせず、カルロスはもう歩き出していた。万が一に備えて小さな旅行かばんを手にしている。駐車場に通じる階段を下りる彼のあとをカメラマンが追う。

「予感だ。今日は極上のルポルタージュが得られる気がする」

「予感だと？　こんな日に？」チェマが不満を洩らす。「標高1000メートル以上の所に行くんだから、タイヤ・チェーンは必需だぞ。おまえの車はオフロード車じゃないし……」

記者は無言でセアト・イビサのトランクを開ける。つねに行動をともにしてきた車だけに、愛着もある。これまでヨーロッパ大陸の半分近くを走り回ってきたが、一度たりとも失望させられたことはない。だとしたら、多少の雪程度で往生することもないはずだ。

「びくびくするな」ようやく口にした。「不確かな今日を楽しめよ。その方がずっとましだぞ！」

6

編集長は時々ふたりに今回のような遠出の取材を認めてくれる。何だかんだ言っても、このコンビが自分たちの才覚を駆使していつも面白い記事を携えてくるのを知っているのだ。絶対的真理に溢れるユダヤ教のラビやイスラムの神秘家スーフィー、カバラ主義者たちの堅苦しいページの息抜きになるテーマを持ち帰ってくれれば構わないというわけだが……。人里離れた村にある、陰鬱な印象が漂う聖遺物がそれに値するのだろうか？

「チェーンは積んだか？」チェマがしつこく問い質す。

カルロスは憎々しげに相手を横目で見やった。

「何だよ？　信用してないのか？　4月の真っ只中に、雪に阻まれるとでも言うのかよ？」

彼の言葉には非難の色が感じられた。

「そうは言ってもさ……」とカメラマンは嘆いてみせる。ビルバオ出身の肥満ぎみの若者は、冗談好きなタイプではない。不満をあらわにする際には、いつも傷を負ったクマのようにうなる。

「おまえの性格を知ってるからこそ、おれは心配してるんだよ、カルロス。まがい物の聖遺物見たさにこのまま突っ走ったら、どこかの山のてっぺんで路頭に迷い、午前2時に凍える結果になるに決まってる。チェーンなしではなおさらだ！」

「わかった」あざけりの表情で記者は言う。「時間のムダだと言いたいんだろ？」

チェマは返事をしなかった。

「まあいい」カルロスはため息をついて、エンジンキーを作動させた。「ひとまずこっちの計画を聞いてくれよ」

7

バルディ神父の眼《まなこ》が慙愧《ざんき》の念に潤む。

「また過ちを犯してしまった」痛恨の涙をこらえながらつぶやく。「純真にもほどがある！」いら立ちをあらわにバルディは手にした書簡を平常服《スータン》のポケットにしまった。考えられるのは2ヵ月前、スペインのよく知られた雑誌の記者から受けたインタビューだ。それが今回の問題につながったに違いない。外国人記者に語ったこと以外に、バチカンから〝軽率な行為〟だとみなされることなどしていない。

音楽学研究家は、その時のことを鮮明に記憶している。30歳前後と思《おぼ》しき外国人の男が、お世辞にもうまいとは言えないイタリア語を話すカメラマンを伴って修道院にやってきた。彼が毎週水曜日に行なっている特異な司牧活動について話を聞かせてほしいとの申し出だった。その口車にまんまと乗せられ、バルディは録音の許可までしてしまった。特異な司牧活動とは悪魔祓いのことで、国内メディアでもそこそこ知られ、インタビューの申し込みも少なくなかった。1991年のイタリアでは、悪魔は一種のブームと化していた。

ベネディクト会士は何でもかんでも悪魔のしわざとする見方には慎重派だった。悪魔に憑かれたとされる人々の大半が精神病を患っているだけの例が多いからだ。中には同情に値するような

7

ヒステリー症の人もいる。だからそんな人々に向けて説教をすることで、彼らの信仰心に宿る治癒力を回復させているのだと捉えていた。

『ジェンテ・メーゼ』や『オッジ』といった国内の週刊誌で取り上げられ、著作『悪魔のカテキズム』もマスコミで話題になっていたため、外国の雑誌が彼の悪魔祓いに関心を持っても当然だと不信感も抱かなかったのだが……虚栄心をくすぐられてインタビューに応じたことは否めない。

スペイン人記者が〝祓魔師《エクソシスト》〟としての彼の役割にはさほど興味がないと気づいたのは、インタビューも後半に入った頃だった。その記者は明らかに他の者とは違っていた。いつの間にか巧みに話題をずらしていき、1972年に神父自身が犯した過ちに触れてきた。20年近く前にうっかり口を滑らせ、一躍イタリアで注目される結果になってしまった件だ。それが眠っていた彼の記憶を呼び覚ますことになる。

インタビュアーがその件を持ち出し、バルディは気まずくなって……。

〝軽率な行為〟、あれしか考えられない。

19年前、バルディ神父の名は一時期メディアを賑わした。10年以上にわたって彼が研究してきた、過去の映像と音を得る装置について公言したためだ。しかも音楽研究家は、教皇庁の承認の下、国内外の物理学者12名と取り組む一大プロジェクトであることにまで触れた。タイムマシンとも呼べるその機械の成果について、最初に掲載したのは『ドメニカ・デル・コリエレ』〔ミラノの日刊紙『コリエレ・デラ・セラ』の日曜版イラスト新聞〕だ。その解説によると、すでにバルディ神父のグループは、紀元前169年頃にクイントゥス・エンニウスが作った悲劇『テュエステス』などの失われた戯曲や、十字架に磔にされたキリストが最期に発した言葉なども再現できたとのことだった。

いずれにしても当時活字メディアを賑わせ、多くの者を震撼《しんかん》させることになった一件は、バルディ本人ですらすでに過去の遺物とみなし、新聞図書館の雑誌室で埋もれていると思っていた。だからあのスペイン人記者の口から〝クロノビジョン〟の言葉が出た時には、呆然とするしかなかった。

「クロノビジョン！　なぜいま頃になって……」バルディは出かかった嘆きの言葉を呑み込んだ。二ヵ月前のできごとを思い起こし、拳を握り締める。不意を突かれたとはいえ、あの記者たちに重要な情報は与えていない。その話題に触れた直後に追い出したからだ。

では何が問題なのか？

どれだけ頭を絞っても、バルディには自分の〝軽率な行為〟がその他には見いだせない。自分が〝四福音史家〟のことを話したというのか？　それともクロノビジョン研究における、最近の飛躍的な成果まで語ったとでも？　いや、ありえない。どう考えてもそれはない。彼にとって1972年の失態は、それほどまでに深い教訓となって刻み込まれている。あの時は『コリエレ』紙のコラムニスト、ヴィンチェンツォ・マッダローニとかいう男が、バルディの言葉にご丁寧にも、偽物にしか見えないイエスの写真まで盛り込む離れ技をやってのけたのだった。それにしてもあの男、いったいどこからあんな写真を持ってきたのだろう？　1972年の時点で彼の開発した装置は、過去の音源を得ることにはまずまずの成果を上げていたが、映像についてはまだ目

7

立った成果は得られない状況だったのに。

　まさか今回も記者が自分の言葉を誇張して報じたというのか？　いったいどの言葉を？

「一生の不覚！」悔やんでも悔やみきれない。

　やるせない思いをぬぐい去るかのように、ベネディクト会士はメガネを外し、独居房内にある小さな流し台で顔を洗った。〝愚か者！〟と自分を責める。〝なぜもっと早く気づかなかったのか〟。

　バルディは3名の聖人からの手紙を机の唯一鍵がついた引き出しにしまうと、急ぎ足で修道院の玄関ホールへと向かった。カウンターでお気に入りのテレビ番組に没頭しているロベルト修道士には気づかれぬようにしながら、その階で唯一マホガニーの扉が設けられた部屋に静かに入り込む。すでに覚悟はできていた。この時間帯に誰にも知られぬためには、修道院長の執務室から電話するのが得策だ。

「ああ、もしもし。コルソ神父はおりますか？」ローマの9桁の番号を押し、呼び出し音が止むなり尋ねる。

「ルイジ・コルソかね？　つなぐからちょっと待って」電話口で男の声が応じた。

　耳を澄まして待つバルディ。やがてなじみの声が聞こえてくる。

「コルソですが」

「〝マタイ〟……」うめくような声でバルディは呼びかける。「わたしだ」

「〝ルカ〟か⁉　この時間に電話とはどういうことだ？」

「厄介なことになった。ズシディフ枢機卿から書簡が届いたが、われわれの軽率な行為を非難する内容だ。今日の午後、不在の間に二度ほどローマからわたし宛に電話が……」

「ズシディフ師が？　確かなのか？」

「ああ」

「どんな行為を咎《とが》めている？」コルソ神父が口ごもった声になるのをバルディは感じる。

「前に話したスペイン人記者の件を覚えているか？　たえずシャッターを切るカメラマンを引き連れてやってきた男のことだが」

「覚えている。クロノビジョンのことを巧みに聞き出そうとしたやつだな？」

「そのとおり。それ以外考えられない。教皇聖下の顧問たちの気分を害する記事でも出たのではないかと」

「この場合」コルソの声の調子が上がる。「書簡が指摘する軽率行為は、われわれではなくきみのではないか？」

心なしか相手の声が硬くなった気がし、音楽教師は叱責されたかのような感覚を覚えた。プロジェクトの統括者の許可なく電話したのだから無理もない。下手をするとバルディは、相手の男を巻き添えにする可能性もある。

「確かにきみの言うとおりだよ、コルソ」と認めた。「わたしの軽率行為によるものだ……。悪い知らせとしては、今週の土曜日までにバチカン市国に出向いて釈明せよと、お呼びがかかっている。そこで」と、さらに言葉を続ける。「いまここでわれわれのプロジェクトが中断されてはほしくないと思う」

7

「それはズシディフとて同じだろう」

「しかし、わたしが審問にかけられるとなれば、また計画が遅れかねない。いまのところローマ市内できみがこの研究に関わっているのを詳しく知る者はいないはずだ。やり取りも暗号名でなされているから、今後わたしに進行状況を知らせることができなくなっても、きみの方は続けることが可能だろう。この事態にあっては、これまでのようには行かなくなるかもしれない」

電話の向こうでコルソ――〝聖マタイ〟――が押し黙る。

「聞いているか？」

「ああ〝ルカ〟。だが、何をしても手遅れだろう……」相手の声が生気を失っていく。

「それはどういう意味だ？」

「実は昨晩〝異端審問所の護衛〟が電話してきて、今後のわれわれの処遇を知らされたよ。発見に関する権限を失ったとも伝えられた。教会の問題に対処すべく、研究の成果を使うつもりらしい。こちらに選択肢はなさそうだ」

バルディ神父の体から力が抜ける。

「対外事業協会が？　教理省の？」囁《ささや》き声で尋ねた。

対外事業協会（略称ＩＯＥ）とは、かつて〝異端審問所〟だった教理省に協力し、教皇の秘密任務を担ってきたバチカンの〝秘密諜報機関〟だ。その触手はカトリック教会全体に及んでいる。

ルイジ・コルソがうなずいた瞬間、バルディは敗北の事実を突きつけられた。

「そういうことだ。もはや手遅れだ……」

ベネディクト会士は左手で受話器を握り締めたまま、机に両肘をついてうなだれた。「何たることだ！」嘆き声を洩らす。「打つ手は残っていないのか？」

「まずはローマに出てこいよ、〝ルカ〟」仲間を励まそうとコルソ神父がうながす。「それから自分で直接解決するしかない。助言としては、公の場でプロジェクトの話はするな。最初に口を滑らせた時のことを思い出せ。ピウス12世はクロノビジョンを機密事項にし、その後ヨハネ23世が猿轡《さるぐつわ》を緩めたとはいえ、われわれにとってはいままでどおりというわけにはいかない」

「よく覚えておくよ……ありがとう」と同意する。「ところで、きみからの郵便をまだ開けてないのだが、中身は何だ？」

「最新の報告書だ。過去に接触するシステムをさらに洗練させていく過程が詳しく書かれている。先週アルベルト博士が、三世紀の時間の壁を越える振動数を得る実験をしたよ。彼の話は覚えているか？」

「覚えている。博士の業績はきみから散々聞かされたからね。で、結果はどうだった？」

「大成功だ、〝ルカ〟。みごとにな」

8

8

マドリードからカメロス山地のふもとへと向かう5時間、車を運転するカルロスはもちろん、助手席にいる同僚も、行き交う車にも、次第にみぞれから雪へと変わっていく雨にもさほど注意を払うことはなかった。上質のラ・リオハ・ワインの故郷は、険しい山々の頂となだらかな渓谷が対照をなす景観でふたりを迎える。静けさの中に、ある種謎めいた雰囲気が漂っていた。

移動の時間を利用して、カルロスは相棒に今朝のできごとを語って聞かせた。偶然にも拾ったメダル、それによって以前聖骸布と関わった頃の記憶がよみがえったこと。駆け出し記者だった時代に、マドリードのカトリック系雑誌で働いた経験は無駄ではなかった。

「困ったことに1988年、科学者のグループが、キリストの遺体を包んだとされる布が、13～14世紀のものだとの検査結果を出した」と説明する。「その衝撃ったらなかったよ！　C14年代測定の結果は疑う余地はない。聖骸布は偽物だったというわけだ」

チェマは無言で耳を傾けながら彼の方を見つめている。

「どうにかして科学的な検証結果が誤りだと読者に訴えようと、編集長が途方に暮れて根拠を探していたのを思い出すよ。そのひとつが、14世紀よりもずっと前から、トリノの聖骸布と同じ像が映された複製がすでに出回っていたというものだ。だったらオリジナルは当然、それよりはるか昔から存在したはずだとね。言われてみれば確かにそうだろ？」

ガソリン補給に停まる前に、カメラマンはカルロスが何に固執しているのか察していた。〝予感〟と〝不思議な偶然〟、今朝発見したメダルと朝一番で目に飛び込んできたカメロス山地の聖骸布の情報……だが、まだ納得しきれない部分があった。そこでラ・リオハ州域に差しかかった辺りで、チェマは初めて沈黙を破り彼に尋ねた。

「ひとつ聞かせてほしいんだが、他の調査を投げ出してまで、こんなものに費やす理由は何か？」不愉快そうに言い放つ。「複製品を追う、しかも聖遺物のコピーだぞ!? メダルの話もおれにはこじつけに思えてならん」

相棒の言葉はカルロスの怒りを誘った。

「何が言いたい？」

「つまりさ、おまえは知り合った当初から、テーマが宗教や精神世界、神秘って聞くと、絶対に嫌だと言い張って、ほかのやつらに回してたじゃないか。なのに今回ばかりは違う。何かあったのか？ あったのなら教えてくれないか？」

カルロスは口をゆがめつつも真顔になって、進行方向を見据えたまま答えた。

「自分でもわからん」

「テレポーテーションの件は？」チェマはお構いなしに疑問をぶつける。「深い霧に入った途端、気がついたら何百キロも離れた場所に着いていたと言ってた、あの連中の話はどうなった？

先週おれが迷子になったセビリアの件じゃない。サラマンカで取材したやつだ。〝何か〟が車

8

を瞬間移動させてくれないかと、夜のアリカンテで国道340号線を行ったり来たりしたこともあったよな？　何ヵ月か前に会ったあのヴェネチアの神父のこともだ。人間を過去の時代や遠く離れた場所に送り込んで、どんな歴史上のできごとだって見ることができると言ってた男だよ。それだけの情報を本人の口から聞くのにどれだけ苦労したか！　忘れたわけじゃないだろう？」

「チェマ、それとこれとはまったく別の話だ」うんざりした顔で応じた。

「百歩譲ってそうだとしても、偽物の聖遺物よりはよっぽど面白いテーマじゃないか？」

同僚の言葉にカルロスは顔をしかめた。確かに彼の指摘どおり、あの調査については中断したままだ。この数ヵ月間はテレポーテーションを体験したと称する人々への取材に費やしていた。そのほとんどはある地域、それも交通量の少ない道路を車で走行中に、気がついたら別の道に出ていたというものだ。また共通する事柄として、突如立ちはだかった霧の壁を突き進んだところ、離れた場所に移動したというものが多かったが、その一方で霧ではなく得も言われぬ震えや、カメラのフラッシュのような閃光にさらされてそうなったとの証言もあった。いずれにしてもある瞬間を境に、道路も風景も何もかもが様変わりしたという。

一年足らずの間に20人ほどから話を聞いたが、基本的には皆、同じことを語ってくれた。対象となった人々も航空機のパイロットから聖職者、セールスマン、トラック運転手、はたまた有名女性シンガーの元夫という具合に多様な職業に及んでいた。彼らの話を聞いて彼なりに行き着いた推論は、一見不可解に映る偶発的なできごとにも、それらを支配する法則のようなものがあるというものだった。超自然的な事柄に合理的かつ科学的な物の見方を重ね合わせられれば、これまで捉えどころのなかった〝この世の偉大なプログラマー〟とやらに出会え、直接触れることができるのではないか。カルロスにはそれが、信仰の危機から脱する最良の方法に思えた。

だが、記者は自分の力量を測り間違えた。調査が広範囲に拡大して手に負えなくなったうえ、雑誌側から割り当てられた予算も底を突き、現在は頓挫したままだ。

志《こころざし》半ばで挫折したと感じている。引け目らしきものを抱いている。カルロスの無念さを知っていて、チェマはあえて訊いた。

「あれほど熱心に取り組んでいたのに、途中でやめたのはそもそもどういう理由からだ？」

カルロスは横目で助手席を見やると速度を落とし、ギアをサードに切り替えてから気乗りせぬ様子で答えた。

「これ以上おまえに煩《わずら》わされたくないから教えてやるよ。きっかけとなったのはふたつの歴史上の事柄だ。古い文献を漁っていた時に見つけたもので、どちらも似たような昔のできごとを述べている。自分でも何か重大な発見をした気がして、調査を進めている間も、それらの事柄に触れているものがないかと探していたが、ほかには見つからなかった。そこで今度は特に確信もなく、現代で同様のできごとを追ったというわけだ。もっとも、その後はご承知のように暗礁に乗り上げた状態だ。これで十分か？」

「そうだったのか！　全然話してくれなかったじゃないか。で、おまえをあきらめさせた事柄ってのは？」

「あきらめてなんかいないさ！」カルロスが反論する。「ひとつは、16世紀のスペイン人兵士の

8

逸話だ。当時フィリピン・マニラに派遣されていた男が、瞬く間にシウダー・デ・メヒコ〔現在のメキシコ・シティ〕の中央広場に移動したという記録が残されている……」

「それが起こったのはいつのことだ？」

「1593年10月25日。日付だけが唯一正確に解明されたものだ」

チェマが座席でもぞもぞした。彼は名前や数字、地名に異様なほどの記憶力を発揮する。

「信じられるか！　その兵士は1万5000キロもの距離を一瞬にして飛び越えて、地球のほぼ反対側にたどり着いたんだ。しかも本人すらなぜそうなったのか説明できなかった」

「なるほど。で、ふたつめは？」

「こちらの方が面白い。いま話した兵士の〝飛行〟からわずか40年後、マリア・ヘスス・デ・アグレダというスペイン人修道女が、異端審問所の取り調べを受けている。理由は、アメリカ大陸のヌエボ・メヒコ〔現在の米国ニューメキシコ州〕を頻繁に訪れていたため。スペインから新大陸まで飛んでいって、リオ・グランデ川周辺の複数の先住民族に宣教をした罪を問われたという記述だ。問題なのはその修道女は一歩も修道院から出たことがなかったことだ」

「要するに、望むようにアメリカまで往復していたってことか？　マドリード－バルセロナ間の定期便みたいに」信じられないと言わんばかりにチェマが訊き返した。

「たぶんそうだと思う。一番気になるのは、ごく普通の修道女がそんな〝飛行〟能力を自在に操っていたことと、いかにして異端審問所の厳格な尋問をかわしたかだ。当時の状況を考えれば、魔術を使ったかどで訴えられていてもおかしくない」

「彼女について何らかの手がかりはつかめたのか？」

「いや、修道女も兵士もまったくない」気落ちした口ぶりで語る。「修道女の方は、名前はわかっているが、出身地も修道院についてもわからずじまいで、探すにも探せない状態だ。兵士の方は出発点と到達点、移動した日付だけははっきりしているものの、名字はおろか、彼の偉業について触れた当時の文献も見当たらない……。そんな経緯でお蔵入りになっているというわけだ。覚えているかどうかわからないが、最新の記事でこのふたつについては少し触れたが、あえて強く押すようなことは書かなかった。結局どう取り上げていけばいいのか見えなくなったんで、全部中断して、別のことに費やすことに決めた」

「別のことね……。おれが見る限り宗教にしか思えんが」鼻先で笑いながらチェマが言う。

「宗教ばかりでもない」

「そうか？　だけどヴェネチアの神父の記事は出したよな？」と食い下がる。

「確かに。あれは奇妙な発明品について触れたまでだが、神父の話では過去の映像を再現できるという……何だったかな……。そうそう、クロノビジョンだ！　とはいえ、あれも結局は思ったほどの成果にはつながらなかったが」

「ああ」

愛車イビサのディーゼル・エンジンが次第に鈍くなっていく気がした。カメラマンの予見どおり、カメロス山地を取り巻く風景はますます険しくなっていく。聖骸布の複製があるというラグーナ村に向かう道路も、狭くなったばかりか次第に勾配もきつくなる。少し前から外の気温もマ

8

イナスになっていて、両側に見えるブドウ畑は一面雪に覆われていた。そのうえ悪いことに、車のダッシュボードにネジで止めている短波用の小型送信機が機能しなくなった。チェマがどこにでも持ち歩いている代物だ。長年無線愛好家だった彼らしく、電波が届かない状態で旅行すると思うだけで耐えられない気分になる。そのため二度ほど車を停めさせて、アンテナを確認しては誰かとの通信を試みた。

「まったくだめだ」とついに降参した。「雑音すら聞こえない。完全にいかれちまったようだ」

「あまり深刻になるな。運がよければ夕方にはログローニョに一泊して修理してもらおう」

「お目当ての聖骸布とやらはまだ先か?」

「あと一時間ぐらいだろう」

「やれやれ、これじゃあ瞬間移動したくもなるよ」

9

「スタンダール・シンドロームって、聞いたことがあるかしら？」

唐突なメイヤーズ医師の問いに一瞬たじろいだジェニファー・ナロディだったが、すぐに首を横に振って否定した。長い治療の合間に休憩を入れ、ふたりともくつろいだ気分で、大きめのコーヒーカップをさすりながら会話をしている。熱い液体がジェニファーの空っぽの胃袋に活力を吹き込んだ。リンダ・メイヤーズのオフィスは雑談がしやすい雰囲気だ。大窓からは大都市の喧噪を見下ろせる。ブロードウェイ通りの車列、威厳を漂わせる裁判所の石造りの正面《ファサード》、汚れひとつない市庁舎、慌ただしく歩道を行き交う経営者と思しき人々……。そんな光景とは無縁に室内は静けさと平穏に満ちている。ロサンゼルス一の腕と診療費を誇ると称される精神科医の仕事場は、その一方で権力を手中に収めたような感覚も生じさせる。そこから活気に満ちた街並みを眺められるのは、ほんのひと握りの人間だけだ。部屋の中には鮮やかな原色で彩られた絵画がいくつもかかっているが、いずれもアフリカン・アートだとわかる。メイヤーズは自分の血筋を心から誇りに感じていた。そのため室内全体にアフリカ大陸のエキゾチックな香りが漂っている。いま飲んでいる輸入コーヒーもそのひとつだ。

「スタンダール・シンドローム？」

9

ジェニファーは問いかけてすぐにコーヒーをすすった。

「精神高揚のひとつで、ヨーロッパ、特にイタリアを訪れた旅行者によく見られるものよ」

説明をするメイヤーズが微笑んだ。真っ白い歯と漆黒の肌が実に対照的だ。打ち明け話をするためにその瞬間を待っていたかのようにも感じた。

「そんな目で見ないで！」と笑う。「スタンダールは危険なウィルスでも何でもないから。むしろよくある症状で容易に治療できるものよ。気づいたとは思うけど、19世紀フランスの作家の名前に由来するもので、彼が一日中フィレンツェの美しい名所を巡っていたところ、動悸やめまい、失神、果ては幻覚症状にまで悩まされることになった。原因は過剰な美しさだった。イタリアの通りという通りに溢れる歴史や美の洪水に、皆が皆、耐えられるわけではないということよ」

「先生、何が言いたいの？」ジェニファーが楽しそうに相手の顔を見る。

「あなたはローマから戻った途端に、例の夢に悩まされるようになった。先住民たちの前に現れる不思議な雰囲気の女性というのが、イタリア中にある聖母マリアの姿をしている。もしかしたらあなたの場合も……」

「ローマの美しさを味わいすぎた結果、あの夢を見ていると？　いくらなんでもそれはないわ、先生！　本気で言っているんじゃないですよね？　わたしは2年間もバチカン近くのアウグスタ通りで暮らしたんです。どう考えてもあの街の美しさに慣れるだけの時間はあったと思います。みごとな彫刻のアーチもテヴェレ川にかかった橋も、教会や大聖堂、修道院、彫像、オベリスク、フレスコ画も、十分すぎるほど堪能しました。本当なんです。街を去るに当たって、それらが心残りだったなどということはありません」

「正直言ってあなたがうらやましいわ、ジェニファー」コーヒーをすすりながら精神科医は言った。「聞かせてほしいんだけど、どうしてローマで暮らすことにしたの？」

「ひと言で言えば、ここから逃げ出す必要があったから」

「恋愛がらみの問題？」

「まさか！　そんなんじゃありません！　男性とは縁がないので」頭を揺すると、過去を懐かしむ表情を見せた。「原因となるのは決まってわたしの仕事です。といっても、その件についてはあまり話せません」

「仕事の話ができないと？」シマウマが描かれた上質のトレイの上にポリスチレン製のカップを置いてから、メイヤーズ医師は再度尋ねる。「それはどういうこと？」

「……長い話になると前にも言いました。それに軍との誓約で機密事項の守秘義務もあるので、おそらくお話しできることは少ないと思います」

「あなた、軍人なの？」

仰天する精神科医の表情にジェニファーはにっこりする。そのことを初めて知った時の母親もまったく同じ反応を見せたし、聴罪司祭も同様だった。メイヤーズを驚かせたかったからこそ、診療所の問診表に詳細を記入せず、芸術家と書くにとどめておいたのだ。とはいえ、本質的にはその記述は間違っていない。事実イタリアから戻ったら、小さなアトリエを構えて自分の描いた絵画を展示するつもりでいた。

9

「正確に言えば軍人ではありません。国防総省のあるプロジェクトに協力していたけど、結果的に被害を受けるかたちになって、職務からは離れました。軍との誓約がある以上、仕事の詳細は明かせないんです。察しがつくでしょう、先生？　何しろ〝国家反逆罪〟に値すると言い聞かされてきましたから」

「でもわたしの質問に答えることは、必ずしもあなたの仕事の詳細を洩らす行為には当たらないと思う」リンダ・メイヤーズが苦笑しながら患者を諭す。声はいつもの厳しい調子に戻っていた。

「こちらにも患者に関する守秘義務があるから、ここでの会話が外部に漏れることは一切ないわ」

「わたしの夢の解決には、それほど重要な事柄ではないかも……」

「それはわたしが見極めることよ。そうでしょう？　ではいまから、あなたがなぜ仕事のせいでアメリカを離れなければならなかったのかを話してちょうだい」

10

ローマ

同じ頃、ロサンゼルスから1万キロ以上離れた永遠の都では、夕刻時のお決まりの風景とも言える交通渋滞に見舞われていた。春がもたらす暖かな午後が、日一日と長くなる。

ジュゼッペ・バルディは脇目も振らず足早にサン・ピエトロ広場を歩いていた。ヴェネチアのサンタ・ルチア駅からローマ行きの列車に乗って6時間。はるばるやってきたのに、世界有数の美しさに見とれている余裕はない。1分たりとも無駄にはできなかった。

神父の計画は単純だった。バチカン市国の中心、ドメニコ・フォンターナが設置した、エジプト産のオベリスクの下で待ち合わせる。そうしたところで〝四福音史家〟の間で厳重に定めた掟を、そのうちふたりが破ったなどと気づかれはしないだろう。〝四福音史家〟とは、マタイ、マルコ、ルカ、ヨハネの4名の福音書記者のこと。サン・ジョルジョ修道院の門番に言わせれば〝聖人たち〟だ。

有能な科学者たちで構成されたグループの掟では、いついかなる状況下であろうとも、総括責任者である〝聖ヨハネ〟の許可なしにそれぞれが直接顔を合わすことはできないとされる。〝四

10

福音史家〟はそれぞれが、専門グループのリーダーとして研究を進めている。プロジェクト全体を把握しているのは、聖ヨハネと、教皇の科学顧問団からなるプロジェクト特別委員会のメンバーたちだ。そのようなかたちにすることで、各グループの研究への忠誠を保ちつつ、教会内部の圧力団体からの攻撃も回避していた。

いついかなる状況でも直接会ってはならないのか？

日頃は秩序を重んじるバルディだが、〝過ち〟を犯したばかりのいま、自責の念に駆られている暇すらない。バチカン内の厳格な規律よりも、ルイジ・コルソ神父と会って話をする方が彼にとっては重要だ。まだ間に合うかもしれない。緊急に召喚された審問に臨む前に〝第一福音史家〟にいくつかの事柄を明らかにしておきたい。〝聖マタイ〟がクロノビジョンに関して自分の知らない情報を握っていることは確かだ。バルディがスペイン人記者と会見して以来、何らかの理由で彼には知らせたくない、共有できぬ情報があるに違いない。それを知ることで、いま差し迫っている処罰を回避する糸口になるかもしれない。

ベルニーニの列柱《コロネード》をあとにした所で、得も言われぬ疑念が彼の心を曇らせ始めた。〝異端審問所〟がなぜ急に、コルソ神父の、彼が率いるローマ・グループの研究に関心を示し、妨げようとするのか？　バチカンが態度を一変させるほどの発見を、〝聖マタイ〟が実験中に得たのだろうか？

ローマに向かう列車の中でバルディは、〝聖マタイ〟の最新の報告を何度も読み返して回答を得ようとしたが無駄だった。〝聖マルコ〟と〝聖ヨハネ〟の手紙にも今回彼が立たされた窮地の手がかりとなるものは見いだせない。彼ら3人がバルディに手紙を送った時点では、コルソ神父も他のふたりもＩＯＥ側からプロジェクトへの圧力がかかることなど予想しようにもできなかったはずだ。

そんな現状を照らし合わせた末に、彼はあえて掟を破ることにした。絵葉書や記念メダル、ソフトドリンクやアイスクリームの屋台をすり抜けてオベリスクを目指す。バルディは目を凝らした。〝聖マタイ〟との対面の機会を誰にも阻まれるわけにはいかない。そのために細心の注意を払ったつもりだ。コルソ神父宛に打った電報も、暗号文を緻密に交えて場所も日時も伝えてある。

〝落ち着くんだ〟励ますように自分に言い聞かせる。〝すべてうまく行く〟とは言うものの、現実を直視せぬわけにはいかなかった。いつになく焦りを感じている気がする。それなりの根拠を持ち出したうえで、国務省から受け取った召喚状とコルソ神父の研究への介入は、もしかしたら〝福音史家たち〟に対する魔女狩りの始まりなのではないかとの疑念が渦巻く。それとも妄想だろうか？

彼の不安にさらなる追い打ちをかける場面に遭遇した。待ち合わせ場所であるオベリスクに近づいても、誰も見当たらない。背筋に悪寒が走った。確かにこの場所、この時刻だ。失敗などありえぬはずだが……。

もしありえたら？

〝聖マタイ〟は彼からの電報を受け取っただろうか？　何よりも暗号文を理解できただろうか？

10

そもそもプロジェクトの最も重要な掟を、彼も破る覚悟があったと言えるか？ いや、最悪の可能性も否定できない。次にクロノビジョンの責任者となる者からの信頼を得るために、コルソが密告したとしたらどうなる？

不安に呼応するかのように、〝聖ルカ〟の足取りは重々しいものに変わる。仕方なくオベリスクの両脇にある石造りの噴水の水盤のひとつに腰かけて待つことにした。そろそろコルソも来るだろう。

待つ時間は長い。

刻一刻と時間が進むごとに、次から次へと浮かぶ疑念がバルディ神父の心を揺さぶる。もう長いこと会っていない〝聖マタイ〟だ、すぐに見分けられるだろうか？ 下手をすると大聖堂目指してサン・ピエトロ広場を歩いている無数の神父のひとりにしか見えないのではないか？

「そろそろ時間のはずだ」

いら立った様子で腕時計を見る。午後6時30分。〝もう来てもいい頃だろう〟と思った。

彼のいる場所からは、玄関廊《アトリウム》を通る人々も階段を下りていく人々の姿もよく見える。中世さながらの派手な軍服と、鋼鉄と木でできた槍を手にした浮かぬ顔の兵士が4名立っている。バチカン市国への表玄関、鐘のアーチと呼ばれる門の警護をしている者たちだ。教皇に張りついている忠実なスイス衛兵か、と〝第三福音史家〟は内心でつぶやいた。

観光客に交じって、巡回中のイタリア国家憲兵（カラビニエリ）の姿も目につく。中には、列柱《コロネード》の美観やオベリスクの堅牢さに感心している学生グループを微笑ましく眺めている憲兵もいた。

だが相変わらず〝聖マタイ〟の姿はない。

「ええい、いまいましいローマの交通機関め！」我慢も限界に来ていた。ばかばかしい話だ。長時間かけてヴェネチアからやってきた彼が時間どおりに着いているのに、ローマ市内に住む相手の方が遅れるなどあってもいいものか。コルソは作家でもあった。タイプライターに向かって没頭するあまり、約束を忘れてしまったか？

午後6時43分、バルディは同じ場所に立って待っていた。

すでに待つことには嫌気が差している。

「都合が悪かったのなら、ひと言伝えてくれてもいいものを」つい不満を口にした。「そうでなければ……」

時間を守らない、〝聖ルカ〟にとってこれ以上の大罪はない。この件に関して彼は相手が誰であっても厳しい姿勢を貫いている。音楽院の生徒であっても、同じ修道院で暮らす修道士たちであっても……友人ならばなおさらだ。神は時間を逆に数えるストップウォッチとともにわれわれをこの世に送り出した。したがって人を待たせて時間を無駄にさせる行為は神への冒瀆に等しい、彼はそのように考えていた。

〝秘密諜報機関の犬どもがわたしの電報を途中で奪ったとしたら……どう考えてもいま頃逮捕されていなければおかしい〟。最悪のシナリオを持ち出すことで自分をなぐさめる。〝となると、別の理由で遅れているに違いない〟

10

彼の安堵は束の間のものだった。

午後6時55分、とうとう〝第三福音史家〟は、こらえきれずに歩き出した。前方だけを見据えて広場の出口のひとつを目指す。ポルタ・アンジェリカ通りを横切ってガッレリア・サヴェッリ方面に向かった。ガッレリア・サヴェッリはその通りに面した大きな土産物店だが、ちょうど店の入口を閉めるところだった。そこに公衆電話を見つけたバルディは、自分の疑問を一挙に晴らすつもりでいた。

要する時間は1分程度だ。小銭を取り出すと〝第一福音史家〟の電話番号を押した。

「もしもし。コルソ神父はおりますか?」

いつも電話をつないでくれる気難しそうな男の声が、しばらく待つよう告げた。内線に切り替わった途端、受話器を取る音がした。

「はい……どちらさま?」男のしわがれ声が応じたが、聞き慣れない声だ。

「ええと……コルソ神父じゃないですね。どうやら間違えてつないだようです」

「いや、間違ってはいない。コルソ神父は……」一瞬ためらい言葉を続けた。「いま電話に出られぬものでして。どちらさまで?」

「彼の友人ですが」

バルディは電話の向こうのぶっきらぼうな男に、あえて尋ねてみることにした。

「出かけたかどうかはわかりますか?」

「いや、彼はここにいるが……あなた、誰だい?」しわがれ声がまた訊いてくる。

どうしてしつこく電話の主を知りたがるのか、バルディには奇妙に思えた。

「あなたこそ誰なんです？　なぜコルソ神父につないでくれないのですか？」

「さっきも言ったように、いまは電話に出られない」

「わかりました。あとでまた」憤慨しながら告げる。「夕食後にでも電話します」

「何か彼に伝えてほしいことは？」

「電話があったと……」彼は一瞬迷ったが、男に告げた。「第三福音史家から電話があったと伝えてください」

「第三福音史……？」

〝聖ルカ〟は電話を切ると、釣銭も取らずに店を出た。息苦しさに、早く外の空気を吸いたいと思った。〝大ばか野郎め！〟目の前にいない相手を罵る。

だがバルディは不意に何かがおかしいと気づいた。コルソとは夕方6時半にサン・ピエトロ広場のオベリスクで待ち合わせをした。となると、もっと前に宿舎を出ているはずだ……。しかも電話に出た男は〝出かけている〟とは言わずに、なぜか〝コルソは出られない〟と繰り返してつなごうとしない。それどころか、電話をかけてきた者が誰なのかを、執拗に突き止めようとする節すらあった。まさか病気にでも？　いや、逮捕か？　逮捕だとしたら誰に捕まえられたのか？

またもや妄想だろうか？

それとも一番恐れていた〝魔女狩り〟がすでに始まっているのか。

バルディの頭は破裂寸前だった。

10

もう選択肢はない。自分の正気だけを頼りに解決するしかない。それも直ちにだ。道の途中で立ち止まり、持っていた小さめのかばんの中を漁り始めた。盗みでも働くような仕草で何かを探す。取り出したのは輪ゴムで束ねた手紙の束だ。その内の一通、最新の報告の封筒に活字体で〝聖マタイ〟の住所が記されていた。

ローマ市セディアアリ通り10番地
聖マタイ

「セディアリ？　ここからさほど遠くないですよ」憲兵が教えてくれた。

「歩いて行けますかね？」

「30分ぐらいはかかるでしょうが、歩けますよ」と笑顔で応じる。「まずはコンシリアツィオーネ通りを突き当たりまで進んで、そこから右に曲がりヴィットリオ・エマヌエーレ2世橋まで歩く。橋を渡ったらその大通りを進み、共和政ローマ時代の神殿の遺跡があるトッレ・アルジェンティーナ広場に着いたら、すぐそばですから誰かに尋ねてください」

「わかりました、ありがとう」

目的地まではバルディ神父の足で43分かかった。二度ほど途中で立ち止まり、方向が正しいか確認したのと、イルミネーションが灯されたナヴォーナ広場の噴水の美しさに目を奪われたためだ。また、店の並びから漂う茹でたてのパスタの香りがローマの街に浸透していくさまも心地よい感じがした。

〝聖マタイ〟と連絡が取れない理由がいまだにわからない……。そんな中で最悪の事態が彼の頭をよぎる。ＩＯＥでもなければローマの交通渋滞でもない。かと言ってプロジェクトに携わる者の掟に盲従することを選んで、彼と会うのを避けたふうでもない。しかも電話に出られないほど具合が悪いというのも納得が行かない。

いずれにせよ、もうすぐ謎は解けるだろう。

11

スペイン、カメロス山地

ラグーナ・デ・カメロスでの聖骸布の取材は惨憺たる結果になった。毎年この時期には人気《ひとけ》がなくなるという村は、チェマ・ヒメネスとカルロス・アルベルにつれない態度を示した。村人の誰ひとりとして、今朝自分の村の名前が活字となって現れ、国内有数の通信社内で読まれた事実を知らなかった。半ば孤立したような奥地に暮らす者にとっては、どうでもよいことだと言えばそれまでだが。関心という点では、4月半ばだというのに真冬並みに雪が降り、春の訪れが遠のいたというのが一番のニュースだった。レサ川流域の集落に乗り込んだふたりのよそ者が直面したのは、鉛色の空にらせんを描いて立ち昇る4～5軒分の煙突の煙だけだった。尋ねようにも人の気配がない。

幸い村の主任司祭はすぐに見つかった。ドン・フェリクス・アロンド神父。村の一番高台に建つ田舎風の石造りの建物、アスンシオン教会の入口にちょうど彼がいたところに、若者たちは現れた。ふたりが気さくな神父と打ち解けるのにさほど時間はかからなかった。ドン・フェリクスは50歳前の屈強な男だが、純朴で親切心がにじみ出ているような好人物だ。目深に被ったベレー帽姿で陽気に若者たちを迎えてくれた。訪問の目的を告げると、予想どおり快く応じ、「聖遺物を見に？　遠慮はいらんよ、さあ入った入った。もっとも、どこから新聞記者が話を嗅ぎつけたのか、わたしには見当もつかんがね」とざっくばらんに語る。「この村に来て20年になるが、遺物の存在は初日から知っていたさ。人前に出すことなどなかったが、この聖週間《セマナサンタ》に初めて公開したわけだよ。まあ見てくれ」

記者とカメラマンは互いを横目で見やった。無数のカーブと悪天候に見舞われながら、何時間も費やした旅が無駄骨であったと突きつけられた瞬間だった。赤のビロードの箱に収められた複製品の聖骸布とともに、年代も記されている。《1790年》。聖具室の古いタンスからケースを取り出し、神父は誇らしげに数字を読み上げた。「18世紀の代物だ。悪くないだろ？」

カルロスは体中の力が抜ける思いだった。

600キロもの走行距離は無駄だったというわけだ。磔刑に処されたキリストの顔を彩った布は、14世紀の贋作《がんさく》とも言われるトリノの聖骸布よりもはるか後の時代のものであるのは明らかだ。いくらチェマがその場で何枚もの写真を撮っても、社に持ち帰れるような目新しい材料はない。そのうえ自分の性急さと読みの甘さから、タイヤ・チェーンも持たずにここまで来ている。道路を覆いつくした厚手の白いマントは、この時間にはもう凍り始めていた。教会から望む外の風景は、美しくもいまわしげな一色に染められている。

「この分だと降り続けるぞ」ドン・フェリクスが丹念に聖骸布をしまいながら、心配そうに不吉な予言をする。「きみたち今夜は村に泊るしかないな。せめて明日の昼頃、氷が解けてから動いた方が無難だ」

果たして神父の言ったとおりになった。

その晩、ドン・フェリクスはふたりの宿となる家を探してくれた。質素ながらも部屋を使わせてくれる民家があり、そこでひと晩世話になることにした。家主はひとり暮らしの85歳の老女だったが、とてもその年齢とは思えない、うらやましいほどの機敏さを見せている。温かいニンニクスープと腸詰めでもてなし、地元産のワインをお伴に会話を楽しんだあと、ふたりの客人を寝室に案内してくれた。冷えきった石造りの部屋でベッドのわら布団にくるまりながら、カルロスはこの小難のきっかけとなったメダルを撫でた。

「何だ、何だ？ まだ予感を信じてるってのか？」隣のベッドで布団を耳まで引き上げたカメラマンが相棒をからかう。肉づきのよい頬が極上のスープとワインで火照《ほて》っている。

「うるさいぞ、チェマ！」

12

ちょうど同じ頃のアメリカ西海岸、メイヤーズ医師の診察は思いのほか長引いていた。昼食時まで及んだのは、患者の語る話があまりに鮮烈な内容だったためだ。それで診療時間を延長し、再び患者と向き合うことにした。午後7時。この時間に診察するなど異例のことだ。通常はその日のカルテの見直しと翌日の準備に充てている。ところが話しやすい室内の雰囲気に触発されてか、ジェニファー・ナロディは内にある重荷を吐き出したがっていた。その日二度めの訪問をした時の彼女は、自分から話をするつもりで臨んでいた。医師の経験を振り返っても、実に稀なケースだった。

仕事机から見える日の沈む光景は壮観そのものだ。茜色《あかね》の夕日が、〝アフリカの間《ま》〟に飾られた象牙や木製の置物をしばしの間染める。精神科医の前には、フルーツジュースとミネラルウォーターで気力を取り戻したジェニファーが座っていた。彼女もまた、金融街のビルの明かりがひとつまたひとつと消えていく様子を感慨深げに見つめている。

医師が自分を特別扱いしてくれたことに、患者は心から感謝していた。長年閉ざしてきた自分の感情を誰かに知ってほしい、初めてそう思った。

深いグリーンの瞳をした華奢な体つきの女性は、その外見とは裏腹におよそ一般の者には想像

12

も体験もできない生涯を送ってきた。波乱含みだったのは精神面も同じだ。社会との孤絶に追いやられた者にしかわからない感情が、彼女の人生に影を落とす一方で、皮肉にもそのことが彼女の一種独特の人格をより強固にすることになった。

ジェニファー・ナロディはワシントンで生まれた。父親はドイツ系のプロテスタント牧師、母親はアリゾナのナバホ族の妖術師の孫娘として、メキシコとの国境沿いで育った。その両親のもとでジェニファーは、16歳までごく普通の幼少期を過ごした。同世代の少年少女と同様に、大学進学を考え始めた頃から問題が表面化してきた。クラスメートや近親者に関わる直観が鋭くなり始める。直観と呼ぶにはあまりに正確なものだったが、自分でコントロールできる性質のものではなかった。身近な者たちに起こる病気やけが、家庭内でのいざこざといった事柄が、眠るたびに見えてしまう。食後に居眠りをしていた時も同じだった。初めの頃は彼女も、何もためらわずに自分が見た映像を本人たちに伝えていた。ところが彼女が言ったことが無情なまでに的中する現実を目の当たりにすると、次第に人々は彼女を敬遠し、〝魔女〟と囁くまでになった。友人たちも男女を問わず彼女と接するのを避け、パーティーや映画に誘わなくなった。彼女が孤独で寡黙な女性になっていったのも無理のないことだ。大学に進学したものの、学業はそっちのけで、ジェニファーは自分に起こるできごとの原因究明に意識を向けるようになる。が、いくら求めても望むような答えなど見つかるはずもなかった。

そんな中で彼女にとって最悪の転機が訪れる。大学の最終学年時、数学を担当していたクライヴ・ブラウンの殺害現場を夢に見た。洗練された物腰で赤褐色の髪をしたアイルランド人男性には、彼女もほのかな恋心を抱いていた。いつも蝶ネクタイにストライプのジャケット姿で授業に現れる教師は、学生に対し厳しいながらも親身なことで知られていた。期末試験前日の晩、ジェニファーは身の毛もよだつ悪夢を見た。数学教師の青い蝶ネクタイが鋭利な刃物でもぎ取られる場面だ。人気《ひとけ》のほとんどないとても暗い場所で、駐車場のようにも見える。すぐそばにバスケットボールのコートがあるのが目に映った。それ以上詳しいことは特定できない。一方で青色の蝶ネクタイが飛ばされたあとの様子は鮮明に覚えていた。肩幅が広く頭髪の薄い男が、ブラウンのみぞおちに拳で一撃を加える。腹部を抑えた状態で膝から崩れ落ちる教師の首筋に、邪悪な男は即座に銃弾を撃ち込んだ。ブラウンには自分を撃ち抜いた拳銃を見る機会すらなかった。背後から銃弾を受けたところで、ジェニファーの夢は終わっていた。

衝撃的な光景に震え上がった彼女は、夢に見たことを本人に伝えるべきかどうか迷った。結局ジェニファーは試験の終了後、道具を片手に職員室に向うブラウンを呼び止め、事情を説明した。その場に居合わせた指導主任のマギー・セイムールも一緒に話を聞いたが、どちらの教師も彼女の夢に真剣に耳を傾けることはなかった。「よくある悪夢さ」、「ジェニー、試験ってものは時々そのような悪さをするのよ」。

翌日、クライヴ・ブラウンの遺体が自宅近く、アレクサンドリアのスーパーマーケットの駐車場で発見された。事件の捜査をしていたワシントン警察に、セイムール女史が女子学生の予知夢を詳しく伝えたところ、何もかもが一致していた。首に受けた銃弾、ちぎり飛ばされた蝶ネクタイ、薄暗いバスケットコートに至るまで。

12

その事件を境にジェニファー・ナロディの人生は一変する。

それからどのような経緯があったのかは不明だが、教師殺害事件における彼女の証言は、フォート・ミード陸軍基地の上層部にたどり着く。１９８４年9月、諜報部のリーアム・スタブルバイン大佐と名乗る男が、〝国家安全保障の最重要項目〟である極秘計画への参加の話を彼女に持ちかけてきた。暗号名〝スターゲイト〟と呼ばれるプロジェクトはスパイ活動の先駆的な試みで、際立った透視能力を持つ者を使い、軍事戦略や米国の敵国からのテロ攻撃防止の面で最先端を行くのが、主たる目的だった。もっとも、当時彼らは〝透視力〟という言葉は使用せず、〝遠隔《リモート》視力《ビューイング》〟と呼んでいた。

フォート・ミード陸軍基地は、そのプロジェクトを進めるための機密予算を潤沢に支給されていた。役目のひとつが、ジェニファーのような卓越した精神力、潜在力を備えた人物を見いだすことだった。軍の活動に組み込まれたジェニファーはその後6年間、彼女の超感覚的知覚（ＥＳＰ）が本物かどうかを確かめるため、あらゆるタイプの実験やテストにさらされることになった。その甲斐あって、クライヴ・ブラウンを殺害した犯人が特定でき、後の逮捕・裁判につながった。

捜査への貢献という面では成功を収めたが、それは彼女自身に有罪判決を下したようなものだった。国家安全保障局や国防総省の影が一生重くのしかかる結果を生んだからだ。中尉という地位を任ぜられたものの、たえず自国の政府から監視されているとの思いは、彼女の精神を蝕んでいき、抑鬱状態にまで追い込み、最終的には現在悩まされている一連の奇妙な夢へと至る。彼女自身、これまで一度も見たことも聞いたこともないはずの場所に、突如として現れる不可思議な

〝青い衣の女〟……。

奇妙な夢だった。まるで何らかの方法で、魂が時間をさかのぼり、遠い過去のできごとを実際に体験しているような。しかも決まって特定の場所と日付から始まるのだった……。

13

1629年夏、ヌエボ・メヒコ、グラン・キビラ

ホトムカム（オリオン座の一列に並んだ三つ星）が集落の真上に位置したその晩、〝霧〟氏族《クラン》の長老グラン・ワルピは、支族のリーダー9名をキバに召集して秘密の会合を開いていた。地面を円形に掘り下げ〝世界が眠る四本柱〟で支え、木の屋根をかぶせて全体を覆った狭く丸い空間に、今日ほど人が集まった日はない。

参加者たちは蛇の谷のある地平線の方を一瞥してから、祈禱所の屋根の穴から内部に下りた。あの場所で起こったできごとについては皆、噂を耳にしていた。グラン・ワルピが一同を呼び寄せたのは、彼らにその件での説明をすると同時に、協力を求めるためだった。

定められた時刻が来た時、10名は室内の砂の上に座っていた。グラン・ワルピの表情からも決意のほどが感じられる。高潔に振る舞い、つねに正当な裁きを下す人格者は、生まれながらにして与えられた名前グラン・ワルピ（大いなる山）に恥じぬ威厳に満ちている。偉大な老戦士は、人々からはトーテムのごとく敬われる存在だった。その日の長老は、顔に刻まれたしわがいつになく深く見える。過酷な風で渓谷に刻まれた溝のようにも映った。

「〝霧〟氏族《クラン》の兄弟たちよ。世界はめまぐるしく変わっている」キバの天井中央にある出入口を閉ざしてから、喉を絞るような声で語り始めた。

長老の言葉に一同うなずく。外から隔絶されたキバ特有のにおいが、皆の意識を次第に高揚させていく。

「変化の最初の兆しを受けてから30回の冬を越した。わが地に火を携えた男たちを迎えた日も、今夜と同じホトムカムの日だった。その後の惨劇を直接目の当たりにした者たちも、いまや数えるほどになった」

グラン・ワルピは小刻みに震える片腕を伸ばして天井の円い蓋を外すと、輝きを放つオリオン座の三つ星を見やる。

「稲妻を吐き出す腕を携え、われわれの矢をはじき返す亀の甲羅を身にまとった、白い肌の野蛮人たちは、誇り高きわれらが共同体に多大な苦悩をもたらした。大地に火を放ち、動物たちを殺し、女たちをさらったうえ、死体を井戸に放り込んで汚した」

老戦士は咳払いをする。

無残に蹂躙された日々の記憶が参加者たちの心に突き刺さる。彼らの祖先が1598年から1601年にかけて散発的に出会うことになったスペイン遠征隊との顚末は、大平原に暮らす者たちにいまだに恐怖心を抱かせる。グラン・ワルピ自身、スペイン人たちと戦った。(先住民には正確に発音できぬ名前である）フアン・デ・オニャーテに立ち向かい、抑圧から唯一生き延びた果敢な戦士がほかならぬ彼だ。貪欲なスペイン人に対し、彼らが求める黄金がこの地にはないと

13

悟らせる偉業を果たしたグラン・ワルピは、共同体に平和をもたらしただけでなく、長老としての地位も得たのだった。

だがそんな彼でも、スペイン人が再来する不安が心から消えたことはない。

「そうだ。よそ者たちは妖術でわが兄弟たちをひとり、ふたりと殺していった！」

たき火を挟んでワルピと反対側に座っている者が叫んだ。

「三度の冬が巡る間、三度戦いに負けた」別の男が小声で言う。「手も足も出なかった」

グラン・ワルピはそのように語る戦士たちの顔をじっと見つめる。いずれも、スペイン人たちの乗った馬を初めて目にした時に彼が味わった恐怖も経験していないし、侵略者たちの銀色の甲羅をその目で見たこともない。本当の恐怖がどんなものか知らない者たちだ。恐怖の味もにおいも知らない。いつどう意識が覆るかわかったものじゃない。

グラン・ワルピはキバの中で燃える火をしばし見つめた。

「近いうちによそ者たちがまたこの地にやってくる」

長老の言葉に皆、押し黙った。

「昨夜のことだが」と言葉を続ける。「長い間恐れていた兆しがついに現れた。われわれの世界の終わりが近づいている。おまえたちも家族の者たちもその日に備えておいてくれ」

居合わせた男たちの間で囁き声が洩れ始める。

「ファン・デ・オニャーテが戻ってくると？」ひとりが尋ねた。

グラン・ワルピがうなずく。名前を聞くだけでむかつきを覚える。

「兆しとは？」

問い質すのはニクバヤだ。氏族《クラン》の中でも武器の扱いに長けた男は、問う前に静かに立ち上がっていた。血走った目が彼の狼狽ぶりを示している。腕の立つ男だが、よそ者たちの武器とはまともに渡り合えぬことは理解していた。彼の父親は敵の火縄銃の一撃で死んでいる。彼がまだ1歳だった頃の話だ。戦闘中、銃弾に倒れる友の死を間近に見たグラン・ワルピは、いまその息子の顔を見つめている。

「わしの末のせがれで唯一の孫の父親サクモが、蛇の谷の墓地近くで、ある者に出会った」

「ある者？　誰だ？」

「〝トウモロコシの女神〟チョクミングレだ。青い光に包まれ、天から舞い降りて不吉な予言をしたそうだ。近々また白い肌のよそ者がこの地にやってくる。しかも新たな神を携えてくるらしい」

「そんなもの、大地の精霊が食い止めてくれる！」キバの奥に座っていた別の男が叫んだ。

「残念だがそれはない。精霊たちは何年も前からやつらの到来を告げていた。われわれが心配すべきは、皆の家族がいかに血を流さぬようにするかだ」

「サクモの言葉を信頼できるか？」

先ほどから立ったままの戦士を、グラン・ワルピは厳しい目つきで睨み据えた。

「ニクバヤ、せがれはわしの血を引く者だ。精霊たちの世界を見る力も引き継いでおる。それだけではない。これまでわしは口にしなかったが、あいつの証言はその前夜にわしが抱いた奇妙な

13

予感とまったく同じだった」老戦士はそこまで告げるとひと息入れ、再び説明を続けた。「前日の日没、わしは同じ場所でわが精霊カチーナに向き合い瞑想していた。するとクロウタドリの鳴き声のようにはっきりした声が、わしに語りかけてきた」

「声とな？」

支族長のひとり、たび重なる砂嵐に目をやられた小柄な男が、こらえきれずに口を挟む。グラン・ワルピがうなずきつつ応じる。

「そうだ。その声はわしに、近々この集落に偉大な精霊がやってくると告げた。別世界の存在だが、秘法を授けられた者たちだけでなく、ホトムカムの晩を野天で過ごしたすべての者に見えるという。ついにそれが起こった！　わしの息子がそれを目にしたのだ！」

目をやられた男は、訊き返さずにはいられなかった。

「その精霊は何のために現れたと？」

「告げてはおらぬ」グラン・ワルピは荒々しく右手で砂を引っかく。「だから今夜、皆に集まってもらった。〝霧〟氏族《クラン》を率いる長老として、一か八か精霊を呼び出そうと思う。精霊のメッセージを受け、われらの運命を共同体に伝えたい」

「われわれを呼び集めたのは、ともに精霊を呼び寄せるためか？」

ニクバヤの問いに、皆の視線が長老に集中した。

「そのとおりだ。ホトムカムは今日から8日間、われわれの頭上で輝く。儀式をして青い精霊の出現を待つには打ってつけの機会だ」

「最後に精霊召喚の儀式をやったのはあなたの前任者パバティだが、命を落としている。精霊を呼び寄せるのは命がけの儀式になる」

忠告の声はキバの奥まった位置から聞こえた。グラン・ワルピと唯一同世代で、経験豊かな老人ゼノだ。ゼノは静かに立ち上がり、室内の中央に歩いていく。

「承知のうえだ、ゼノ」と、グラン・ワルピは答えた。「わしには死への恐れなどない。おまえもそうであろう？」

老いたゼノにも失うものはない。キバの中央で火の粉を散らす小さなたき火に歩み寄ると、全員に言い聞かせるよう声を張り上げた。

「精霊たちは選択肢を与えてはくれん。われわれはできる限りおまえに協力しよう」

14

〝聖ルカ〟ことバルディ神父はセディアリ通りに着くと警戒を強めた。セディアリ通りはパンテオンやマダマ宮殿にほど近い小道のひとつだ。そのため、たえず観光客とそれを狙うスリの姿が目につく。付近をうろつく誰ひとりとして彼のことなど知らぬはずだが、それでも極力人目につかぬよう注意を払うことにする。〝しわがれ声の男〟との短い会話が、彼の疑念を膨らませていた。

厄日だと言われればそれまでだ。

警戒して1分と経たぬうちに彼は目的地の正面にいた。10番地は灰色の粗石造りの建物だった。堅牢な石壁の上に広めの木の窓枠と小窓が見える。薄暗い中庭へと通じる大扉が目の前に立ちはだかる。

一見しただけでは一般のアパートなのか、学生寮なのか、修道院の宿舎なのか見分けがつきにくい。ましてローマ市警察のフィアット2台が表門を封鎖していてはなおさらだ。

目の前の光景に、バルディ神父の表情が途端に暗くなる。なぜ警察が？　〝まあいい。少なくとも秘密諜報機関の悪名高き黒のシトロエンでないのが幸いだ。警察がいるからといって必ずしも大事とは限らないさ。落ち着け〟と言い聞かせた。

〝聖ルカ〟は何とか自分をなだめようとする。

心にわずかに残った平静さだけを頼りに、通りを横切り、建物とパトカーのある領域へと足を踏み入れた。回廊に面した門にかかった看板を見た。上部にはめ込まれた小窓から洩れる日差しに照らされ、〝聖ジェンマ宿舎〟の文字が目に映る。

「こんばんは……何やら騒がしいけれど、どうかしたのですか?」

バルディ神父は咳払いをしてから何食わぬ顔で尋ねた。管理人室の窓口に頭を乗り出すと、年配の男の姿が目に入った。薄くなった金髪に額に刻まれたしわ、歯もまばらな男はフランシスコ会の黄褐色の修道服を着ている。どうやら古ぼけたトランジスタ・ラジオを聞きながら時間つぶしをしていたらしい。

「ああ……」慌ててボリュームを落として客に応じた。「警察のことかい? 今日の午後、うちの宿舎の住人が自殺しちまったんだ。どうも4階から飛び降りたらしくてな」

〝第三福音史家〟は口ぶりで相手が誰だかわかった。〝聖マタイ〟に電話をするたびに、とげとげしい声で応じていた男だ。声の主がこのような風貌だとは思いもしなかった。

「自殺!?」バルディは嫌な予感を抱いていた。「何てことだ! いったいいつ頃?」

「夕方五時前後だ」嘆くように男が答えた。「いまラジオのニュースでも言っていたよ」

「ひょっとして……現場を目撃されたとか?」

「まあね」ぼろぼろの歯茎を見せつつ修道士は苦笑する。「何かが落ちた音がして窓から見たら、頭が割れた状態で男が倒れておった。一面血の海でな。即死だったんじゃないか」

14

「神よ、彼のみたまを天へ導きたまえ」バルディは唱え十字を切った。「自殺したのは？」

「ルイジ・コルソって神父で、教師で作家もやっとる多才な人だった。知ってるかい？」

バルディの顔から血の気が失せる。

「彼とは……顔見知りでした。だいぶ前のことですが」とごまかした。

〝聖ルカ〟は銀髪を撫でつける。まるでその仕草が考えを深めてくれると言わんばかりに。

「本当に自殺だったのですか？」

管理人が真顔になった。見知らぬ男の言葉の意味を読み取ろうとするように、夢魔を思わせる黒い目でバルディを見つめてくる。中庭に飛び降りた時、コルソが部屋にひとりでいたのは確かだ。来客があったが15分ほど前に去っている。そうなるとやはり自殺だったと思う。修道士はそう説明した。

「そうだ！」思い出したように言い加えた。「いま警察が上で現場検証中だ。状況を再現しとるんだろう。いっそ彼らに詳しく尋ねたらどうだ？　所持品なんかを調べて、かれこれ1時間以上部屋にいるよ。コルソ神父にかかってきた電話は全部警察の者に回してくれと言ってな。何だったら彼らに連絡してやろうか？」

「いや、結構」バルディが相手の言葉を遮った。「ちょっと気になったまでですから……。それにしても、どうして電話を警察に？」

「慣例なんだとさ」

「ああ、なるほど」

「神父さん」それまでとは打って変わった重々しい表情で話しかける。「自殺は大罪ではないかと思うが……」

「根本的にはそうです」

「だったら、神はコルソ神父の魂を救われるだろうか？」

バルディにも予期せぬ問いかけだった。

「それは神のみぞ知ることでしょう」

神父はどうにか別れの挨拶を済ますと通りに出た。メガネの位置を整え、緩やかな坂を上り始める。いまこの瞬間、誰かが彼のみぞおちに一撃を浴びせたとしても、何ひとつ痛みを感じないのではないか。それほどまでに突きつけられた凶報に身も心も麻痺していた。〝第一福音史家〟は彼との約束の1時間半前に死んでいた。バチカンでの意見聴取前に事態を打開したいバルディの思いと、彼のローマでの唯一の拠り所は消え失せた、あるいはほとんど消え失せたと言うべきかもしれない。いまや故人となった〝聖人〟は、彼にとってはクロノビジョンの研究におけるたったひとりの友人だった。もうひとりの関係者〝聖ヨハネ〟は全面的には信頼できない。それにバチカン内部で誰かが彼らの研究を凍結すると決めた矢先に、コルソの死が起こっている。バルディとコルソが知る以上に、多くの情報を把握する何者かが糸を引いているのではないか。

これも彼の妄想だろうか？

15

村に一泊した翌日、4月14日の午前中は雲の隙間から空が見え隠れしていた。

午前9時50分。カルロスは愛用のコルク表紙のノートに、これまでのできごとを殴り書きした。ラグーナ・デ・カメロスをあとにしたチェマとカルロスは、早くマドリードに戻りたい一心で車を走らせている。彼らは一夜の宿の女主人が用意してくれた、高カロリーの朝食と濃厚なコーヒー2杯で万全に腹ごしらえをしたので、村道と峠の迷路を脱け出すまで何とか持ちこたえられそうだ。その時点では、ふたりともそう思っていた。運命が用意した計画など知りもせずに。間もなくふたりはその計画を嫌というほど見せつけられることになる。

村を出てから1時間ほど経った頃、カルロスとチェマは何かがおかしいと気づき始めた。今度は雪ではなく霧のせいだ。そういえばと、昨日ドン・フェリクスがしていた忠告を思い出した。カメロス山地の尾根に濃い霧がかかる時には、下の谷間に向かうのはかなり厄介だ。前日に雪が降ったとなれば、山を巡る狭いアスファルト道はスケートリンクと化している。その状況で時速20キロ以上を出すのは自殺行為だと。

たびたびカルロスは車を停め、ボンネットを開けてエンジンを冷ましたり、タイヤに蹴りを入れて張りついた雪や氷を剝がしたりする作業を強いられる。

「おい！　今日はおまえの予感とやらはないのか？」

にやけたチェマが静かに窓を下ろして問いかける。昨晩からあざけりの表情を浮かべたままだ。人口100人にも満たぬ村、ホテルもレストランもなく1軒だけのバーは夏季のみの営業、しかも教会近くの80代の老女宅に宿泊するなどめったにできない経験だ。人気《ひとけ》のない昼間の道路にふたりだけの状況を、チェマ自身は半ばやけになって楽しんでいる。彼の声が周囲の岩山にむなしく響くが、状況が好転するかどうかは定かではない。

「チェマ、からかうなよ！　運っていうのは天候みたいなものだろう？　よきにつけ悪しきにつけ突然変わることもある」

カルロスのひと蹴りで車が揺れる。

「じゃあ今日は悪しき方向か……」

カルロスは応じない。

どう申し開きする？　判断ミスだと謝るか？　今回の取材旅行は、およそプロとしてはお粗末な衝動の賜物《たまもの》でしたと弁解するか？　そう告げて、チェマにさらなるからかいの口実を与えるか？

そんなのご免だ。冗談じゃない。

幸いにもカルロスが口にした運についての言葉は果たされようとしていた。周辺一帯を覆っていた霧が次第に薄まり、進行方向前方に道路標識の一部が見え始めた。まるでふたりにそっと近寄り、挨拶し、手を貸そうとしているかのような現れ方だった。彼らが途方に暮れた地点からわ

15

ずか100メートルほど先の交差点に、濃く立ち込めた霧に阻まれて、それまでまったく見えなかったものが、まさにその瞬間、姿を見せた。まるで映画のワンシーンのようだが、紛れもない現実だ。その日の午前中、何にも増して現実的なできごとだったのかもしれない。

「え、本当かよ……？」

カメラマンは息を呑んだ。

カルロスは運転席に飛び乗り、静かに愛車イビサを表示板の下まで滑らせていく。暖房を最大限にして、曇りが引いたばかりのフロントガラス越しに文字が読み取れた。

《国道122号線　タラソナ》

ここまで来ればもう迷うことはない。雑誌記者は左にハンドルを切り、目の前に開けた道に入り、意気揚々とアクセルを踏んだ。

だがそれは序の口で、間もなく霧が晴れたところで、さらに別のものが彼を仰天させる。

実際、ものの一秒。あっという間のことだった。昨日からの雪に埋もれた状態で路肩に立っていた標識。そこに書かれた黒い文字がカルロスを震撼させた。他人にとっては何の変哲もない文字でも、彼にとっては重大な意味を持つものだった。

「おい、見たか？」

ブレーキをめいっぱい踏み込み、車を急停止させる。助手席でチェマの体が前後する。

「何すんだ！」思わず叫ぶ。「血迷ったか？」

「いまの、見たか？」喉元をさすりながらカルロスが尋ねた。

「見たって何を？　標識か？」

「そうだ。文字を読んだか？」

「いったい何だってんだよ？」カメラマンはシートベルトを緩め、カメラバッグの中身が無事かを確認しながら言い返す。「文字なら読んだよ。〝アグレダ〟だろ？」

「何てこった！」カルロスは信じられぬ思いでうなずいた。「気づかないか？　一緒だって」

言われたチェマは、わけもわからずきょとんとしている。

「ほら、あの修道女の名字だよ！」

「修道女？」

ひげが薄く伸びたカメラマンの丸顔が、カルロスにはいつになく滑稽に見えた。

「自在にアメリカ大陸に飛んだっていう？」ほとんど聞き取れないほどの小声で問う。

「その張本人だよ！」

「落ち着けよ。おれもまだ死にたくないんでな。まずはしっかりハンドルを握ってくれ！　偶然だって可能性は大ありだろう？」

「偶然もへったくれもあるもんか！」カルロスは目を見開いて訴えた。いまの彼には目の前の相棒の姿しか見えていない。「17世紀、いやもっと前の時代には、著名な人物は大抵出身地の名前で知られていた……マリア・ヘスス・デ・アグレダ修道女の場合も〝アグレダ〟が地名ってこと

15

は十分考えられる！」

「とにかく落ち着け！」チェマがなだめる。「寒気がしてきたぜ。まずは国道で急停止したままってのは勘弁してくれ。あとはおまえのしたいようにしてくれて構わん。寄り道をして村に行って、誰彼に尋ねてもいい。とにかく車を発進させてくれよ！」

「何でもっと早く気づかなかったんだろう？」

チェマが険しい顔でカルロスを見やった。相方はすでに興奮状態にある。

「何でだろう？」カルロスはまだこだわっている。「これはどう見ても偶然なんかじゃない。そんなわけがないよ。考えてもみろ。スペイン国内にどれだけ村があると思う？」

カメラマンには相手が本気で質問しているのかどうかが判断しがたい。

「村の数がわかるか？」

チェマは助手席前のグローブボックスを開けると、いつも持ち歩いている道路地図を取り出した。巻末にある一覧表のページをめくる。その手の情報が載っているかもしれない。

「あったよ！」指で示しながら尋ねた。「知りたいか？」

「当然だ。いくつある？」

「3万5618村」

「な？　3万5000分の1の確率は偶然とはほど遠い！　まだ何か反論できるか？」

「いいから車を走らせてくれ！」

16

「ジェニファー、それらの夢が現実のものか、あるいはそうでないか。あなた自身に見分けがつくかどうか教えてくれないかしら?」

それまで患者の言葉に黙って耳を傾けていたメイヤーズ医師が尋ねた。患者の語る内容があまりに鮮明すぎるため、それが単なる作り話や妄想的なものなのか判断しかねていた。

「質問の意味がよくわからないのですが」

「つまり目覚めた瞬間、それまで見ていたものが記憶に思えたか。実際にあなた自身が先住民たちの中にいた感覚があるか」

「まさか先生」ジェニファーはやや反論調子になった。「生まれ変わりを信じているなんておっしゃらないですよね? 祖先にアメリカ先住民の血を引く者がいたかもしれないけど、わたしは先住民のことも彼らの風習についても、関心もなければ読んだこともないし……」

「いいえ、そういう話ではなくて、夢と現実とを見極めにくいことがあるか、ということ。率直に言ってどうなの?」

精神科医の固執ぶりが、患者を軽く威圧する。

「小さい頃から夜見た夢をすべて記憶しているところはありました」

16

「なるほど。どうぞ続けて」

「よく学校に行く前に、母にその日見た夢を一部始終話して聞かせました。自分が空を飛んでいる感覚や、壁をすり抜ける様子。水中で歌っていたなんてこともありました。わたしの祖母……長年メキシコ・シティ郊外にあるグアダルーペ寺院近くで暮らしていた人ですが、彼女がそんなわたしに〝大いなる夢見人《ゆめみびと》〟というあだ名をつけたほどです」

「〝大いなる夢見人〟？」

ジェニファーは柔和な顔でうなずいた。

「ええ。夢の世界と現実の世界の見分け方を教えてくれたのは彼女です。おかげで一連のニューメキシコの場面が夢であることはわかっています。そうでなければおかしいもの」

メイヤーズ医師は下あごを撫でて考え込んでいる。防音ガラスの窓に阻まれているので、下を走るパトカーのサイレンに気を惑わされることはない。車は猛スピードでブロードウェイ通りを駆け抜け、テンプル通りで曲がって市街中心部の闇に向かった。ロサンゼルスの街は夜に覆われていた。

「お祖母さまの話をしてもらえる？」淡い赤色と青色の照明を消して医師が言った。

ためらう様子もなくナロディは語る。

「名前はアンクティ。先住民族の言葉で〝踊り〟の意味だとか。母方の家系では、女性は代々そう名づけられてきたという話でした。もっとも、わたしは国境を越えたアメリカで生まれたため、その慣習には則《のっと》らず、ジェニファーと名づけられましたが」

「そう……何か彼女の思い出はあるかしら？」

「わたしが覚えていることはあまり多くありません。両親が夏の休暇でヨーロッパに滞在中、一度祖母の所に預けられました。祖母はわたしを毎日グアダルーペ寺院に連れていき、グアダルーペの聖母の逸話をそれこそ何百回も聞かされました。祖母の話で一番奇妙だったのは、自分が青い光を放つ聖母になった姿を想像するよう言われたことでした。聖母になって、昔のメキシコ人たちが暮らす地に舞い降りていく……」

「あなたがいつも夢で見ている女性のように？」

「そうです。祖母は聖母の出現の様子を語ってくれました。先生もその話、ご存じですか？」

メイヤーズ医師が首を横に振る。

「とても幻想的な話です。祖母と同じ先住民族の男フアン・ディエゴが、テペヤックの丘で青い光に包まれた不思議な女に出会い、自分を敬うための聖堂をその場所に建ててくれと頼まれます。ところが当時、メキシコを支配していたスペイン人たちは先住民の男の言葉など信用しません。首都に住む司教にそれを証明できる証拠を示せと言われ、途方に暮れたフアン・ディエゴはスペイン人の要求を青い衣の女に伝えます」

「それからどうなったの？」

「そこからが祖母のお気に入りの箇所でした」ジェニファーは嬉しそうに微笑んだ。「四度めに男の前に出現した際、女はフアン・ディエゴにバラの花束を授けます。その土地にはない、しかもその季節に咲くはずのない花を司教に持っていって証明しなさいと。先住民の男は言われるま

16

まに、花束を自分のポンチョの中にしまって大司教館へと向かいます。聖母がそのために用意してくれた花束を携えて」

ジェニファーがひと呼吸おいてから話を続ける。

「司教に迎えられたファン・ディエゴが、託された花束を見せようとポンチョを広げると……持っていたはずの花束は消えていた！　戸惑う男とは裏腹に、スペイン人司教は奇跡を目の当たりにして思わずひざまずきます。先住民の男がまとっていた粗末なポンチョに、青い衣の不思議な像が刻まれていたからです」

「聖女の肖像ということ？」

ジェニファーは無言でうなずく。

「心揺さぶられる話でしょう？　ひと夏の間、毎日のようにそのポンチョを見て過ごしました。いまでも、目を閉じて意識を集中させるだけで、聖母の姿が思い描けるほどです。ずっとわたしに寄り添っているというか」

「興味深い話ね、ジェニファー」精神科医の濃い瞳が輝いた。「その記憶に囚われているという感覚はあるかしら？」

医師の問いに、患者はどう答えていいかわからない。

「別の言い方をするわ。厳しく聞こえるかもしれないけど、悪く取らないで。私生活でも軍がらみの仕事でも構わないけど、何らかの精神疾患があると診断されたことはある？」

「前に話した遠隔透視のプロジェクトに組み込まれる際、事前にあらゆる種類の医療検査をされています」

「で、結果は？」

「何もなし。異常なしでした」

リンダ・メイヤーズは手元のファイルに何か書き記してから、大きくため息をついた。

「いいわ、ジェニファー。あなたの夢をコントロールするための抗不安剤を処方する前に、わたしなりの見解を聞いてちょうだい」

医師の言葉に〝大いなる夢見人《ゆめみびと》〟はソファーに座ったままで姿勢を整えた。

「無数に分類された夢に関わる障害の中でも非常に稀で、そのうちの1パーセント未満の人にしか現れないものがあるの。ソムニムネシアと呼ばれているわ。ラテン語の〝夢〟と〝記憶〟から派生した病名よ。簡単に言うと、現実の記憶と夢との区別がつきにくくなる人々に起こるものだけど」

「さっき夢と現実の見分け方については、祖母から教えられたと……」

「まずは最後まで聞いて」と医師が言葉を遮った。「同僚たちの多くも、それを統合失調症の一種とみなしていたわ。少しややこしくなるけど、〝精神で創り出した、とても現実的な偽の記憶〟と説明すればいいかしら。患者の中には夢で車の運転をしたり泳いだりした経験があるので、本当に自分にそれができると思っている人もいる。そうなると偽りの記憶が原因で、現実の生活で交通事故を起こしたり溺れたりといった危険にさらされる。わたしとしては、あなたのケースがそれに該当するかどうかはっきりさせたい。あなたの夢体験の根源となるものを探ったうえで、

16

なぜなのかを証明していきたい。なぜそこまで一貫性があるのか？　なぜそこまで現実味を帯びているのか？　わたしの心づもり、わかってもらえたかしら？」

ジェニファーがうなずく。

「夢の元を探ってみる気はある？」

「もちろん……」ためらいがちに同意する。

「時間がかかっても構わないわ。お母さまでも、お祖母さまでも、あるいは先祖の誰かでもいいから、同じような経験をした人がいるかどうか。何らかの手がかりが得られたら、ここに戻ってきて。その夢以外に異常が見られない限り、薬物治療はしないつもりだから」

17

すべてはグラン・ワルピが定めた流れで運んだ。〝霧〟氏族《クラン》を治める支族長10名は、8日間キバに閉じこもって精霊を呼ぶ儀式に備えた。1日に2回だけ、彼らの妻たちがキバに近づき、上部の出入口から茹でたトウモロコシの穂とサボテン、茎の汁をまぶしたリュウゼツランの葉と水を詰めたかごを下に降ろす。その際、中を覗き込むことは許されない。

女たちも、また他の者たちも、中でどのような儀式が行なわれているのかは知らない。クエロセの各氏族《クラン》は、それぞれが精霊との交信の儀式を持っており、いずれも門外不出として先祖代々受け継がれてきたものだ。キバの中で用意する発酵した物質が、〝高次の存在〟との接触をうながすことだけは知られていた。

室内ではたえずたき火が燃やされている。昼夜を問わずグラン・ワルピと支族長たちは、暗闇に陣取ったまま、時折物憂げなメロディーを口ずさみ、差し入れられた植物を噛みしめては、野牛《バイソン》の腸を張った太鼓を叩く。時間が経つにつれて中の空気は濃縮されていく。沈黙を続ける長老ひとりだけが儀式を司り、費やした時間を把握している。儀式と儀式の合間の待ち時間、男たちはまどろむ者もいれば、自分の入れ墨を仕上げる者、あるいは祖先から託された複数の古い仮面の手入れをする者もいる。仮面はいずれも醜悪な顔をしていた。鋭利な歯に巨大な目、頭に羽

17

根飾りや棘がついているものもある。どれも彼らの守り神の顔を模したものらしい。太鼓の皮を張る作業をしたり、キバの中央部の穴〝シパプ〟付近で祈ったりすることもある。シパプは人間がこの世に出現した穴で、集落の人々と地の霊をつなぐものとみなされ、重要視されていた。

　だがそんな一連の活動は、その後に訪れる真の作業、〝夢見〟へのほんの前置きにすぎない。幽閉初日から作り上げてきた発酵させたキャッサバの煮汁と神聖な植物を摂取したあとには、男たちの精神は青い精霊を呼ぶ準備がもう整っていた。誰よりもグラン・ワルピが精霊との対面を望んでいたのは言うまでもない。

　とはいえ、よくあることだが、初めのうちは何の変化もなかった。

来るべきはずの大いなる精霊が、まだ彼らの祈りを聞き入れぬかのように見えた。

　夜キバから離れた場所では、4名の若者たちが族長たちの儀式の見張り番をしていた。〝ケケルト〟または〝鷹の子〟と呼ばれる彼らは、まだ長たちの行事に参加はできないが、戦士としての資質は完璧に備えている。まとめ役は部族一の勇猛さを誇るサクモ、大平原の女神との体験の記憶もまだ冷めやらぬ彼だった。

　儀式が行なわれている間、善良な精霊以外誰もキバに近づけてはならない。そのことを若きリーダー・サクモは仲間たちに徹底させていた。彼らの取り決めに従わぬ者、合言葉に正しく答えられぬ者が現れた場合には、即刻捕らえて殺害し、手足を切り裂き、それぞれの部位を村から遠く離れた場所に埋めることになっていた。

　いまこの時に、〝霧〟氏族《クラン》の神聖な領域であるキバに、わざわざ足を踏み入れる者などいるはずはなかった。

*

儀式開始から8日めの晩、オリオンの三つ星〝ホトムカム〟の輝きが最高潮に達した瞬間、フマノ族の聖なる小空間で変化が起こる。顔中脂汗をにじませたグラン・ワルピが屋根の穴から顔を覗かせた。目をむいた形相は著しく錯乱しているふうにも見える。晩の儀式で疲れ果て、キバに集まった男たちは皆、深い眠りに落ちていた。が、長老の彼だけは違った。キバから飛び出し、周囲に人がいないのを確かめたあと、藪の奥へと向かった。

まるで何かに取り憑かれたかのように行動している。闇へ闇へと導く手に身をゆだねているふうにも映る。若い頃に魔よけとして胸に刻んだ幾何学模様が、いまこそ自らの使命を果たそうとしているかのようでもあった。

何かが、あるいは何者かがすでに長老と接触をしていた。

長老がキバを脱け出す直前、祖先の墓地近くの大岩の裂け目の辺りに、三日月形の青い閃光が降りてきた。周辺で見張りをしていたはずのサクモの目にも、今回は映らなかった。クエロセ定住地の誰ひとりとしてその存在を知覚した者はいない。仮にその場面を目撃する者がいたとしたら、青い光と長老との間にある種の密約でもあったと感じたに違いない。青い光が谷の奥を照らす中、長老はレイヨウのごとくその場所へと駆けていった。

17

老戦士が近づくにつれ、平原の様子が一変していく。

以前サクモを襲った奇妙な静寂が、またもや集落一帯を包み込む。山の窪地に到来した静けさとともに、それまで揺らめいていたはずの草の海が動きを止めた。コオロギの鳴き声も消える。老人が瞬く間に駆け抜けたばかりの泉から湧き出る単調な水の音さえ、いまはすっかり止んでいた。

グラン・ワルピは周囲の異変にまったく気づかない。彼の意識はこの世とは違う別の領域に踏み込んでいた。

「女神さま！」思わず叫んだ。「やっと現れてくれた！」

相手の姿を見届けたのもその時だ。

当初は光だけが見えたが、次第に目が慣れるにつれて、やせ細った若く美しい女の輪郭が明確になっていった。青白い顔が怪しい光を放ちながら彼の前に立っている。支族長たちの儀式は成功したのだ。「おお、守護精霊たちよ！」と感謝の言葉が老人の口から洩れる。女から四方八方に放たれた光が、浮いた状態の彼女の足元も照らしている。純白の長いチュニックの上に空色のマントを羽織っているが、いずれも地面の砂には触れていない。

グラン・ワルピが歩み寄るのを見て若い女が笑みを浮かべた。

「よ……呼ばれて……やってきたわ。何が……お望み？」

青い衣の女神は唇を動かすことなく問いかける。にもかかわらず、彼女の言葉は澄みわたる響きで相手に伝わる。9日前にサクモが直面した時とまったく同じ状況だ。

「女神さま、教えてほしいことがあります……」

出現した精霊が柔和なまなざしでうなずく。緊張ぎみにつばを飲み込んだグラン・ワルピが言葉を続けた。

「どうしてわたしではなく、息子に姿を見せたのです？　女神さまがこの地に頻繁に現れていた事実を、ずっと秘密にしてきたわたくしへの信頼がなくなったということですか？　わたしが女神さまと会っていることは、これまで一切口にせずに共同体を導いてきたのですよ。近々やってくる白い男たちと次の……」

「もう隠す必要は……ない」相手の言葉を遮った。「あなたに言った新たな時期は……到来した。あなたは……役目を果たした。あとは息子が……果たしてくれる」

「サクモが？　あれは未熟者です！」グラン・ワルピが声を上げる。

「彼のような……人物が必要……なの。肌にしるしのある人間が……あなたの持つ才能を……家族で唯一引き継ぐのは彼……。あなたの使命も……彼が受け継ぐことになる……」

「共同体はどうなるのですか？」

「神が……導いてくれる」

「神？　何の神さまです？」

女神は答えない。その代わりに何かを地面に落とした。粗雑な作りの木の十字架だ。目の前の光景に先住民は呆気に取られる。

長老グラン・ワルピには次に起こることがわかっていた。青い光が輝きを増し、百匹ばかりの

17

ネズミが一度に鳴いたかのような鋭いうなり音が彼の耳を貫き、彼の意識を打ちのめす。女神が去る時にはいつもそうだった。女の沈黙が続くと、会見は終わりを迎える。青い光の不可思議な女神は、決まって男が気を失い、地に崩れ落ちる姿を見届けると、静かに姿を消していくのだった。

ところがその日に限って青い精霊は、男に最後の指示を託すだけの余裕があった。

18

スペイン・アグレダ

カルロスは再び車のエンジンをかける前に、大きく3回深呼吸をした。もっともそれとて、自分の大発見にすっかり興奮した彼を落ち着かせようと、チェマが説得して車を路肩に寄せさせたからだった。当の運転手は相変わらず、ゾンビのように〝アグレダ〟と繰り返している。アグレダ……彼が追っていた修道女の名字と同じ名の村がある。その現実を素直に受け入れるまでには至っていない。〝スペイン内にある3万5618の村のひとつ〟幾度となく心の中でつぶやく。

〝最初に確認しておくべきだった！〟

「発見はその者に理解できる準備が整った時、やってくる」チェマが東洋の賢人のような口ぶりで囁いた。カルロスにはまだ友人が自分をからかっているようにも思われる。

「どういうことだ？」

「要するに、おまえがテレポーテーション絡みの取材を始めた時点では、まだ理解するだけの準備ができていなかったということだ」

「理解って、何を？　つまらん哲学問答は勘弁してくれ！」反論するカルロス。

18

「おまえがどう考えようと構わんよ。不信心者だってことは先刻承知しているから。だが、おれ自身は確信してる。おれにもおまえにもそれぞれ運命ってもんがあるってな。しばしば運命はハリケーン並みの勢いで、人を別の方向にねじ曲げてしまうものだ」

隣に座るカメラマンの言葉は、奇妙なほどに深みを帯びていた。まるで友人ではなく、古《いにしえ》の老賢者が乗り移って語っているかの印象を受ける。それまでチェマがそんな口ぶりで語った場面に遭遇した記憶はないし、そういった感情を抱く人間かどうかも、正直なところ疑わしかった。しかしながらいまの言葉には、カルロスの骨の髄まで揺るがすほどの何かがあった。改めて振り返ると、確かに奇妙な話だった。路面が氷と化した国道122号線を引き返すわけにもいかず、愚行とも言うべき聖骸布の追跡が無駄足だったとわかった以上、一度は保留にした調査をするためアグレダという村を目指す以外選択肢はない。胸ポケットにある聖顔布のメダルの滑《なめ》らかな感触に、思わず笑みがこぼれた。この予期せぬ展開が、仮眠状態だったテレポーテーションの調査を再開させ、結果として極上のルポルタージュを手にマドリードに帰る。そんなことがないと言いきれるだろうか。

思いを巡らすカルロスを、エンジン音が現実へと引き戻す。慌ててノートを閉じ、チェマに道路地図をたたませると、長く続くアスファルトに視線を注ぐ。ためらうそぶりも見せずに、村の中心へと続く唯一の道に入った。

山のふもとに位置するアグレダ村はあらゆる意味で発見の連続だった。村を見下ろすかたちで標高2315メートルのモンカヨ山がそびえている。所々かかった霧に挑むかのようにも映る。

村の中心は幾多の歴史の傷跡を繁栄していた。15世紀半ば頃まではキリスト教徒、ユダヤ教徒、イスラム教徒が共存し、通りや市場にひしめき合っていたに違いない。王族の結婚式や条約締結の舞台になり、ケイレス川の水は極上の武器を作るローマの鍛冶職人たちが重宝し……。いずれにせよ村の歴史全体を探るにはある程度の時間を要する。

ふたりが着いた朝のアグレダの通りは、ラグーナ・デ・カメロス同様、人気《ひとけ》はなく路面も濡れていた。村を貫くマドリード大通りの両側に駐車した車のフロントガラスは、一様に厚い氷の層が張りついていた。３０００人強の村人たちは、寒さのために家の分厚い壁の向こうに身を潜めているのではないかと思われた。

「さて、まずはどこに向かう?」チェマが相手の腹を探るように穏やかな口調で尋ねた。幸か不幸か当のカルロスは、起こりえない地名の発見にまだ衝撃が冷めやらぬ様子だ。

「村一番の教会だ。ほかに考えられるか? もしもこの村に、どんな方法かはともかく、昔アメリカに飛んだ修道女がいたとすれば、教区司祭なら何らかの話を知っているはずだ」

「知ってるかも……だよ」チェマが訂正する。

愛車イビサが気力を取り戻したかのごとく、人通りのない道を軽快に蛇行する。実際に走ってみて、村が車道から見るよりもはるかに大きいことがわかった。幸いたどり着いた長方形の大広場の西側にある役場らしき建物の隣に、ふたりのお目当ての教会が見える。カルロスは車を一周させるかたちで教会に近づき、大扉から10メートルほどの場所に車を停めた。

「閉まってるぞ!」白い息を吐きながらチェマが告げた。

18

「となると、別の場所が開いているかもな」

「別？」

「ああ。あっちを見てみな」

　真後ろにある四階建ての建物の裏にバロック様式の大きな鐘楼が見えた。ふたりは車を降りて徒歩で広場を横切り、厳かな柱廊玄関を押してみたが無駄だった。

「だめだな、ここも閉まってる」あきらめ顔でカメラマンが嘆く。「誰もいないとはな。寒さのせいってこともないだろうに……」

「何か妙だな。カフェやバーまで閉まってるぜ」

「妙でも何でもないさ。北じゃあ珍しくもない。日曜日でこの気温となれば、おれだって家に閉じこもりたくもなる。正午になって荘厳ミサでも始まれば、おそらくは……」

　チェマの言葉が、なぜかカルロスの気に障ったらしい。

「正午、12時だと!?　そんな時間までここで待ち構えるわけには行かないぞ！」

「おれも同感」寒さに身震いしながらカメラマンは応じた。「ひとまず車に戻るかい？」

　戻ってエンジンをかけ、車内に暖房が行き渡ったところで、ワイパーで何度か張りついた雪を取り除いた。不意にチェマが小声で洩らす。

「ちょっと慌てすぎたかもな」

「かもしれん」不服そうにカルロスが言う。「だけど、この村に出くわした偶然については否定はできないだろう？」

「おまえはやけに、偶然とやらにこだわるね」

「数学教師の話はしたか？　偶然は神の別の顔だと言っていた老先生のことだが」

「何度も聞いたよ。２週間ずっとその話で持ちきりだ！」チェマは笑って応じる。「おれがわからんのは、なぜおまえがそこまで頑なに拒むかだ。人生ってのは、誰がとか何のためとかは関係なく、あらかじめ計画され、こちらの手の及ばんものなのさ。いい加減受け入れたらどうだ？　それとも偶然の裏にいる神を現行犯逮捕しなけりゃ気が済まないか？」

カルロスはハンドルを握り締め、不揃いに駐車した車の横をすり抜ける。気を取られて、所々に張った氷でスリップし、他の車に衝突しては洒落《しゃれ》にならない。

「何て質問だ」ようやく答えた。「いまの言葉を受け入れたら、自分の人生を描いた何者かがどこかにいるってことになるじゃないか。そうしたら、神や運命といったものの存在を認めざるをえなくなる」

「単に信じてもいいんじゃないか？」カメラマンは食い下がった。

「気に食わないのは、神ってものが、理解できないことに何でもかんでも貼るレッテルになっている感があるからさ。その状態で神を信じるのは、考える努力を避けているようで、嫌なんだ……」

「じゃあその考える努力を積んだ末に、神が存在するという結論に行き着いたら？」

カルロスは答えない。急にハンドルを握る両手がこわばり、まなざしがうつろになる。イビサを道路端に寄せて停め、エンジンをアイドリング状態にした。

18

「今度は何だ?」

「ひょっとしたら……道を間違えたかも」カルロスが小声で告げる。チェマは心配になってきた。何かがうまく噛み合っていない。

「事態は深刻か?」

「いや……何とかなると思う」

両腕の緊張が緩むのを待って、再びカルロスは車を進めた。間もなくアグレダ村の境を示す標識が見えた。カルロスはそれを見届けつつ、一旦車を停めてシートベルトを外した。通ってきた道が国道122号線でないことは、チェマの目から見ても明らかだ。アスファルト舗装の傷みもひどく、所々が陥没し、狭くてとても二車線取れるとは思えない。

その後のカルロスの行動は、カメラマンには理解しがたいものだった。

うつろな目つきで車を降りたかと思うと、ドアを閉めて石畳の道を歩き出したのだ。道の先には小さな鐘楼のある石造りの建物が見える。ガラス越しに彼のおぼつかない足取りを見つめながら、〝少し外の空気を吸うつもりだろう〟とチェマは思った。

「ここだ! 降りてこい!」突然叫んだカルロスが、両腕を高く上げて合図している。

カメラマンは驚いたが、とっさに座席下のカメラバッグをつかんで外に飛び出した。

「どうした?」

「ほら、見てみろよ!」

チェマが身を震わせながら近づくと、カルロスは洞窟の中のドラゴンのように白い息を吐きながら、しきりに後方の建物を指し示していた。大きな石造りの建物は車道よりも低い位置に建っていて、奇妙な石の紋章がついた四角い樫の扉がひとつ、太い鉄柵で守られた半円アーチの扉が3つある。

「見せたいのは何だ？」

「下だよ。わからないか？」

言われた場所に目をやると、両腕を広げた修道女の石像があった。一方の手には十字架を握っている。突如として現れたかの印象を受け、チェマは戦慄を覚えた。まるでわずか数秒前にはそこに存在していなかったかのようだった。

「修道院だ！　例の修道女を尋ねるのにこれほど最適の場所はないぜ。そうだろう？」

「あ……ああ、そりゃそうだ」チェマがつぶやく。「とにかく下りてみるか？」

ふたりはまだ雪に覆われた傾斜路を下るとオーク材の扉の前に立った。そこまで行って初めて、建物全体が彼らの想像を超える規模だったことに気づいた。修道院というよりも要塞のようだ。壁面には十字架の道行き〔イエス・キリストの逮捕から埋葬までの14場面〕が描かれ、小さな木枠の窓が点在し、時にさらされ黒ずんで、朽ちかけた十字架が所々に掲げられている。

「確かに修道院だよ」

小声で言ったチェマの言葉は、カルロスの耳には入らない。彫像を載せてあるセメント製の台座が気になるらしく、膝をついて刻銘を読んでいた。次いでノートを取り出し、刻まれた文字を熱心に書き写す。

18

写し終わるとやっと口を開いた。「ここに書かれた文字を読んでみな」

チェマは覗き込んで銘文に目を凝らした。

《誉れ高き尊者、マザー・アグレダの偉業を
後代に伝えるべくこの像を建立する
同郷人一同》

「おまえの言ってた修道女だと思うか？」

彼の言葉にはある種の含みが感じられた。

「そうでなければ何だって言うんだ？」

「よく聞け」愛用のカメラを撫でながらチェマは言う。「さっき言った運命の話はひとまず忘れて、お互い冷静に考えるとしよう」

カルロスは無言でうなずく。

「昔から著名な人物は自分の出身地を名前につけるならわし。確かそのように説明してくれたな。この修道女が張本人だったら、とてつもない偶然になりかねない……」

「ありえぬ偶然に、だな」

「もうひとつ」

カルロスは目を細めてチェマを見やる。

「テレポーテーションの取材をしていたおまえが、途中で断念することになった要因の修道女かもしれない。だとすれば、間もなく真相が解明されるだろう。でもそうでなければ、もうこの件についてはお互いきれいさっぱり忘れて、おとなしくマドリードに退散する。その後は誰にもこのことは話さない。そうしてもらえるか？」

「わかった」

カルロスは立ち上がり、しっかりした足取りで近い方の扉に向かった。幸い開いている。

「入れよ！」とチェマをうながす。

敷居をまたいで暗さに目が慣れてきたところで、ふたりともそこが修道院だとの確信を得た。宗教的なモチーフの彫刻を伴った、木製の壁で囲まれた小さめの待合室に出くわす。右側の壁に備えつけられた回転式の受付台を見ても、ここが修道院であるのは間違いない。

室内には鉤針編みのテーブルクロスがかかった小テーブルが置かれ、その上には古新聞がいくつか載っていた。ちょうど目の高さの位置に小タイルに埋め込まれた古めのスイッチが見え、そのすぐ横に呼び鈴がついていた。円筒状の木でできた回転式の入口と、質素な装飾が、その控えの間が禁域とも呼ぶべき修道院の内部と外界をつなぐ空間であるのを証明していた。

「おまえが呼ぶか？」待合室の異様な静けさと寒さに圧倒され、チェマが小声で尋ねた。

「ああ」

呼び鈴を押すと、けたたましい音が建物全体に鳴り響いた。

しばらくするとドアの蝶番《ちょうつがい》が外れる音が聞こえたが、木製の回転扉の向こう側なのでこちら

18

からは見えない。誰かがやってきたことだけは確かだ。

「おはようございます」待合室の沈黙を破り、女性の声が響き渡る。

「あ……ど、どうも……」カルロスは一瞬たじろいだ。

「どんなご用件でしょうか」

姿の見えぬ女性は、あきれるほどの穏やかな口調で尋ねてきた。訪問の理由を相手に告げるまでのわずかな時間、カルロスの頭の中ではいくつかの選択肢がひしめき合っていた。差し障りのないもっともらしい話をいまここででっち上げるか。そうでなければ、相手には到底理解しえない、続けざまに起こった偶然を一部始終説明してしまうか。結局、事実の一部分を話して理解を求めることに決めた。

「シスター、ぼくらはマドリードの雑誌記者です。カメロス山地の村にある聖遺物の取材をしていたのですが、昨日からの雪で道路も凍結して足止めを食らってここまでたどり着いたわけで……」

「この雪では無理もないことでしょうね」姿の見えぬ修道女は率直な口調で応じる。

「それはともかく……ぼくらが知りたいのは、この修道院にマリア・ヘスス・デ・アグレダという名の修道女がいたかどうかなんです。17世紀の人ですが、彼女についてご存じのことがあればと思ってここまで来ました。実は何週間か前に、自分の記事の中で、詳しい情報もないまま、たまたまその修道女について触れたばかりで、それで……」

カメラマンに肘で小突かれ、言葉が途切れた。

「知っているも何も、彼女はこの修道院の創設者です！」

回転台の向こう側で響き渡るその声に、ふたりの男は本心から仰天した。チェマもカルロスも驚きのあまり無言で顔を見合わせた。どちらも血の気が失せていく。こちらの様子が見えない修道女は、構うことなく言い加える。

「あなた方がここまでいらしたのは、彼女が呼び寄せたからだと思います。疑う余地もありません」壁を隔てた向こうで明るい笑い声が聞こえた。「何しろ、奇跡を起こす女性だと評判のお方ですから。おそらくあなた方に何らかの関心を持たれたのでしょう。降り積もった雪もきっと、尊者さまの意図があってのこと。いまだに強い力を発揮されますので」

「いまだに？」カルロスがつい問い返した。

「失礼しました。かつては発揮されました、と言うべきですね」修道女が訂正する。

「シスター、〝呼び寄せた〟というのは具体的にどういう意味ですか？」

「特別な意味などありません……」再び明るい笑い声を洩らしながら話を続けた。「回転台に鍵を置きますから、右手の小さなドアを開けて廊下を突き当たりまで進んでください。そこにあるガラス戸に別の鍵を差しておくので、戸を開けて居間に入り、ストーブをつけてお待ちください。すぐに誰か修道女をそちらに向かわせますから」

穏やかな口ぶりで端的に命じられ、素直に従うしかなかった。気づかぬ間に音も立てずに回転台が回っていて、黄色いキーホルダーがついた鋼鉄製の小さな鍵が上に載っていた。何の変哲もないこの鍵が、ふたりにとっては修道院の中へと通じるパスポートだった。

19

ローマ

午後8時30分ちょうど、バルディ神父はサン・ピエトロ広場に戻った。そこまでたどり着くと、多少不安は和らいだ。途中で拾ったタクシーを、ボルゴ・ピオ通りとポルタ・アンジェリカ通りの角で降りた。バチカン市国に勤務する役人たちの〝通用門〟の正面だ。この時間帯には、ほとんどの者が長い一日の仕事を終えて執務室をあとにする。

彼はこれまでの流れをよく考えた末に、ついに大きな賭けに出ることにした。自分の目的を何ひとつ遂げることなくヴェネチアに帰るわけにはいかない。そのためにはこれが唯一のチャンスになると自覚していた。

予期せぬ〝聖マタイ〟の死によって、彼はさらに厄介な状況に追い込まれた。それだけに、できるだけ早急にものごとをはっきりさせた方がいい。強固な神の砦の中に行けば、何らかの打開策が見いだせるかもしれない。

決心を固めた〝聖ルカ〟は、職員たちに紛れて衛兵のいる門衛所を抜け、国務省の執務室が並ぶ迷宮へと入っていった。黒い屋根に灰色の二重扉を備えた正面入口は、建て替えてさほど経っていないようだった。建物には一寸の隙もないように見える。黒地にローマ教皇の三重冠と聖ペテロの鍵が刻まれた銅板が、照明に照らされ、いつになく輝いていた。

建物内部は外観ほどの壮麗さはない。鉛色の廊下に枢機卿や役人たちの氏名を付した合金製のドアが並ぶ、至って簡素な造りだ。いまの時間はほとんど無人状態と化している。

「神父さま、今日はどのようなご用件でしょうか？」

紺色の修道服に鉤針編みの頭巾を被った修道女が、カウンターの向こうから声をかけてきた。

「スタニスラフ・ズシディフ猊下とお会いしたいのですが」

「約束はおありですか？」

「いや、ありません。ですが、猊下はわたくしのことをよくご存じです。ですから、ジュゼッペ・バルディがヴェネチアから来た、緊急の要件だと伝えてください。それに……」と言って、神父は2日前に受け取った手紙を示してみせる。「枢機卿もわたくしと会うのを楽しみにしているはずですから」

教皇庁国務省の紋章入りの封筒の効き目は絶大だった。修道女の態度が一変したのが何よりの証拠だ。

すぐにインターフォンでメッセージが伝えられ、「よろしい。通してくれたまえ」という妙に気取った返事のあと、彼は修道女に導かれてポーランド人枢機卿の部屋へと向かった。

「こちらです」飾り気のないドアの前で修道女が言った。「ノックせずにお入りください」

部屋に足を踏み入れた瞬間、正面大窓の展望に目を奪われた。サン・ピエトロ大聖堂のドーム

19

とベルニーニの列柱《コロネード》の140体もの彫像が、美しくライトアップされている。素晴らしい夜景と壁にかかったルネサンス期の——壮麗だが異教をモチーフにした——タペストリーが、暗めの部屋に生気を与えている気がした。

「ジュゼッペ!! 久しぶりではないか!」

ズシディフは体格のいい中背の男で、役職を象徴する暗紫色の平常服《スータン》を着ていた。きれいにひげをそり上げたポーランド人の樵《きこり》を思わせる顔つき、分厚いメガネの奥にある何もかも見透かすような青い瞳が、ともすると寡黙で冷たい印象を与える。黒革の肘掛け椅子を立った枢機卿は、大股で訪問者に歩み寄る。室内には高級な香水と、清掃員が残していった消毒薬の匂いが漂っていた。

従順なバルディはまず、枢機卿の指輪と首にかけた十字架に口づけをしてから、同胞の抱擁に身をゆだねた。うながされるまま応接用テーブルの前に座り、スータンのしわを伸ばして脚を組む。テーブル上には複数のファイルと封筒が置かれている。実のところふたりに前置きは不要だった。枢機卿とベネディクト会士は、フィレンツェで神学生だった頃からの知り合いであり、その頃から先多声音楽《プレ・ポリフォニー》への関心と聖職者としての崇高な志を共有してきた仲でもある。それどころか、クラクフ生まれのズシディフ枢機卿は現教皇とも親しく、1950年代に始動したクロノビジョン計画のメンバーのひとりにバルディを組み入れたのもほかならぬ彼だった。

もっともズシディフが〝聖ヨハネ〟である事実を、バルディが知ったのはだいぶあとのことだ。神秘論者、クロノビジョン計画の総括責任者の彼は、バチカンの外に出ることはない。各メンバーが取り組んでいる研究の状況や成果を注視する調整役を担う。しかもバルディを革新的な試みに誘った人物でもあるだけに、本来ならば両者の間に秘密などあるはずもない。が、実際には存在していた。

「きみの方から訪ねてくれて幸いだ、ジュゼッペ」枢機卿は声を潜めた。「〝聖マタイ〟、コルソ神父の件をどうやって伝えようかと思っていたところだ。実は今日の午後……」

「猊下、まさにその件でお話しをしたくて参りました」絶対服従の姿勢を崩さず、部下は話を切り出す。

「ああ、そうか？」驚きを隠せぬ様子だ。「もう聞いているのか？」

「1時間ほど前に知ったところです。彼の宿舎前にパトカーが停まっているのを見ました」

「彼の所に行ったということかね？」ズシディフの顔つきが険しいものに変わる。バルディの行為は、明らかに〝四福音史家〟の掟《おきて》に反するものだ。

「え、ええ……と申しますのも、あなたから召喚状をいただいたためで。スペイン人記者との一件について、ローマに出向いて陳述せよとの厳命。何が問題だったのでしょうか？」

「ジュゼッペ、きみはまた厄介なことをしてくれた」

「ですが、誓ってわたくしは……」

「言い訳はよさぬか！」枢機卿は一喝すると、テーブル上に身を乗り出し小声でつぶやく。「壁に耳ありだ。気をつけたまえ」

ズシディフは再び身を起して声の調子を戻した。バルディ神父も理由を察する。クロノビジョンの責任者である枢機卿は、基本的には彼の同盟者なのだが、一方で、保守派の中で影響力を持つ人物でもある。ある種二重スパイ的なところがあるため、どこかあいまいで態度がはっきりせぬことが多い。そんなこともあって、バルディは全面的に彼を信用できないのだった。

「きみの召喚を決めたのはわたしではない。きみに圧力をかけている人間は、教理省の何者かだ。旧異端審問所の、だよ。もっとも、いまとなってはさほど重要な事柄ではなくなった。これできみも多少安心だろう。〝第一福音史家〟の死によって事態は急変しそうな気配だ。教皇聖下もクロノビジョンの件は気にされている。とりわけ、われわれの管理下から逃れて、まだ隠しておいた方が無難な事柄が明るみになるのを懸念されている。これできみにも状況がわかってもらえただろうか？」

枢機卿は肘掛けをつかみ、再度身を乗り出すようにして話を続けた。

「今回の偶発事件が厄介なのは、彼の死が事故だったのか、あるいはそうでなかったのかがまだわからぬところだ。警察側もまだ報告書をまとめるに至っていないし、死体解剖も今晩以降になるとの話だが……」ズシディフが両手を組んで思案顔になった。「わたしが心配しているのは、コルソがきみの知らないクロノビジョン絡みの情報を把握していて、それが何らかのかたちで外部に漏れた可能性があるということだ」

「外部に？　バチカンの外にですか？」

「それを心配している。コルソのパソコン内のデータがすべて消去された。教皇庁の専門家が調べたところ、ハードディスクが初期化されていたという。彼の死亡時刻の20分前にだ。何者かが情報を持ち出し、別のディスクに移したと見られる。貴重な研究資料が失われたと思うだけの根拠は十分にある」

「いったいどのような資料なのでしょう?」

「古い文献だ。もちろん彼の実験メモも含めてだが」

不信の目を浮かべたバルディ神父を見て、ズシディフが声色を変えた。

「気を悪くしないでほしい。いくつかの事柄をきみには伏せていた。何よりも情報がマスコミに漏れるリスクは避けねばならなかったし、〝聖マタイ〟の件についてはなおさらだ。今回のきみのように、思わぬところで口を滑らすことも考慮してのことだ」

「猊下、疑わしい人物のお心当たりは?」

「何人も浮かんでいる。そもそも教理省の若い連中は、この件をよく思っていない。きみも承知のとおり、改革心旺盛なパウロ6世以降、異端色のある研究はいずれもバチカン内で槍玉に挙げられてきた。クロノビジョンについても、計画の存在を知って以来、葬る機会をうかがっていたから、きみのマスコミ発言はまさに時宜を得たものだったとしか……。もっともわたし自身は、彼らがどこまで把握しているのか、まったくわからないが」

「マスコミ発言ですか? わたくしはそのようなことは……」

ズシディフはかがむと、テーブル下からスペインの雑誌『ミステリオス』を取り出した。

「スペイン語で書かれていても、見出しぐらいはきみにも理解できるだろう」

バルディは雑誌の中ほどのページを開き、目で追った。彼の顔写真の上に、大きな文字で〝タ

19

イムマシンで過去を再生〟と銘打っているのを見て驚愕した。

「しかし猊下、あなたとて、まさかわたくしが……」

ズシディフは相手を遮る仕草をしてから言葉を続けた。

「さっきも言ったように、この問題についてはもうどうでもよくなった。急を要するのは、〝聖マタイ〟のデータを盗んだ者を捕らえることだ。われわれの研究が別の騒動へと発展するのだけは阻止したい」

バルディ神父もうなずく。

「ジュゼッペよ。わたしが心配なのは、今回の件がわれわれの同盟者のしわざではないかということだ。だが現在の外交関係もあって、その可能性を示唆することさえ憚《はばか》らざるをえぬ状況だ」

「同盟者？　それは何のことなのですか？」神父の顔が驚き一色に染まる。クロノビジョンの研究にバチカン外の協力者がいたなど、少なくとも彼が聞いた記憶はない。

「〝福音史家〟3名がそのことだけはきみに伏せてきた。だが、いまはそんなことを言っている場合ではない。盗まれた資料を取り戻すのが先決だ。緊急事態だけに、わたしもきみを信頼するしかない」

枢機卿は上目遣いでバルディを見やったあと、ゆっくりと顔を上げてしかと見据えた。

「きみを頼ることが、新たな失望を招かぬことを願う」

枢機卿の言葉は重々しい響きを伴っていた。バルディ神父はうなずき返すことしかできず、この何ヵ月もの間、彼だけが知らなかった事実を聞くべく、椅子の上で身動きせずに待った。

20

長い診察を終えたジェニファーは、ヴェニス・ビーチの自宅に向かって車を走らせていた。頭の中でメイヤーズ医師との会話が堂々巡りしている。太平洋から吹いてくる夜風を浴びて、タバコを片手にサイドウォーク・カフェまで散歩し、モッツァレラチーズのスティックをつまみにシャンパンカクテルでも飲めば、多少は頭がすっきりするだろうと踏んでいた。

だがそれは甘い考えだった。多くの事実をメイヤーズ医師に打ち明けても、口にできない事柄がまだ山のように残っている。数週間前までイタリアで、催眠剤を服用しての極秘プロジェクトに携わっていたなどと誰が語れるだろう？　とはいえ〝国家の存亡〟に関わるある種の機密事項を知ることなく、精神科医が的確な判断を下せるとは思えない。別の問いも浮かぶ。自分が悩まされている夢は、祖母と何らかのつながりがあるのか？　夢に現れる青い衣の女性が、今日の午後、久しぶりに思い出したグアダルーペの聖母に似ているのは偶然か？

彼女が極秘プロジェクトから外されたのは、実のところ一連の夢が原因だった。精神を著しく乱す恐れがあると判断されたからで、実際いまだに深刻な影響を及ぼしている。

《患者は恍惚性てんかんまたはドストエフスキー型てんかんと呼ばれる特異な疾患を患っている。したがってアメリカ陸軍情報保全コマンド（ＩＮＳＣＯＭ）での今後の職務には、多大な警戒が

20

必要である》との理由で、軍人としての資格を剝奪する臨床報告がフォート・ミード基地から届いたあと、彼女はローマで初めて医師の診断を受けた。

恍惚性てんかん？　ドストエフスキー型？　メイヤーズ医師が言っていたのは、スタンダールじゃなかったか？　どんな性質の医学用語なのか？

ジェニファーは自宅玄関の鉄格子の際まで愛車のトヨタを寄せた。彼女はこの家が気に入っていた。幼い頃、いとこたちと砂浜で遊べるようにと、両親がよく連れてきてくれた場所だ。二度と戻らぬ決意でワシントンを去った時、彼女はここに住むことに決めた。木造家屋特有の床のきしみ、毎年夏になると母親が焼いていたブルーベリー・パイの香りが、まだ漂っている感じが心地よかった。

家に入る前に白塗りの正面を、昔を懐かしむように眺めやる。彼女にとってこの家は、本当の意味で思い出が詰まったトランクだった。旅行先で手に入れた土産物や写真、取るに足りないがらくたまでが保管された憩いの場だ。ここには何もかもが揃っている。不意にあることが頭に浮かび、ジェニファーは笑みを洩らした。なぜもっと早く思い出さなかったのか？　フォート・ミードの診断書を〝解読〟してくれたイタリア人精神科医との会話の内容を青い表紙のノートにメモしていた。彼の見解を冷静に聞き入れ、あとで自分なりに振り返ることも意図して詳細に綴った。その宝物のノートもこの家にしまってあったのだ。何らかの結論が見いだせるかもしれない。

目当ての品を探し出し、ページをめくって文字を追う。オスペダーレ・クリスト・レ病院、ボンヴィーソ医師のかすれぎみの声が聞こえる気がした。愛嬌のあるイタリア語訛りの英語を思い起こす。診察室ではなく、病院内のカフェテリアで気兼ねなく会話した時の場面に、彼女は再び身を置いた。あれからひと月近くになる。

*

「お尋ねの病気は実に稀なものだから」穏やかな口調で言われた。

「それでも、先生」もどかしい思いを抑えながら医師に話しかける。「何らかの説明をしていただけるとありがたいのですが」

「そうだなあ……ドストエフスキー型てんかんを患った人は、著しく鮮明な夢や映像を見る傾向がある。まぶしい光で始まり、周囲からの刺激に対する注意力が急激に低下する。その後は大抵、体がこわばり、身動きせぬまま実にリアルな幻覚に浸ったあと、至福に満たされる。発作のあとは、体がぐったりしてそのまま寝入ってしまうことも多い……」

「そのような症状を経験しています……。治療法はあるのですか？」

「実のところ、まだわれわれにもわかっていない。世界中を見渡しても十数件しか記録がないほどだから」

「そんなに少ないのですか？」

「実に稀だと言ったが、専門家の中には歴史文献を探した結果、偉人たちに同様の症状が見いだせたと主張する者もいる。たとえば、聖パウロがダマスカスへの道のりで遭遇した光などもそうだし、ムハンマドやジャンヌ・ダルクにも同様の記述が見られると」

「ドストエフスキーもですか？」

「もちろん。病名になっているぐらいだからね。小説『白痴』では病状が事細かに描写されている。主人公ムイシュキン公爵の持病としてみごとにてんかんの様子が再現され……」

「結局その病気を患った人への治療はないということですね」ジェニファーが話を遮った。

「まあ、そういうことだ」

「遺伝性の病気かどうかはわかりますか？」

「おそらくそうだろう。ただ、病気と呼んでいいものかは少し疑問だ。昔は特殊な能力だと見なされていた感もある。たとえば聖テレサ・デ・ヘススのように、この病気が神との一体化という至福に導いていたと述べる例もある」

「そうですか……わかりました。ありがとうございます」

「どういたしまして」

＊

いまになってあの医師が何を考えていたのかわかってきた。ヨーロッパの人々は歴史的な幻想や神秘めいた話、聖人の逸話に傾きがちで、実用的な方に目を向けぬことが多い。

自分はその病気を受け継いだのだろうか？　そうだとしたら、誰からだろう？　母親がそんな病気を患っていた記憶はないし、厳格で冷たかった父親も最期までそういった症状は見せなかった。

アルバムを眺めながら、ジェニファーはかなりの間、これまでの自分を振り返っていた。とても眠る気分にはなれない。ジョージタウン大学で学業を断念せざるをえなかった問題の数々、スタンフォード研究所（ＳＲＩ）の傘下で進められたスターゲイト計画への徴募、そしてスタブルバイン大佐。テレパシー実験の志願者にならないかと勧めてきたのはあの大佐だった。それがきっかけで、国防総省の薄暗い廊下へと突き進むことになって……。あらゆる記憶が鮮明によみがえってくる。

何もかもが、つい最近のできごとに思えた。

特異な人物インゴ・スワンとの出会いも、まるで昨日のことのように思われる。彼女にプロジェクトへの参加をうながし、説得した〝超能力者《サイキック》〟の男性だ。スワンほど卓越した能力を示した者はいない。あらかじめ指定された座標に意識を集中させるだけで、遠く離れたその場所を正確に描写できる。通りの信号機を想念だけで変えてしまう。空に浮かんだ雲の連なりも、凝視して意のままに霧散させるほどだ。にもかかわらず〝精神のアスリート〟は、日頃から自分の能力は別の次元からの授かりもので、スー族の呪術医だった曾祖母から受け継いだと語っていた。

〝……わたしはどうだろう？〟

スワンの写真を眺めた彼女の顔が緩む。当時を振り返っていると若き日の自分に戻った気がした。ＩＮＳＣＯＭの施設内で、各種の〝遠隔視力〟を持つ者たちと熱く語り合った日々を想起す

20

る。皆が皆、精神面での特殊な力は遺伝的なものだと確信していた。人によって出方はまちまちだが、体外離脱、予知夢、テレパシー能力を発揮する際、異常なまでの神経過敏やヒステリー症状に見舞われる傾向が少なくない。

〝そうよ、わたしも同じ〟

ジェニファーは不意にアルバムを閉じる。フェニックスの実家に電話をしなきゃ。予感めいたものに駆られた。もしかすると当時スワンが彼女に吹き込んだ、珍奇な考えに誘発されたのかもしれない。時計を見ると午後10時……時差があるからアリゾナは11時だ。が、そんなことを言っている場合ではなかった。受話器を握る。

「もしもし、ママ？」

よそよそしかった相手の声が急に華やいだ。

「まあ、ジェニファーなの！　珍しいわね。夜に電話だなんて！」母親が電話口ではしゃぐ。

「そうか、夜間料金の方が割安だと、やっと気づいたのね？……」

「そういうこと。ねえママ、実はうちの家族のことで訊きたいことがあって」

「ええっ、また？」

「ご心配なく」とため息をつく。「パパのことじゃないから」

「よかった」

「うちの家系で誰かてんかんを患っていた人っているかしら？」

「何を急に言い出すのよ、ジェニファー？　てんかん？　あなた、大丈夫なの？」

「いたの？　それともいなかったの？」

しばしの間、沈黙が流れる。

「そういえば……わたしが小さい時に、母がお祖母さんの発作を心配していたけど。でもお祖母さんはわたしが10歳になる前に亡くなっているから、いったい何の発作だったかは定かじゃないわ」

「ママのお祖母さん？　ということは、わたしの曾祖母《ひぃおばあ》さんね？」

「そうよ。それにしてもずいぶん昔の話だわ！　あなたが彼女を直接知らないのは残念ね。あなたと同じで個性の強い人だったらしいから。祖先はニューメキシコ、リオ・グランデ川の近くの出身だって話よ。もっとも、ゴールドラッシュの時期に南に移って、国境の向こう側に住みついたのだけど。グアダルーペの近くに」

「その話は知っているわ。どうしていままで曾祖母《ひぃおばあ》さんのことを話してくれなかったの？　ママと同じで彼女もアンクティって名前よね？」

ジェニファーの言葉にはやや非難の色が感じられた。

「そうよ、あなたのお祖母ちゃんも同じ。だけど昔々の話だから、面白くも何ともないと思って」母親が弁解する。「あなたもそうだけど、概して若い人たちは家族の昔話よりも、もっと別なことに夢中なのだから」

「昔話って？　どんな話？」

「ええと……つまりは、あなたのお祖母ちゃんがいつも話していたようなこと」

20

「どんな話なの?」

「わたしの記憶力が怪しいのはあなたもわかっているはずよ。それに現実離れした話だし。守護精霊だとか〝カチーナ〟の神々たちがやってくるとか……。あなたにそんな話をしても、怯えただけでしょうから」

「しっかりしてよ、ママ。このわたしでさえお祖母ちゃんの話は覚えているのに。先住民のファン・ディエゴやグアダルーペの聖母、ポンチョと花束……」

「そのぐらいは覚えているわよ」

「ところで、曾祖母《ひいおばあ》さんがどの部族の出だかは聞いている?」

「いいえ。聞いたことがないわ。呪術師の家系で、教区教会といざこざがあって移住したというから、孫たちにその辺りの事情を詳しく話さなかったんじゃないかしら」

「クエロセって言葉、聞き覚えはある? グラン・キビラは?」

「ないわねえ」と口ごもる。

電話の向こうで母親の大きなため息がし、再び話を始めた。

「それにしても、どういう風の吹き回し? 急にお祖母ちゃんのことを知りたがるなんて」

「特別な理由はないわ」

「あ、そうそう。思い出した」途端に笑い出す。「あなたが生まれた時のこと。お祖母ちゃんがあなたを見るなり、〝妖術師〟にそっくりだって言ったのよ」

「曾祖母さんにってこと?」

「そう」

「間違いない？」

「ええ。いったいどうしたの？　まさか予知夢が戻ったなんて言わないわよね？　あんな経験はこりごりよ！」母親の声からは警戒心がうかがえる。「大変だったんだから」

「その手の話じゃないから心配しないで。わたしの方は元気にしているし。今度会った時にでもゆっくり話すから」

「本当ね？」

「ええ、約束するわ」

妙な後味を残した状態でジェニファーは電話を切った。思いがけず敬愛するインゴ・スワンとの共通点を知ることになった。ふたりともアメリカ先住民の血を引いている……。しかも妖術師の曾祖母さんの血を！　でもそのことが、一連の奇妙な夢の要因だと考えられるだろうか？〝ドストエフスキー型てんかん〟だと診断された理由になるだろうか？

メイヤーズ医師だったら、どう判断するだろう？

21

「父さん！　しっかり！　おれの声が聞こえるか？」

サクモの激しい揺さぶりで、少しずつ意識が戻ってきた。

長老グラン・ワルピは困惑した。引きつった体中の筋肉が、なかなか反応してくれない。青い女神に蛇の谷付近で置き去りにされてから、いったいどれだけ時が経過したのかわからない。しかし必死に問いかける息子の声を耳にした瞬間、それまでのできごとをすべて思い出した。〝精霊を呼び寄せる儀式は成功した〟、心の中でつぶやき微笑んだ。

次第に手足の感覚が戻ってきた。どうにか上体を起こすと、息子の丸顔が目に映る。

「サクモ……おまえも見たか？」

父は息子の両肩をつかみ、動揺する心を悟られまいとして尋ねた。

「ああ、見た。二度めだ」

「女神さまだったろう？」ためらいがちに念を押す。

「青い光の女だ……。〝霧〟氏族《クラン》の支族長たちがキバにこもっている間、毎晩のように現れていた。おれ以外の監視の連中も、女の精霊がうろつく姿を目にしている」

グラン・ワルピは身震いした。

「おまえには何か言ったか？」

「おれがここに来たのは女に呼ばれたからだ。以前あの精霊に抱いていた恐れはすっかり消えたよ。青い光の女は、おれたちに新しい信仰を教えに戻ってくると約束した」

「そうだ」父はため息をつく。「わかっている。そう言ってこれを置いていった」

謎の訪問者が父に託していったものを、サクモは両手で受け取る。奇妙なものではない。荒削りの木の十字架だ。

「何があったんだ、父さん？」

力を振り絞って立ち上がると、老戦士は息子の一方の腕をつかみ、目を見据えた。次いで前腕にあるバラの形のあざを見やる。息子自身もだいぶ前から気づいていたものだった。

「このしるしが見えるか？」

サクモはうなずいた。

「わしも生まれつき、まったく同じ場所に持っていた。だが今日、失った」

「どういうことだ？」

グラン・ワルピは衣服の袖をまくり、息子に自分の左腕を見せてやる。あざはない。まっさらだ。息子の腕で輝いているバラなど、そこには元々なかったかのようだ。

「簡単だ、サクモ。近々おまえがわしの代わりに長になる、女神さまはそのように告げてきた。わしの役目も終わりに近づいているともな」

「おれたちを置いてか？　後生だ、父さん！」

21

グラン・ワルピは動じることなく言い加えた。

「もうひとつ言った。おまえは明日、夜明けとともにフマノ族の戦士たちを率いて、新たな神を運ぶ者たちに会いに行けと」

「新たな神を……運ぶ者？」

グラン・ワルピは片手を上げて息子を黙らせた。

「北に向かって歩け。必要とあらば夜も歩け。次に満月がこの平原を照らす前に、おまえたちはその者たちのもとに着く。その者たちが何者であろうと、何を言おうと構わない。丁重に接して、おまえの誠意を見せてこい」

「どうやって見分ければいい？　おれは誰だかも……」

「この十字架を持っていけ。おまえの役に立ってくれるだろう」

「でも父さん……」

「せがれよ。〝でも〟という言葉はない。すでにわれわれの世界は終わった。おまえの目にはまだ見えぬか？」

22

カルロスは修道院の待合室で受けた指示を忠実にこなしていく。その後をためらいがちについていきながら、チェマは一連のできごとの背後に驚異的な何かが作用しているような気がしてならなかった。カルロスと違ってチェマには信仰心がある。度合いや性質はともかく信仰心には変わりない。

間もなくふたりは小さな居間に着いた。開口部には鉄格子がはまり、その先は禁域らしい。質素な空間には古い油絵が何枚かかかっていた。その内一枚は、暗い色調でひとりの修道女が描かれており、右手には羽根ペンを、左手には開いたままの書物を携えていた。それとは別の聖母の絵が目を引く。17世紀に画家バルトロメ・ムリーリョが描いた聖母像のようだ。ムリーリョの時代から百年前のできごと、メキシコで先住民フアン・ディエゴの前に姿を現したグアダルーペの聖母、その場面を描いたタペストリーも興味深い。だが何よりもふたりの目が釘づけになったのは、ごく最近描かれたらしき素朴派の絵で、青い衣をまとった修道女が、先住民の男たちと家畜に囲まれた様子を鮮やかな色で描写したものだった。

「もしかして、これって……」チェマが囁く。

「ほかに何が考えられる?」

22

「いや……ごく最近の絵に見えるが」取り繕うかのように言い加えた。

「そのとおりです！」

ふたりの背後で女性の声がする。鉄格子の向こうからやってきたのは2名の修道女だ。どちらも純白の修道服をまとっている。

「以前ここで2年間暮らしていた、ニューメキシコ出身のシスターが描いたものよ」即座にひとりが説明してくれた。

修道女たちが自己紹介をする。アナ・マリア修道女とマリア・マルガリータ修道女だ。まるで別の世界、別の時代に生きているかのような雰囲気を漂わせている。修道服のゆったりした袖に両手を隠した状態で、微笑みながら珍客たちを見やっていた。

「どのようなご用件でしょうか？」記者ふたりに席を勧めてからひとりが尋ねた。

「マリア・ヘスス・デ・アグレダ修道女のことを知りたいのですが」

「ああ、尊者さまですね！」

シスター・マリア・マルガリータが満面に笑みを湛えた。もっとも、会話を主導していたのは、もう一方の修道女の方だった。

アナ・マリア修道女は口調も性格も穏やかな人物に見えた。公園のベンチで温かく子どもを見守る母親のような印象を与える。柔和なまなざしと優雅な仕草に、ふたりの若者は魅了された。

一方マリア・マルガリータはそれとは対照的な人物であるのを自ら証明した。小柄でどこか落ち着かぬ目、活発だがしばしば突き刺すようにも感じられる口ぶり、率直だがどこか反抗的な印象だ。

若者たちが心に抱き始めた思いなど知るよしもなく、修道女たちは優しい目で興味深そうに眺めていた。

「具体的にマザー・アグレダの何に関心があるのですか？」男たちの自己紹介が済んだところで、アナ・マリア修道女が尋ねた。

カルロスは椅子の上で背筋を伸ばして相手の目を見た。

「実は……」一瞬ためらう。「逸話で語られるように、本当にアメリカ大陸に行っていたかどうかの真相を知りたいのです」

平静を絵に描いたような修道女がカルロスをじっと見つめる。

「単なる逸話や伝説ではありません。この修道院の創設者は、バイロケーション能力を備えていましたから。同時にふたつの場所に存在できる。だから独居房を離れることなく、修道院での聖務日課も怠ることなくアメリカに足を運べたわけです」

「実際にバイロケーションをしていたということですか？」

カメラマンはすかさず、先ほど見た絵、先住民たちに囲まれた修道女に目を向けた。その様子をふたりの修道女は嬉しそうに眺めている。

「当然です！　しかも何度となく！　それは修道院長がまだ若い頃に、実際に表面化した神秘体験のひとつです。その後、信仰の道を志してこの修道院を創設されました」チェマが見やった絵を手で示しながら、マリア・マルガリータ修道女が慌てて説明した。「彼女のことは当時、ずい

22

ぶんと取り沙汰されましてね。異端審問所からも問題視されたものの、裁判には至らずに済んだのです」

「そうですか」カルロスはいまの状況が信じられなかった。思いがけぬところでお目当ての修道女の生涯が見えてきた。

「ええ」

「どんな状況だったんですか？　つまり……彼女が最も頻繁に出現した場所は？」

「先ほど申し上げたように、彼女は同時に二箇所に存在できました」アナ・マリア修道女が意図的に強調した。「現在のアメリカ、ニューメキシコ州リオ・グランデ川沿いの先住民のもとを訪れていた話が一番有名です。１６３０年に出版された報告書に、当時の様子が記録されています」

真剣なまなざしで聞き入るカルロス。アナ・マリア修道女は話を続けた。

「フランシスコ会士アロンソ・デ・ベナビデスが書いたもので、彼自身は17世紀にその地域で宣教していたようです。辺境の地に赴いたところ、あまりに多くの先住民族がすでにキリスト教の教理を学んでいて驚いた。尋ねてみると、先住民たちのもとに、何度となく不思議な女性が現れて、教えを説いていた事実がわかってきたと」

「先住民族に彼女の姿が見えていた？」驚いたチェマが訊き返す。

「考えても見てください！」興奮ぎみに修道女は説明を続けた。「未開の土地で女がひとり、主イエス・キリストの教えを彼らに説いていくのですよ。当時の宣教師ですら容易じゃなかったはずです！」

3人とも彼女の熱い語り口に喜びを感じていた。雰囲気が和んできたのを見計らって、アナ・マリア修道女が説明を続ける。

「ベナビデス神父の記述では、夜な夜な先住民たちの前に現れた青い衣の女が、十字架上で死んだ神の子の話をして、その神の子を信仰することで永遠の生命が約束されると説いたとなっています。先住民らは皆、それまで白人と会ったこともない部族がほとんどでした。それなのに聖女と思しき女が、近々救い主キリストの教えを携えてくる者たちがいるとまで予告していたと」

「先ほどその報告書が出版されているとおっしゃっていましたが？」

「1630年、フェリペ4世の時代に、マドリードの王立印刷所で印刷されています」

「シスター」ストーブで体が温まって調子が戻ってきたのか、チェマが膝に置いたカメラバッグを撫でながら質問をする。「さっきバイロケーションに触れた際、マザー・アグレダが表立って示した神秘体験のひとつだと言っていましたが……」

「表面化した神秘体験です」とあえて強調してから言葉を続けた。「尊者であるわがマザーは何度となく、そのような能力なり、状況なりを取り除いてほしいと神に祈ったそうです。一般に神秘家と呼ばれる人たちが、どんな思いで生きていたか想像できますか？　特に修道生活を送る者たちにとっては、むしろ問題となる方が多いのです。当然彼女の噂も村中に広まり、恍惚状態に陥る姿を見に集まってくる者もあとを絶たなかった」

「彼女もトランス状態に陥っていたのですか？」

22

「ええ。バイロケーションが止んでからも、霊視能力の方は鋭くなる一方だったようです。何年か後には聖母さまが彼女の前に現れて、自分の生涯を語り、口述させました。その当時、福音書でも語られていなかった事柄ばかりでした」

「どうぞ話を続けてください」

「尊者さまの手稿は、分厚い全8巻の書物としてまとめられ、現在でもこの修道院の図書室に保管されています。後に『神の神秘の都』という題名で出版もされています」

「『神の神秘の都』ですか？」

次から次へと語られる新たな情報に、カルロスの手はついていくのがやっとだ。

「そうです」アナ・マリアはうなずいた。「その本では、聖母が実は、天の父ご自身が住まう都であること、それは三位一体同様に重要な神秘のひとつだと語られています」

「……よし、書けた」ノートから顔を上げたカルロスの目が輝いている。「ところでシスター、どうも納得できないことがあるのですが。実は彼女に関する情報を集めようとした際、著作がないものかと古文書の目録や他のデータ・ベースを探ってみたものの、見つからずじまいだったものですから……もちろん検索の仕方に問題があったとも考えられますが」

カルロスの言葉に修道女が微笑む。

「だとすれば、あなたは運がよかったわ。いまお話しした著作は再刊されたばかりです。もっとも、いまのあなたにとっては、むしろマザー・アグレダの生涯が綴られた書物の方が関心あるように思えますが、どうでしょう？」

「もしできれば……」

「お安いご用です」穏やかな笑みを浮かべて修道女が応じた。「わたしどもでその巻を探しておきます。連絡先を教えていただければ、そちらに郵送するのでご心配なく」

カルロスは修道女の申し出に心から感謝し、自分の連絡先と送り先の私書箱番号を記した紙を手渡した。それから何の気なしに最後の問いを口にする。

「シスター、もうひとつ教えてください。マリア・ヘスス・デ・アグレダ修道女の名が、聖人名簿にあったかどうか記憶が定かじゃないのですが、いつ聖女と認められたのです？」

間が悪い質問とはこのことかもしれない。

ふたりの修道女の表情が不意に暗くなった。カメロス山地の黒雲がもたらす暴風雨を浴びた谷間のように、ふたりとも顔を伏せる。部屋に入ってきた時と同じように、再び修道服の袖に両手を隠した。それから4人の間に長い長い沈黙が漂った。

ようやくマリア・マルガリータ修道女が話し始める。

「実を言うと」咳払いをしてから説明した。「マザー・アグレダは著作で聖母マリアが純潔のまで主イエス・キリストを身ごもったことを明らかにしました。あなたにも想像がつくと思いますが、当時の神学者たちの間でも激しい議論がなされたテーマです。その考え方が異端視された時代でもあります。しかもマザー・アグレダは、フェリペ4世国王と頻繁に文通していた仲で、後に国王の精神的助言者になり、政治的な事柄に干渉したとも言われています」

「……で、どうなったと？」

22

「そのことがローマの側には快く映らなかった。教皇庁はすでに三世紀にもわたって彼女の列福手続きを拒んでいます。当修道院が唯一成し遂げられたのは、教皇クレメンス10世の下、彼女の死後間を置かずに（聖人・福者に次ぐ位である）尊者の称号で個別に信仰を認められたことです。いつだったかしら……」そう言って手元の小冊子をめくる。「1673年1月28日。それ以降は何ひとつ進展なし。教会からの承認すらありません」

「ローマの？」

「ええ、教皇庁です」

「復権の可能性はないのですか？」

「それでしたら」励まされた様子のアナ・マリア修道女が答える。「ビルバオ在住の聖職者、アマデオ・テハーダ神父が尊者さまの名誉回復のために、列福申請をしているところです」

「ということは、まだ可能性は残っている」

「そうです。幸いテハーダ神父は固い信念の持ち主ですから。高潔なだけでなく知性にも富んだお方で、敬愛するマザー・アグレダの作品の復刻に献身してくださったのですよ」

修道女の話にカルロスの目が一段と輝きを増す。〝間違いなく筋金入りの専門家だ！〟。感激に声を震わせながら尋ねる友人を、カメラマンは横で眺めながら心の中で笑っていた。

「その神父さんに会うことはできますか？」

「もちろんですとも。彼はいま、ビルバオの御受難会の聖職者宿舎に住んでおられます。小学校に隣接した建物です」

「小学校……ですか？」

「そうなんです。大学で教鞭を執っている方ですけれどね」マリア・マルガリータが歌うように明るく言い加える。

「彼の所に取材に行くのでしたら、わたくしどもがよろしく言っていたとお伝えください。できればあなたの方からも励ましてほしいと思います」修道女は懇願するように話を締めくくる。

「列福・列聖への道のりは容易なことではありませんが、神が人間の忍耐をお試しになっている表れかもしれませんから……」

「わかりました。ぼくから必ず伝えます」

「あなた方に神の恵みのあらんことを」修道女は十字架を切りながら、ふたりの訪問者を送り出した。

23

1629年夏、ヌエボ・メヒコ、サンアントニオ伝道所

粗い土煙と砂塵を伴った灼熱の風がサンタフェの王の道《カミノ・レアル》を揺るがした。時刻は正午。砂嵐のさざ波が道沿いのビャクシンの木を貫き、灰色の大岩でくつろいでいた2匹のトカゲを脅かす。エステバン・デ・ペレア神父にはそれが何の兆しであるか読み取れた。彼は砂漠を熟知している。彼は一旦立ち止まると、土埃のにおいが鼻に感じるよりも前に命令を下す。

「身を覆うのだ！」

彼につき従っていたフランシスコ会士10名は、まるでひとりの人間のように、あらかじめ教えられたとおり一斉に袖で顔を覆い隠した。ウールの厚手の修道服に頭巾、腰ひもに革のサンダルといういでたちは、鋼鉄針の雨のごとく吹きつける自然の猛威に耐えるには、あまりに心もとない。

「こらえろ！　何とかしのげ！」周囲がほの暗さに包まれる中、同じ声が一行を鼓舞する。

バッタの大群のごとく修道士らに猛威を振るった砂嵐は、しばらく攻撃の手を休めなかった。

ところがその最中に突然、隊列の端にいたひとりが叫んだ。

「どうしたことだ!?　歌が……歌が聞こえるぞ！」

「本当だ！」別の者も叫ぶ。

「確かに聞こえる！」

「いま口にしたのは誰だ？」ほとんど目を閉じたままのエステバン修道士は、叫び声を上げた修道士たちの位置を確かめようとする。嵐のうなり音に妨げられ、声がはるか遠くに感じられた。

「わたくしです、バルトロメです！　ペレア神父、聞こえませんか？　賛美歌ですよ！」

一行の責任者である異端審問官は、バルトロメ修道士の丸い体型を見極めようと、再度目を凝らす。

「どの方角から聞こえる？」互いの位置を把握するために声を張り上げた。

「南です！　南からしています！」

叫び声とこだまにかき消されながらも、修道士たちは皆、耳を澄ます。

「まだ聞こえませんか？　ずっと先の方からしています！」バルトロメ修道士が繰り返し訴えた。

やがて全員の耳が旋律を捉えた。小さなオルゴールのような、かすかな歌声が風の隙間を縫って運ばれてくる。サンタフェから歩いて5日、砂漠の真っ只中にいるのでなければ、『アレルヤ唱』を合唱する声だと確信しただろう。だがそれはありえぬ話だった。

現象はほどなく止んだ。

風のうなりと砂の音に紛れて聞こえる、聖歌らしき声の一句だけでも聞き分けようとするよりも前に、嵐が方向を変えたのか、修道士たちは、今度は静けさに包まれた。

23

青白い丸顔のバルトロメ修道士が肩をすくめた。

「何かの兆しではないでしょうか？」

音が妨げられたことで気分を害したエステバン・デ・ペレア神父は、その言葉には応じなかった。悪魔のあざけりに惑わされるべきではない。修道士たちもそのように決意していたし、異端審問官ともなれば当然のことだった。揃って幻聴に惑わされたのを恥じるかのように、皆こぞって修道服の埃を払い、それぞれの荷物を肩に担いで再び歩き出した。

この地方で最も古い入植地のひとつであるサンアントニオ伝道所に、できるだけ早く到着したい。ペレア神父はしばらくその地に滞在して、自分の目で確かめたいことがあった。シウダー・メヒコで耳にし、戸惑いを覚えた事柄だ。大司教の口から語られたものだけに信頼できる情報だが、いまから向かう地域ではこの20年間に、8万人近くの先住民が洗礼を受けたという話だった。数値が正しければ、ほぼ全部の住人がキリスト教徒に改宗したことになる。

それが事実だとすれば、アメリカ大陸で稀にみる事例だ。メキシコやブラジル、ペルー副王領ですらもそれほど急激に、しかも血を流すことなくキリスト教化がなされた土地はない。

先住民たちが従順に信仰を受け入れた理由についてはまだ不明な点も多いが、成果の度合いは際立っていた。改宗者の人数もさることながら、先住民らがキリスト教を受け入れるのに〝人知を超えた力〟が働いたとの噂もしきりに囁かれていた。

一般人ならともかく、異端審問官であるペレアにとっては必ずしも嬉しい話ではない。彼は奇跡と呼ばれるできごとには懐疑的な性格だった。スペインとポルトガル国境の地、ビジャヌエバ・デル・フレスノ生まれの彼は、何ごとにも原理原則を重んじる見方を崩さない。信仰心がなぐさめをもたらしてくれたのは子どもの頃だけで、いまはむしろ、世のものごとを説明する法則を求めているところがあった。背が高く細身の体格に大きな頭をした彼は、その場にいるだけで人に威圧感を与える。兵士だった父親に、戦いに備えるよう叩き込まれて育った。父も彼と同じように厳格で強い男だった。一方母親は、彼を信仰へと導いた。そのため母親同様、彼も迷信の類《たぐい》は一切拒んでいた。

「よく聞け！」歩みを止めずに彼は叫んだ。一方の手で羊皮紙を高く掲げる。「この地図のとおりだとすれば、われわれはそろそろサンアントニオ伝道所に着くことになる」

喜びのどよめきが隊列を駆け抜ける。

「わたしが皆に求めるのは」エステバン・デ・ペレアは続けた。「これから地元の先住民らと接する際には、彼らの言葉のひとつひとつに注意して耳を傾けてほしいということだ。彼らがキリスト教徒となった理由を知りたい。何者かに強制されたのか、あるいは指導を受けたのか。もしくは彼らを、わがキリスト教信仰へと駆り立てるような何らかの異変、つまり通常では考えられないできごとがあったのか」

「ペレア神父、〝通常では考えられない〟とは具体的にどういうことでしょうか？」

質問したのはサラマンカ大学で神学を教えているトマス・デ・サン・ディエゴだ。簡明直截な彼の問いに多くの者の不安が和らぐ。異端審問官はそれに対し、臆することなく答える。

「トマス修道士、それについてはあまり詳しいことは説明したくない。メヒコ大司教区でばかげ

23

た噂をいくつか耳にしている。大平原の精霊とやらがこの地域の氏族の長たちに、われわれに洗礼を施してもらえとうながしたという話だ……」

「精霊ですか？　いったいどんな種類の精霊でしょう？」

「そんなものはどうでもよい！」下っ端修道士のこだわりが、エステバン修道士には癪に障ったようだ。「未開の土地の者たちが、何の教育も受けていない事実を忘れるな。自分たちに起こったできごとを乏しい言葉で説明してくるだろうが、それを正しく解釈するのがきみたちの役目だ」

「わかりました。つまり彼らが精霊の話をした場合には、それはわれわれの言う天使であることを説明してやるということですね？」

修道士の口調は、異端審問官をさらにいら立たせた。

「だったらトマス修道士、きみに尋ねたい。たったいまここで起こったできごとを、きみはどういう言葉で説明するかね？」エステバン・デ・ペレアに両肩をつかまれ問い質されたトマス・デ・サン・ディエゴの体が、心なしかひと回り小さくなった気がした。

「できごと？」たじろぎつつ言葉を探す。「さっき聞こえた合唱のことですか？」

相手の返答を待つかのように、異端審問官はうなずいてみせた。

「天上の音楽か……そうでなければ、われわれの使命を全《まっと》うさせるため、信仰心を強固にするために聖母が授けた恵みでしょうか？」

ペレア神父は鼻息を荒くして、小柄なトマスの肩を突き放し、皆に聞こえるよう大声で言った。

「そうではない！　皆、目を覚ませ！」

男の剣幕を前に、修道士全員が身を震わせた。

「われわれがいま、砂漠に足を踏み入れていることを忘れるな！　主イエス・キリストが40日間、悪魔にそそのかされたのと同じ場所にわれわれは来ている！　偽りの誘いや幻、闇に惑わされるな！　いまから出くわす者たちに光を示す気概で臨め！　われわれはそのためにここまで来たのだ！」

24

　スタニスラフ・ズシディフは執務室の大窓に歩み寄り、バルディ神父に背を向け、外を眺めるかたちで驚くべき事実を語った。その日ローマで起こった件にも関わる話だった。

ルイジ・コルソが死んだ直後に、枢機卿が打ち明けた話は次のようなものだった。教皇庁は過去40年以上にわたり、〝コミッティ（委員会）〟の通称で知られるCIAの一組織と諜報活動で連携していた。コミッティの正式名称は〝統一欧州に関するアメリカ委員会（ACUE）〟。ズシディフ枢機卿によれば、1948年にアメリカで設立された機関で、CIAの前身である戦略情報局（OSS）の元メンバーで構成される。第2次大戦後のアメリカとヨーロッパの連携強化の目的で作られた。

　ズシディフは一語一語嚙み締めるように語る。当初コミッティは、ヨーロッパ大陸における親ソビエト派の活動や、それを陰で支援する共産主義の聖職者を監視するのがおもな役割だった。ところが近年、官僚レベルで企てられていた教皇の暗殺計画を二度ほど暴いてからは、教皇からの信頼も得る存在になっていた。

　信じられぬ話に、バルディは思わず目を見張った。

「その話が〝聖マタイ〟と関係あるのですか？」

「大いに関わってくる」口を挟んだ部下を遮り、ズシディフが説明を続ける。「ここ数年、コミッティの関心は政治的な活動ばかりか、われわれの研究分野にまで及んでいた。特にクロノビジョンの研究には注目していた。そのこともあって、彼らの機関のひとつであるアメリカ陸軍情報保全コマンド（ＩＮＳＣＯＭ）の存在についてわれわれに知らせてきた。ＩＮＳＣＯＭでは何年か前から超能力を備えた者たち、つまり時間や空間の壁を突き抜ける精神力を持つ者たちからなる部門を設けて、能力開発や研究に取り組んでいた。〝サイキック・スパイ〟専門の部隊を作るつもりだったようだ。きみが長年進めてきた宗教音楽や先多声音楽《プレ・ポリフォニー》に関する研究も含めたわれわれのプロジェクトとも、ある意味重なる部分があったことから、ある時期から協力することになった。そのために向こう側から協力者が１名、われわれのもとに派遣され、互いの情報や研究成果を共有するに至ったわけだ……」

「彼らの手下のひとり……つまりＩＮＳＣＯＭのスパイですね？」

「何と呼んでもらっても構わん。ところがよりにもよって、われわれの一グループの上層部に、つまりローマの研究班にその者を送り込んできた。〝聖マタイ〟、コルソ神父と共同で研究を進められるようにだ。ひと月ほど前のことだが、両者は〝青い衣の女〟の関係書類を掘り返して、何やら重要な発見をしたと思った」

「青い衣の女……それは何なのですか？」

バルディにとっては初めて耳にする言葉だ。

「ああ、そうか！　きみにはまだその話はしていなかったからな」

24

ズシディフ枢機卿はそこで初めて振り返り、慈愛に満ちたまなざしでバルディ神父を見やった。それから胸にかけた金色に輝く十字架の前で両手を組むと、ゆっくりとした足取りで自分の机に戻った。

「ジュゼッペ、その件を詳しく説明しよう。ルイジ・コルソ神父といま述べたアメリカ人のふたりは、異端審問所の記録文書からひとつの調書を発見した。その調書には、あるスペイン人修道女が何度もバイロケーションを体験していたことが記されている」

「調書、報告書ですか？」

「一般には『ベナビデスの回顧録』の名で知られているものだ。フランシスコ会のベナビデス神父が、１６２９年にヌエボ・メヒコ（現在のアメリカ・ニューメキシコ州）で起こったできごとを記した記録文書だ。数多くの逸話の中に、いま言った修道女が不可思議な神力を借りて体ごと海を渡ったことが語られている。ベナビデス神父の報告によると、当時アメリカ南西部に暮らす多くの部族が、その女性の出現によって改宗したとされている。その姿形から〝青い衣の女〟という名前で呼ばれていたらしいのだが。いずれにせよ、アメリカ人たちが興味を持ったのはその件だったわけだ」

「いまの話にですか？　ＣＩＡが自国の歴史に関心を示したのはいつ頃からですか？」

「正確に言うと歴史に興味があったわけではない」やせ顔に薄笑いを浮かべて、枢機卿は説明する。「ラングレイ《CIA》の連中に、１６２９年と１９２９年の区別ができるとは思えん。彼らにとって歴史などどうでもいいはずだ」

「ではなぜ？」

「彼らの欲を刺激したのは、修道女のやり方に倣《なら》って人間を遠く離れた場所に瞬間移動させられないか、という一点に尽きる。考えてもみてくれ。軍がそのような能力を利用できれば、敵国の機密文書に容易にアクセスでき、盗むことも可能になる。しかも場合によっては、何の痕跡も残すことなく物体を移動させ、敵になりそうな人間を消すことだってできるかもしれない。要するにベナビデスが報告書で述べている件を再現できれば、ほぼ完璧な武器を手にすることになる」

「神の授けた力を軍用化しようというのですか？」

バルディは信じられぬ思いで聞いている。

「そういうことだ。青い衣の女を恍惚状態に陥らせ、バイロケーションを引き起こした音楽を使って実現させようと。きみがずっと研究している事柄ではないかね？」

「しかしいまのところ、それを実現できる音、振動数はまだ把握できておりません！」バルディ神父は反論する。

「きみとまったく同じせりふを他の〝福音史家〟2名も言ってきたよ。少なくともその修道女の記録では、先住民族のもとを訪れていた張本人が彼女だということも、その能力が彼女自身のものだったということも確証は得られていない」

「では何だったのですか？」

「わたしにはわからん」

「猊下にもおわかりでないのですか？」

24

「先住民らが見たものが、もっと重要な別のものだったかもしれない」

「重要な別のもの……？　どういうことですか？」

「たとえば青い衣の女が、バイロケーションの能力を備えた修道女ではなかった。もっと崇高なもの、聖母マリアが出現した可能性だって否定できない。聖母の御公現の可能性については、教皇聖下も真剣にお考えのようだ。アメリカ大陸での宣教の地ならしのために、先住民族の前に姿を現す。そんな偉業を成し遂げるのは聖母以外にありえないと思われても不思議ではない」

「御公現ですか……」腑に落ちぬ様子でバルディ神父はつぶやいた。

「それはともかくとして、〝聖マタイ〟と彼の助手のアメリカ人はマリア出現の仮説にはまったく同意していなかった。むしろその真相を知ろうと、あらゆる情報を熱心に漁り出した」

「そのことに固執したことがコルソ神父の死につながったとお考えですか？」

「わたしはそう見ている。特に彼のデータが消えてからは一層そのように感じている。まるで彼らの研究の進展状況を知って、何が何でも情報を消し去らねばと躍起になっていたかのようだ。コルソが何かを発見したのかもしれない。彼の死を早めるような何かをだ」

「ところでコルソ神父の助手はいまどうしているのですか？　アメリカ側の代表者とやらは、警察には何の手がかりも与えぬわけでしょうか？」

ズシディフ枢機卿は机にある銀製のペーパーナイフをいじくる。

「察しのとおりだ。だからと言って別に驚くことではない。ジュゼッペ、いいか？　あの男には胡散臭《うさんくさ》いところがある。おそらくは〝第一福音史家〟の研究の進捗状況を探って、ワシントンの上役に報告させるためだけに、ＩＮＳＣＯＭがわれわれのプロジェクトに組み込んだのだろうが……。仮にそうだとしても、あの男がクロノビジョンに貢献した事実も認めざるをえない」

「たとえば？」

「うむ……。このプロジェクトが実にデリケートな性質のものであるのは、きみ自身が一番よくわかっているはずだ。つまり、科学と信仰の両側面を考慮するという意味でだが。例を挙げてみよう。時間の概念を破る資質を、神から与えられた預言者や偉人が過去にいた。その事実があって初めてクロノビジョンの研究は認められるところがある。古代の族長たちの幻視能力を、ごく一般の男女も自在に体験できる。たとえそれがほんの短時間であったとしてもだ……」

「猊下、細かい話は省略していただいて結構です」

「わかった、ジュゼッペ」笑顔で応じる。「そもそも他の〝福音史家〟たちに妙案を示したのはきみだ。宗教音楽の特定の音階が、過去の神秘家たちが時間の壁を乗り越えるのに作用していたとの説だ。覚えているな？　ほかにも、人間の意識を拡大させる鍵は音にあるとも言っていた。アリ・ババの〝開けゴマ！〟になぞらえてな」

「すべては言葉にある。音声はその言葉が顕在化したものです」

「そこまではよしとして」枢機卿はもみ手をする。「例のアメリカ人はきみの考案したシステムよりも、さらに洗練されたものを知っていた。基本的にはきみの研究と同じ路線にあるものだ」

驚きを悟られまいとバルディはメガネを外し、ポケットから取り出した布で磨き始めた。つまりはアメリカで何者かが、音楽の周波数を利用して人間の意識状態を変えるシステムを考案して

24

いたということか？　〝聖ルカ〟は単純に、詳細をすべて知りたいと思った。

「猊下、それはどのようなシステムなのでしょうか？」

しばしの間、思いを巡らした末に尋ねた。

「研究の新メンバーとしてその男が派遣されてきた際、彼が持ってきた資料などはわれわれもくまなく点検し、当然写しも取った。研究日誌の中で、ロバート・モンローという男が上げた成果について言及していた。音響エンジニアで、ラジオ番組制作会社も経営していたそうだが、本人が望めば体外離脱できるメソッドを開発していた」

「メソッドを……本当ですか？」

「いまのきみと同じく、当初はわれわれも信じられなかった。まず頭に浮かんだのは、ニューエイジの教祖か何かのたわ言だろうという思いだった。ところが最初の検討段階で、われわれの偏見だったと突きつけられた」

「ロバート・モンローとおっしゃいましたか？　わたくしは一度も耳にしたことがありませんが」

「資料によれば、その男は第2次大戦後に、何度となく自分の意志とは別に体外離脱を繰り返したらしい。同様の体験をした者のほとんどが超常現象的なものとして受け入れる中、モンローはそれを物理的に解明しようとした。〝アストラル投射〟という現象が特定の音の波長が脳に作用した際に起こることに気づき、人工的にそれをうながす音を創り出した」

「理論自体は目新しいものではないですね……」バルディがつぶやいた。

「確かに理論上はそうだと思う。ともかくモンローという男は自分の仮説を確信し、自由に〝体外離脱〟ができるのを意図して、ヴァージニア州に研究所を築いた。70年代のことだ。そこで〝ヘミシンク〟という音響技術を駆使した革新的なシステムを開発し……みごとに成功した！」

「ヘミシンク？」

「左右半脳の同調、ヘミスフェリック・シンクロナイゼーションの省略語だ。複雑なオーディオ信号を聞かせることによって左右の脳に共鳴現象を起こし、脳全体を同期化させて変性意識状態に持っていく。知覚が拡大した状態にとでも言おうか」

「理に適ったやり方ですよ、猊下。音、リズム、振動が脳に直接作用するのは紛れもない事実ですから」

「モンローは振動数に応じた意識の状態を段階別に記した表も作っていてな」

「一覧表か何かですか？」

ズシディフ枢機卿は自分のノートを手に、メモしていた箇所を探し始めた。

「ああ、これだ。モンローは被験者に、ヘッドフォンで一方の耳に１００ヘルツの音を、もう一方の耳に１２５ヘルツの音を聞かせると、脳がその差を感じ取り、同調させるよう働くことに気がついた。驚きではないか？」

「ええ、先を続けてください」

「つまり左右の脳は差分の25ヘルツの音を発生させ、外部からの刺激を中和させる。モンローはこの差分を〝バイノーラル・ビート〟と命名し、脳波をコントロールする技術として体系化した。

24

その人間の脳内で作り出された振動が体外離脱を誘発する作用を……」

「それをどのようにわれわれの研究に？」

「当初われわれの試みは、時空間を超えて物を見る能力を備えた者を訓練することだったが、その方法を応用すれば、体外離脱した者をそこへ送ることも可能になるかもしれん。文字どおり時空間を超えた場所へ情報を集めに行くわけだ」

「青い衣の女についても、その一環というわけですね」

「そのとおりだ。おそらくコルソ神父とアメリカ人助手はそう思っていたのだろう。そうでなければ、あれほどまでに固執していた説明がつかない。青い衣の修道女の文献を追究していけば、誰かを過去に送り込む、そのための新たな手がかりが見つかると推測したと思われる。精神だけではなく肉体ごと過去に飛ばす試みを」

「その最中に〝聖マタイ〟が死んだと」

「そうだ」

哀れむように枢機卿がうつむく。

「コルソは……」小声で言った。「われわれのよき友人だった」

唇が小刻みに震え、いまにも泣き出したいのを必死にこらえている。

「猊下。最近のわたくしの行動に問題があったことは承知しております。だからこそ自分の過ちを償うチャンスを与えてください」バルディが申し出る。「〝聖マタイ〟の研究室に行って、彼の助手に会って探る役目をわたくしに任せてはいただけませんか？　その男が何を知っているかを聞き出すためにも……」

ズシディフは大きく咳払いをした。これ以上悲嘆に暮れた声で話したくはないのだろう。

「こちらもきみに頼もうと思っていたところだ。まずは〝聖マタイ〟の研究資料を取り戻し、その後、彼の仕事を引き継ぐ。〝異端審問所〟が再び介入してくるまでは、これまでどおり一員として活動してくれ。あとの厄介事についてはわたしがどうにかする」

「しかし、わたくしが研究グループに戻るとなると、明日の尋問はどうなるのでしょう？」

「心配には及ばん。わたしから中止の申し入れをしておく。きみが口を閉ざしている限り、手出しできぬよう手配しよう。その辺りのことは教皇聖下にもご理解いただけるはずだ」

「猊下、ご配慮に感謝します。わたくしもできる限り手を尽くします」

「ジュゼッペ、用心するんだぞ」執務室のドアを開けながら、枢機卿が忠告する。「コルソ神父の死が自殺か他殺かは、まだ判明していない。その意味はわかるな？」

「了解しました。まずはどこから始めたらよろしいでしょうか？」

「明日の朝はコルソ神父の仕事場だった、バチカン・ラジオ局内のスタジオに行ってくれ。この一年ほど彼はそこで働いていたのでな。ああ、ところで」ズシディフは突然思い出したかのようにバルディを見やって尋ねた。「ローマでの宿泊先はもう確保したかね？」

思いがけぬ問いに対し、バルディは首を横に振った。

「コロッセウムのそばに、コンセプシオン〔無原罪の御宿り〕修道会の修道女たちが管理する巡礼者向けの宿舎がある。ニーノ・ビクシオ通りだ。シスター・ミカエラを訪ねて事情を説明すると

24

いい。数日間は受け入れてくれるはずだ。明日は朝一番にバチカン・ラジオ局に行き、コルソ神父の助手に会ってくれ」

「彼の名前は？」旧友の心からの配慮に感謝しながら、バルディ神父は最後の質問をした。

「アルベルト博士だ」ズシディフが応じる。「もっとも、本名はアルバート・フェレルだが。特務課報員アルバート・フェレルだ」

25

サンアントニオ伝道所

ペレア神父率いる遠征隊がいる地点から徒歩1時間足らずの場所、ふたつの塔がそびえる教会堂では、フアン・デ・サラス神父が思い詰めた表情の先住民ペンティワの言葉に注意深く耳を傾けていた。フランシスコ会の修道士でもあるサラス神父は聡明な老宣教師で、まだ征服途上の土地に単身で乗り込んだことから、〝前線の神父〟と呼ばれていた。一方のペンティワ（〝仮面を描く人〟の意）は、この定住地で人格者として敬われる人物だ。シャーマンで呪術医の族長は、サラス神父が17年前にこの人里離れた地に到着して以来、つねに友好的な態度で神父に接し、各部族への影響力を分かち合うようにしてきた。「聖職者は魂の治療、自分は体の治療が役目だ」と言って。

サラス神父はその日、教会内の質素な聖具室にペンティワを迎え入れた。〝重大な事柄〟を伝えたいと言われたからだ。

「昨夜、夢を見ました」

先住民の男は地面にあぐらをかいた姿勢で、いつものように簡潔な言葉で話し始めた。

25

短期間でスペイン人の言語を覚えた彼は、いまでは神父も感心するほどの流暢なスペイン語で説明できるほどだ。

「ほう、それで？」

「真夜中すぎに目を覚ました時、何年も前に祖父から聞いた話を思い出しました。彼はその話を自分の祖父から聞かされたと言っていました。それで、できるだけ早く神父さんに伝えねばならない、と確信したのです」

ペンティワは、自分の考えを強調するかのような大げさなしぐさをした。

「わたしの祖先が語ったところでは、まだスペイン人がやってくる前、テノチティトランの人々が実に奇妙な男を迎えたとの話でした」

「ペンティワよ、また部族の昔話かね？」

シャーマンはひるむどころか、サラス神父の言葉を無視するかのように話を続けた。

「長い赤ひげを蓄え、細長く悲しげな顔をし、足元まである長い衣を身にまとった男は、王国の統治者たちに、自分は〝太陽の子〟の使者だと告げ、帝国の最期の時が近づいていることを予言しました。遠方から新たな統治者がやってきて、血に飢えた神々の退廃の時代は……」

「何が言いたいのだ、ペンティワ？」

年の功を感じさせる、年輪のようなしわに囲まれた神父の厳しい目が、回りくどい話をやめて説明してくれとうながす。

「つまり、わが共同体も同様の予言を受けたのです」

「いったいどんな予言だ？」

「部族の誰ひとり口にはしないでしょう。恐れから神父さんに言わないのです。それで、わたしからお伝えしておこうと思います。〝太陽の娘〟がわれわれのもとにも現れました。月のような輝きを放つ美しい精霊で、部族の者たちにはすぐにそれと……」

「ここ、イスレタにか？」

かつて自らペンティワに洗礼を施したサラス神父は、さすがに驚きを隠せない。

「おかしいと感じますか？　ここは元々われらの祖先の精霊たちの大地です。精霊たちが、いつの日かわれわれに引き継ぐために、この地を覆い隠して見守ってきたのです。ところがその神聖な秩序は、カスティーリャ出身の征服者《コンキスタドール》たちの到来で覆され、われわれに唯一残された土地を失うことになりました」

「ペンティワ、なぜいまになってわたしにその話をするのだ？」

「ごく単純な理由です、神父さん。わが部族はずっと、それらの精霊に守られ続けてきました。空の色をした青い精霊たちです。つねにわれらの繁栄を見守ってきた存在たちは、いまだに大平原や夢の中に姿を現し、今後起こる災いを知らせてくることもあります」

サラス神父はひげをかきむしりながら、しばしの間先住民の男の言葉のひとつひとつを吟味する。

「しかし、それらは守護天使の役目だ」ようやく口を開いた。「マリアの受胎告知の時もそうだったように、天使たちはしばしば人間の前に現れては未来のできごとを告げる……。おまえの言

25

う〝太陽の娘〟とは、女の恰好をした守護天使ではないのか？」

シャーマンは鋭いまなざしで修道士を見据えた。

「神父さん」重々しい口調で言った。「また見たのです」

「誰をだ？　その〝太陽の娘〟をか？」

ペンティワがうなずく。

「あなたと同じような人々がやってくると告げられました。おそらくこの場所に。テノチティトランの訪問者と同じ、長い衣服、長いひげを生やした男たちです」

「おまえのほかにその姿を見た者はおるのか？」

「わたしのことばが信じられぬのであれば、それはそれで構いませんが」呪術医が遮るように話を続ける。「われわれからその精霊の女の秘密を聞き出すために、男たちがやってきます。ですが、先ほども言ったように、部族の誰ひとりとして口を割ることはありません」

「いまの話を全部夢で見たと言うのだな？」

「はい」

「おまえの夢はいつも果たされるのか？」

無言でうなずく。

「新たな宣教師が来るなら危惧することもなかろう？　むしろ喜ぶべきことでは……」

「神父さんがこの地に来て以来、われわれの暮らしは十分すぎるほど変化しました。そのことは神父さんが一番ご存じのはずです。祖先の神々を信じる者や妖術の罪で訴えられた者が罰せられる姿を、嫌というほど見てきました。われわれの神々〝カチーナ〟の仮面も焼かれました。サンタフェや南の地域では、あなたの仲間の修道士たちが女や老人まで拷問してきました。すべては、あなた方の言う新たな信仰の名でなされたことです」

憤怒の閃光がペンティワの両目に宿った。さすがの修道士も身震いをした。

「よほど恨んでいるのだろうな。本当に気の毒なことをした。わたし自身はおまえたちをぞんざいに扱ってはこなかったつもりだが」

「だからこそわれわれは神父さんを尊敬しています。近々男たちがやってきても、部族の誰ひとり口を開くことはない。そのことは承知しておいてください。自分たちの神を本心から信じぬ白人たちに、われわれが心を許すことなどありません」

「その者たちがここに来ればの話だ……」考え込んだ顔でサラスは言い加えた。

「必ず来ますよ、神父さん。それも近いうちに」

26

26

その晩ジェニファーは、祖母アンクティの写真を抱いて眠った。写真の端には祖母自身が書き込んだ〝１９２０年〟の文字がある。不思議な印象を受ける写真だ。漆黒の目で微笑む若き日のアンクティは、むき出しの両腕をカメラに向かって差し出し、いまにも写真から飛び出してきそうだ。美しい花柄のワンピースに、左右で束ねた黒髪を垂らしている。

どこで撮ったものかは定かでない。どこかの先住民伝道所のようだ。ニューメキシコ州辺りか。後ろに見える建物の、漆喰塗りの日干しレンガの白壁が懐かしさを感じさせる。だが、何よりもジェニファーの目を引いたのは、祖母の左前腕の表側にあるあざだった。血腫のようにもやけどの痕のようにも見えるが、バラの形をしている。ジェニファーにも同じ場所に、同じ形の生まれつきのあざがあった。

「おまえもあざを持っている」記憶の中でしばし祖母の声がよみがえる。「わたしらの仲間だよ」

夢に出てきた先住民のサクモにも前腕に同じあざがあった。〝彼も仲間なのかしら？〟

午前零時を回った頃には、答えを見いだそうとする彼女の思いも眠気には勝てなかった。裏庭に面した部屋の大きなソファーに横たわり、身を丸めて寝入った。ヴェニス・ビーチから吹いてくるほどよい風に揺られている気がした。祖先が暮らした土地に行ってみたい、そんな思いが込み上げる。

それが自分の運命だ。それ以外には考えられなかった。

27

フアン・デ・サラス神父は、この時ほど予言の的中に驚愕したことはなかった。

ペンティワが聖具室をあとにして間もなく、子どもたちの一群がひしめき合って教会にやってきた。興奮の面持ちで神父を囲み、修道服を引っ張って外へ連れていこうとする。

「神父さん、お客さんだよ。お客さんが来たよ」子どもたちは陽気にはしゃぐ。

サラス神父は彼らに微笑みつつ、極力平静を装おうとした。子どもたちは皆、彼の生徒でもあった。自分が教えたスペイン語を自在に操り、新しい信仰の下で育っていく彼らの姿をずっと見届けてきた。

「お客さん？　どんな人たちだね？」落ち着かぬ気分で尋ねる。

「たくさんいるよ！　神父さんに会いたいって」一番年長の男の子が答える。

はやる気持ちを抑えきれず、サラス神父は外に出る。急に暗い場所から出たため、妙にまぶしく感じられる。昼間の日差しに目が慣れたところで、神父は驚きのあまり呆然とした。教会の入口前にフランシスコ会士の一行が立っている。砂埃で髪もひげも白く染まり、無言で待ち構える姿は、あの世から戻ってきた者たちのようだ。

「サラス神父ですか？」リーダーと思しき人物が尋ねてきた。

老修道士は答えない。目の前の光景につぶやき声すら出なかった。

「わたしの名はエステバン・デ・ペレア。アロンソ・デ・ベナビデス神父の後任として、異端審問所を引き継ぎ、この地域を統轄する予定です。実は……」一瞬言い淀むと言葉を続けた。「ベナビデス神父の命で、しばらくこちらに滞在させてもらうようにと」

サラス神父は、信じられぬ思いで相手を上から下へと眺めている。

「どうかなさいましたか？」異端審問官が問う。

「いいえ、ただ」ようやく口にした。「これほど大勢の兄弟たちを目にしたのは久しぶりで。何しろ来客すら何年ぶりかという状態ですから……」

「そいつは無理もない」

相手は微笑む。

「それにしても、どういう理由でこちらに？」やっとのことでサラス神父が尋ねるが、まだ信じられぬ様子で頭を揺すっている。

「3ヵ月前にわが修道会の修道士29名とともにサンタフェに到着しました」

「29人も？」

「そうです」ペレア神父が誇らしげにうなずく。「フェリペ4世国王陛下に派遣されました。ヌエボ・メヒコにおける先住民の改宗を強化したいとのご意向で。もちろんあなた方の奮闘ぶりに感銘を受けてのことです」

老神父は相手を注意深く見つめる。

27

「なぜあらかじめ訪問の知らせがなかったのでしょうね？」

「正式な司牧訪問ではないからでしょう。何よりもわたし自身がまだ正式に統轄者の役を引き継いではおりませんので」

「そうでしたか」安堵しながらサラス神父は応じた。「修道士の方々ともども、どうぞお好きなだけこの伝道所にご滞在ください。お世辞にも快適とは言いがたいですが、あなた方の訪問はこの村のキリスト教徒たちには何よりの励みになることでしょう」

「信者の数は多いのですか？」

「ええ。国王陛下がさらなる先住民たちの改宗を望んでおられるならば、時間も金も費やす必要はありません。何しろ皆が皆、主イエス・キリストを崇拝していますから」

「皆が皆？」

「はい」サラス神父はまだ突然の訪問に困惑しつつも、禿げた頭を撫でながらうなずいた。「まずは皆さま、どうぞ中に入って長旅の疲れを癒してください」

　エステバン・デ・ペレアと一行は、サラス神父に導かれ教会の敷地内を歩く。何年か前に地元の先住民たちの手で建てられたレンガ造りの大きな教会に入り、中央祭壇そばの細い通路を通る。奥に設けられたいくつかの部屋は、戦争時には穀物倉庫として使用したと、フアン・デ・サラス神父は説明してやった。教会という建物は神の家であると同時に強固な砦《とりで》でもある。厚さ3メートルの壁で覆われ、窓も少ない造りの身廊は、非常時には500人以上も収容できる避難所だという。到着したての者たちに、五つの部屋との間を隔てる小庭に出る際は注意して歩くよう忠告した。数枚の古板で覆った下は、村で唯一の飲料水用の井戸だからと。

「先住民たちは」サラス神父は熱心に説明をする。「普段は直接川の水を飲んでいますが、包囲された際にはここで水も食料も確保した上で、攻撃を食い止めることになります」

防戦をほのめかす言葉を聞き、修道士らはこの地域の治安状況に興味を示した。

「しばしば攻撃にさらされているのですか？」不安げにひとりが尋ねた。

「いや、そんなことはありません。ご心配なく！」老神父は両手を上げて、彼らの不安を払拭する。「わたしがこの地でひとり、職務を果たしているのが証拠ではありませんか？」

彼の説明に一同は笑う。

「それに、アパッチ族も何年も前から襲ってくることもなくなりました。干ばつの影響もあって離れていったのでしょう」

「しかし、またやってくる可能性もあるのではないですか？」念入りに考慮された建物の構造を目に留めながら、ペレア神父が問い質す。

「確かに否定はできません。だからこそ、ここの共同体の者たちは、教会を万全の状態で維持するのに余念がないのです。彼らにとっては身の安全を保障してくれるものだとも言えましょう」

サラス神父は一行を、服の汚れを落とす洗い場まで案内し、日没時の挽課の祈りの時間にまたご一緒しましょうと告げた。大平原の地は日が暮れるのも早い。そのため彼らは皆、軽く会釈をすると教会から出ていった。

〝前線の神父〟サラスは、先ほどのペンティワの予言について考えざるをえなかった。どう対処

27

するかも、いますぐ決めなければならない。

あの男はいったいどうやって知りえたのか？　ペンティワは未来のできごとを察知することができるのか？　それともペレア神父一行が来ることを誰かが知らせたというのか？　先住民たちのもとを訪れている不可解な〝太陽の娘〟の情報を、修道士たちが聞き出しにきたというのも本当だろうか？

サラス神父は長い時間、ビャクシンの木陰を散歩しながら思いを巡らせた。彼は暑い日の午後には、この川のほとりにやってきてうたた寝することもあれば、聖書を読んで過ごすこともあった。ところがその日の午後はまったく違っていた。

「サラス神父！　こちらでしたか……！」

物思いにふけっていた老神父は、先ほどから異端審問官が彼の名前を叫びながら教会内外を探し回っているのに気づかなかった。

「ああ、ペレア神父でしたか。わたしはここで神と対話するのが好きなものでして。静かな場所にいると問題解決の糸口も見えやすいものですから……」サラス神父の声には疲れが感じられる。

「問題？　わたしたちの訪問でご迷惑をかけているのではないですか？」

「いえいえ、そんなことはありません。その件ではないのでご安心ください。よかったら一緒に散歩しませんか？」

エステバン・デ・ペレアは快く申し出に応じた。リオ・グランデ川に育まれた木陰の下、ふたりは互いにどう話を切り出そうかと探っていた。

「アロンソ・デ・ベナビデス神父の後任として来られたのですね……」まずはサラスが口火を切った。

「わたし自身は大司教の指示を果たすだけです。冬が来る前に職務に就けるよう、日々聖母マリアに祈っています」

「聞かせてほしいのですが」老神父はあえて尋ねることにする。「この村にやってきたのは、何か特別な理由があってのことですか？」

異端審問官は一瞬返答に困った。

「ある意味ではそう言えます」

「ある意味とは？」

「正直なところその件を明かすつもりはなかったのですが、あなたがこの土地で唯一の旧キリスト教徒である以上、わたしも頼らざるをえません。実はシウダー・デ・メヒコで、マンソ・イ・スニィガ猊下からある任務を託されたのですが、どう説明したらよいか……」

「お聞かせください」

エステバン・デ・ペレアは打ち明ける決心をし、川沿いを歩きながら、いまから話す件についでは同行した修道士たちも一切知らぬことであると前置きをした。

「出発前に」と話を切り出す。「この地域における先住民の集団改宗についての噂を大司教から教えられました。熱心な信仰心の背景には人知を超える力が働いたのではないかというものです。先住民たちが自らの精神をわれわれの信仰に捧げる、それをうながす力とでも言えばいいか」

27

「よくある噂話になぜそこまで興味を持つのです？」

「われわれ異端審問所が、奇跡的なできごとを強く疑問視しているのはご存じでしょう。首都シウダー・デ・メヒコだけでも、新たにグアダルーペの聖母を見たと証言する先住民が至る所で現れ、大司教も慎重にならざるをえなくなっているので……」

「あなた自身は信用しているのですか？」

「いまのところ、肯定も否定もしていません」

「この地域でも同じことが起こったとお考えで？」

「わかりません。ただこの手の主張が……つまり最近改宗した者たちの口から出る証言が疑わしいのは確かです。わたしの務めは彼らの言うことを調査することです」

フアン・デ・サラス神父は異端審問官の一方の手を取り、両手で包み込んだ。

「砂漠での生活は過酷で、幻想などとはほど遠いものです」と言い切る。「いまここでわたしが、超自然現象を見たと言うことはできません。それでは嘘をつくことになってしまいますから。ですが、このイスレタに暮らす者の中で、わたしほどそのような現象を目の当たりにするにふさわしくない人間はいない、ということを覚えておいてもらいたい」

「どういう意味ですか？」

「わたしは幸いなことに信仰心に恵まれています。ですが先住民たちにとって信仰心は、まだどこか新しいものなのです。そんな彼らが自分たちを洗礼へと導く者を見た、聞いたと言うのであれば、それはそれで喜ばしいことではないでしょうか！　わたしは彼らの魂を収穫するにとどめ、わざわざ改宗の原因を探ろうとは考えません。そのことはご理解いただきたい」

サラス神父は足を止めて客人に示した。川のほとりから美しい伝道所の全景が見渡せる。教会を囲むようにして百軒以上ものレンガ造りの家がひしめき合っている。教会のふたつの塔にかかった鉄製の十字架を模して、どの家の屋根にも木の十字架が掲げられていた。老神父の目には、その光景だけでも先住民たちの敬虔な信仰ぶりの表れに思えた。

「サラス神父、あなたの気持ちはよくわかりました」ペレア神父が同意した。「ですが、わたしの目的は、集団改宗の原因を解明することです。先ほども申し上げましたが、首都ではこの件についてかなり神経を尖らせている状況で……」

「お察しします」

ペンティワの言うとおりだった。彼の先見の明を思うだけで、サラス神父は身震いした。ペンティワが口にした〝青い閃光を放つ精霊〟のことをいまここで伝えるべきか？　そんな思いが一瞬頭に浮かんだが、すぐに考えを改めた。そんなことをしたら、先住民の誰ひとりとして青い精霊の話をせずに頑なに拒むだけだ。いまは黙っておくのが賢明だ。

「話は変わりますが」ペレア神父がため息をつく。「当地区の改宗者数を教えてください。本当に言われているような高い数字なのですか？」

「はっきりとした人数はわかりません。正確な洗礼者名簿が作れぬ状況ですから。１６０８年の改宗者は８０００人前後だったのが、いま現在は８万人近くにまでなっています」サラス神父は声を和らげた。「何しろわれわれが新キリスト教徒の管理をしやすくなるよう、メヒコ大司教ご

27

自身が〝聖パウロの改宗〟統轄区域の創設を認められたのですからね」

エステバン・デ・ペレアはその辺の事情を熟知していた。リオ・グランデ川流域で改宗者が増加するさまを、聖パウロの奇跡の改宗になぞらえて新しい管区の名にしたのだった。

「確かに」異端審問官がうなずいた。「しかし宣教師が少ない割に、あまりに改宗者が多すぎる。誇張ということはないのでしょうか？」

彼の言葉には皮肉ともあざけりとも取れる響きが感じられた。

「誇張ですって⁉ ペレア神父、それはありません！ ここでは本当に何かが、神のご采配とでも言うような何かが起こっているのです。もっとも、誰にも神のご意志など知るよしもない。伝道所を築いてからというもの、聖職者が到着したとの知らせが各地に広まり、わたしの方から教えを説いて改宗をうながす必要などほとんどありませんでした。むしろ逆で、彼らの方からやってきてキリスト教の教理を教えてほしいと懇願した。その結果を直視してください」

「サラス神父、ぜひあなたにお尋ねしたい。われわれのキリスト教信仰に関心を寄せる先住民族がいる一方で、ここから数百レグア〔長さの単位。国によって異なるため、本作品では1レグアを約6キロとする〕西では別の先住民族がわれわれの同胞を苦しめ、殺害に至っている。その理由は何だと思いますか？」

エステバン・デ・ペレアは意図的に老神父を挑発していた。彼の試みは成功したと言える。焼けた粘土のごとく顔を赤らめたサラス神父は、大きく2回深呼吸をしてから答えた。

「当初わたしは、先住民らがこの伝道所に来たのは身の安全を求めてのことだと思っていました。

われわれが入植する以前この土地では、ティワ族やトムピロ族といった温厚な部族がアパッチ族からの略奪に遭っていたと聞いています。そこで彼らは教会のそばに住めば安心なのだろうと思い違いをしたのです。時々とはいえ、訪れる隊商《キャラバン》に武装した兵士が2～3名ついてくるので守ってもらえるからと」

「思い違いと言われましたよね？」

「ええ。いまとなっては嘆きたくなるような失敗です。最初に押し寄せた先住民らの教化に専念するあまり、彼らの背後にある事柄に目を向けなかった。彼らの暮らす渓谷に鳴り響く声や川べりに現れる奇妙な光、それらに命じられて集落を去ることになったこととか、数々の奇跡……」

「鳴り響く声？　声について何かほかに語っていませんでしたか？」さほど関心もない態度を装ってペレア神父は尋ねた。

「先ほども言いましたとおり、彼らの話にあまり注意を払ってこなかったものですから」

「たとえば彼らが聞いたという声について、わたしが問い質すことは可能でしょうか？　それができれば真相がわかるかもしれない」

サラス神父はペンティワの言葉を思い起こした。

「いや、無理でしょう。それはやめた方が無難です」

ペレア神父は驚きの目で老神父を見やった。

「彼らは昔ながらの信仰について語る際、とても慎重になります。イエス・キリストの名のもとに、祖先の精霊や風習を奪い取られるのを恐れていますので……」サラス神父が話を締めくくる。

27

「策を駆使すれば何か聞き出せるかもしれませんが、手荒なやり方は控えた方がいい。何しろここは、まだ異端審問所が何なのかさえわかっていない土地ですから」

「うまくやるつもりです。われわれには神がついていますから」

28

1991年4月15日月曜日。カルロスは昨日からカメロス山地とアグレダ村への道のりをほとんど往復しているも同然だった。コンセプシオン修道院をあとにし、ただひたすらマドリードに向かって車を走らせた。彼の心は興奮のるつぼと化していた。わずか24時間の旅にしてはあまりに多くの偶然が続いている。相棒チェマをカラバンチェル地区の自宅前で降ろすと、一路エル・エスコリアル宮殿近くにある自分のアパートを目指し、帰宅するなり横になって、翌日昼近くまで熟睡した。

今後のためにも眠っておきたかった。

アグレダをあとにしても、雑誌記者の中には消しがたい感動が根づいていた。おそらくは彼の目に焼きついたマリア・ヘスス修道女の姿のせいもあっただろう。何しろ取材を終えてアナ・マリアとマリア・マグダレーナの両修道女に別れを告げようとした際、彼にとって最後の、しかも予期せぬ事実を目の当たりにしたからだった。彼らが通された居間からさほど離れぬ修道院内の中央祭壇のそばに、〝海を渡る修道女〟の不朽の遺骸が安置されていた。三世紀以上もの間、そこで眠っていることになる。顔にろう処理を施し、修道服の袖にミイラ化した手を隠した状態で、じっと横たわっていた。彼女の名を知らしめることになった青いマントも身にまとっている。17

28

世紀の証《あかし》とも言うべき人物と直接対面するなど考えもしなかったカルロスは、衝撃に打ちのめされた。が、彼女は確かにそこにいた。しかも目の前に。

これ以上自分の頭を整理する必要などあるだろうか？

荒れ狂う思いが頭の中で渦巻いては彼をさいなむ。老賢者のごとく運命を語ったチェマの言葉は奇妙なほどに的を射ていた。カメロス山地やアグレダ村にいざなったのが運命でなければ何なのか？　マリア・ヘスス・デ・アグレダ修道女が３００年前に創設した修道院の扉へと導いたのは、運命以外に考えられないではないか？　となると、それらはすべて緻密に練り上げられた計画か？〝偉大なプログラマー〟のか？　それとも誰の計画なのか？　一度は迷宮入りにした調査に再度向かわせる、その筋書きを描いたのはいったい何者なのだろう？

生まれて初めてカルロスは、自分の足元が揺らいでいく感覚を味わっていた。

「おまえが修道女のスカートを追いかけている姿なんぞ、正直言って想像しがたいな！」

レストラン・〝パパラッツィ〟のカウンターでホセ・ルイス・マルティンが言い放った。名門レアル・マドリードの本拠地スタジアムのそばにある、映画『甘い生活』の古い写真で飾られた彼のお気に入りの店でのことだ。

ホセ・ルイスは、カルロスが青い衣の女との運命的な出会いを果たしたあとに初めて会う友人だ。５～６年のつき合いだが、今回のような道理に合わない話をできる相手は彼しかいない。ナバラ大学で心理学を専攻し、従軍司祭として20年間クアトロ・ビエントス航空基地で働いたあと、現在の妻であるマルタと結婚する道を選び、聖職者の地位を捨てた。その後、警察官に転身し、いまはラ・タコナ通りにある国家警察犯罪捜査局のセクト対策班に所属している。元聖職者の肩書を持つ異色の捜査官で、何ごとにも几帳面な性格のうえ、宗教セクトや政治団体を隠れ蓑にした秘密結社絡みの捜査では署内でも一目置かれる存在らしい。その日カルロスは、自分の心境を聞いてもらいたくて彼を呼び出したのだった。

「自分がその修道女を引き寄せたかもしれない、そんなふうに考えたんじゃないか？」

ホセ・ルイスは支離滅裂に思える理論を長々と説明しているところだった。不信心者、不可知論者を自認するジャーナリストであるカルロスが宗教関連の事柄に入れ込んでいる。何よりもそのことに驚いた捜査官は、まだ平静さを取り戻すには至っていない。

「言ってくれるね、ホセ・ルイス」嬉しそうにカルロスが応じた。「こっちの何倍も奇妙な考えが浮かぶ、そういうところが好きなんだ。で、何が言いたいんだ？」

「ごく単純な話だ。おれがありきたりの心理学に満足できないのはわかってると思うが。要するに行動主義を学ぶぐらいならユングを学ぶと……」

「やれやれ。だから診察室じゃなく、警察にいるわけか」

「おい、元神父をばかにするなよ。おまえに起こったできごとについては、ユングが〝共時性《シンクロニシティ》〟と呼んでいる。偶然というものは存在しない、ある人物に起こっているできごとには、つねに何らかの隠された理由があると言いたいわけだ。神云々とは述べてはいないが……それに近いことをほのめかしている。そこでおまえの件だが」もったいぶった口調で話を続ける。「ユングだったらきっと、おまえが2ヵ月ほど前に書いたテレポーテーションの記事で、その修道女に言及したこ

28

と、おまえのそのテーマへの思い入れが、共時性《シンクロニシティ》を体験する方向へと近づけたと言うだろう」

ホセ・ルイスはカルロスに口を挟ませない。

「超感覚的知覚（ＥＳＰ）の現象が、ゼナー・カードを使用した退屈極まりないテレパシー実験の枠に収まらないのは、おまえだって知ってるだろう？」

雑誌記者は怪訝な顔で相手を見やる。

「知らないのかよ!?」ホセ・ルイスは話を続けた。「ゼナー・カードとは１９３０年代に心理学者カール・ゼナーがデザインしたＥＳＰ実験用カードでな。丸、十字、波、四角、星という5種類の図柄が5組、合計25枚ある。ふたりのうち一方が選んだカードの図柄をもう一方が言い当てる。正解率が20パーセント以上ならテレパシーが認められるってやつだ。だが超感覚的知覚とはもっと複雑なもので、情動が介在すると強力に顕在化する……。友人の夢を見たら翌日にその人からの手紙を受け取った経験はないか？　ついさっき思い浮かべたばかりの人から、突然電話がかかってきたことはないか？」

カルロスは無言でうなずく。マルティンは話を続けた。

「これらは皆、情動が絡んだ現象だ。情動はユングによれば、心的エピソードの原動力となるものだからな」

「さっき以上に何を言っているのかわからない」カルロスは笑って言い返した。

「簡単だよ、カルロス。おまえが車道でアグレダの標識に出くわした時、おまえの精神は分離状態にあった。一方は〝ありえない〟と否定する、意識している普段のおまえ。もう一方は〝もしかすると〝と思う、意識していないもうひとりのおまえ。潜在意識とも言う。そいつがテレポーテーションに固執して、お目当ての場所を追い求め、普段のおまえに、これは奇妙な偶然の産物だと思わせる方向へ導いた」

「要するに〝もうひとりの自分〟が、修道院まで導いたと言いたいのか？」

「そういうことだ」

ホセ・ルイスは満足げにビールを飲み干した。スイスの心理学者カール・グスタフ・ユングを引き合いに出したのは正解だったようだ。だがその確信は呆気なく崩れ去った。

「あんたの仮説をひとまず受け入れ、すべては素晴らしき自己欺瞞の産物で〝導かれた旅〟などではなかったとしよう」ようやくカルロスが自分の考えを語り始めた。「そうなるといったい誰が、あるいは何が、春真っ只中のカメロス山地に大雪を降らせて、アグレダへの道しか進めないようにしたんだ？　それに、土地勘もないのに〝もうひとりの自分〟がどうやって修道院の場所を特定できる？」

空のグラスを両手でもてあそぶと、ホセ・ルイスは雑誌記者の目を見つめた。

「よく聞け、カルロス……。共時性《シンクロニシティ》だけじゃなく奇跡というものを信じた時期がおれにはあった。そのことはおまえも知っているはずだ。ユング的な偶然の一致にも当てはまらず、超感覚的知覚とも無関係だとしたら……」

「だとしたら？」

「〝上〟の采配ということだ。おまえなりに証拠を探して追及するんだな」

28

「おれが出会った数学教師と同じことを言ってるぞ！　それにいったいどんな証拠を探せと言うんだ？」

ホセ・ルイスは真顔になった。

「おれにもわからん。その都度違うだろうから。証拠が見つからなければ、天に求めろ！　警察署にいると、毎日のように多くのろくでなしと接する。尋問に立ち会って、極悪人の精神的な特徴を分析することもある。来る日も来る日もそれを繰り返していると、超越的な存在に対する信念が失われていく。上に……天にいるかもしれぬ者への信念がな……。アグレダで起こったできごとが、人知を超えた何らかの存在が計画したものだと証明できれば……少なくともその人知を超えた存在ならば、おまえの問いには答えられるはずだ」

「何だって!?」

「そうなったらおれだって、また修道服《アビト》を着ることを真剣に考えるだろうよ。おれの信仰心を取り戻すのも悪くない！　ついでにおまえの信仰心もな！」

「心理学の専門家として言っているのか？　それとも元神父としてか？」嫌みな口調でカルロスが訊いた。

「かつて神を探し求めた者として。神のしもべだと信じる者たちの間で20年間過ごしたが、ついに神を見いだすことはなかった人間としてだ。だからこそ、今回のおまえの仕事には重要な意義がある」

ホセ・ルイスはグラスを置くと、真剣なまなざしで嬉しくない質問をしてきた。

「おまえはいわゆる信者じゃないよな？」

カルロスが凍りつく。

「カトリック信者かどうかと言っているのか？」

ホセ・ルイスがうなずく。

「信者じゃない」と口ごもる。「もうだいぶ前にやめた。神には失望させられた」

「それなら理性を失うことなく真理を見いだせるかもしれんな」

「真理？　真実じゃなく真理か？」

「そう。つねに輝こうとする強大なエネルギーだ。表に出るまで何世紀を費やそうとも、触れればその者を強靭にし、癒すことができる」そこまで言ってから突然小声になった。「……が、かつておまえをないがしろにした神とも大きく関わってくるものだ」

29

エステバン・デ・ペレアと一行は3日間、イスレタに滞在した。異端審問官の指示に従って、彼に同行していた10名の修道士らは、２日めの朝サンアントニオ伝道所をあとにした。イスレタのつましい家に寄食して、家族たちから何か情報を聞き出すのが目的だった。彼らが何の抵抗もなくキリスト教徒に改宗した手がかりとなるものであれば、どんな些細なことでも報告する手はずだった。

異端審問官の疑惑の念は時間が経つごとに増していった。

スペイン王国で彼は、先祖代々の信仰を自ら進んで放棄する者などひとりもいないことを学んでいた。海を隔てたイベリア半島の地では、１４９２年のユダヤ人追放令後、キリスト教徒に改宗したユダヤ人たちが隠れてユダヤ教信仰を実践していた。隠れユダヤ教徒は〝マラーノ（豚）〟と呼ばれ、異端審問所は彼らを容赦せずに迫害した。イスラム教徒に対しても同様だ。スペイン人の誰ひとりとして、改宗したモーロ人〝モリスコ〟を信用する者はいない。たとえキリスト教徒としての洗礼を受けても〝アラーの子〟らは、人目につかぬ所でメッカの方角にひざまずいて祈りを捧げている。アメリカ大陸の先住民が彼らと違うなどとは考えられない

奇跡的なものであろうとなかろうと、ペレア神父は改宗の理由を知りたかった。

しかし彼のもくろみは思ったほどの成果は得られなかった。大人は誰ひとりとして自分たちを洗礼へと導いた者、あるいはできごとについて修道士に語ろうとしない。かろうじて幼い子どもの何人かが、強い力を持つ〝青い精霊〟のようなものが現れ、親たちにトーテム崇拝をやめるように説得したといった説明を断片的にしてくれただけだ。

異端審問官は修道士らから寄せられた〝手がかり〟を丹念に記録していく。手持ちの聖書に織り込んだ白紙に書き込む。誰にも怪しまれずに情報を蓄積していくやり方だった。しかし彼の緻密な調査にもかかわらず、解明へと結びつくような有力な情報はなかった。先住民族の大人たちが態度を和らげるため、またこちらの願いが彼らの心の奥まで伝わるためには、何らかの奇跡なり兆しなりが欲しい。

奇跡は到来した。

いや正確には、エステバン・デ・ペレアがそのように仕向けた、と言うべきだろう。イスレタ滞在4日め、修道士たちが伝道所を去る準備をしている時に、それは起こった。１６29年7月22日の日曜日のことだった。

聖マリア・マグダレーナの祭日でもあったその日、サラス神父の招きで異端審問官と一行は荘厳ミサに参列することになった。ミサには当然、教区信者のほとんどがやってくる。エステバンは厳粛なミサの場を利用すれば、一部の先住民を感化できるのではないかと踏んでいた。型どおりの典礼に信者の心に響く説教を加えることで、重い口を多少なりとも割らせることができるかもしれない。そこで彼は説教に、砂漠の〝声〟に恐れを抱く神の子の話を用いるつもりでいた。彼にとって最後の機会であり、最後の手段でもあった。

教会の鐘がレンガ造りの塔に鳴り響き、聖堂内には人が溢れていた。通常ひとりで執り行う儀式を、12名の修道士で行なうのだから、いつもとは違った厳かさに包まれている。

「この場面を最大限に活用してください」上祭服《カズラ》をまといながらファン・デ・サラス神父がペレア神父につぶやく。「ミサにこれだけの人が集まったのは初めてのことです……」

「心配はご無用。こちらの準備も整っておりますから」

密閉された聖堂内に漂う不可思議な力が、いつも以上に居合わせた先住民らの気分を高揚させていた。ミサ開式の祈りである入祭唱《イントロイト》の美しい旋律が響き渡ると、場内の雰囲気が一変した。典礼を進めるラテン語の意味はわからぬものの、先住民の誰もがほろ苦さにも似た刺激を直接肌で感じていた。彼らにとって聖なる場所が教会ではなく、キバだった頃の記憶がにわかによみがえってきた。

今日の儀式を取り仕切るのは、言うまでもなくペレア神父だった。福音書の朗読を終えると、会衆に向かって説教を始めた。普段は隙のない張り詰めた印象を与える彼の表情が、温厚で親しみやすいものに変わっている。

「主イエスが磔にされてから間もなくのこと、彼の弟子のふたりがエマウスへの道を歩いていました。彼らは歩きながら、師《ラビ》の亡骸が奇妙にも消え失せた件について話していました。また、師が埋葬されたはずの墓が空であったと語る女たち、師は生きていると告げた天使に遭遇したと語る女たちについても話しているところでした……」

先住民らはまばたきひとつせずに聞き入っている。彼らが不思議な話に畏敬の念を抱いているのを、エステバン・デ・ペレアは熟知していた。

「そこに突然、見知らぬ男が現れ、ふたりに対し、なぜそのようなことにこだわっているのだ、と問いかけます。ふたりの弟子は相手が師イエスの話を知らないと思い、事の経緯を詳しく説明してやりました。黙って話を聞いていた見知らぬ男は、信仰心が足りぬと言ってふたりをたしなめます。気分を害しながらもふたりは見知らぬ男を夕食に招きました。テーブルでパンをふたつに割る姿を見て、初めて男が誰であるかを悟りました。よみがえった師だったのです！　自分たちが生き返った師と何時間も語り合っていたことに気づき、問いかけようとするよりも先に、イエスは彼らの目の前で姿を消したのです」

先住民の何人かが、驚きの目で視線を交わす。

「ふたりの弟子がなぜ目の前の男がイエスだと気づかなかったか、その理由がわかりますか？」ペレアは話を続けた。「それは自分の心よりも目の方を信じたからです。後に弟子たちは言っています。見知らぬ男と一緒にいる間、心が沸き立つ感じがしていたと。つまり心の底では男が誰であるかを理解していたのに、精神よりも肉体の感覚の方を重視した。わたしたちもこの教訓から学ぶことができます。いつの日かあなた方にも、心を燃え上がらせる人が現れるかもしれません。その時には迷いを捨ててよいのです！　その人は天からの使者なのですから！」

説教が最高潮に達したところで、しばしの間、異端審問官は沈黙した。

29

「ですから、もしもそのような人と出会ったなら、その喜びをあなた方の隣人と分かち合ってもよいのではありませんか？」

教会の後ろの方でざわめきが大きくなった。

ほとんどの者がそのことには気づかなかったし、ペレア神父も当初はさほど注意を払うそぶりは見せなかった。そのざわめきが、肌に入れ墨をした男たちの一団が到着したことで起こったのだと、修道士らが悟るまでには多少の時間を要した。突然現れた男たちは無言で、しかも忍び足ですでに教会内の中央部分にまで進んでいた。

ペレア神父は気にも留めずに説教を続ける。

「われらが主イエスは実に多くのかたちでその存在を感じさせてくれます。そのひとつとして頻繁に起こるのが、われわれの前に使者を送ってくることです。いま述べたエマウスへの道の途中で、彼の弟子が経験したのもまさにそれです。しばしばわれわれに対しても、心で見極められるかどうかを試すことがあります。その場合には、周囲の兆しに注意を向けるだけで十分です。あなた方も心の奥底に、主イエスの炎を感じた経験はないですか？　あなた方の子どもたちも同じものを感じたのではありませんか？」感傷的な口ぶりで締めくくる。「わたしには……わたしにはわかります……」

ティワ族やチヤウウィプキ族、トムピロ族の者たちが、フランシスコ会士の〝非難〟めいた説教に耳を傾けている一方、到着したばかりの一団は説教をよそに周囲を詮索している。一団はデオ・グラティアス（神に感謝）やパーテル・ノステル（主の祈り）を唱えることもなく、立ちつくしたままだった。イスレタの住人たちの真ん中で松かさのように身を寄せ合ってミサが終わるのを待っていた。

だが不思議なことに、闖入者たちを不信の目で見る者はいない。

やがて地元の者たちは彼らが何者であるかを理解した。温厚な部族として知られるフマノ族だ。時々トルコ石や塩を村に持ってきては、動物の皮や肉と交換していく者たちで、直接的な交流は少ないが、信頼できる部族だった。

ミサがひととおり終わったところで、リーダーと思しき若い男が祭壇にいるサラス神父に向かって歩き出した。オリーブ色の肌に剃り上げた頭と高い頬骨、胸にはいくつものらせんが刻まれている。先住民は神父に対して、タノア語で1分ほど早口でまくし立てた。老宣教師には半分しか理解できなかったが、それでも表情を急変させるには十分だった。

「サラス神父、どうしたのですか?」

異端審問官も何かがおかしいと気づいた。

「ペレア神父、彼は南に住むフマノ族の者です」銀の聖杯を丹念に磨きながらサラス神父がつぶやく。「何日もかけて砂漠を縦断してきたと説明しています。部族の選りすぐりの男たち50人を引き連れてやってきた。われわれに話したいことがあるそうです」

「水と食料が欲しいのであれば、すぐにでも……」

「そんなことではありません。この先住民は、ある兆し、あるいは兆しのようなものが、彼らに対し、ここに行けば神の運び手に会えると告げたと言っています。何のことを言っているのかは

29

あなたにも察しがつくでしょう」

異端審問官の顔に異常なまでの関心ぶりが表れるのを見て、老神父は皮肉めいた笑みを浮かべた。

「兆しと言ったのですね？　どんな兆しでしょうか？」

エステバン・デ・ペレアは興味津々にふたりのもとに歩み寄り、先住民の男にさらに詳しく話すよう求めた。挑むような目つきでペレアを見つめた男だったが、どうやら申し出を受け入れたようだ。身ぶりを交えながら説明し始める。初めに腰を撫でる仕草をすると、次いで両腕を頭上に上げる。長年先住民たちと接してきたサラス神父には、彼らの言語も身ぶりも十分理解できた。

「彼らの住む集落に、しばしば天から舞い降りてくる女がいる。われわれと同じような白い顔をした女で、太陽のように強い輝きを放っている。青いマントで全身を覆っている。しかも神父たちがここにやってくると彼らに告げたのもその女性であるということです」

「彼は〝神父〟という言葉を使ったのですか？」とペレアは口ごもる。

「はい」

「女だと言いましたね？」

老神父はうなずく。

「彼らの精霊であるトウモロコシの母神は、そのような話し方はしないとも言っています。そのため別の種類の女神ではないか、あなた方なら何者なのか知っているのではないかと思ったと……」

「女神？」

「この若者はさらにもうひとつ言っています。あなた方に会いに行くよう彼らに命じたのはその女神で、一緒に自分たちの共同体に来てもらって、神の話をしてもらうよう命じたとも説明しています」

先住民は時間がないと言わんばかりに早口で話した。その間、首にかけた粗雑な松材の十字架をしきりに撫で回していた。

「この男を以前この辺りで見かけたことはありますか？」

思いがけぬエステバン・デ・ペレアの質問に、老神父は気をそらされた。

「彼とは会っていませんが、父親はよく知っています。グラン・ワルピという部族長です」

「彼の名は？」

「サクモです」

「ではサクモに尋ねてください。自身の目でその青い精霊を見たのかどうかを」

サラス神父が喉を鳴らすような発音で異端審問官の言葉を通訳し、即座に男の返答を伝える。

「何度も見ているそうです。いつも日が暮れてから現れると」

「何度もですか？　願ってもない……」

「お気づきですか？」サラス神父がその言葉を遮り、興奮ぎみに声を上げた。「これはまた別の前兆ですよ！」

「別の前兆？」いぶかる口調でペレア神父が問う。

29

「ええ、そうです」フアン・デ・サラスは続ける。「この教区では誰も洗礼に至った理由を説明したがらないのに、別の部族である彼らがそれをしてくれる。そうではありませんか？　しかもこの若者はスペイン人とほとんど接した経験がないらしく、異端審問所が何であるかも知らない様子です。それゆえ恐れることなく青い服の女の話を語っている。ちょうどあなたが居合わせるこの機会にですぞ！」

「冷静にお願いします」ペレア神父がたしなめる。「たとえ事実に思えたとしても、慎重に行動しましょう。そうでなかった場合には、この種のまやかしを根絶するまでです」

「あなたは何とお考えですか？　聖母マリアの奇跡、それともグアダルーペの聖母の顕現ですか？」サラス神父は興奮を抑えられなくなった。「フアン・ディエゴはグアダルーペの聖母を青いマントの聖女だと描写していませんでしたか？」

「とにかく落ち着いてください」

異端審問官は老神父を厳しく見据えた。

「では、どうしたらよろしいでしょう？」サラス神父が尋ねる。

「まずはサクモに、いまから彼の話を検討すると伝えてください。そのうえで彼の共同体に今後、宣教師を派遣するかどうかを判断すると」エステバン・デ・ペレアはそう言って老神父を見やった。「それから、彼らの定住地への道順と移動に要する日数などの情報を詳しく教えるよう言ってください。それが済んだら修道士たちを食堂に集めて話し合いをするということでいかがでしょうか？」

「了解しました」謎めいた笑みを浮かべて老神父が答えた。「ところで、彼の首にかかった十字架をご覧になりましたか？」

30

マドリードで友人ホセ・ルイスと語り合っているカルロスが、その瞬間アメリカ西海岸で起こっているできごとを知ったなら、彼の合理主義的な世界観は一挙に、しかも永久に崩れ落ちていたに違いない。ロサンゼルスの時刻は正午だが、ジェニファー・ナロディの海辺の小さな家のブラインドは閉じたままだった。ヴェニス・ビーチに燦々《さんさん》と降り注ぐ太陽の光のかけらさえも、彼女の寝室に入り込むことはなかった。

昨晩ジェニファーはなかなか寝つけなかった。メイヤーズ医師の診察のあと、不安に駆られたためだ。市の中心街にある高所得者向けの診療所にジェニファーは通い続けていたが、行ったり行かなかったりという状態になっている。ある時、精神科医はとても真剣な顔で「しばしばあなたのような夢が身体的な要素が原因のこともあるの。脳の側頭葉にできた小さな凝血や腫瘍が、精神や知覚に影響を及ぼすことがあって」と説明し、言い加えた。「一度ＭＲＩ（核磁気共鳴画像）を撮って調べた方がよさそうね」

ジェニファーは閉所恐怖症だった。チューブの中で何十分もじっと過ごすと思うだけで、恐怖に駆られてしまう。そのせいでなかなか寝つけなかったのだ。結局読書によって寝入ることができた。その日の晩は聖書に頼った。国際ギデオン協会が発行しているポケット版の聖書だが、過去に開いたかどうかは定かではない。その日は「マタイによる福音書」をめくった。ヨセフの夢に主の使いである天使が現れ、婚約者が身ごもっていると告げる場面。そのくだりを読んでいるうちに、ジェニファーは心地よい睡魔に誘われた。思えば不思議なことだ。古代の人々は夢を、神々が人間と交信する手段と捉えていた。夢を介して隠されている事柄が、われわれに明かされていくのだと。

彼女の場合、隠されている事柄とは何なのか？　次第に彼女の中で展開していく夢と、それにさいなまれる彼女。いったいどんな神が、何を彼女に伝えようとしているのか？

31

1629年7月22日、サンアントニオ伝道所

エステバン・デ・ペレア神父の呼び声が教会の壁にこだました。ベナビデス神父の命で派遣されたペレアが、先住民の男の要望に応じるつもりらしい。当初は修道士の誰ひとりとして、彼がなぜそこまで性急に事を進めようとするのか理解できなかった。だがすぐにその理由がはっきりした。部族の一団に砂漠縦断を命じた不可思議な女の存在に、サクモが言及したためだった。ペレアは得も言われぬ圧迫感を味わっていた。首都メヒコの大司教が、この地域一帯で起こっている〝超常現象〟の調査を真剣に考え、彼に依頼することになった原因とも言える亡霊が、彼の精神にまで根づいたかのようだった。

「どうかなさいましたか?」

一行の中でも、とりわけ気が利くバルトロメ・ロメロ修道士が探るように尋ねた。

「いや、大したことではないが……」ミサで使用したばかりの上祭服《カズラ》を脱いできれいにたたみながら、うつろな目つきで異端審問官が答えた。「あのフマノ族の連中が、ここから南のグラン・キビラを出発したのが4〜5日前だったとすると……」

「だとすると？」

「例の青い光の女は、わたしがこの伝道所に滞在すると決めるよりも前に、彼らに旅立つよう命じたことになる。バルトロメ修道士、きみにその意味がわかるか？」

「何をそんなに不思議がっているのです？」聖具室の奥から別の声が問い質してきた。「あなたが拒んでいる神や聖母の持つ予見能力をですか？」

その言葉にふたりははっとした。口元をゆがめ、心持ちあざけりの色を浮かべたフアン・デ・サラス神父が彼らをじっと見つめていた。先住民たちの言葉どおりであるとすれば、正体不明の女は宣教師たちよりも先に、フマノ族の領地に足を踏み入れたことになる。その事実だけを見ても並みの女性でないのは明らかだ。部外者、しかも女性ならなおさら敵意を向ける場に単独で現れたばかりでなく、先住民たちに祖先の信仰を捨てさせ、キリスト教をもたらす白人に会いに行けと説得する離れ技まで発揮している。

「誰が見ても偉業ですよ！」さらに言い加える。「あなた方がどう考えようと構いませんが、例の女性が聖母本人だったとしてもわたしは驚きません」

どちらも老神父に反論はしない。一方のサラスは、彼らに構うことなくそそくさと廊下に出ていった。サクモに、彼の要求が聞き入れられたと報告する役目がまだ残っている。また、近いうちに彼が暮らすクエロセ定住地に、神父が何人か同行する予定だとも伝えてやらねばならない。

「変わった人ですね」遠ざかっていく老神父を見ながらバルトロメがペレアに耳打ちする。

「砂漠はしばしば人を惑わすものだからな……」

31

ファン・デ・サラス神父が今後の予定を説明し終えると、サクモはひざまずいて感謝し、仲間たちのもとに駆けていった。伝道所を構成するレンガ造りの家屋の並びの端から200メートルほど離れた場所で、彼の部族の者たちが野営しているのが見える。

彼らもまたサクモの知らせを受け歓声を上げていた。この時点ではまだサラス神父にも、先住民らが狂喜する本当の理由が完全には理解できていなかった。それは他の修道士たちも同様だった。彼らの関心事は、青い衣の女が事前に聖職者らの到着を予言していたことと、その者が〝計りしれない力を備えた女性〟であるということのみに向けられていた。いずれにせよその時、サンアントニオ伝道所には数多くの修道士が滞在していたため、そのうちの何人かが先住民とともにグラン・キビラに伝道に行く可能性は大きかった……。

九時課〔午後3時頃〕の祈りを終えた夕刻、異端審問官の指示に従い、教会奥の食堂に修道士全員が集まった。ティワ族の者たちが用意してくれた食事を伴っての会合だ。

この教会のいつもどおりの食事が各自に配られる。メニューは塩味のついたインゲン豆の煮物、茹でトウモロコシ、クルミに、焼き立てのライ麦パンと水が添えられている。

食前の感謝の祈りが済んだ所で、異端審問官が話を始めた。

「すでに承知のことと思うが、今日この教会にやってきたフマノ族の男たちは、自分たちの共同体に出向いて福音を説いてほしいと、われわれに要請してきている」

ペレア神父はそこで軽く咳払いをした。

「今後の行動についていまから話し合いたい。サンタフェに戻るまで全員が行動をともにするか、あるいはフマノ族の共同体も含め他の地域に宣教師を派遣するか。もちろん後者は、われわれが宣教することが前提の場合の選択肢だ」

修道士たちは互いの顔を見合わせる。これまでともに行動してきた遠征隊を分割するという提案には、少なからず驚きを覚えた。旅程の途中でいつかはそうなるだろうとわかっていたが、まさかこれほど早くその機会が来るとは思わなかった。

「それで構わないか?」

ペレアは念を押す。

タラベラ・デ・ラ・レイナ出身の司祭、太鼓腹のフランシスコ・デ・レタルド修道士が最初に発言をした。かしこまった口調になり、否定的な演説を始めた。彼の意見によると、〝先住民の語る話〟はすべて悪魔の所業で、自分たち宣教師を分散させるのが目的である。有意義な伝道ができる保証もなく、生きて戻れるかどうかもわからぬ辺境の地に追いやることで〝われわれを分断し攻撃してくる魂胆だ〟と、声高に主張する。反対にペレアの忠実な補佐役であるバルトロメ・ロメロ修道士や、あまり目立たぬバレンシア出身のフアン・ラミレス修道士は、フマノ族の申し出をむしろ肯定的に捉えて、すぐにでも伝道に行くべきだと主張した。サクモが述べた空から舞い降りる光についても、聖母が出現する時の様子と酷似しているだけに、信憑性が高いとみなしていた。ロケ・デ・フィゲレド、アグスティン・デ・クエジャル、フランシスコ・デ・ラ・マドレ・デ・ディオスの3人に至っては、この件に口を挟むことはなく、最終的に皆が決めた方針に従うつもりでいた。

31

「皆の考えはよくわかった」異端審問官が再び発言をする。「意見がさまざまに分かれているので、聖母らしき女を見たという先住民本人をここに連れてきて、尋問しようと思う。そうすればわれわれの疑念も晴れるかもしれない」

囁き声が支配していたテーブルに、全会一致のうなずきが起こる。

「……ファン・デ・サラス神父に通訳をお願いしたいが、どうでしょうか？」

「もちろんです」快く受け入れた老神父はサクモを呼びにいった。

間もなく入ってきたグラン・ワルピの末息子は、ペレア神父に近寄ると、ひざまずいて彼の修道服《アビト》に口づけをして、ひと言洩らす。

「パーテル（神父さん）……」

サクモの仕草に修道士たちがどよめく。いったい誰が、この未開人にこのような礼儀を教えたというのだ？

「この男が証人か？」食堂の隅々まで声が響いた。

有無を言わせぬ声での問いかけに、フマノ族の男はうなずくかのように頭を下げた。テーブルの上座に座っていたペレア神父が立ち上がり、見下ろす姿勢のまま尋問を開始した。全員に聞こえるように声を張り上げる。

「おまえの名前は？」

「サクモ、〝草原の子〟という意味です」

「どこから来たのか？」

「グラン・キビラ、ここから三日月分の距離の大きな峠にあります」

「いまここに呼ばれた理由はわかるか？」

「もちろんです」これまでよりも穏やかな口調で答える。

「おまえの集落で外国人の女を見た、その者がわれわれを探しに行けと命じたということだが、間違いないか？」

サクモは異端審問官の顔を見つめる。発言の許可を待っているふうでもある。通訳の老神父が、構わず答えるよううながした。

「ええ。蛇の谷と呼ばれる場所の入口付近で何度も会っています。いつも優しく温かみのある声で話しかけてきます」

「いつもと言ったが、いつ頃からだ？」

「幾月も前です。子どもの頃から戦士たちが女神を見たと話すのを耳にしています」

「何語で話していたか？」

「タノア語です。どのようにと訊かれても説明が難しい。彼女は唇を動かさずに話していました。口を閉じたままで語りかけてきますが、わたしも他の者たちもその声をはっきり聞き取り完全に理解しています」

「どんなふうにおまえの前に出現するのだ？」

「いつも同じ形で現れます。日が落ちてから、渓谷に奇妙な閃光が降ってきます。するとガラガラヘビの鳴き声か濁流の渦巻きに似たざわめきが一帯に広がり、やがて天からゆっくりと光の道

31

が降りてきて……それから周囲全体が静まり返るのです」

「光の道とは?」

「暗闇を裂く道のようなものです。その道を通って女が降りてきます。シャーマンではなく、トウモロコシの女神とも違います……。誰もその者の名前を知りません」

「どんな容姿をしているのか?」

「若く美しい女です、神父さん。太陽を浴びたことがないような白い肌をしています」

「何かを持っていたか?」

「はい……時々右手に十字架を持って現れます。ですが、神父さんがかけているような木の十字架ではなく、もっと磨き抜かれた黒光りする十字架です。首に魔よけをしている時もあります。トルコ石でもなければ骨や木でできたものでもない、月の光と同じ色をした魔よけです」

ペレアは説明をひとつひとつ丹念に書き取っていく。不可思議な女の外観が次第に浮き彫りになってきた。男が述べた最後の言葉を書き終えたところで再び質問をし始めた。

「教えてほしいのだが、初めて女に会った時、その女はおまえに何を語ったか?」

先住民の男はフランシスコ会士の目を見据えた。

「彼女はよき知らせを携えて、とても遠い所から来たと言いました。新たな時代が到来し、われわれの祖先の古い神々が、太陽のようなただひとつの偉大なものに取って代わるとも言いました」

「女は自分の名を告げなかったのか?」

「一度も言っていません」

「新たな神の名前もか？」

「それも聞いていません」

「どこから来たか、場所も口にしなかったか？」

「それも言っていません」

「もうひとつ訊きたい。新たな神についてだが、その女の子どもだとか身ごもったというような話はしていなかったか？」

異端審問官の質問をサラス神父が通訳したのを聞き、サクモは目を丸くして答えた。

「していません」

修道士の多くが落ち着かぬ様子で身を揺すり始めた。

「ほかに何か、おまえの目を引いたものはあるか？」

「ええ。腰の周りにあなた方のものと同じ縄を巻いていました……」

男の言葉に一同は騒然となる。フランシスコ会の縄だというのか？　どんな性質の奇跡なのだ？　エステバン・デ・ペレアはざわめく修道士たちを静めた。

「その女に触れたことはあるか？」

「はい」

その返答に、今度はペレア神父が目を丸くする。

「どうだった？」

31

「部族の女たちが着る衣服と同じ温かさを放っていて、湿ってはなく乾いていました。黒光りする十字架にも触れさせてくれましたし、魔術の言葉も少し教えてくれました」

「魔術の言葉？　それをいまこの場で唱えられるか？」

「ええ、おそらくは」ためらいがちに答えた。

「ぜひ聞かせてほしい……」

サクモは女神から教えられたとおりに膝をつき、両手を組んで意識を凝らすと、修道士たちにはなじみのラテン語を唱え出した。異教徒の口から祈りの言葉が発せられていることに、誰もが違和感を覚えた。

「パーテル・ノステル・クイ・エス・イン・チェリス……サンクティフィチェトゥル・ノーメン・トゥーム……アドヴェニアット・レニュム・トゥウム……フィアット・ヴォルンタース・トゥア・シクト・イン・チェロー……」

「もう十分だろう」ファン・デ・サラス神父がサクモを遮った。「ペレア神父にどこで学んだか説明してやってくれ。誰に教わったんだ？」

「さっきも言ったように、青い衣の女が教えてくれました」

32

ホセ・ルイスと食事をした翌日、カルロス・アルベルはマリア・ヘスス・デ・アグレダのさらなる情報収集に時間を費やすことにした。その時点ではカルロスもホセ・ルイスも、まさか48時間と経たぬうちに再び顔を合わせることになるなど予想だにしていなかった。

その後の状況はさておき、その日カルロスはスペイン国立図書館の古文書室に出向いた。彼にとっては考えるだけで奇妙なめまいを覚える場所だ。3万冊に及ぶ手稿、3000冊のインキュナブラ〔ヨーロッパ活字印刷術の揺籃期である1500年までに印刷された活字本。揺籃印刷本〕、50万冊もの1830年以前の活字本、600万冊以上にもなる各種学術論文……。その中でどう対処しろと言うのか？　情報のジャングルは、その濃密さや広大さに圧倒される一方で、知的な意欲をそそるものでもあった。

幸い、最初の蔵書目録カードを調べ出した時点で、彼の気分はずいぶんと楽になった。何もかもが整然と分類されている。当然彼のお目当てだったアロンソ・デ・ベナビデスについての記述もいくつか見つかった。頻繁にバイロケーションをしていたと思われるマザー・アグレダを、1630年に調査した人物だ。図書館側の記述によると、彼の著作には信じがたい記録が記されている。ヌエボ・メヒコの地で、フランシスコ会士が現地に乗り込むよりも前に、〝青い衣の女〟

32

と呼ばれる者が多くの先住民族に福音を説いていたと説明されていた。

　形式的な手続きを踏んで閲覧を申請し、許可が下りるまでに一日半を要した。4月17日水曜日、カルロスは古文書の閲覧室で念願の文書を手にした。全長百メートルほどの広い部屋には薄汚れたモケット織りの絨毯《じゅうたん》が敷き詰められ、50ほどの古びた机が並んでいる。無愛想な表情をした女性司書がひとり、監視の目を光らせていた。軍人並みの厳格さを感じさせる女の仕事は、おもに隣接する保管所へと入って申請された資料を確認し、出し入れすることだ。

「『ベナビデスの回顧録』ですね?」ピンク色のラベルに描かれたタイトルをそっけなく読みあげる。

「ええ、そうです」

　女性司書は不審の目でカルロスを見、彼がノート1冊だけを携えているのを確認した。

「閲覧の際には鉛筆だけを使用し、鉛筆以外の物は使用しないでください。いいですね?」

「わかりました。鉛筆のみ使います」

「午後8時には閉館なのでご注意を」

「了解しました」

　書物をカウンターに置いて、女性司書は自分の席に戻っていった。現物を目の当たりにしたカルロスは身震いをする。109枚もの紙が革表紙で閉じられたものだが、黒ずんだ革が何世紀も隔てた歳月を物語っていた。青白い紙に印刷された一枚一枚のページが、めくるたびに独特のきしみ音を立てる。擦り減った本の扉の下部分には、やや粗雑な聖母の版画があり、頭上に小さな星がいくつか輝いている。上半分を長い本の題名が占めていた。《インディアス異端審問所長官、フランシスコ会フアン・デ・サンタンデル修道士が、偉大なるカトリック王フェリペ4世陛下に捧げる》の文に引き続き、《ヌエボ・メヒコ地方統轄司祭、異端審問官アロンソ・デ・ベナビデス著》と記されている。

カルロスは満足げに笑みを浮かべた。慎重にページをめくるものの、本は古い木材のようなきしみ音を立てる。

著者は当時まだ若き王だったフェリペ4世に、1626年から本が印刷される1630年までになされた成果を説明していた。ベナビデスが自ら指揮を執り、12名のフランシスコ会士らを派遣してヌエボ・メヒコ地域で宣教活動をした様子が記されている。

ベナビデスは時代を感じさせるバロック風の文字で、神とその力を何度となく称えていた。その地域における豊富な鉱山の発見や迅速に行なわれた偶像崇拝の根絶、わずかの期間に50万人もの者がキリスト教に改宗したこと、それに伴う教会や修道院の建設、それらすべての偉業を称賛していた。《百レグア〔約600キロ〕ほどの範囲の地域ひとつだけでも、わが修道会によって8万人以上もの先住民が洗礼を受け、50以上もの教会と修道院が建設された》、雑誌記者はその箇所を丹念にノートに書き写す。

また、ページを読み進めていくうちに『ベナビデスの回顧録』がよくある宗教の宣伝本の類《たぐい》であることにも気がついた。新大陸でのフランシスコ会の地位を強固にするべく、国王からの経済

32

支援を得ようという意図が明らかだ。宣教師たちの新たな遠征費用を期待してのことだろう。そのためなのか豊富な鉱脈について語る際にも、先住民のキリスト教化を貴重な資源と結びつけて報告していた。

裏に隠された意図はともかく、記述自体はそつなく書かれている印象を受ける。ベナビデスの配下の者たちが直接対面したアパッチ族やピロ族、セネク族、コンチャ族、その他の部族についても愚直なまでに詳しく描写していた。

〝いろんな意味でみごとな記録文書と言えるな〟カルロスは心の内でつぶやいた。

ところが、雑誌記者は意外なことにも気がついた。印刷された文字の連なりのどこにも、マリア・ヘスス・デ・アグレダの名前が見当たらない。先住民の集団改宗の立役者として挙げられてもいなければ、バイロケーションに関する記述もない。それらしき内容があるとすれば、改宗に貢献したのは聖母の恩恵でもあり、そのことがヌエボ・メヒコの地での急激なキリスト教化につながったと書かれていることぐらいだ。

いったいどういうことなのか？　まさかアグレダ村の修道女たちが嘘の情報を与えたとでもいうのだろうか？　この文献の記述を取り違えているのか？

ベナビデスの報告書を一旦中断しようという思いに駆られたが、飢えた犬のような形相の司書の視線で思いとどまった。閲覧室から出られぬ以上、手元の『回顧録』を読み直して時間をつぶすしかない。初回よりは目が行き届くはずだ。ほんの数日前に彼をカメロス山地に導いたのと同じ力が、彼の幸運が今度は83ページへと導いた。

「それにしても……こんなことが起こるものだろうか？」

驚きのあまり開いたページをしばし凝視していた。

彼の目の前には《フマノ族の集落における奇跡の改宗》との小見出しがある。そこには奇妙な経緯が綴られていた。ティワ族が暮らす村で宣教しているフアン・デ・サラスという神父と修道士の一団のもとに、フマノ族（しばしば〝塩商人〟とも呼ばれていた）の代表が何人か尋ねてきた。彼らは、自分たちの共同体に宣教師を派遣してほしいと熱心に求めた。ベナビデスの記述から察する限り、その要請は以前からなされていたが、ヌエボ・メヒコ地方で聖職者が不足していたため、受け入れられたことがなかった。ところが、その未開の地ともいうべき場所に、新たな統轄司祭（開拓中の地域における〝司教代理〟のようなものらしい）、エステバン・デ・ペレアという男が到着したことで事態は一変する。ベナビデスから直接依頼を受けたペレアは、修道士の一団を引き連れてフアン・デ・サラスのいる伝道所にやってくる。キリスト教信仰に強い関心を示す先住民への宣教活動を強化するためにだ。

《先住民たちは非常に熱心な口ぶりで洗礼を求める。彼らにまだ教義を説いていない修道士たちが理由を尋ねたところ、彼らの前にひとりの女（修道士が持っていたルイサ・デ・カリオン修道女の肖像画と似た女性）が現れ、ひとりひとりに彼らの言語で教えを説いたと答えた。その女が先住民らに、神父を呼びにいって教えを説いてもらい、洗礼を受けることをうながしたのだと説明した》

思いがけぬ事実がそこにあった。

32

MEMORIAL
QVE FRAY IVAN
DE SANTANDER DE LA
Orden de ſan Franciſco, Comiſſario General
de Indias, preſenta a la Mageſtad Catolica
del Rey don Felipe QVARTO
nueſtro Señor.
HECHO POR EL PADRE FRAY ALONSO de Benauides Comiſſario del Santo Oficio, y Cuſtodio que ha ſido de las Prouincias, y conuerſiones del Nueuo-Mexico.
TRATASE EN EL DE LOS TESOROS ESpirituales, y temporales, que la diuina Mageſtad ha manifeſtado en aquellas conuerſiones, y nueuos deſcubrimientos, por medio de los Padres deſta ſerafica Religion.
CON LICENCIA
En Madrid en la Imprenta Real. Año M. DC. XXX.

1630年、マドリードで出版された
『アロンソ・デ・ベナビデス修道士の回顧録』
（訳文ほかは463～467ページを参照）

即座にカルロスはその逸話の箇所を書き写し、ノートの余白にいくつか書き込みをした。この報告書でバイロケーションしたと思しき修道女について触れているのは唯一ここだけ（しかもカルロスの知らないルイサ・デ・カリオン修道女の名前が挙がっているのみ）だ。それなのに、『回顧録』の記述がマザー・アグレダの出現だと確信している理由は何なのか？　アグレダで会ったふたりの修道女は、自分たちの修道院の創設者をこの驚異のできごとの張本人だと確かに言っていた。

疑問が次々湧いてくる。マリア・ヘスス・デ・アグレダ修道女がスペインから往復2600レグア、つまり1万5000〜6000キロ移動したのが事実だとして、彼女はどこで部族の言語を学んだのか？　カトリック信仰における奇跡の研究者らがよく口にする言語の才能、他言語を操る才にも恵まれていたのだろうか？　バイロケーションに加えて言語面での奇跡も発揮していたのか？　ベナビデスの記述を読む限り、奇妙なバイロケーションなどよりも、むしろ聖母の出現に近くはないだろうか？

いずれにせよ、その日の午後を費やしただけの収穫はあったと言えよう。それだけに閉館となる8時の3分前に、獰猛な司書がカルロスを追い出したのは残念なことでもある。

「お望みでしたら明日も閲覧できますが」不満げに司書が告げる。「取っておきましょうか？」

「いや結構です。ご心配なく」

33

ペレア神父は先住民の男を、まるで絞首台に向かう囚人でも見るように詮索している。彼の冷たく挑発的な視線は、一瞥だけで容疑者の腹を探ることができる。しかし異端審問判決式《アウトダフェ》もその後の処刑も知らぬサクモは、異端審問官の厳しい顔に動じる様子はない。

「一度も修道士を見たことはないのだな？」重々しい口調で問い質す。

「ありません」

男が嘘をついていないのはエステバン・デ・ペレアにもわかっていた。ヌエボ・メヒコの地に最初にフランシスコ会士がやってきたのはいまから31年前、１５９８年のことだ。そのうちの誰ひとりとしてグラン・キビラに定住した者はいない。彼もそのことは知っていた。当時征服者《コンキスタドール》のドン・フアン・デ・オニャーテは、リオ・グランデ川流域の不毛の地にとどまり、開拓には関心を示さなかった。それにサラス神父の話から判断しても、サクモが生まれたのはスペイン人の来襲からかなり後のことになる。それを考えればオニャーテに同行していた8名の修道士の誰かと接した可能性はもちろん、彼が引きつれていたメキシコ先住民やクリオーリョ〔中南米生まれのスペイン人〕の随行員と83の馬車を目にしたはずもない。次いでペレア神父は、フアン・クラーロス神父の姿を思い浮かべた。彼らがいま滞在しているサンアントニオ伝道所の定住地を築いた勇敢な聖職者だ。しかしクラーロス神父はファン・デ・サラス神父と交替するまでにたったひとりの先住民も改宗させたことはない。ひとりもだ。

信仰の不毛の地が変わったのはその後のこと、〝青い光の奇跡〟が到来してからだ。

サクモが審問官の次の質問を待っていると、サモラ出身の痩身で内気な若い修道士ガルシア・デ・サン・フランシスコが静かに進み出て、困惑顔で修道士らが見守る中、何やら審問官に耳打ちする。思いがけぬ提案に、ペレアは微笑んだ。

「それはいい考えだ。ぜひ見せてやってくれ。無駄にはならないだろう」

ガルシア修道士は大股でサクモのもとに歩み寄った。筋肉質のサクモと並ぶと修道士の姿は一段と小さく見える。彼は修道服《アビト》の中から小さなスカプラリオ〔聖人などが描かれた二枚の長方形の布をひもで結んだもの〕を取り出した。

「マザー・マリア・ルイサの肖像です」甲高い声で全員に向かって説明する。「わたくしがいつも肌身離さずに持ち歩いているお守りです。あらゆる災難から守ってくれるもので、パレンシアでは多くの人が彼女のことを数少ない現存する聖女のひとりと信じています」

ガルシア修道士は小さな肖像をサクモに見せた。即決裁判に臨むような目で、異端審問官が離れた位置からその様子を追っている。しばしの間を置いて大きな声で問い質した。

「サクモ、答えてくれ。おまえが見た女はこれか？」

フマノ族の男は差し出された絵を物珍しそうに見つめているが、黙ったままだ。

「答えるんだ。この女だったのか？」もどかしげに問い詰める。

33

「違います」

「確かか？」

「はい、神父さん。砂漠の女神はもっと若い顔でした。着ている衣服は似ていますが」そう言いながらスカプラリオを指差した。「この女の服は木の色で、空の色ではありません」

ペレア神父が鼻息を荒くした。

サクモの説明では彼の疑問はおろか、サンタフェで待つベナビデス神父の疑問を晴らすには不十分だ。輝きを放つ若い女性は何者だというのだ？　この先住民に衣服を触れさせたとすれば、実在する生身の人間だと考えられる。しかもパーテル・ノステル（主の祈り）まで教えている。果たして正気の娘が、単独で辺境の地を訪れるであろうか？　空から光の筋を通って降りてくる、聖母以外にどんな女性が考えられるというのだろうか？


最後の返答内容を書き留めたペレア神父は、いまからこの件についての話し合いをすると告げたうえで、一旦サクモを下がらせた。次いで修道士たちに意見を求める。仲間内で一番博学なバルトロメ・ロメロ修道士だけが、あえてその場で発言した。

「このできごとを先住民らの神秘体験だと、安易に見なすのは避けるべきかもしれません」

「バルトロメ修道士、どういうことかね？」

不安を隠すかのごとく両手を組んだ話し手を、異端審問官は見やり尋ねた。

「尋問時にあなたがほのめかしていたような、聖母の出現ではない気がするのです」

「そう言いきる理由は何なのか？」

「聖母出現が本来、言葉では表現しにくい体験であるのはご承知のことと思います。敬虔なキリスト教徒でさえ神の意図を理解するのは容易ではないのですから、異教徒の、それも無教養の者ともなるとさらに難しいはず」

「要するに……」

「要するにあの先住民が目にしたのは、天上のものではなく、何か世俗的な性質のものではないかと思います」とバルトロメ修道士は締めくくった。

意外な意見を耳にし言葉を失った修道士たちの前で、エステバン・デ・ペレアは十字を切る仕草をした。神に対し疑念を抱くのは気が進まぬが、彼の性格が許さない。いずれにせよひとつの問題を、あらゆる面から見たうえで判断を下す必要があった。

「いまの時点での意見は、これで全部出つくしたと思う」そう言ってひとまず会合を終えることにした。「あとはわたしがよく考えたうえで結論を出そう」

それ以上のことは何も言わずに閉会し、皆を下がらせた。ひとりひとりが去っていくのを見届けてから、サラス神父に残ってくれと声をかける。重要な相談があると告げた。

食堂内にふたりきりになり、この教会を導いてきた老神父は心配そうな表情でペレアに近づく。

「どうするか、もうお考えはまとまったのでしょうか?」

慎重に言葉を選びつつサラスは尋ねた。

「察しのこととは思いますが、この件における正しい決断というのがなかなか見いだせない状態です。聖母の出現を立証するのと、まやかしや策略、あるいは幻影を調査するのとでは、まった

33

く事情が変わってくる……」

「おっしゃる意味がわかりません……」

「実に単純なことです、サラス神父。先住民族の前に現れたのが聖母であれば、何の問題もありません。天からの祝福ですから、グラン・キビラを訪問するわれわれを守ってくれるでしょう。一方バルトロメ修道士が述べたように、そのような奇跡が存在しなかった場合には、罠に落ちる可能性もある。われわれ遠征隊は分散され、互いに連絡が取れなくなって、このヌエボ・メヒコ全域を視野に入れた宣教活動に支障をきたすかもしれない」

「ふたつめの可能性をそこまで懸念されるのは、いったいどういう理由ですか？」

「つまり……サクモの言葉を覚えていますか？　例の女性がわれわれと同じフランシスコ会の縄を腰に巻いていたと。フランシスコ会の修道女とも考えられるし、単に理性を失った女か修道女を装った者かもしれない。そうなると何らかの策略である可能性が出てくる」

「あるいはまったくそうでないかです。空から舞い降りてくることや、顔が光り輝くといった話は、むしろ聖母出現時にしか見られない特徴ではないですか？」

「確かにそうですが、青い衣の女はマリアの出現と著しく異なる点も見受けられます。聖母顕現は大抵、今回のフマノ族の例のような集団単位ではなく、個人単位でなされています。サラゴサで聖母と出会った使徒ヤコブも、グアダルーペの聖母と接したファン・ディエゴもそうでした。当時のメヒコ大司教だったフランシスコ会士ファン・デ・スマラガ師が、どれだけ聖母との対面を望んでも、直接目の当たりにする機会はなかった」

「しかしですよ、ペレア神父！」老神父は反論する。「だからと言ってそのことが、青い衣の女が世俗の作り話だと見なす根拠にはならないはずです。違いますか？」

「わたしの方にはそれなりの根拠がある。信じてほしい。だがそれをあなたに打ち明けるとなると、秘密は守ってもらわねばならない」

ファン・デ・サラスは神妙な顔で同意した。

「ご心配なく、お聞かせください」

「実は、マンソ・イ・スニィガ大司教とベナビデス神父のふたりから奇跡的な集団改宗の噂を伝えられた際、驚くべき書簡を見せられましてね。差出人はスペイン・ソリア在住のフランシスコ会士、セバスティアン・マルシージャという人物でした」

「セバスティアン・マルシージャ……お知り合いですか？」

エステバン・デ・ペレアは首を横に振った。

「いや。ただ書簡ではその者が、グラン・キビラに住む部族の間でキリスト教信仰が広まっている事実をメヒコの大司教に伝えていた……」

「意味がよくわかりません。なぜスペイン在住の修道士が……」

「いまからそれを説明します」断わったうえで異端審問官は話を続けた。「書簡の中でマルシージャは、先住民がキリスト教に目覚めた原因の究明に全力を尽くしてほしいと大司教に求めていた。その背景に奇跡を噂されるスペイン人修道女の出現があるかどうかを……」

「出現ですか？　それも修道女の？」

33

サラス神父は訳がわからぬという顔で、禿げた頭をかいた。

「正確には出現と言うより投影と言うべきかもしれません。マルシージャの憶測では、そのフランシスコ会の修道院に暮らす修道女が、同時にふたつの場所に存在できる才能を持っているのではないかとのことです。つまりスペインに居ながらにして、アメリカ大陸にも姿を現すことが可能なのだと」

「その人物は何者なのですか？　もしや肖像画のマザー・マリア・ルイサですか？」

「違います。ソリアで修道生活をしている若い修道女、マリア・ヘスス・デ・アグレダという名の女です」

「何をためらわれるのです？」サラス神父は興奮気味に立ち上がって口にした。「そこまで証拠があるのなら、少人数でもいいからグラン・キビラに使節団を派遣して調査をすれば済むことではないですか？　修道士2名でも事足りる話で……」

「誰が行くというんだ？」ペレア神父が言い返した。

「認めてくださるのであれば、わたし自身が志願いたしましょう。ご心配ならディエゴも一緒に連れていきます。ディエゴは平信徒ですが、若くて体力があり、助手としては申し分ない男です。われわれならば、ひと月もあれば役目は果たせると思います」

「少し考えさせてくれ」

「それ以外に選択肢はない気がします」確信に満ちた口ぶりで老神父は言いきった。「幸いわたしは彼らの言語が理解できますし、長年の顔見知りでもあります。それにおそらくはあなた方の誰よりも砂漠で生き抜く術《すべ》を心得ています。先住民たちと彼らの集落まで歩き、アパッチ族の監視の目を避けて戻ってくるのも、わたしにとっては何ら問題ではありません」

異端審問官は椅子に座った。

「熱意に優る力はないとつくづく思いますね」

「それと信仰の力もです」サラスはうなずいて見せた。

「……次の満月は8月、あと10日ほどで出発です。ディエゴ青年にもその旨お伝えください。できるだけ早く青い衣の女に関する情報を届けてもらえると助かります」

34

スペイン・マドリード

早朝4時40分、マドリードの国立図書館周辺は閑散としていた。空港行きのバスも、コロン広場から各地へ発着するバスもまだ動く時間帯ではない。通り過ぎるタクシーもまばらなうえ、そのほとんどが緑色の〝空車〟の表示を灯していた。

1台のワゴン車、銀色のフォード・トランシトが、セラノ通りから狭いビジャヌエバ通りに入り、国立考古学博物館と広大な図書館の敷地を囲む鉄柵に沿うかたちで下っている。道の外れ200メートルほど手前、プラド美術館への通りと交差する位置でライトを消し、そのままレコレトスの共同住宅前まで進んだ所でエンジンを切って並列駐車した。

誰もワゴン車に気づいた者はいない。

1分後、車からふたつの黒い影が降りた。

「ここだ！　急げ！」

両者は敏捷な身のこなしで高さ3メートルの鉄柵を乗り越える。猫のような完璧なまでの助走にも、その勢いを利用して鉄格子をよじ登る足の動きにも、まったく隙は見られない。どちらも背中に小さなリュックを背負い、耳には短波無線用のイヤホンをしている。車に残った3人めの人物がつい先ほど、正面玄関の警備員の無線を傍受し、誰も妨げる者がいないことを確認している。

図書館正面の中庭に立つ聖農夫イシドロ像とアルフォンソ10世賢王の像の前を、ふたりは瞬時にすり抜けた。通りよりも15段ほど高い位置にある二体の像が、闖入者らの動きを見張っているふうにも見える。

「走れ!」先を行く影が後ろの影に命じた。その10秒後には階段左側の外壁に張りつき、一方の〝鍵師〟が施錠されたガラス窓を開けるのに5秒とかからなかった。

「ピザ本店、聞こえますか?」

〝鍵師〟の澄んだ声がフォードの車内に響く。

「はっきり聞こえます、ピザ2号」

「玄関先は?」

「サービス満点、ノーマークのバリアフリー」

侵入者ふたりは建物の丸天井下に忍び込んだ。館内の隅々に設置された赤外線センサーはあらかじめ電源を切ってある。

「トイレにでも行っただろうか……」警備員がいないのを確認しひとりめの影がつぶやく。

「2分30秒経過」車の男が告げた。

「よし、前進だ!」

34

素早い動作で大理石の階段35段を一気に駆け上がり、ごく最近利用者のデータ検索用に十数台のパソコンが設置されたばかりの中央広間に出る。そこから右手に折れ、真っ暗な本棚の間を通り抜け、奥のガラス扉へと向かった。

「ダイヤモンド針を」

〝鍵師〟は外科医並みの精密さで、一番西側のガラス扉にみごとな円を描いて切り込んでいく。続いて、小型の吸盤を当ててその部分を静かに抜き取った。

「これは壁に立てかけてくれればいい」と言って仲間に手渡す。

「了解」

「3分40秒経過」

「オーケー、続けよう」

壊したガラス扉は古文書の保管室と閲覧室を隔てるものだった。警報ランプのほのかな光だけが双方の部屋を照らしている。

「待て！」不意に〝鍵師〟が立ち止まる。「本店、聞こえますか？」

「聞こえます、どうぞ」

「オープン手前の監視の目を確認してほしい」

「直ちに」

フォード車に残った男が、車の屋根についた回転式の小型アンテナと接続しているパソコンにコマンドを打ち込む。鈍いうなり音に続いて液晶ディスプレイに図書館全体の平面図が表示された。あとは目的の警報装置の電源を確認するだけだ。

「少々お待ちを、ピザ2号」車の男が応じる。

「至急願います、本店」

素早い動きで移動したカーソルが古文書室の前で止まり、やがて3D画像に切り替わる。即座に西側扉周辺の監視カメラのアイコンをクリックすると、〝スキャンニング〟の文字が内部に浮かんだ。

「さあさあ」パソコンに向かった男は、画面上に走査結果が出るのをもどかしげに待つ。すると、警備保障会社につながっているのは図書館本館だけだとわかる。

「お待たせしました、ピザ2号」

「状況は?」

「続行可能。動いているのはメインのオーブンだけです」

「了解」

〝鍵師〟と相棒は機敏に閲覧室を抜けて左手のドアを押し開けた。

「ここからは階段で地下4階まで行く」

「4階?」

「ああ。急がないと。もう4分59秒になる」

その40秒後、ふたりは目的の階下まで降りていた。

「おれたちは弧絶状態だ」と〝鍵師〟が忠告する。「地下には無線も届かん。しかもここは鋼鉄

34

張りの書庫だ」

「了解。ドアはこれ？」

〝鍵師〟がうなずく。

横幅2メートル半ほどの金属製の二枚扉が立ちはだかる。磁気カードと暗証番号で作動する開閉装置が扉の右側にはめ込まれている。

「取るに足らん」〝鍵師〟はほくそ笑む。「盗人に開けられないのは天国の扉だけだ」

顔を覆っていた目出し帽を外し、背負っていたリュックから電卓状の機器を取り出した。次いでリュックのポケットから雄プラグつきケーブルを取り出し、カード読み取り機の下に入れる。

「さあ、これでうまく行くかどうか」ひとりごつ。「セキュリティシステムはフィチェット社のを使っているようだが……だとすればマスター数字を打てば……」

「ひとり言？」

「シィーッ！　7分20秒……、開いたぞ！」

施錠装置の番号キーの横に緑色のランプがついた。自動ロック式のドアノブの位置で、カチッと音がする。堅固なオーブンが〝鍵男〟の腕に屈した証拠だ。

だが相棒はにこりともしない。これまで何度も仲間たちと組んで任務を遂行してきたが、どれだけ難しい仕事をやり遂げても誰ひとり驚くことはなかった。彼らは皆、喜びを表に出さぬ術《すべ》を身につけていた。

「ようやくこちらの出番か」

ふたりめが鋼鉄張りの部屋に入っていき、リュックから暗視用赤外線ゴーグルを取り出した。いつも履いている赤い高級モカシン靴を脱ぎ、最新式のパトリオット光増強管を手に構える。いまやお気に入りのおもちゃと化している。相方と同様に目出し帽を脱ぐと、黒髪を束ねた柔和な女の顔が現れた。取り出したゴーグルを顔につける。装置内でたえず鳴り続けるバッテリーの鈍い音が、不快感を与える。

「さて、どこかしら？」鼻歌交じりに作業を開始する。

赤外線ゴーグルを介して、目の前に立ち並ぶ書架番号のラベルを丹念に確認していく。〝Mss.(手稿)〟〝Mss.Facs.（手稿・複製《レプリカ》)〟の項目が続き、ようやくお目当ての〝Mss.Res.〟にたどり着く。

「ああ、ここだわ。持ち出し厳禁の〝Manuscritos Reservados（禁帯出・手稿原本《オリジナル》)〟」

35

「いったい何だってんだ？　眠らせてくれよ！」

　カルロス・アルベルにとって電話の呼び出し音で起こされるほど嫌なことはない。その嫌悪ぶりは病的なほどである。対策として、留守番録音機能つきの電話機を購入し、電話の主が誰だかわかるまでは受話器を取らないことにしていた。が、自宅にいる以上それも我慢がならずに応答する。

「カルロスか？　家にいるよな？」

「ああ……ホセ・ルイスか？」

「そうだ。とにかく聞いてくれ……」

　捜査官の声に緊迫したものが感じられた。

「昨晩国立図書館に何者かが侵入し、資料を盗んでいった……」

「ふうん。だったら有力紙『エル・パイス』の記者に連絡するんだな」不機嫌な声でカルロスが応じた。

「切らずに聞いてくれ。事件はおれの部署に回されてきた。なぜだかわかるか？」相手が故意に間を置いたことでカルロスに緊張が走る。「背後にセクト集団が関わっている可能性が高い」

「ほう、それで?」

「いいか、カルロス。そのことは最重要事項ではない。おれが驚いたのは、紛失した文書がおまえと大いに関係するものだったということだ」

「冗談言うなよ」

雑誌記者の声の調子が変わる。

「冗談じゃないから電話している。昨日の午後、古文書閲覧室に最後まで残っていたのは、おまえだろう?」

「それはそうだが」

「おまえが申請した資料は……『ベナビデスの回顧録』1630年刊だな?」

「まさか『回顧録』が盗まれたのか?」

「いや違う。盗まれたのはそのベナビデスとやらの出版されていない文書だ。図書館側の説明によれば、おまえが読んだのよりもあとに書かれたものらしい。おまえが目にした『回顧録』の4年後の作だが、公に出版されたことはない代物で、計りしれない価値だという」

「それがこっちと何の関係がある? 疑っているわけか?」

「カルロスよ、現時点でわれわれが得た情報では、おまえが唯一の手がかりとなっている。それに昨日おまえが借りた本と盗まれたものが関係あるという事実は否定できない」

「それもおまえの得意な〝共時性《シンクロニシティ》〟とやらの変則型か?」

「まあそうなる」電話の向こうでため息が洩れた。「おれも正直そう考えた。もっとも署内にユ

35

ングを読むやつなどいない。ここでは共時性《シンクロニシティ》は証拠という名で呼ばれている」

「ホセ・ルイス、とにかく事情はわかった。早いとこ、この件は片づけよう。どこで会う？」

「おお珍しい。おまえと見解が一致することがあったのが救いだ」

「いっそ図書館前の〝カフェ・ヒホン〟でどうだ？　正午でいいか？」

「わかった。その時間にそこで落ち合おう」

カルロスは喉に苦々しいものを感じながら受話器を置いた。


3時間後、ホセ・ルイス・マルティンはカフェ・ヒホンで新聞を読みながら友人を待っていた。窓際の席に座り、レコレトス通りを往来する通行人に記者の姿を探す。

さほど間をおかずにカルロスがやってきた。丸刈りに近い頭をした太った男を伴っている。男のつぶらで細い目は、顔を横切る一本の線に見えなくもない。

「チェマ・ヒメネスを紹介するよ。うちの雑誌のカメラマン、個性も技術もぴか一の男だ」笑みを浮かべて友人に話しかけた。

ホセ・ルイスは険しい目顔でさらなる説明を求める。

「アグレダの件でずっと一緒だった」と言い加えた。「信頼できるやつだから安心してくれ」

「はじめまして」

捜査官はそう言ってチェマと握手を交わすが、チェマの方は無言だった。3人揃って丸テーブルに落ち着いたところで、それぞれコルタード〔ミルクを少量入れたコーヒー〕を注文し、タバコに火をつけた。

「さてと」カルロスが口火を切る。「盗まれたのは正確には何だ?」

ホセ・ルイスが上着の内ポケットから小さめのメモ用紙を取り出し、メガネをかけた。

「電話で話したように貴重な文書だ。1634年にアロンソ・デ・ベナビデスが執筆した。まあ、著者についてはおまえの方がよく知っているだろうが……」

カルロスが無言でうなずく。

「今朝、図書館の古文書室の担当に聞いた話では、その文書は昨日おまえが見た『回顧録』の改訂版で、教皇ウルバヌス8世とフェリペ4世に贈る目的で作成されたものだという」

「だけど誰がそんな紙の束に興味を持つんだい?」

「それこそごまんといるさ。何しろ紛失した文書には、著者の詳細な註解に加え、スペイン国王直筆の書き込みもあったと噂されている。となると……値がつけられない」

「値がつけられない? どういうわけさ?」チェマの小さな目が燃えたぎる。

「希少なものだけに、蒐集家がいくら出すか予想がつかないからだ。闇市場で100万ドル、あるいは200万ドルというレベルじゃないか」

カメラマンは口笛を吹く。

「カルロスからあなたはセクトが専門だって聞いたけど、どうしてこの事件の担当に?」

ずけずけと尋ねるカメラマン。ホセ・ルイスは顔をしかめてカルロスに視線で問い質す。

「心配しなくていい。さっきも言ったが、チェマは全面的に信頼できるやつだ」

35

「わかったよ」と捜査官が認める。「今回の事件の足取りをたどった結果、ひとつはカルロスに行き着いたが、それとは別にもうひとつ捜査線上に浮かび上がったものがある。一週間ほど前に聖遺物教団と名乗る団体が、その文書を3000万ペセタ〔約18万ドル〕で購入したいと女性司書に申し出た」

「3000万ペセタ!?」チェマが数字を反芻する。「そりゃあ、さっきの100万ドルとはまったく桁が違うけど……」

「司書は当然申し出を拒否し、その後、その団体の消息はわからない。スペイン司教協議会やバチカンが把握している信徒団体や慈善団体ではないため、おれの部署に回ってきた。カトリックの旧体制派セクトじゃないかと……」

「しかも金持ちのね」とカメラマンが合いの手を入れる。

「どうやって盗んだかはわかってるのか？」

ホセ・ルイスはその質問を待ち構えていたかのように説明を始める。

「この件の不可解な点はまさにそこだ。文書は図書館の保管室、複雑な施錠装置つきの金庫のような部屋に保管されていた。もちろん深夜の館内は警備員が常駐している。にもかかわらず、警報装置がひとつも作動しなかった。不審な音は誰も耳にしていない。閲覧室に残されたガラスを見つけても、盗難に気づかなかったかもしれないほどだ」

「ということは、ほかに気づくに至った何かがあったか」

「ああ。妙な形に切り取られたガラス以外に……」

そこまで口にしてホセ・ルイスは言い淀んだ。

「……なぜか中央フロアから明け方4時59分に電話をかけていることが判明した」

「犯行時刻にか？」

「おそらくは。電話先の番号は電話交換台に記録されている。すでに調査済みだが、われわれを攪乱する目的ではないかと踏んでいる」

「でも、どうしてそうだと言いきれる？」

「電話番号がビルバオにある小学校のものと一致したからだ。当然そんな時間には閉まっている。少なくともわれわれが技術も財力も備えるプロ集団を相手にしているのは確かだ。捜査を手間取らせる術《すべ》を心得ている」

「違うかもよ」

謎めいた調子で口を挟んできたカルロスに、ホセ・ルイスは思わず手にしたコーヒーをこぼしそうになった。

「何か思い当たる節でもあるのか？」

「確信はないが、一種の予感だ」

記者は手元のノートをめくり4月14日の記述を目で追う。アグレダ村のコンセプシオン修道院で修道女らの取材をした日だ。殴り書きの中から何かを探している。

「チェマ、アグレダの修道女たちが教えてくれた情報を覚えてるか？」

「山ほどあったじゃないか」

35

「それはそうだが」カルロスはなおも探し続ける。「いまのに関連するやつで……」

「わからんよ」

「あった！　ホセ・ルイス、携帯電話を持ってるか？」

捜査官はうなずきながら電話を取り出す。

「ビルバオの小学校の番号も？」

再びうなずいてメモ帳を示す。

カルロスは友人の手から携帯電話を奪うと、迷わず番号を押した。雑音に続き、はっきりと呼び出し音が聞こえる。

「御受難会ですが」そっけない男の声が応じた。雑誌記者は満足そうに笑みを浮かべた。捜査官もカメラマンも呆気に取られた顔で様子をうかがっている。

「こんにちは。アマデオ・テハーダ神父をお願いしたいのですが」

「いまは大学に行っています。午後にでもかけ直していただけますか？」

「わかりました。彼はそちらにお住まいなんですよね？」

「ええ、そうです」

「どうも、ありがとう」

「いいえ」

ふたり分の驚きの視線がカルロスを射貫く。

「確認が取れたぜ、ホセ・ルイス。会うべき人間はアマデオ・テハーダ神父だ」

「いったいどうやって……？」

「もうひとつの〝共時性《シンクロニシティ》〟さ」カルロスは友人を軽く肘で小突いた。「アグレダに行った時、修道女らが教えてくれた。マリア・ヘスス・デ・アグレダ修道女の列福に尽くす〝専門家〟がいるとな。いずれ取材に行くつもりで、その男の名前と連絡先を書き留めておいた。ビルバオ市内の小学校に隣接する修道院宿舎に住んでいる」

「参ったな！」

「バスク地方への出張費は、国家警察持ちだな？」

「ああ、当然だ……」口ごもるホセ・ルイス。「明日にでも行こう」と応じつつ言い加えた。「だが、おまえがまだ容疑者リストに入ってることは忘れるなよ」

36

「腫瘍ではなかったわ、ジェニファー」

リンダ・メイヤーズ医師が前日、セダーズ・シナイ医療センターに依頼したＭＲＩ検査の結果を確認しながら言った。画像を見る限り、脳梁にも延髄にも異常はない。側頭葉も同様だった。脳内に異変が生じているわけではないことが証明されたわけだ。

「あまり嬉しくなさそうですね、先生」

「まさか！　そんなことないわ！　ほっとしているわよ、ジェニファー。ただ……」

「ただ……？」

「あなたの夢の原因がわからないままだから。相変わらず見続けているのよね？」

「毎晩のように。わたしに何かを伝えようとしているのではないかと思う時もあります。頭の中が巨大スクリーンになって、誰かがドキュメンタリー映画を流している感じ。しかも毎回少しずつ話が進んでいくんです。はっとさせられる場面もしばしばあって」

「たとえば、あなたとまったく同じ箇所に、まったく同じ形のあざがある先住民」

「ええ」

「あるいは、なじみの名を持つ……」と言って患者のカルテを見る。「アンクティとか」

女医の言葉にジェニファーはうなずいた。

「ジェニファー、ひとつ質問してもいいかしら？」

「どうぞ」

「それらの夢による影響はある？　つまり夢を見たことで不快感や嫌悪感を覚えたり、逆に充足感みたいなものを得られたりすることは？」

医師の問いかけに患者はしばし考え込んだ。毎晩彼女の気をもませながら展開していく夢は、不快と言いきるにはほど遠く、何と答えていいかわからない。

「先生、実を言うと」ようやく口を開いた。「当初は不安で悩まされていたものが、いまは興味に変わった気がします」

「あなたの状態がそうならば、別の治療法を取ることもできるわ。あなたに毎晩見た夢を語ってもらい、退行催眠を使ってその都度適切な処置を施していく。どうかしら？」

ジェニファーの表情が一変した。

「退行催眠ですって？」

37

1629年8月、イスレタ－グラン・キビラ間

サンアントニオ伝道所を出発して6日後、サクモたちの顔に疲労がにじむ。歩く距離もスピードも落ち、手持ちの食料も減り始めていた。以前ならサラス神父たちが1日4レグア〔約24キロ〕歩いていた道のりを、いまはせいぜいその半分進めば御《おん》の字という状態だ。

原因は過剰なまでの安全対策にあった。先遣隊を任された先住民3人が、通り道の岩や樹皮にしるしを刻み、あとに続く本隊に異常の有無を知らせる。加えて神父と助手のいる本隊を護衛し、左右1～2キロ離れてそれぞれ別の組が監視をしながら歩いていた。

かつてアパッチ族の狩猟地帯だった地を、日が出ている限り南東目指してひたすら進む。アパッチ族が他の地域に移ってかなりの年数が経っているが、彼らの昔の縄張りには得体のしれない雰囲気が漂っていた。

神父らの危惧をよそに、幸い何ごとも起こらなかった。

遅い足取りでの行軍の日々は、砂漠のことを学ぶという点でフアン・デ・サラス神父にもよい経験となったが、若いディエゴ・ロペスにはさらに貴重な体験をもたらした。ディエゴはスペイ

ン北部出身の大柄な青年だったが、樫のような意志の強さを持つ一方、子どものような純真さも備えている。一日も早く福音を説きたいとの思いから、先住民族の言葉の習得には並々ならぬ関心を抱いていたが、見るもの聞くものすべてを吸収しようという好奇心をたえず示していた。

一見不毛の地に映る〝南の平原地帯〟(フマノ族はそのように呼んでいた)が、実は生命に溢れている。ふたりがそのことを学んだのも旅の途中でのことだった。先住民たちは道中、毒を持つ昆虫とそうでないものの見分け方を教えてくれた。彼らが〝収穫アリ〟と呼ぶ危険極まりない虫についても語った。ひと噛みごとに人間に毒を注入し、いずれ血液を破壊させるため、スズメバチ以上に厄介だという。ほかにもサボテンの中にたまった水分を飲む際の切り方や、夏の夜、近くに現れたサバクツノトカゲは追い払わずそのままにしておく、といった知恵なども授けてくれた。そのトカゲは有毒性の爬虫類やサソリから人間を守ってくれるだけでなく、翌朝には食料としても重宝するとのことだった。

9日めの日没直前、それまで比較的のどかな気持ちで学んでいた神父たちの目にも、何か異変が感じられた。その日は日中、空にたえず稲光が走っていたが、幸い落雷を受けることはなかった。しかし大自然のひとつひとつの現象を見つめる先住民たちの目は、そこに何らかの兆しを見取り、心を揺さぶられていたようだった。

「今夜辺り青い衣の女を見られるかもしれませんね」グループのリーダーが今晩の野営地となる空き地で立ち止まった時、ディエゴがサラス神父につぶやいた。「フマノ族の様子がいつもと違う。何かを待っているのか……神経が高ぶっているふうに見えます」

37

「そうだとよいが」

「実はわたしも体に奇妙な感じがしているのです。神父さんは感じませんか？」

「嵐か何かだろう」サラス神父が答えた。

やがてサクモの指示で男たちが荷を解き、大きな円形の土地の周囲をきれいにし始めた。偉大な長老グラン・ワルピの息子には、雨が降らないとわかっていた。そのため地平線を見渡せる場所で野営することに決めた。

毎日のこととはいえ、彼らは実に手慣れた様子で作業をする。四方に杭を打ち、それらに鈴つきの細い棒を結びつけて、万が一部外者が侵入してもすぐに見張りが察知できるようにしてある。それだけに、誤って鈴を鳴らすことは絶対に避けねばならない。そのうえで見張り番が3時間ごとに交替する。その間、火を絶やさぬのも彼らの役目だ。もっともそれらは日が落ちて眠りに着いたあとの話だ。

その日はまだ何かが起こる気配があった。

神父と助手がわら布団を敷いて寝る準備をしている間も、フマノ族の男たちは高揚状態にあった。見張り番たちが谷間の奥に集団の影を認めた。松明《たいまつ》を手に、ゆっくりとこちらに向かってくる……。それは見間違いではない。

「アパッチ族ではなさそうだが」

知らせを聞いて、サラス神父が慌ててサクモのもとに駆け寄る。

「違うと思います」サクモが答えた。「アパッチ族が夜に攻撃することはめったにありません。

われわれと同様に暗闇を恐れる部族ですから……。それに襲撃前に松明《たいまつ》に火をつけることもない」

「となると何者だろうか……?」

「おとなしく待ちましょう。商人の一団かもしれません」

10分後、大平原がすっかり夜の帳《とばり》に覆いつくされた頃、松明《たいまつ》の火は野営地にたどり着いた。全部で12個、いずれも入れ墨をした先住民たちが手にしている。列の先頭を歩くのは、日や風にさらされ鍛え上げられた肌をした男だ。老練と呼んでもいいほどの男がサクモに近づき、右の頬に口づけをした。

着いたばかりの男たちはごく自然に焚き火に歩み寄り、手にしていた松明《たいまつ》を火に放った。そばにふたりの白人がいることに気づいていないのか、あるいは無視しているのかはわからない。

「見ましたか?」ディエゴはサラス神父に囁く。「老人ばかりです」

サラスは無言のままだ。皆しなびた顔でつやのある灰色の長い髪をしている。おそらく自分と同年代の者たちだろうが、肌の張りや筋肉のしなやかさは明らかに違う。

「ウイクシ!」

一団のひとりが話しかけてきたが、サラス神父はその言葉を理解するのに手間取った。威厳ある老師のような男は、タノア語とホピ語混じりの方言で「〝生命の息吹が〟いつもふたりとともにあるように」と祝福したようだった。

神父たちは軽く頭を下げて感謝の意を表する。

「わしらは全員ここから2日ほど離れた、サクモと彼の父グラン・ワルピと同じ共同体の者です。

37

あなた方とは面識がないが、わしら〝霧〟氏族《クラン》の老戦士には、すぐ近くまで来ていることがわかっていた。それで迎えにやってきたわけです」

老師の言葉の羅列をサラス神父がディエゴに通訳してやる。その様子をまばたきひとつせずに見つめていた男が、サラス神父の目を見て言った。

「歓迎のしるしにトウモロコシとトルコ石を持って参りました」炎に照らされ一段と輝く贈り物を収めたかごを恭《うやうや》しく手渡す。「訪問に心から感謝します。わしらの共同体の者たちにぜひ、〝あらゆる神々の長《おさ》〟の話をして、あなた方の信仰の極意を伝授してくだされ」

男の言葉に、ふたりの顔から血の気が失せた。サラス神父がタノア語で尋ねる。

「いったいどうやってわたしたちの到着を、それも今日来ることを知ったのですか？」

神父の問いに、今度は最高齢と思しき翁《おきな》が答える。

「理由はもうおわかりじゃろう。青い稲妻とともに砂漠の女神さまが舞い降りてきて、知らせてくれたからじゃよ。いつもの場所に、二晩前にまたやってきてな……」

「では……彼女はここにいると？」

神父たちの心臓の鼓動が激しくなる。

「どのような姿をしているのです？」

「共同体の女たちとは似ても似つかぬ存在でな。肌の白さはサボテン汁のごとく、声は山々を駆け抜ける風の囁きのよう。たたずまいは冬の湖面を思わせる静けさじゃ」

フマノ族の翁の叙情的な表現にふたりは舌を巻いた。

「恐ろしくはないのですか？」

「とんでもない。それどころか、共同体の者を治癒してからは、絶大な信頼を得ておる」

「治癒した？　どのように？」

翁が厳しい目で神父を見つめた。焚き火の明かりが両目に反射し輝きを増している。

「サクモから聞いてはおらんかね？　われわれ戦士の一団が、女神さまに会おうと蛇の谷に行った時のことじゃ。サクモがあなた方を探す旅に出発する前日で、ひと際大きな満月の光が平原一帯に降り注いでおった。祖先の霊が眠る聖地に着くと、青い精霊が悲しげな顔をして待っておってな。どうして孫娘のことを知らせなかったと、わしに言うではないか」

「何があったのですか？」

「孫は蛇に咬まれて一方の足が腫れ上がっていた。だが、われわれの神々にはその傷を治すことができなかった。そう説明すると、女神さまは孫娘を連れてこいと言う」

「それで連れていったのですね」

「ああ。青い衣の女神さまが孫を抱いて、強く輝く光で包み込んだ。そのうち光が和らぎ、孫を地面に横たえると……孫が自分の足で立ち上がってわしに駆け寄ってくるではないか。足は完全に治っとった」

「目にしたのは光だけですか？」

「そうじゃ」

「治療と引き換えに何かを要求したり、強いたりすることはなかったのですか？」

37

「一度もない」

「女神が集落に足を踏み入れたことはないのですね？」

「それもない。現れるのは決まって村の外じゃ」

神父と翁のやり取りを見守っていた別の者、歯が欠け頭の禿げた老人が話しかけてきた。

「青い光の女神さまがな、自分が現れたしるしだと言って、ある仕草を教えてくれてのお。あなた方との暗号のようなものだという話でしたが」

老人は立ち上がると堂々たる足取りで神父の前に出た。間違えぬよう注意して、右手を上げて額に持っていき、次いで胸の前に下ろして左肩、右肩に移動させる。

「じゅ、十字を切ってる！」ディエゴが叫んだ。「いったい、これはどういう奇跡なんだ？」

その晩、神父と助手をさらに驚かすできごとがあった。

老人たちと火を囲んでいたところ、彼らは青い衣の女神の教えをいろいろ語ってくれた。話によると、どうやらひとりひとりが直接彼女と対面したらしい。まぶしい光とともに青い精霊がグラン・キビラに舞い降りてくると、害獣までもが静まり返る。先住民らにとって彼女は亡霊や幻といった存在ではなく、生身の女性であるらしい。呪術師が聖なるキノコを口にしてから見る精霊よりも、現実で身近な存在と捉えている。それぞれの語る内容に明らかな共通点が見られることから、神父たちは疑いも抱き始めた。もしかすると自分たちはいま、ヨーロッパから密航して何年も前から砂漠に潜んで聖女になりすましている人物を前にしているのではないか？

だがそんな疑念は、またたく間に振り払われることになる。

38
ローマ

サン・ピエトロ広場の郵便局脇で早めのコーヒーを飲みながら、本屋のショーウィンドーを眺めてわずかの気晴らしをしたあと、バチカン放送のスタジオへと向かう。コンシリアツィオーネ通りを上って左折した、サンタンジェロ城の真正面、ピアッツァ・ピア3番地にある17世紀の巨大な宮殿の二重扉は小国バチカン内でも特異な場所に通じる入口だ。

バチカン放送は教皇直属の機関である。教皇の公式行事や海外司牧訪問の報道以外に、教皇庁に関心を寄せる海外メディアの特派員たちの取材の調整も担う。いずれにせよ教皇と密接なつながりを持つことに変わりはない。そのため、パウロ6世からヨハネ・パウロ2世の時代にかけて、組織図は著しく複雑化していった。イエズス会主導の評議会の下、約400人がバチカン国内とイタリア向けのFM放送と70ヵ国以上に向けた短波放送を毎日発信している。放送言語もラテン語や日本語、中国語、アラビア語、アルメニア語、ラトビア語、ベトナム語など、30以上に及ぶ〔日本語放送は2001年3月で終了している〕。

もうひとつの特徴としては、世界各国に電波を届ける技術力や質の高さが挙げられる。一方で

38

その技術や設備が、本来の目的以上に過剰であるとの指摘もしばしばなされている。もちろん真相はわからない。

確実に言えるのは、バルディ神父が施設に着いた時、それらの情報をまったく知らなかったということだ。彼の目にはバチカン放送が誇る高レベルの通信技術は、南極観測基地並みに遠い国のものに映った。

玄関をくぐり、最初のセキュリティチェックへ続く大理石の階段を上る。窓口で〝第三福音史家〟はコルソ神父が働いていたスタジオの場所を尋ねた。

「地下2階、エレベーターを出て正面の廊下を進むと2S－22に着きます」見るからに人当たりのよい男が、彼の身分証明書の番号を訪問者リストに記入しながら説明してくれた。「皆あなたをお待ちしていましたよ」

格子つきの古びたティセンのエレベーターが、白いドアが並ぶ水玉模様の廊下の前に彼を降ろす。金属製のドアノブが新しいところを見ると、まだ取り換えて間もないのだろう。一見、潜水艦か何かの出入口かと思ったが、すぐにそれらが録音スタジオの防音扉であるのに気がついた。各扉には赤と緑の表示灯がついて、バルディのような部外者に中へ入ってよいかどうかを示している。

2S－22室はエレベーターからほど近い場所にあった。ほかの扉とほとんど区別がつかなかったが、電子錠がついているところだけが違っていた。

バルディ神父は深く考えもせずにノブを回して手前に引いた。施錠はされていなかった。ドアをぐると60平方メートルほどの規模の円形ドーム型の部屋に出た。灰色の衝立《ついたて》でさらに室内を小さく仕切っている。中央に黒い革張りの肘掛け椅子が置かれ、周囲には医療器具が載ったカートが整然と並べられていた。

スタジオ全体が淡い明かりで照らされているため、衝立の向こうもある程度は透けて見える。室内は大きく三つに区分されていた。一つめには電気信号の波形を記録するオシログラフと音響機器のイコライザー、音量・音質調整用のミキシング・テーブルが置かれ、二つめは無数の磁気テープが詰まった箱と医療記録で埋めつくされている。三つめには最新式のIBMパソコンがそれぞれ載った事務用机が数台と、四段の引き出しがついた金属製の書類キャビネットが2台。キャビネットの側面には未使用のバルセロナ・オリンピックのカレンダーがかかっていた。

「おや！　まさかおひとりでいらっしゃるとは思いもしませんでしたよ！」

バルディの背後で陽気な声が響いた。イタリア人のアクセントではない。明らかにアメリカ英語訛りのイタリア語だ。

「コルソ神父の後任の方ですね？　ヴェネチアの神父さんだと聞いています」そう言って白衣姿の男性がバルディに近寄り握手を求めてきた。「はじめまして、アルバート・フェレルです。もっともここでは〝アルベルト博士《ドットーレ・アルベルト》〟と呼ばれていて、わたしもその方が気に入っていますが」

〝ドットーレ〟はウインクしてみせる。背は低く、切り揃えたやぎひげに赤ら顔、薄くなった頭頂に側頭部から伸ばした髪を無理やり撫でつけている。尊大な印象を与えつつも、茶目っ気が感じられ、愛想のよい男に見えた。バルディが相手を詮索している間、澄んだ青い目の博士は神父

38

の好感を得ようと努める。

「音響設備は気に入りましたか？」

神父は答えない。

「アメリカ、フォート・ミード基地で何年か前に国家安全保障局が設置した〝ドリーム・ルーム〟をイメージして作ったものです。一番厄介だったのはドーム造りでした。実験にはどうしても完璧な音響状態が不可欠なものですから」

バルディは詳細を洩らすまいとして、ポケットからメガネを取り出してかける。

「椅子の裏についているのは」フェレルが説明を続けた。「被験者のバイタルサイン、すなわち血圧、脈拍数、呼吸速度、体温を測定する機器です。実験に使う音は右手にある電子レコーダーから流します。音の聞き取りには、つねにステレオ・ヘッドフォンを使用し、すべてコンピュータで細かく調整しております」

フェレルは得意顔だ。説明している内容が彼の専門領域であるのは明らかで、それゆえ気分がよいのだろう。何よりもアメリカ議会の機密予算で設備一式をここにも再現できたのが誇りのようだ。

「実験は毎回ビデオに録画し、被験者のバイタルサインも特殊なソフトウェアに記録します。データの比較が可能になりますからね」

「ドットーレ・アルベルト、ひとつ教えてほしいのですが……」あだ名を発したバルディの口調には皮肉の色がにじんでいた。

「何でしょう?」

「コルソ神父には具体的にどのような面で協力していたのですか?」

「強いて言えば、プロジェクトに対する技術面での支援です。あなた方〝四福音史家〟がクロノビジョンのために開発した技術が、あまりに原始的だったもので……」

この傲慢な男を磔にしてやりたい、バルディはそんな思いに駆られた。あろうことか、何のためらいもなく〝四聖人〟のことを口にしている。彼らのしていることが極秘プロジェクトでも何でもないと言わんばかりにだ。さらにいまいましいのは、秘密自体がバチカンと、よりにもよって国教を持たない国の男との間で、平然とやり取りされていることだ。

「ああ、そうでしたか」神父は必死に怒りを抑える。「〝四福音史家〟について、あなたはどこまで把握しているのでしょう?」

「正直なところあまり多くないと思います。世間的には普通でない、ものによってはある種、異端とみなされる方法で時間の壁を乗り越える。そんな試みをするエリート集団のリーダーたちという程度です」

「つまりサン・ピエトロ内の多くの者たちよりも、あなたの方が知っているということだ」

「バルディ神父、いまの言葉は一応賛辞として受け取っておきましょう。ああ、ところで」アルバート・フェレルの声が翳《かげ》りを帯びる。「ちょうどあなたがここにいらっしゃる前に、ズシディフ枢機卿からの連絡で訪問を知らされました」

バルディ神父にはドットーレの言葉がそれだけで終わりではないと察しがついた。

38

「そうですか。ほかには？」と話をうながす。

「コルソ神父の検死の報告書を受け取ったとのことで、その結果をあなたに伝えてほしいと言われています。あなたが結果を早く知りたがっていると枢機卿は思っているようです」

バルディはうなずいた。

「ルイジ・コルソの死因は、4階の窓から落ちた際の首の骨折によるものだそうです。頭から落ちたため、第一頸椎が大後頭孔から頭蓋骨を貫くかたちで死亡したと。ところが、事前の解剖時に新たにもうひとつ判明したとか」

「新たに？」

「ええ。胃の粘膜に深い組織欠損が生じていたとのことでした」

「それは何を意味するのです？」

「平たく言えば、急性胃潰瘍です。コルソ神父は死亡前に高いレベルのストレスにさらされていた。不安が引き金となって窓から飛び降りるに至ったと、法医学者はほぼ確信しているそうです。しかし、まだ身を投げる前の彼のアドレナリン値がどうだったかの確認作業が残っているので、結果が出るまでもう少し時間を要するとのことでした」

「彼が死ぬ直前に不安にさいなまれる、どんな原因が考えられますか？」

アルバート・フェレルは有能な軍人なので、その手の質問には慣れていた。2時間ほど前、イタリア国家憲兵がやってきた際にも、同じことを訊かれた。これからバルディ神父が抱くであろう疑念を、博士に伝えたのはほかならぬ憲兵たちだった。

「聖ジェンマ宿舎の門番の話では、コルソは死の直前に客を迎えていた。女の来客です」

「女？」驚くバルディ神父。

フェレルが笑みを浮かべた。

「美人だったらしいですよ。門番いわく背が高くスマートで黒髪に青い瞳、何よりも印象的だったのが、履いていた真っ赤なモカシン靴だそうです。高級ブランド品のようだったと。40分ほどコルソ神父と過ごし、彼が窓から飛び降りる15分前には帰ったそうです」

「となると……」バルディがつぶやいた。「彼のデータを持ち出した人物だと言っているようなものですぞ」

「まさか神父さん」冗談めかして応じる。「その女をご存じだなんて言いませんよね？」

39

翌日マンサノ山地の東斜面は湿った朝とともに目覚めた。山裾から南東方向に8レグア〔約48キロ〕足らず行った所に、昨晩サクモたちが野営した場所がある。朝日が注ぐのとほぼ同時に、先住民たちの一行は旅支度を終え、夜の埋《うず》み火に土をかぶせた。

彼らが最後の杭を片づけている間、神父と助手は刻一刻と近づいてくる魂の収穫への感謝の祈りを神に捧げるべく、離れた場所に引っ込んだ。アメリカ大陸におけるキリスト教信仰の普及が容易ではなく、時には血に染まることさえあったことは彼らも承知していた。それだけに、いまほど神を間近に感じたことはない気持ちだった。祈りを捧げる神父らに倣《なら》うように、フマノ族の老人たちも一緒に両膝をついて祈りに加わった。首にかけた十字架に口づけをする仕草などは、どう見ても旧キリスト教徒そのものだった。

旅に出てから何度めの驚きだったか定かではない。これだけの証拠を繰り返し見せられると、彼らの信仰心は誤解の産物などではなく、神の計画の賜物《たまもの》としか思えない。朝の祈りを終えると、次の三時課〔午前9時頃〕を目標にグラン・キビラに向かって再び歩き出した。

次第に強まる日差しに呼応するように、周囲の風景も装いを変えていく。塩湖を通り抜け、南側にあるなだらかな丘に向かう。途中、点在する植物が先住民らの目を引く。あとで知ったが、その縁に棘を持つ多肉質の葉を丁寧に引き抜いて、キバで食するのに利用するらしい。砂漠で生き延びる植物の葉には、神聖な目的にせよ、そうでない目的にせよ、必ず何らかの用途があるとも説明してくれた。

サラス神父は、自分たちの最終目的地のことをもう少し詳しく知りたかった。そこで、隊列でもやや遅れがちの老人と一緒に歩いて話しかけることにする。

「どんな所かとな？」臆することなく老人が語る。「わしらの集落は、この辺では唯一石造りでな。わしがまだ小さい頃じゃが、初めてカスティーリャの男たちが村にやってきたと聞いておる。その時彼らは、わしらの家を見てたまげたという話じゃ」

「カスティーリャの男たち？」

「そうじゃ。確か彼らの部族名だと聞いたが。七つの黄金郷を探しに来たという話だったが、わしらはそんなものひとつも知らぬ。だからか、さっさと別の場所に向かっていった……彼らが探し求めていたのはわしらではなかったということじゃ」と言って笑い飛ばす。

「おそらくバスケス・デ・コロナドの遠征隊でしょう」

「名前なんぞ忘れちまったよ、神父さん。だけど、ご先祖さま、つまりわしよりずっと年上の賢い人々が、彼らの尊大さや群れの恐ろしさをずいぶんと口にしていたもんじゃ。サソリのような輝く甲羅を着ていて、サソリよりも毒気があったとな」

「わたしたちは彼らとは違います」

「そりゃあ見ればわかりますよ、神父さん」

39

旅に出て11日め（フマノ族の老人たちと出会って2日め）、サクモ一行は目的地のすぐ近くまで来ていた。ここまでたどり着くと誰の顔にも安堵感が表れていた。道中、災いさえも彼らに近寄れなかったという確信めいた思いもある。そのせいか岩場に造られた家々とその背後の地平線に暗みがかった蛇の谷が見えた時は、皆の心が歓喜の念で満たされた。

だが神父と助手は、喜び以上にまたもや驚愕することになる。

村落の入口付近に到着を待ち構えて人々が寄り集まっていた。５００人、いやそれ以上の人数だろう。ほとんどが若い女たちで、皆子どもたちを連れている。群れの先頭には、２名の老女が樫の木と麻で作った大十字架を支えていた。松のように高く掲げた十字架は花々で飾られていた。聖週間《セマナ・サンタ》の行列さながらに、巨大な十字架が時折揺らめく。

先頭を歩いていたサクモが、持ち場を離れて修道士たちのもとに駆けつけて伝える。

「おそらく〝散在する岩々〟氏族《クラン》の女たちです。彼女らの中にも、集落近郊で青い衣の女神を見た者がいると思われます」

サラス神父が視線で問うが、サクモの方は相手の疑問など構わずに話を続ける。

「砂漠の女神がわれわれのもとに出現してからというもの、多くの母親が青い精霊と話をするようになりました。精霊との交信をうながす聖なるキノコを食べることは、彼女たちは禁じられている。なのにいとも簡単に青い光の女と話をした……」

「彼女たち？　誰のことだ？」

「神父さん、よく見てください。特に十字架を支えている老女ふたりです」

「わたしにもよく見えるが」

「彼女たちが初めて砂漠の女神と出会った時は、女神のことをサクアソフー（〝青い星のカチーナ〟）と呼んでいました。その後、精霊到来の予兆を感じるようになってからは、〝トウモロコシの精霊〟だとみなしていました。いま彼女たちが青い衣の女神をどう思っているかはまだわかりません」

「ちょっと待ってくれ……。老女たちには精霊が来るかどうか直観でわかるというのか？」

「そのとおりです。未来を予見するのは女の能力ですから。違いますか？」神父が知らぬことが信じられぬとばかりに間を置いてから言い加えた。「たぶん青い女神に命じられて、彼女らはここに駆けつけたのだと思います。いずれその理由がわかるでしょう」

〝散在する岩々〟氏族《クラン》の女たちを率いてきた老女らは、青い衣の女から伝えられたとおりの恰好をした白人男性ふたりを目にすると突然、歓喜の声を上げた。十字架を頭上に高く掲げて近づいてきた老女たちが、立ち止まって十字を切ったのには、サラス神父と助手もたまげてしまった。呆気に取られたままのディエゴに、一方の老女が〝本〟を見せてくれと求める。

「本!?」

「聖書のことだ！」サラス神父が気づいて告げる。

「ですが、サラス神父……」

「構わないから、手渡してやりなさい！」

39

老女が恭《うやうや》しく両手で聖書を受け取り、優しく口づけをした。次いで後ろを振り返って何やら告げると、その言葉を聞いた女たちが一斉に歓声を上げる。

輝く銀髪を左右の三つ編みにした老女は、一瞬たりともためらうことはない。聖書を両手に持ち仲間たちの間をゆっくりと歩いていく。手で触れる者もいれば、黒い革表紙に口づけをする病人もいた。治癒効果を期待しているふうに見える。中にはひざまずいて書物からの祝福を求めている者もいたが、大半は指先で触れるだけで満足しているようだった。

「これは神の所業としか思えない」

神父と助手はもう驚きを通り越していた。

「いくらこの事実を報告しても、誰も信じてくれないかもしれません！」

「いや、信用させよう。この者たちの信仰心がわれわれを後押ししてくれる」

40

ジュゼッペ・バルディ神父の受け答えに、アルバート・フェレルは満足げな様子だった。コルソ神父のもとを訪れた謎の訪問者については、ベネディクト会士もまったく思い当たる人物はいない。双方とも、女の正体を突き止めることが容易でないという点では一致している。バルディ同様、コルソも大学で教師をしていただけに、男女を問わず学生の訪問を頻繁に受け入れていた。門番が警察に語ったように、女が真っ赤な靴を履いていたとしても、あるいは仮に正装していたとしても、女子学生の可能性が低くても、保護者ということは十分考えられる。もしかするとバチカン放送の仕事仲間かもしれない。

「聞いてください、ドットーレ。コルソ神父はわたしへの手紙で、人を過去の時代に送ってその映像を見せる、そのために必要な音の振動数を得るのにあなたが成功したと教えてくれました。彼が死ぬ直前のことです。確かでしょうか？」

「ええ、確かです」フェレルがうなずいた。「われわれの研究成果は何もかも、消されてしまった彼のハードディスクに収められていました。もっとも、説明を補足するとすれば、過去を見る以外にも達成できたことがあります」

「いったい何を？」

40

「いいですか、神父さん。過去の映像や音声を再現するのが、クロノビジョンのおもな目的でした。教皇庁は歴史を眺めることにしか関心がなかったとも言えます。一方われわれは、歴史に介入できるという事実を発見しました。つまり単なる観客から俳優になる。それゆえこのプロジェクトが、当初誰も想像しなかったほどの重要性を帯びることになった」

〝福音史家〟は挑むような目でアルベルト博士を見やる。

「介入？　意のままに歴史を操作する、あるいは書き直せるという意味でしょうか？」

「それに近いものです。コルソ神父はそれがどういうことか十分理解していました。それだけにこの数週間は塞ぎ込み、険しい表情をすることが多かったです」

「研究についてもっと詳しく聞かせてください」

「わかりました。人間の精神を過去に投影するため、調和の取れた振動を使用するというわれわれのメソッドは、当初は過去の時代の詮索を可能にしただけでした。時間旅行者《タイムトラベラー》は行った先で、誰かに危害を加えることも、物を移動させることも、楽器を演奏することもできない。いわば過去という名の映画を観ている状態です。過去を眺める亡霊のような存在にすぎなかった」

「調和の取れた振動！　まさにわたしの理論ではありませんか」バルディが思わず叫ぶ。

アルバート・フェレルはやぎひげを爪でかきながら穏やかに微笑む。

「確かにおっしゃるとおりですが、われわれはそれをさらに改良しました。ロバート・モンローの研究についてはご存じですか？」

「大雑把には。ズシディフ枢機卿が教えてくれました」

「有能な音響エンジニアだった彼が開発したシステムをうまく使えば、アストラル体での〝体外離脱〟ができるというものです」

「そのこと自体は理解できたのですが……。教会は〝アストラル体〟というものとは無縁でして。どこかあいまいで俗っぽい、ニューエイジの用語に映ります」

「学術的にはそうかもしれませんが」一応フェレルも認める。「言葉に囚われすぎて目が曇ってしまうのも考えものです。確かにモンローは〝アストラル体〟という単語を使いましたが、カトリック教徒もひとりひとりに宿る目に見えぬ存在を〝魂〟と呼んでいますよね。それともあなたは魂の存在を否定するのですか？」

「人によっては侮辱と取られる言葉ですぞ」と憤るバルディ。「離脱するのが魂などと……」

「わかりました。いまここであなたと神学論争をする気はありません。つまりは、どの性質の魂を言っているかによって解釈も変わってくるのでしょう」故コルソ神父の助手はそう言って話を切り上げ、わざとらしく天を仰いでみせた。「ここに派遣される前にその件について調べてみました。トマス・アクィナスはそれぞれ役割が異なる3種類の魂を認めています。感覚的魂、物に生命を与える魂、それと知性的魂です」

バルディは厳しい視線で相手を見やったが反論はしない。嫌悪感を覚えると同時に驚きもしていた。よりによって一軍人が、自分の活動を正当化するのにトマス・アクィナスの概念を持ち出してくるなど考えもしなかった。相手の方も神父の思いを悟ったらしい。

「神父さん、毛嫌いする必要もないでしょう」と強い口調で非難する。「あのテルトゥリアヌスも魂の物体性を信じていた。つまるところ、モンローの主張とさほど変わりがない」

「魂の物体性だって？　魂には重さも大きさもなければ、においもない……根本的に物質ではない！」

「トマス・アクィナスは感覚的魂に執心していたようですよ。物質界とわれわれをつなぐ魂だけに、一番音に反応しやすい、目覚めやすいものなのかもしれません。そのような性質の魂が、具体化することはないとは断言しかねます。実際コルソ神父の話から察すると、あなたは宗教音楽の研究、一方モンローは振動数の実験によって、同じような試みをしていた……。違いがあるとすれば、意識的な〝魂〟の離脱に成功した点で後者が先を行っていたということだけです」

40

アルバート・フェレルはバルディに背を向けてブラインドを下ろし、室内の明かりをつけた。真昼の日差しが永遠の都ローマを包み始め、空は一面美しい黄土色を帯びている。外の美しさとは無縁の神父は話題を変えた。

「この部屋がアメリカのものを再現して作られたと言っていましたが」

「ええ。フォート・ミード基地の〝ドリーム・ルーム〟とまったく同じものです」

「そもそも、なぜ軍の施設にこのようなものを建てる必要があったのですか？」

「神父さん。純真にもほどがありますよ」そう言って笑顔を向ける。「冷戦中、ロシア人は通常兵器や核兵器に加えて精神分野での戦力拡大を進めていたのです。特殊能力を持つ者たちを訓練し〝アストラル投射〟を用いて、わが国の秘密施設やヨーロッパ同盟国のミサイル基地を偵察する……。シベリアから一歩も出ることなくです！」

「わたしを純真呼ばわりしていますが、あなたの国はそれを真に受けて対抗策を講じたのじゃありませんか?」

「おっしゃるとおりです」ドットーレは神父の皮肉めいた口ぶりをむしろ喜んでいるようだった。「われわれの使命は第一に、その手の攻撃からわが国を守ることであり、次いでモンローの開発した技術を頼りに研究を進めることでした。さまざまな分野の諜報員が彼の講座を受け、彼のやり方を改良し、1972年に最初の〝ドリーム・ルーム〟を建築します。当時伍長にすぎなかったわたしには、施設内に設けられたそれが、どんな種類の〝武器〟であるかなど知りようもありませんでした。ところがフォート・ミードに配属され、モンローが〝アストラル投射〟で、すでに25パーセントの成功率に達していた事実を知ります。その後、心理学に裏づけられた厳格な工程によって、軍の側もそのレベルに達したのです。そのために国内から選りすぐりの人材を召集しました」

バルディは信じられぬ思いで相手を見やった。屈託のない話し好きなこの男は、自分の言葉というものを微塵も疑っていない。それだけに白衣の裏に宿ったゆがんだ愛国心が、悲しいまでに滑稽に思われた。

「当時の設備はどのようなものだったのですか?」

「ここでコルソ神父とわたしが使用しているのと同じものです。当然いま使っているものの方が、72年のものよりも改善されていますが」そう言いながらスタジオ内に据えられた革張りの椅子を示した。「ですが、やり方自体は基本的に標準スタイルを踏襲しています」

40

「標準のやり方があるのですか？」

「ええ」アルバート・フェレルはうなずく。「まずは〝夢見人《ゆめみびと》〟を選んで特殊な音を浴びせます。音を調整していくことでその者の意識が拡大し、やがて〝魂〟が肉体を離れられる状態に至る。あとは好きなように飛んで行けます」

「被験者を〝夢見人〟と呼ぶのですか？」

「われわれの実験で最後に来た女性からアイデアをもらいました。家族からそう呼ばれていたと聞き、打ってつけだと思ってその言葉を採用することにした次第です」

バルディは詳細には立ち入らず、別の質問に移った。

「ドットーレ、実際に使用している特殊な音について説明をお願いします」

神父はパソコンが置かれた事務机に座ると、平常服《スータン》から黒表紙の小さな手帳を取り出し、メモをした。アルバート・フェレルは臆することなく話を続ける。

「仕組みは比較的単純です。モンローは日常生活におけるさまざまな意識状態、たとえば、目覚めた状態、夢を見ている状態、ストレスにさらされた状態、神秘的な恍惚状態などに、それぞれ異なる音の周波数があることを発見し、それらを人間の意識の本質と捉えました。ヘッドフォンで音を聞かせ脳を刺激することで、それらの本質をうまく調整できれば、人間の意識状態を変えられると考えた。それがどれだけの可能性を秘めているか、想像できますか？　音を聞くだけでその人の機嫌や行動を自在に変えられるのですよ！」

「それで……成功したのですか？　周波数の調整に」

「そうです！　それだけでもノーベル賞に値する偉業です」フェレルはそう言いながら、引き出しから一枚の表を取り出して、神父に手渡した。「モンローはそれらの周波数、人間意識の本質を〝フォーカス〟と命名し、人間の脳に及ぼす影響の度合いを〝フォーカス・レベル〟という番号で示しました」

「尺度、あるいは音階といったところですか？」

「そのとおり。音階のようなものです」ドットーレは神父の言葉を復唱する。「目覚めた状態の〝フォーカス1〟から始まり、番号が大きくなるほど意識状態は拡大していきます。たとえば〝フォーカス10〟は、肉体は眠り意識は目覚めているという興味深いリラックス状態です。左右の脳を同調させ、より強い周波数を受け入れられる状態にするために合成された音は、風切り音のようなものです。双方の脳の同調には3～5分を要します。肉体に奇異な感覚を感じますが、有害なものではありません。部分的に麻痺するとか、抑制しがたいむずがゆさや震えが起こることもあります」

「〝ドリーム・ルーム〟での実験は、すべてそのようなかたちで始めるのですか？」

「ええ。徐々に段階を上げて〝フォーカス12〟になると、知覚が拡大した状態になります。物質的なもの、肉体から解き放たれ、物・場所・人などの遠隔透視（リモート・ビューイング）が可能になります。この状態をコントロールして軍のスパイ活動に応用することが、当初われわれが重視した事柄でした」

「具体的に実現したのですか？」

40

「まずまずの成果ですね。それよりもむしろ、より高いフォーカス・レベルを発見したことで飛躍的に向上しました」

「より高いレベルですか？」

「そうです。モンローは〝フォーカス15〟の音を創り出しました。今度は時間の束縛からも自由になる。つまり無時間の状態です。潜在意識や別の高次レベルの知性からの情報にも接することが可能になります」

　アルバート・フェレルはバルディの反応を見極めようとする。

「チャネリングについてはご存じですか？」

「ええ、まあ」彼の予想どおりに、神父は顔をしかめた。「それとてニューエイジ・ブームの副産物でしょう。えせ神秘主義者の専売特許ではないですか？　博士ともあろうお方が、そんなたわ言を信じているとは、正直驚きです」

「神父さん、たわ言と決めつけられないところもあります。現代風にそのように呼ぶので惑わされますが、体験自体は昔の神秘論者が神や聖母と対話した、あるいは聖ジャンヌ・ダルクが耳にしていた声と同じものです」アルバート・フェレルが擁護する。「それよりもはるか昔の古代には、その声は天使のものとみなされていました。〝フォーカス15〟で使われる振動数は、図らずも聖歌に秘められた振動数と同質のものです。つまり過去には、そういうかたちで変性意識状態を誘発していた可能性が高い。わたしがクロノビジョンに興味を抱いたのは、何よりもそのためです」

「いまの話からすると、当然さらに上の〝フォーカス〟が存在する……」

「もちろんです。ここからがさらに面白いところです」

ドットーレはバルディ神父と向き合うかたちで座った。まるでこれから話す内容が、目を見て語らなければならない、全神経を集中して聞いてほしいと言わんばかりに思える。

「モンローが実験中に発見した〝フォーカス〟の中でわれわれやコルソ神父が最も興味を持ったのが〝フォーカス21〟と〝フォーカス27〟でした。非物質化の状態になれば体外離脱が可能になるからです。21は物質世界と非物質世界の境界、27は輪廻転生の中継地点まで意識が広がるとされています。とはいえ、それは意識上のことで、行った先で魂が実体化できるわけではありません。モンローはさらに上位の〝フォーカス〟があると感じ、それを〝X〟と呼びました〔現在では、地球を超えた〝フォーカス35〟、太陽系を超えた〝フォーカス42〟、銀河系を超えた〝フォーカス49〟、さらにそれより上の宇宙を超えた意識の広がりがあるとされている〕。そこまで達すれば、物質的にも同時にふたつの場所に存在することが可能になるかもしれない」

「それは実現されたのですか？」

バルディはメモを取っていた手を止めて、厳しい目をして問い質した。

「いや。モンローもわれわれも、それに必要な〝核となる音〟を見いだせませんでした。ところがコルソは別の方法でそれを実現しようとした。教皇庁の秘密文書保管所で、ある女性に関する資料を発見したからです。その女性は17世紀に音を使ってバイロケーションし、何千キロも離れた場所に体ごと顕在化したと記録されていました。そこでコルソは〝夢見人〟のひとりをその時

40

代に送り込み、音源を盗むことを思いついた」

「いつの時代です？」

「1629年のヌエボ・メヒコ、現在のアメリカ・ニューメキシコ州です。お心当たりはありますか？」

「青い衣の女か！」バルディの脳裏に瞬時に浮かんだ。

「正解です！」フェレルは嬉しそうに笑った。「ズシディフ枢機卿はあなたに、実に的確な報告をしてくれたようですね」

41
カリフォルニア州・ロサンゼルス

「信じられない！　驚きよ！　ジェニファー、あなたが見た修道士は実在していたわ！」

リンダ・メイヤーズが殴り書きしたメモを片手に、勝ち誇った顔でジェニファーを出迎えた。珍しく取り乱している。そんな彼女を見るのは初めてだ。自宅に医師から連絡があり、重大な事実を突き止めたが電話では明かせないと言われ、ジェニファーは大急ぎでブロードウェイ通りの診療所に駆けつけたのだった。

「まずは事の経緯を説明するわ」患者に席を進めながら大きく息を吸い込んだ。「今朝早くにあなたの件でスペイン語の実地訓練をしようと思い立ってね。これまで夫からどんなに訓練するよう言われても、ずっと耳を貸さずにきたけど、今回初めてやってみたわ」

「スペイン語の実地訓練……？」ジェニファーが訊き返す。正直なところ、これほど説明にならぬ説明を聞いた試しがない。

「ずっとあなたの夢についてあれこれ考えていたの。内容は詳しすぎるし、どの情報も妙に現実味を帯びている。そこで事後承諾で申し訳ないけど、スペインに電話して、あなたが夢で見てい

41

るできごとについて、知っている人がいるか尋ねてみようと思いついたのよ」

ジェニファーは驚きのあまり言葉を失った。この精神科医は、彼女の夢が歴史的事実かどうか確かめようとしたというのか？　もし史実だとしたらどうなるのか？

「まずは王立歴史アカデミーに電話をしてみた。マドリードのアメリカ大使館が電話番号を教えてくれて。用件はきちんと伝わったわ！　これまでの学習がようやく役に立ったわけ」

「それで……何と？」

「歴史アカデミーの方は、ほとんど収穫なし。だけど国立図書館に問い合わせてみたら、と勧められてね。大使館関係者だと告げたら、丁重に館長の電話番号を教えてくれたわ」

「嘘をついたのですか？　大使館員だと称して？」

歯を見せたリンダ・メイヤーズの笑顔が室内を明るくする。

「そんな目で見ないでよ、ジェニファー！　国際電話だから時間を無駄にしたくなかったし、早く答えが知りたくて……ともかく最終的に図書館の館長が親切に応対してくれた」

「すぐに館長と話せたのですか？」

「もちろんよ！　青い衣の女のことを説明したら、愕然としている様子だったわ。不審がっているというか、タブーに触れたというか……。わたしの言いたいこと、わかるかしら？」

ジェニファーは黙ってうなずいた。

「訝《いぶか》しく思っていたら、すぐにその理由を説明してくれた。実はその件に関連する資料のことで、問題が発生したばかりなんですって。だけどその文書にエステバン・デ・ペレア修道士の名前があったことはしっかり記憶していると言ってたわ。その時のわたしの驚きが想像できるかしら？　ペレアはフランシスコ会士で、当時のヌエボ・メヒコ地方の宗教上の統轄者だった。わたしが知りたかったのは、まさにそのことだったの。あなたの夢に何度も現れた修道士は、実在したのよ！」

「つ……つまり……」

「つまり、あなたの見ていた夢は想像の産物ではなく、歴とした史実だったということよ！　しかも日付までもが正確だった！　館長はびっくりするほどすらすらと語ってくれたわ。エステバン・デ・ペレア修道士は１６２９年にヌエボ・メヒコへ行っている。青い衣の女と呼ばれた、聖母なのかそれと似た者なのか、とにかく当時その地に出現していた女性の調査のために訪れているとね」

「相手は何の前置きもなく、そこまで教えてくれたのですか？」

「正直大変だったのよ。結局40分ほど電話することになったから。何よりもわたしがその資料に興味があって国際電話をかけている、しかもよりによってその件を巡って問題が起こったばかりだった。そうだわ、親切にも『ベナビデスの回顧録』という本は知っているかとも尋ねてきたの」

「ベナビデス!?」思わずジェニファーが椅子の上で跳ねる。「夢に何度も出てきたベナビデス神父のことですか？」

「そうらしいわ、ジェニファー。本については聞いている？」

41

問いかけに患者は肩をすくめた。

「わたしもいまのあなたとまったく同じ反応をしたわ。ベナビデスの本など一度も聞いたことはない、と答えた、それ以上に驚かされたのは、結果としてわたしが説明することになった歴史のできごとについて、彼の方はかなり熟知しているふうだったこと」

「意外ですね」

「そうなのよ！　青い衣の女がそんなにスペインで有名だったなんて。びっくりしたわ！」

「ほかに何か言っていましたか？　わたしの治療に役に立ちそうなこととか」

「いまのところなしね。でも何かわかったら電話でも手紙でも構わないので伝えてくれと、こちらの連絡先は教えておいたから。スペイン人は自国の歴史を軽視しているというのは、わたしだけの思い込みだったということかしらね」

ジェニファーは急に真顔になってリンダ・メイヤーズを見つめた。

「先生、今後の治療は？」

「いずれにしても対策を講じるしかないと思う。生理的な原因も見当たらず、精神面でも治療すべき要因が見当たらないとなれば、あとはあなたの頭の中で何が起こっているかを探る以外に手立てはない。退行催眠を通じてね」

「退行催眠……」

途端に患者の顔色が変わった。不意に席を立ち、目を見開いて必死の形相で拒絶する。

「催眠療法だけは勘弁してください。お願いです」

「いったいどうしたの？」

「とにかく催眠だけはお断わりです」頑なに拒否する。「自分なりに考えてのことですから」

「催眠を使った治療法は別に害を及ぼすものじゃないわ、ジェニファー。痛みもないし。あなたが見ている夢の出所を解明するために、潜在意識を探るだけのことよ」リンダ・メイヤーズは説明を続ける。「あなたの夢の原因はおそらく……」

「催眠がどんなものかはわたしもよくわかっています！」強い口調で遮った。

「だったらどうして？」

「自分の精神を混乱させる治療は受けたくないということです」

「失礼だけど、あなたの精神はすでに混乱しているの。わたしの提案は、その状態を整えて夢を終わらせようとするものだけど。いまあなたがさらされている夢には、歴史的な根拠となる部分がある。遺伝的な記憶という可能性も十分考えられる。遺伝的な記憶よ！」自分自身にも言い聞かせるように繰り返した。「もちろん従来の心理学にはそぐわないかもしれないけど、あなたのケースには十分効果が……」

「先生、やめて！　催眠なんか絶対にいやっ！」

「わかったわ、ジェニファー。落ち着いてちょうだい」

メイヤーズは静かに患者に寄り添い、窓際にある革張りのソファーへと導いた。

「患者の意志に反することはしないから安心して」と約束する。「質問してもいいかしら？」

「ええ、どうぞ」

41

「催眠に対する恐怖症は、以前話してくれた国防総省の仕事とも関係がある？」

差し出されたコップの水を飲みながら、ジェニファーはうなずく。あのことは思い出したくもなかった。イタリアでの仕事に関わるのは催眠だけではない。彼女が見ている夢もそうだ。何もかも消え失せればいいと思った。

「そのとおりです、先生。国家の存亡に関わる機密事項のため、一切お話しできません」


その日の午後、リンダ・メイヤーズがジェニファーから引き出せた唯一の収穫は、彼女の別の夢の描写だけだった。人生の矛盾というべきか、その夢にはもうペレア神父は出てこない。その代わりに異端審問官から派遣された神父と助手が登場していた。奇妙にも白人らの信仰に多大な関心を示したフマノ族、その原因を調査すべくクエロセ（グラン・キビラ）の定住地に向かった者たちだった。

42

1629年8月1日、グラン・キビラ

少年戦士マシパも、美しき少女アンクティも、8月の夜はお気に入りのひと時だ。サクモの娘アンクティが真夜中にこっそり家を抜け出し、少年と一緒に屋根に寝そべって星を眺めるようになってからもう2週間になる。

マシパは生まれてこの方、恐れというものを抱いたことがない。彼の父親は〝霧〟氏族《クラン》の別支族の羊飼いだった。そのため少年も幼い頃から暗闇はもちろん、オオカミや精霊などに立ち向かうよう訓練されていた。一方アンクティは彼と違って訓練など受けたことはない。サクモにとって12歳の愛娘は何よりの宝物であり、大平原の不吉な言い伝えにはまださらしてはいなかった。そんな理由もあって、アンクティには自分の知らないことを教えてくれるマシパが頼もしく思えた。

「今夜はどこに連れていってくれる？」

少女の甘い声が少年の心を刺激する。

「ホトムカム（オリオン座の三つ星）の衰えを見に」と答えた。「もうじき姿を隠し、秋の星々

42

に場を譲る。おまえと一緒に星にお別れをしたい」

「なぜそんなことまでわかるの？」

「2日前、ポノチョナの星が地平線に隠れていった」薄暮れに輝くシリウスに触れ、天文学者並みの確信をもって理由を説明する。

集落を抜け出したふたりは、蛇の谷のそばまで行って夜空を見上げた。解放感というか、支配感というか、静まり返った時間帯にしか得られない感覚は言葉に尽くせぬものだ。

しかしながらその晩だけは、暗闇に目が慣れる余裕もなかった。予期せぬ何か、かすかな刺激が少年戦士の全身をよぎり、警戒心を抱かせる。

「何？　どうしたの？」

連れがふいに動きを止めたことに、アンクティは気づいた。

「シィーッ！」警戒をうながす。「何かが見えた……」

「獣？」

「いや、違う。急に風が止んだのがわかるか？」

「ほ、本当だ」アンクティはうなずきながら少年の腕にしがみついた。

「砂漠の女神かもしれないな」

「青い光の精霊？」

「出現する時の前触れに似てる」

当初は怯えたフマノ族の娘も、マシパの自信に感化され落ち着きを取り戻した。〝ハヤブサ〟

と呼ばれる少年戦士は、静けさの中で意識を凝らす。

「でも光は見えない……」少女がつぶやく。

「確かにまだだ」

「老人たちに知らせる？」

「ふたりでここに来たこと、どう言い訳するんだ？」

問われて娘は押し黙った。夜闇を包んだ静寂はわずかの間だけだった。南の方角から奇妙なうなり音が近づいてくる。ゆっくりと、だが着実に向かってくる振動が、砂漠一帯を揺るがし始めた。まるで宙を飛び回るバッタの大群が、ビャクシンの枝々に身を潜めてふたりに襲いかかる機会をうかがっているかのようだ。

「アンクティ、ここから動くな。すぐそこまで迫ってる」

暗がりの中、少年少女は音がする方に慎重な足取りで近づいていく。

「変だな」マシパがつぶやく。「何も見えない」

「もしかすると……」

アンクティの言葉が途切れた。近くの木まであと10歩という所で、激しい光が木の梢に降り注ぎ身動きできなくなった。途端にうなり音が止む。火色の滝が生命を得たかのように、灌木の周囲に小さな同心円を描き出す。光が何か、あるいは誰かを探している様子だ。

ふたりは息を呑んでその光景を見守った。すべてはあっという間のできごとだった。やがて躍動する光が、空から降りてくる動きを止めた。下にとどまった光が次第に薄まり、中心に残って

42

いた最後の炎が人間の輪郭へと変わっていく。初めに頭、次いで両腕、腰、長衣をまとった両脚が現れた。驚愕と感嘆に駆られたふたりがひざまずく。目の当たりにした奇跡に対し、畏敬の念を示すべきだと直観した。

その瞬間、声が聞こえた。

「ふたりとも……よく来てくれ……た」

紛れもない、青い衣の女だった。

鳴り響く声は他の戦士たちが口にしていたとおりのものだった。雷鳴と鳥のさえずり、吹き抜ける風がひとつになった奇異な声だ。

マシパもアンクティも声を発することができない。

「戦士たちが……わたしが言ったとおり……男たちを……探しにいったから……あなた方ふたりに……会いに……きた」

フマノ族の少年は光輝く女を見つめ、何かを言おうとしたが声が出ない。

「計画は間もなく完了……する。あなた方の行動を……伝える……天の使者たち……が、あなた方ふたり……の……心の準備が整った……と教えてくれ……た。真理の……種を受け……入れる用意が……」

真理の種？　天の使者たち？　いったい何のことを言っているのか？　アンクティとマシパは互いの手を握り合う。途切れがちだった女神の言葉が、幾世紀もの歳月を経ながら流れを変える川のように、次第に流暢になっていく。

「わたし……は次の時代のしるし」と淀みなく語る。「あなた方に別の世界の到来を告げるために送られてきた者。わたしをここまで連れてきた天の使者たちは、たえずあなた方の様子を見守っている……。人間……の姿であなた方の中に混じって暮らすこともあるが、実体は不滅の……天使たち。アブラハムとともに食事をし、ヤコブと戦い、モーセと対話した存在……」

アンクティとマシパは意味がわからず肩をすくめた。女神が何のことを言っているのかまったく理解できなかったが、聞いているうちに突然、祖父たちがよく話していた世界の創造の話を思い出した。先史時代にアナサジ族とモゴロン族が住んでいた頃から代々受け継がれてきた逸話でもある。〝第一の世界〟の時代に人間が創られたことはふたりとも知っていた。大規模な火によって滅亡し、次の世界の到来を待つことになった。祖父たちが語るところでは、〝カスカラ〟と呼ばれる〝第三の世界〟の時代に人間の支配を巡って神々同士が争ったという。星々の向こうからやってきた人間の姿をした存在である〝カチーナ〟も互いに争いを繰り広げた。その後も稀にではあるが、カチーナが現れる時は生身の男女の姿を取って出現する。彼らが戻ってくるのは〝第四の世界〟の終焉か〝第五の世界〟の始まりで、いずれにせよ迫りくる危機を人間に警告するためだと言われている。

人の姿をした精霊……青い衣の女神もその内のひとりなのか？　世界の終わりを告げに来たのか？

「よく聞きなさい」砂漠の女神は訴えた。「これからやってくる白い男たちと会った際……渡してもらいたいものが……あります。わたしがあなた方と会った……しるしです。彼らに伝えなさ

42

い。〝天の母はあなた方とともにある。だからあなた方の中にある永遠の生命の水を分け与えるよう命じるのです〟と」

「どうしてわたしたち……」アンクティは問い返すが、女の放つ美しさに身がすくんで、それ以上声が出ない。

「忘れずに伝えなさい。〝永遠……の生命の水〟ですよ」

「どうしてわたしたちなの?」問いを繰り返した。

「アンクティ……ふたりとも純粋な心の持ち主だからよ」

光の訪問者は両手を上げると胸の前で手を合わせ、激しい輝きを放つと同時に姿を消した。いつの間にかうなり音も止まっている。平原は再び闇に包まれた。見知らぬ闖入者に姿形をもたらした閃光はもう跡形もない。

アンクティとマシパは怯えたままで抱き合っていた。ふたりの足元には奇妙なものがきらめいていた。青い衣の女がふたりのために置いていったものだった……。

43

ロサンゼルスが正午を迎えた頃、午後9時になるローマでは、アルバート・フェレルがバルディ神父に、ルイジ・コルソが1629年のヌエボ・メヒコに送り込んだ〝夢見人《ゆめみびと》〟の実験記録を見せていた。〝夢見人〟、すなわち被験者の名はジェニファー・ナロディ。アメリカ人女性、34歳、ワシントンD.C.在住、軍人、〝フォーカス27〟の音によって意識拡大した結果、重度の人格障害を患ったと記載されている。

「彼女ですよ。幼い頃〝大いなる夢見人〟と呼ばれていたのは。ジョークにしては気が利いていると思いませんか？」とドットーレはつぶやいた。

報告書の最後に手書きで、医師の所見が簡潔に赤字で記されていることに神父は違和感を覚えた。

《1991年3月29日（金）、プロジェクトを離脱。重度の睡眠障害と強迫神経症を患い、ローマ市内の病院オスペダーレ・クリスト・レの勧めで、4月2日に米国へ帰国。》

44

44

マドリード

「テハーダ神父にはおれたちの訪問を伝えたのか？」

そう問い質したホセ・ルイス・マルティンは、前方を見据えて高速道路を運転している。午前8時ちょうど。この時間帯にマドリードから下り方面の交通量は少ない。渋滞に悩まされるのはつねに上り車線だ。まだ眠気が残るカルロスは、視界に飛び込んでくる春の景色を味わっていた。先日、あのソモシエラ峠も季節外れの雪に見舞われていた。

「テハーダ神父に？」眠気覚ましに濃いコーヒーが飲みたいと思いながら、記者が説明する。「いや、直接話すことはできなかったよ。その代わり今日の午後、ビルバオに着くことだけは伝えてもらっている」

「警察の事情聴取だって言ったのか？」

「まさか！　警察はあんたで、こっちじゃない」

「それでいい。その方が無難だ」

ホセ・ルイスの愛車ルノー・19のダッシュボードの下で、カルロスは足を伸ばしながら椅子に座り直す。

「なあホセ・ルイス……」眠たげな声でカルロスが言う。「国立図書館からかけた電話の件についてあれこれ考えたんだが」

「おれもだ」

「だとすると、おまえも同じ疑問を抱いていることだろう」

「ほう……たとえば？」

「いくつか理解に苦しむことがある。盗んだやつらがプロ集団だとして……これについては間違いないと思うが、何でわざわざ図書館から電話しなきゃならない？　報告代わりか？」

シフトレバーを撫でつつ、マルティンが応じた。

「わからん。単なるコンピュータの操作ミスということも考えられる」

「まだ言うか。じゃあアグレダの件に大きく関わる人物の番号だった点はどうなる？」

「偶然だろう」

「その偶然とやらをおまえは信じないのじゃなかったか？」カルロスが反論する。

「確かに」

言葉少なに答えた捜査官は、タバコをくわえて車のシガーライターで火をつけた。

「通話時間はわかったのか？」

「40秒もなかった」

「知らせるにしては短いか」

44

「首尾よく盗めたと知らせるだけなら十分だ」

「その程度は考えてたよ」カルロスが負け惜しみを言う。

「テハーダ神父と会った際には、盗みの件の捜査だとは言わずに話を進めた方がいいかもしれん」

その言葉にカルロスは驚いたが特に反論はしなかった。

「何も知らないふりをして臨むとしよう。向こうが何か知っているとすれば、口を滑らすことも考えられる」

「今回こっちは便乗している身だ。従うよ」

捜査官は横顔で笑うと、再び高速道路に意識を向けた。

45

翌日マシパとアンクティは、自分たちに託された奇妙な依頼を果たすべきかどうか迷っていた。青い精霊からの贈り物を老人たちに差し出せば、無数の説明を余儀なくされる。そのため慎重に、目的を果たせる機会をうかがっていた。正午近くになった時、野原で用を足そうと戦士たちの家から遠ざかっていくフアン・デ・サラス神父の姿が見えた。少年と少女はその隙を逃さずに神父のもとに駆けつけた。

神父と助手がグラン・キビラに到着した日に、女たちが立てた樫の木の大十字架の前で、サラス神父をつかまえた。

「神父さん……」アンクティが顔に垂れた髪を可愛らしくかき上げながら話しかけてきた。温かいまなざしの、見るからに純真で利口そうな娘だ。「少し時間をいただけませんか？」

フマノ族の少年と少女は、乾燥させたトウモロコシの葉に包んだ何かを差し出している。あどけない顔にためらいの色が感じられた。

「どうしたんだい？」老神父は笑顔で応じた。

「実は神父さん……。昨日の晩、蛇の谷で……見たんです」

「見たって、何を？」

45

「砂漠の女神を」

「本当かい？」

サラス神父は目を丸くした。もう用を足すことすら忘れている。

「砂漠の女神というと、青い衣の女かね？」

ふたりは同時にうなずいた。

「見たのはきみたちだけ？」

「はい」素直に返事をする。

「きみたちに何か言ってきたかな？」

「え……ええ」とマシパがためらう。「それで神父さんに話をしたかったのです。女神は、神父さんともうひとりの男の人に、〝永遠の生命の水を分け与えなさい〟と伝えてくれと」

途端にサラス神父は、両脚の力が抜けていくのを感じた。

「永遠の生命の水と言ったのか？」信じられぬ思いで少年たちに問い返す。「きみたち、その言葉の意味がわかるかい？」

アンクティとマシパは困惑して一歩あとずさりした。

「わかりません」

「そうだろう。わかるはずがないな」

「神父さん」マシパが老神父を遮って続けた。「まだあります。女神が神父さんに渡してくれと言って贈り物を置いていきました。青い衣の女が来たしるしだと」

「贈り物だって？」

マシパから包みを手渡された神父は、恐る恐る贈り物を受け取った。早くその場から立ち去りたがっている少年たちを前にしながら、トウモロコシの葉を開く。中身を目にして愕然とした。

「そんなばかな！」思わずスペイン語で叫んだ。

マシパもアンクティも訳がわからず恐れをなす。

「これをどこから持ってきたんだ⁉」

「神父さん、さっきも言ったように、昨日砂漠の女神が置いていったのです。神父さんに渡せと言って」

フアン修道士は膝から崩れ落ち、半ば興奮状態で泣き笑いに浸った。フランシスコ会士はトウモロコシの葉をまさぐるようにして中身を取り出した。黒く輝く数珠に銀の十字架をつないだ、誰がどう見ても上質のロザリオだった。旧キリスト教徒の、それも敬虔な者でなければ所有せぬ代物だ。

「どうなっているんだ⁉」思わず声を上げる。

彼らのもとに出現する存在は、聖母以外に誰が考えられるというのか？

サラス神父は不意に、遠い昔、まだ神学校で学んでいた頃に耳にした逸話を思い出した。当時はあまりに常軌を逸したものだとみなしていた話だ。ドミニコ会の創設者、聖ドミニクスは13世紀、聖母マリアから直接ロザリオを手渡されたあと、ロザリオの祈りを制定した。いま自分が手にしているのも、それと同様の奇跡のしるしではないのか？

46

スペイン・ビルバオ

市の中心部から遠く、入江からもやや離れた場に位置するサン・フェリシモ公園。そこに隣接するむき出しのコンクリートの建物が、御受難会の修道士たちの拠点だ。公園と建物のどちらも、1720年創設の修道会の所有物になっている。後に聖人となったイタリア人司祭、十字架のパウロによって創設された修道会で〝聖なる十字架とイエス・キリストの受難を尊ぶ裸足の聖職者たちの修道会〟という正式名称を持つ。同会の際立った特徴は長い名前ではなく、むしろ入会前に課される規律に四つめの誓いがあることだ。通常の修道会と同じ清貧・服従・貞潔に加えて、イエス・キリストの受難と死の信奉を普及させることを誓う。

修道士たちの宿舎に通じる階段前に車を停めるまで、ホセ・ルイスもカルロスもそのような事実をまったく知らなかった。一方、今回対象となる人物の重要な鍵になる情報に関しては事前にいくつか入手していた。アマデオ・テハーダは1950年に修道会に入会した。心理学と宗教史を専攻した彼は、1983年からデウスト大学の神学教授もしている。巷では正真正銘の天使学の専門家として名を知られているとのことだった。

「テハーダ神父ですか？　少々お待ちください」

窓口で応対した、真っ黒の地味な平常服《スータン》姿で頭の禿げた修道士が、ふたりの訪問者に小さな待合室で待つようようながす。黒い服の胸の位置にハートの形が刺繍してあるのが目に入る。

3分後、ガラス扉が開き、60歳前後の巨体の男が入ってきた。1メートル90センチはある身長が、平常服《スータン》を着ているせいか、さらに高く感じられる。まさに巨人だ。白髪に長いひげ、穏やかな印象を与える声、アグレダの修道女たちを魅了するだけのことはある。

「マザー・アグレダのことでわたしに会いたいというのはあなた方ですか」握手を交わすなり、テハーダ神父が笑みを浮かべる。

「ええ。修道女たちの話を聞いたら、もうあなたに会うしかないと思いました。ふたりからあなたは賢者だとうかがっています」

「いくらなんでもそれはないでしょう！　ただ自分の役目を果たしているだけです。マリア・ヘスス修道女の人生を研究し始めてからは、過大評価されている感があります」そう言いながらも満足げに微笑んでいる。「もっとも親近感を抱いているのはこちらも同じです。何よりもあの修道院は、史上稀なるバイロケーションを実践していた人物が暮らした場所です。そのため、わたしも長期間あそこで研究に没頭しました」

「そうでしたか」

テハーダの笑顔が待合室の雰囲気を一変させた。まずはホセ・ルイスが話を始める。

「先を急ぐようで何ですが、あまりお時間を取るのも申し訳ないので本題に入ります。マリア・

46

ヘスス修道女のバイロケーションの信憑性については、何らかの結論に至ったのですか？」

質問に答える前に巨人テハーダは、軽く左の耳たぶをかいた。

「ご存じかどうか知りませんが」ホセ・ルイスから目をそらさず話をする。「バイロケーションにはさまざまなかたちがあります。最も単純なものは遠隔透視との区別がつきにくい。バイロケーションしている者は、実際に自分がいる所から離れた場所の場面を見ますが、目ではなく魂で見ている。単純ゆえにさほど面白くないバイロケーションです」

巨人の説明に捜査官が呆気に取られる。

「どうぞ続けてください」とうながした。

「一方もっと複雑なかたちのもの、わたしが強い関心を持っているのは、本人が体ごと別の場所にも現れて、どちらでも直接的な影響を及ぼすものです。その現象を目撃した者も確信できるもの、実際に物に触れたり何らかの痕跡を残したり……。そのかたちのバイロケーションが、唯一驚異的なものと呼べる気がします」

長い説明を終えたテハーダ神父は、自分の言葉を詳しく書き留めているふたりに配慮してしばらく間を置いた。両者が顔を上げたところで再び話し始める。

「わたしは双方のバイロケーションの間には、多くの段階があると考えます。行った先でその人が具現化できる度合いとでも言いましょうか。究極は完全に物質化した状態です。それ以外のものは単なる精神体験にすぎないと言えるかもしれませんが」

「ではマザー・アグレダについては、後者のバイロケーションだったということですか？」カルロスが機転を利かせて質問をした。

「つねにそうだったわけではありません」

「それはどういうことで？」

「おそらくいつもそうだったわけではないと思います」受難の会修道士が根気よく繰り返す。「彼女は1650年に異端審問所から尋問されていますが、その際、過去に500回以上新大陸に旅したと証言しています。ただし、いつも同じかたちとは限らなかった。時には天使が彼女の姿、つまり修道女の姿を取って先住民たちの間に現れたと思しき記述もある。また他のケースでは、いま述べた天使とは別の天使が彼女に寄り添い、思考並みの速さで空を突き抜けたとも記されている。もっとも彼女のバイロケーションの大半は、修道院内で他の修道女らも居合わせる中、彼女だけがトランス状態に陥って起こっていたようです」

「天使……ですか……」

「奇異に思うこともないでしょう。聖書でもしばしば天使については言及されていますし、われわれとよく似ているとの話ですから。それにごく最近の神秘主義者、たとえば18世紀のアンナ・カタリナ・エンメリックのように、自分のバイロケーションは天使たちによってなされたと証言した例もあるほどです。《思考が飛ぶかのごとく素早い動きで海を渡った》と、気の利いた表現だと思いませんか？」

半信半疑の顔で聞き入るふたりに笑みを見せてから、テハーダ神父は話を続けた。

「そんなに深刻にならないでくださいよ」おどけた調子で言った。「仮に天使たちが修道女にな

46

りすましてアメリカ大陸に現れたとしても、別にそれを否定する理由もないと思うのですが。聖書に記された天使の存在を認めるならば、われわれが気づかぬうちに、いまこの場に座っていても不思議ではなくなる」

テハーダ神父はいたずらっぽく二人にウインクしたが、カルロスは目を合わせようとしない。

「つまりあなたは、天使というものを一種の……潜入者のように捉えているのですか？」

「言うなれば〝第五列《キンタ・コルムナ》〟となって人間の進化のある側面をコントロールしているのが天使だと思います。〝第五列《キンタ・コルムナ》〟についてはご存じですね？」

「なるほど、〝第五列《キンタ・コルムナ》〟か」と記者が相槌を打つ。「スペイン内戦時に敵方に潜入して撹乱した工作員の〝善玉バージョン〟が天使だと」

「そういうことです」内戦など知るはずもない世代の若者に、神父は満足げに応じた。

「まあ……あなたは天使学がご専門でいらっしゃいますからね」

ホセ・ルイスの当てこすりが神父の機嫌を損ねたようだ。

「冗談と捉えないでください」憤慨して言う。「青い衣の女の謎とマザー・アグレダとのつながりを深く追究したいのであれば、天使は考慮すべき事柄です」

捜査官は彼の忠告に耳を貸さない。カルロスは話を続ける。

「神父さん、率直に言って修道女が本当に物理的にアメリカまで移動したと思いますか？」

「言いきるのは難しいです。かと言ってそのような考えを妨げるものもない。実際、彼女と同じ体験をした多くの人が瞬間移動について証言しています。魂あるいは肉体を伴っての旅についても」

ホセ・ルイスが椅子の上で身を揺する。会話の中には文書の所在につながる手がかりは見当たらない。そこで友好的な態度を保ちつつ、会話を自分の側に引き寄せることにした。

「わたしたちが事情に疎いのを承知でお尋ねしたいのですが。修道女が何度も海を渡ったことを証明する年代記か、その手の文書は残っていますか？　それともいまは存在しないのでしょうか？」

テハーダ神父は寛容な態度で捜査官を見て言う。

「あなたは実に現実的な方だ。それはそれでわたしもありがたい」

ホセ・ルイスは彼のほめ言葉を受け入れる。

「答えはイエスです。アロンソ・デ・ベナビデスというフランシスコ会士が、１６３０年に最初の報告書を執筆しています。いまの時代で解釈すると、マザー・アグレダのバイロケーションを示唆している形跡がいくつか見られる文献です」

「形跡ですか……。現存するのはそれだけですか？」ホセ・ルイスは食い下がった。

「いえ、それだけではありません。その4年後、やはり同じ修道士が前作よりもさらに深い内容の記録を残しています。続編とも呼ぶべき著作ですが、残念ながらわたしもまだ目にする機会には恵まれていない。出版された形跡はないものの、当時の国王フェリペ4世自身が感銘を受けて愛読書にしていたという噂も囁かれている書物です」

「出版されていない理由はご存じですか？」

46

「おそらくは……」神父は一瞬ためらい、言葉を続けた。「いまから言うことは公式なものではないと断わったうえで話をすると、どうやら本の余白部分に、マザー・アグレダがいかにしてバイロケーションをしていたか、著者ベナビデスによる註解がなされているらしい。国王が魅了されたのはそれだということです」

「何と！」カルロスが思わず感嘆の声を上げた。「つまり一種のマニュアルですか」

「まあ、そういうことでしょうね」

「その後、国王以外に手にした者はいたのですか？」

「わたしの知る限り、その報告書は王室から一歩も持ち出されたことはなかったようです。バチカンも一部を保管しているとのことですが。ところで、ペルーのドミニコ会士、後に聖人となった混血《ムラート》のマルティン・デ・ポーレスも、アグレダの修道女と同じ時期に何度もバイロケーションをしていたと言います」

「それは彼がベナビデスの著作を目にしたということですか？」

「いや違います。それはありません。マルティン修道士がベナビデスの報告書を読んだという話は、わたし自身耳にしていませんし、そんな事実はなかったはずです。高徳の誉れのうちに彼が亡くなったのが１６３９年ですから、青い衣の女の情報がペルーに届く以前のことです。当時リマ市内でマルティン修道士が〝箒《ほうき》を手にした修道士〟と呼ばれていたのはご存じですか？　１６３４年にベナビデスが新たな報告書を記す以前に、彼とそっくりの修道士が日本で宣教している姿が目撃されているらしい」

突然テハーダ神父は小声になった。

「それどころか……リマのサント・ドミンゴ教会の祭壇にはしばしばペルーにはない日本の花が備えられていたとさえ……」

「そのような逸話を信じていらっしゃると？」ホセ・ルイスが皮肉めいた口ぶりで尋ねた。

「信仰の影響は否定しませんが、単に信仰心だけが理由ではありません！　ピオ神父の話は聞いたことがありますか？」

カルロスのみがうなずいた。

ピオ神父（本名フランチェスコ・フォルジョーネ）については記者もよく知っている。イタリア人のカプチン会司祭で、20世紀半ばまでピエトレルチーナで生涯を送った人物だ。彼はその地で、あらゆる神秘体験の主役を演じた。キリスト受難の聖痕が体に現れたのをはじめ、預言や悪魔祓いも含め、イタリア中の注目を集めたことは言うまでもない。

「ピオ神父に関しては」テハーダ神父が続ける。「バイロケーションの逸話がいくつもあります。中でも有名なのは、当時モンテビデオの大司教だったバルビエリ枢機卿の体験でしょう。バルビエリはウルグアイ国内で何度かピオと会っていたが、同一の人物だと知ったのは枢機卿がイタリアを訪問した時でした。一方のピオ神父も、少なくとも生身の肉体で海を渡ったことはないにもかかわらず、相手を認めた」

「ピオ神父はバイロケーション能力を自在に操っていたと考えますか？」話に魅了されたカルロスが尋ねた。

46

「彼だけではなく、マザー・アグレダもしかりです。とはいえ彼女の生涯を通じてわたしが知っているのは、2〜3の例だけですが。わたしの受けた印象ですと、自在に操れたかどうかは、射程距離に関わる……」

「射程距離とは？」

「文字どおりです。ピオ神父もマザー・アグレダも近距離・長距離の両方を実践していた。自分が住む修道院の近郊の場合もあれば、遠距離、時には別の大陸に現れることもあった」

ホセ・ルイスが痺れを切らして貧乏揺すりをし始めた。これ以上神秘や超常現象の談義に時間を費やすわけにはいかない。ビルバオまで出向いたのは盗難事件の捜査のためで、信仰がもたらす奇跡の講座を受けるためではない。

「たびたびすみません、神父さん」割り込みながら椅子の上で背筋を伸ばした。「先ほどの、フェリペ4世の手元にあった『ベナビデス回顧録』の続編について何かご存じですか？」

不意にテハーダが動きを止めた。彼は文書のタイトルを一度も口にしていない。

「あなた方、いったいどういった理由でその本にこだわるのです？」

巨人の前で威厳を示すべくホセ・ルイスはさらに背筋を伸ばすと、上着のポケットから国家警察のバッジを取り出したが、相手はそれを目にしてもさほど動揺したふうもない。捜査官は御受難会修道士に重々しい口調で説明する。

「神父さん、話の腰を折って申し訳ないが、いくつかおうかがいしたいことがあります。われわれは重大な盗難事件を追っているところです」

「どうぞ」巨人は厳しい目つきで捜査官を見据えている。カルロスは神父の内に侮蔑の念を感じた。

「昨日の早朝5時、あなた宛てに電話がありましたか?」

「はい」

「どんな?」

「特にお伝えできる情報はありません。実に奇妙な電話でした。夜間の自動切り替えで、わたしの部屋に転送されたのは確かです。寝ていたところを起こされましたが、受話器を取っても無言のままで、誰とも話していません」

「ひと言も発しなかったと?」

「ええ。なのですぐに切りました」

神父の答えに警官は納得した様子だった。少なくとも何者かが国立図書館から電話したという裏づけは取れた。

「ほかに質問は?」

「ええ……」ためらいがちに切り出す。「聖遺物教団とかいう宗教団体は聞いたことがありますか?」

「いいえ。わたしと何か関わるのですか?」

「いや、そういうわけでは……」

「わたしの方からひとつ質問をしたい」テハーダは真顔で告げた。「なぜわたし宛の電話を警察

46

が詮索するのか？」

捜査官に対する神父の態度がどんどん硬化していくのを見かねて、カルロスが口を挟む。

「神父さん、先ほども言ったように盗難事件を調べているんです。昨夜マドリード国立図書館から文書が盗まれました。『ベナビデス回顧録』の続きの版、フェリペ4世が所有していたと、あなたが述べていたものです」

テハーダ神父は叫びたいのをこらえた。

「昨日の早朝、4時59分に、何者かが図書館からあなた宛てに電話をかけた。電話したのは犯人以外に考えられない」

「だからと言ってわたしが……」

「それはわかっています、神父さん」カルロスが必死になだめた。「重要なのは、今後何かあったら、あるいはまた電話がかかってくるようなことでもあった場合、ぼくらに一報してほしいということです」

「国立図書館に知り合いはいますか？」

ホセ・ルイスの問いには非難の色が感じられた。

「エンリケ・バリエンテ。昔からの友人で、この学校でわたしの教え子でした」

「わかりました、神父さん。何かあったらこちらからも連絡します」

テハーダ神父はこわばった表情を和らげない。盗難の件が相当ショックだったと見える。

「お見送りしましょう」

玄関に出たホセ・ルイスが車に向かう隙を狙い、巨体の神父はカルロスを引き止めた。警官が携帯電話で署に連絡を取っている機会を利用し、神父は小声でカルロスに尋ねた。

「きみは警察の者ではないな？」

「違います……」困惑しつつもカルロスは答える。

「そもそもどんな理由でマザー・アグレダに興味を持ったのだね？」

上腕を強く握り締める大男の手に圧倒され、正直に話さざるをえなくなった。

「経緯を話せば長くなってしまいますよ、神父さん。実のところぼく自身、誰かが何らかのかたちでこの状況をし向けたというか、ぼくを巻き込んだという気がしてならないので」

「誰かが……」巨人が肩をすくめる。「いったい誰がかね？」

「わかりません。ぼくとしてはそれを突き止めたいと思っていますが」

テハーダは平常服《スータン》の裾を整えると、聴罪司祭のような態度で語り始めた。

「いいかね？　わたしも含め多くの者が夢や幻、あるいは偶然が積み重なった末にマザー・アグレダに行き着いている。あたかも尊者さまに至る道のりを敷かれたかのようにだ」

記者の胃が痛む。

「マザー・アグレダが何者かも知らぬまま、何度も彼女の夢を見ていた者だっている。青い光に包まれて現れ、どこへでも導いてくれるという」

カルロスはつばを飲み込んだ。まだ胃の辺りが締めつけられている。

「青い衣の女はその典型的な例だ」テハーダ神父は熱心に説く。「変容の象徴とも言えるかもし

46

れない。アメリカ先住民に対しては、政治や歴史面での新たな時代の到来を告げた。一方修道士らに対しては、彼らの想像を超える数々の現象を示した。そしていま、歴史という名の分厚い霧から再び浮上しようとしている気がする」

神父は言葉を続ける前に小さく一度咳払いをした。

「彼女が自分の使命を果たすために、つねに天使たちの力を借りていたことをよく覚えておいてくれ。すべては天使たちが整えている。何もかも。たとえ彼らが自分たちの行為を、偶然という装いでカムフラージュしていたとしてもだ。そうでなければ、なぜきみがいまここにいると言うのか？」

〝それはこっちが訊きたいよ〟とカルロスは思った。別れの握手を神父と交わし、その場から離れられたことに安堵しながら車に駆けていく。ホセ・ルイスは公園下に停めておいたルノー・19に乗り込み、エンジンをかけて待っていた。

47

「どうした？」いつになく探るような口調で捜査官は尋ねた。「ほかにも何か言ってたか？」

カルロスは動揺を悟られまいと首を横に振って否定した。

「おれの方はたったいま、有力な情報を得たところだ」笑みを見せる。

「有力な情報？　いったい何だい？」

「今日の午前中、ちょうどおれたちがビルバオに向かっていた頃、テハーダ神父の友人だという国立図書館の館長のもとに電話があったそうだ。アメリカからの国際電話で、『ベナビデス回顧録』について問い合わせてきた」

「本当かよ」

「あの本に興味を持つなど不審に思い、館長自ら応答して、電話を終えるなり警察に通報した。署の連中に確認を取ったが、館長の名はエンリケ・バリエンテだったよ」

カルロスは驚きの声を呑み込んだ。つい先ほどテハーダ神父の口から出た名前だ。

「共時性《シンクロニシティ》とやらはまだつきまとっているようだ。何かが迫っている。それもすぐ近くにだ。明日館長に会うが、当然おまえも同行するよな？」

記者がうなずく。カルロスの不安はすでに深い危惧の念に変わっていた。

48

ロサンゼルス

西海岸の時刻が午後5時25分を刻んだ頃、速達郵便の配達車がジェニファー・ナロディの自宅前に停まった。車は付近を3周した末、ようやく彼女の白い小さな家を探し出した。西海岸でも有数の遊歩道を誇る、ヴェニス・ビーチのオーシャン・フロント・ウォークに平行した路地に気づくのに手間取った。

余計な時間を費やしたことで不機嫌な顔をした配達人が、ローマから発送された彼女宛ての分厚い包みを手渡した。

〝ローマから！〟ジェニファーは心の中で叫ぶ。〝しかも今日この日に〟

大急ぎで包みを開けた。

奇妙だ。差出人の名前がどこにもない。彼女の住所のほかに記されているのは、永遠の都ローマの中央郵便局の消印と速達の郵便料金のスタンプのみ。ヴェネット通りのカウンターに持ち込まれた小包が、何の疑問も持たれずに、滞りなく彼女のもとにたどり着いた。そんな印象を受ける。奇妙なのは封筒だけではない。中身を取り出したところ、羊皮紙と思しき古めいた紙を端で綴じた束が現れた。どこにもメモらしきものは見当たらない。

送り主を考えても、ジェニファーには誰ひとりとして思い浮かばない。記された文章はスペイン語のようだが、それもいつの時代のものかもわからぬ字体だ。当然彼女にはひとつの単語さえ理解できない。〝明日以降だったらメイヤーズ医師に相談できるわ〟、スペインへの電話の件を思い出し心の中でつぶやいた。

間もなく郵便物のことなどすっかり忘れてしまった。封筒をごみ箱に放り、中身を引き出しにしまうと、あとはずっとテレビを観て過ごした。海辺では再び激しい雨が降り始め、家の中まで雷鳴が聞こえるほどだった。

「困った暴風雨よね」と不満を洩らした。

午後7時54分、嵐の真っ只中でジェニファーは眠りに着いた。もちろん、彼女の夢は続いていた。

49

1629年晩夏、ヌエボ・メヒコ、イスレタ

「サラス神父、ほら見て！　よく見てください！」

ディエゴ・ロペスが老神父の腕をつかんで揺する。長い長い砂漠の道のりが、老いた体に極度の疲労を及ぼしていた。グラン・キビラの地をあとにし、現地で目の当たりにした奇跡の数々を上役に報告すると決めて以来、彼の体力は次第に衰えていった。出発前にマシパとアンクティから手渡されたロザリオだけが、彼の気力を保っていたと言っても過言ではない。このまま死ぬわけにはいかない、そう思って歩き続けてきた。

「見えますか？」若い助手が繰り返した。

「おお……もしや……」

「そうですよ、イスレタです！　ようやく着きました！」

老神父の顔に生気がよみがえってくる。

「やっと着いたか！」思わず声を張り上げた。

点在するビャクシンの木々とリオ・グランデ川の向こうに見える地平線に消え入るようにでは

あるが、サンアントニオ伝道所のふたつの塔が誇らしげに建っている。

だが、近づくにつれてサラス神父の顔から笑みが消えた。目を凝らせば凝らすほど、伝道所の様子に異変が感じられる。

「ディエゴ、おまえにも見えるか?」震える声で尋ねた。

「見えるって? サラス神父、何がですか?」

「教会周辺に見える影だよ。秋の隊商《キャラバン》、首都シウダー・デ・メヒコ行きの一団にも見えるが……」

ディエゴ修道士も目を凝らす。人影なのか物影なのかはわからないが、確かに何かが群がっているように見える。サラス神父が言い続ける。

「だが、隊商は一年に一度しかここには来ないはずだ。サンタフェとシウダー・デ・メヒコ間を武装した護衛団つきで旅するのだから、その時期には当然大騒ぎになるはずだし……」

「早すぎますか?」護衛隊らしき一団を見極めようと、相変わらず遠方を凝視しながらディエゴ修道士が言う。「何かの理由で早めたのかもしれません。ペレア神父の話を思い出してください。現在サンタフェで統轄司祭を務めるアロンソ・デ・ベナビデス神父が、9月で任期を終えて彼に交替すると言っていたのですから。もしかすると首都シウダー・デ・メヒコに戻るベナビデス師の一行ということも考えられます」

サラス神父は弟子の意見を受け入れることにした。確かにそれ以外に納得できるような答えが見つからない。見たところ伝道所は新副王セラルボ侯爵の武装兵らの護衛隊で占められている。となれば、そこにアロンソ・デ・ベナビデス神父がいる可能性が高い。ほかに考えられるだろう

49

か？

ふたりはイスレタの西側の入口から入るかたちになったが、集落全体がアンダルシアの村の市と見紛う様相を呈している。２本ないし４本の車軸を備えた大型の馬車が80台ほど柵付近にひしめき合い、いずれも警備兵が配置され、伝道所全体がカスティーリャ出身の郷士や混血《メスティソ》や先住民の男たちに包囲されていた。

イスレタがいつもこの状態ならばどれだけ気が楽だろうか。老神父は心の中でつぶやく。

ふたりは喧噪の中をほとんど兵士らの目を引くことなく集落に向かって歩いていった。そのまま引き止められもせず教会前の広場にたどり着く。見慣れたふたつのレンガ造りの鐘楼を前にして、ようやく自分たちの使命を果たせた達成感が全身に込み上げてきた。

「まずはエステバン・デ・ペレア神父を探すしかなさそうですね」助手が言った。

「そうするとしよう」老神父はうなずく。

「サラス神父、青い衣の女について報告内容は整っていますか？　要求の厳しいペレア神父は、言葉のひとつひとつを慎重に吟味するでしょうから」

「それについては心配ない。質問できぬほどに説得力ある説明をするつもりだ」

老神父の意気込みにディエゴは嬉しそうに笑った。

ふたりは教会の西壁際に設置された、ひと際大きな白いテントに足を進めた。入口には１名の兵士が歩哨に立っている。褐色の毛織物の半ズボンに羊皮製の胴着、それに盾と大槍を携えた威風堂々とした姿勢で待ち構えていた。

「待て」兵士は右手の槍を傾けるようにして、神父たちを阻んだ。

「失礼しますが、こちらはエステバン・デ・ペレア神父のテントですか?」

「統轄司祭アロンソ・デ・ベナビデス師のテントだ」警護はぶっきらぼうに言い放った。「もっとも、ペレア神父も中におるが」

神父と助手は顔を見合わせ微笑んだ。

「わたしたちはフアン・デ・サラスとディエゴ・ロペスです」と名乗る。「ひと月以上前にここを発ち、フマノ族の集落に行ってペレア神父への報告を携えて参りました」

眉ひとつ動かさず老神父の言葉を聞いた兵士が、毅然とした態度のまま身をひるがえし中に入っていった。やがてそれまで静かだったテント内に、異端審問官の大きな声が響く。

「無事戻ったか!」奥のどこかで叫んでいるのは確かだ。「すぐに通しなさい!」

ふたりはエステバン・デ・ペレアの叫び声がする方へと歩いていく。テントの一番奥の部屋に、長いテーブルを囲んでペレアと彼の従者である2名のフランシスコ会士、そしてもうひとり、サラス神父とディエゴの知らない人物が座っていた。初顔の男は額にしわが刻まれた厳格な面持ちに白色の濃いまつげ、ひしゃげぎみの厚い鼻、頭頂部を丸く剃ったトンスラ頭をした聖職者だった。すでに50歳は超えているはずだが、衰えよりも威厳に満ちた年輪を感じさせる。彼こそがこの砂漠地帯ヌエボ・メヒコにおけるカトリック教会の最高権力者で、異端審問所長官でもあるポルトガル人修道士、アロンソ・デ・ベナビデスその人だった。

ベナビデスは入ってきたふたりをじっと見つめたまま、まずはエステバン・デ・ペレアが彼ら

49

をねぎらうに任せた。

「万事順調に進みましたか?」

ペレア神父の感激ぶりが伝わってくる。

「これまで以上に神のご加護が、われわれを守ってくれました」サラス神父は応じた。

「青い衣の女については? 彼女の件は何かわかりましたか?」

ベナビデスが〝青い衣の女〟という言葉に反応し、さらにふたりを凝視する。

「彼女は間近に来ておりました。それればかりか、われわれがクエロセを発つ前日に、周辺で彼女に会った者もいたほどです」

「本当か?」

サラス神父が真顔になって答えた。

「ええ。単なる言葉だけではありません。証拠も持って参りました。天からの贈り物です」

ペレアとベナビデスが驚きとも不審ともつかぬ視線を交わす中、老神父は荷物の包みをまさぐる。歴史に精通するベナビデスはその光景に震撼した。目の前にいる下っ端修道士からにじみ出る希望が、いまから100年前の1531年クリスマス・イブの日に、メキシコの首都近くのテペヤックの丘で起こったできごとと重なる。その男も平信徒とはいえ、やはり身分の低い者だった。疑り深い司祭たちを納得させようと、聖母から手渡された贈り物を取り出すところまでそっくりだ。男の名はファン・ディエゴ、聖母はグアダルーペと呼ばれる黒髪、褐色の肌の聖母だ。しかし教皇ウルバヌス8世は、グアダルーペの聖母信奉に禁令を下した。ファン・デ・サラス神父がいう贈り物が同一の聖母からのものだとすれば、それをわざわざ認める理由などあるだろうか？

老修道士が恭《うやうや》しく贈り物を差し出した。

「このロザリオは」もったいぶった口ぶりで説明する。「青い衣の聖母からクエロセ定住地のふたりの先住民に贈られた品です」

異端審問官ペレアの目が貪欲な輝きを宿す。両手で黒光りする数珠を受け取ると、口づけをした。それから丹念に見てもらうためにアロンソ・デ・ベナビデスに手渡す。ところが彼は、渡されたロザリオを一瞥しただけで修道服《アビト》にしまい込んだ。

「では聞かせてくれ」沈黙していたベナビデス神父がようやく口を開いた。言葉にはポルトガル語訛りがある。「いかにしてこの……贈り物があなたの手に渡ったのか？」

「青い衣の女がフマノ族の少年と少女にそのロザリオをゆだねたのです。聖母がご自身の出現をわれわれに示すしるしだと思います」

「神学上の見解はわたしに任せなさい」統轄司祭が遮る。「ひとつ尋ねるが、なぜ女は直接あなたの前に姿を見せなかったのだ？」

「猊下」ディエゴ・ロペスが口を挟んだ。「ご存じのように、その理由は神のみぞ知るものです。しかし失礼を承知で言わせていただけば、聖母は心の清らかな者や彼女の救いを最も必要とする者にしか姿を見せません。それでいつも、子どもや羊飼いの前に現れてきたのではありませんか？」

49

「あなたも同じ考えかね？」統轄司祭がサラス神父にそっけなく問う。

「はい」

「つまり青い衣の女は聖母マリアの出現だと思っているのか？」

「そうです、猊下。青い衣の女性は紛れもなく聖母の顕現だと思います」

ポルトガル人修道士は顔を紅潮させ、先ほどしまったロザリオをポケット越しに手で撫でてから、突然拳でテーブルを叩いた。居合わせた者たちが一様に驚きの目を向ける。

「そんなことはありえぬ！」怒りをぶちまけた。

「アロンソ修道士、気を静めてください……」新鮮な水で満たした壺を差し出しながら、エステバン・デ・ペレアが必死になだめる。「この件については事前に何度も話し合ったはずです」

「断じてありえぬ！」繰り返す。「おまえたちの出した結論を否定する報告があるのだ！　その取るに足らぬ推測を無効にし、まやかしを明らかにしてくれるものだ！」

ベナビデスの怒りは増すばかりだ。

「おまえたち、フランシスコ・デ・ポーラス神父の報告書を読んではおらぬのか？　そこに何もかも書かれておる！」

「フランシスコ・デ・ポーラス神父？」

呆気に取られるふたりを前に、エステバン・デ・ペレアが口を挟んだ。

「ベナビデス神父、彼らはその件について知りようもありません。あの文書が届いたのは、彼らがグラン・キビラに出発したあとのことです」

「文書？」サラス神父の顔が青白くなる。「いったいどのような文書ですか？」

異端審問官ペレアは、同情の色を浮かべて老神父のそばに寄った。過酷な不毛の地での宣教に生涯を捧げてきた老神父に対し、ペレアは深い敬意を抱いていた。それだけに彼の期待を削ぐのは気が重い行為でもあった。

「説明しましょう」融和的な態度でペレアが話す。「あなた方ふたりがフマノ族の男たちと出発したあと、ベナビデス神父が別の一団を北部に派遣されて」

「フランシスコ・デ・ポーラス神父を？」サラス神父が訊き返す。その者の名前は耳にしたことがあった。

「ええ。彼を団長に修道士4名と護衛の武装兵12名という小規模な遠征隊で、聖ベルナルディーノの日にモキ族最大の集落アワトビに到着しました。その地にサン・ベルナルディーノ伝道所を築いたのですが、彼らがそこで得た情報をあなたにお話ししたい」

「情報ですか？　モキ族の？」

「彼らが別の名前で呼ばれているのはあなたもご存じでしょう。〝平和を好む人〟を意味するホピ族、あるいはホピトゥ族です。ここから60レグア〔約360キロ〕ほどの土地に住んでいます」

ベナビデス神父は相変わらず怒りで赤くなった顔で他の者たちを見ている。彼にとっては、聖母が異教徒たる未開の部族に教えを説いて〝時間を無駄にする〟など耐えがたいことだった。だからこそこの難題には理に適った解決策があるべきだとも感じている。そこでベナビデスはもっともらしい根拠を組み立てるつもりでいた。

49

「モキ族の地への派遣隊は昨日ここに戻ってきて、アワトビの住人と初めて会った時の状況を詳しく報告してくれました」

「それで？」

「ポーラス神父一行は8月20日に目的地に到着し、温かくもてなされたものの、われわれの信仰にまだ抵抗を示す人々と直面しました。修道士らの信用を失墜させようと、指導者たちが一種の試しを行なったのです」

「試し？　修道士たちをですか？　いったいどうやって？」

「そこでは妖術師たちが強い権威を誇り、精霊や祖霊の逸話で人々を縛りつけています。わが修道士たちは果敢にも全知全能の神を説いて挑戦しました。すると妖術師らは、生まれつき盲目の子どもを連れてきて、われわれの神の名にかけて治してほしいと求めてきた」

「モキ族は青い衣の女には会っていなかったのですか？」

「どうか先走りなさらぬように」エステバン・デ・ペレアがサラスをたしなめる。「そこで起こった状況は別のものです」

「別と言いますと？」

「ひと月以上前に、フマノ族の青年サクモを尋問した時のことは覚えていますか？」

「昨日のことのように覚えていますが」

「サモラ出身のガルシア・デ・サン・フランシスコ修道士が、マザー・マリア・ルイサ・デ・カリオンのスカラプリオをサクモに見せたことも？」

「ええ、覚えていますとも！　あの若い戦士は、彼女と似ているところもあるが、自分が会った砂漠の女神はもっと若かったと証言していました」

「ところが、われわれの統轄司祭には、その修道女がマザー・マリア・ルイサだと見なす根拠があるのです。つまりこの地域に奇跡的なかたちで介入したのが彼女であると」

「なぜそう言いきれるのです？」老神父は信じられぬ思いと、ほとんど憤慨した気持ちでベナビデスの険しい顔を見やった。

「興奮しないでもらいたい」ベナビデスが諫《いさ》める。「モキ族の地を訪問した修道士たちはマザー・マリア・ルイサの敬虔な信奉者だった。そこで先住民の長たちが盲目の子どもを連れてきた際、スペインで彼女に祝福された銘入りの木の十字架を男の子の目に置いた。加えて祈りを唱えたところ、子どもの目が治ったとのことだ」

ベナビデス神父は落ち着き払った態度で言い加える。

「これで納得したであろう？　子どもはマザー・カリオンの十字架の御加護で完治した。この地に介入していたのは彼女だ！」

「お言葉ですが、いまの逸話には青い衣の女の影響らしきものはどこにも見られません。変ではありませんか？」ディエゴは強い口調で抗議した。「祝福を受けた十字架で子どもが治ったとしても、それは……」

ベナビデスが言葉を遮った。

「関連性ははっきりしておる。聖女と誉れ高きマザー・マリア・ルイサの手で祝福された物が治

49

療をする。しからば、彼女が海を隔てたこの地に現れ、われわれの使命を後押ししていても不思議ではない。奇跡の治癒ができるのだから。同時にふたつの場所に存在できるのを、認めぬ理由はない。ましてや彼女はわれわれと同じフランシスコ会の修道女ではないか？　自分が協力できるとわかっているのに、われわれの偉業を心に留めぬ理由はない」

「しかし……」

「もちろんこの不可思議な一件については、わたしの後任ペレア神父が今後も調査することになる」有無を言わせず切り上げた。「だが、わたしがスペインへの帰国の途に就く前に、ぜひここで、おまえたちの目で確かめてもらいたいことがある」

ベナビデスが見せたい物をよく見ようと、フアン・デ・サラスは首を伸ばし、ディエゴはテーブルに歩み寄る。ベナビデスはアンクティのロザリオとマザー・カリオンの十字架を置いてから、数珠をまさぐり銀の十字架部分を示してふたつを並べた。

「見てのとおり、瓜二つではないか！」

サラス神父はふたつの十字架を手に取り、目に近づける。確かにどちらも同じ大きさ、同じ浮き彫り模様に見える。しわだらけの手に載ったふたつの十字架を丹念に観察する。

「ベナビデス神父」ようやく口を開いた。「失礼ながら言わせてもらえば、十字架はどれも同じように見えるものでしょう」

ディエゴも老神父を支持する。

「それでは何の証明にもなりません」

50

マドリード

午前9時のレコレトス通り20番地は騒々しい動きに満ちていた。アパートホテル、アパルタメントス・セントロ・コロンからその場を眺めると、新古典主義の壮麗な建造物は巨大なアリ塚という印象を受ける。それも明確に整った、躍動感に満ちたものだ。

ホセ・ルイス・マルティンとカルロス・アルベルは決然とした足取りで、国立図書館の守衛室に向かう。ふたりの名前はすでに訪問予定者名簿に記されている。そのため部外者立ち入り禁止の領域を通って、直接館長の執務室へと案内された。外からはコンクリートのアリ塚に映った建物が、足を踏み入れた途端に優雅な宮殿に様変わりした。高価な美術品たちが逆に、大理石の廊下を歩く訪問客をあらゆる角度から監視している印象さえ受ける。迷宮の〝女王アリ〟とも言うべき館長エンリケ・バリエンテは、木造の壁の広間に据えられた、200年を超えるであろう年代物のマホガニー机の向こうに座っていた。

「ご足労いただきありがとうございます」そう言って訪問者ふたりと握手を交わす。「その後、ベナビデス文書について何か情報は得られたでしょうか?」

50

ホセ・ルイスが首を横に振って否定する。

「残念ながらまだです」素直に認めた。「しかし必ず取り戻しますので、安心してください」

その言葉でバリエンテの不安が払拭されたとは思えない。ふたりに席を勧めた館長は、どこかドン・キホーテを彷彿させる外観をしている。痩身の体に丹念に手入れしたひげ、知性と誠実さがにじみ出るまなざし。上質のメリノ羊毛の上着と青いネクタイをしていなければ、騎士道物語の書物を並べた書斎にいるドン・アロンソ・キハーノそのものだった。型どおりの挨拶と自己紹介を済ませると、館長はややいら立った様子で机の上をかき回す。机には無数のメモや招待状、官報、新聞の切り抜きなどが載っていた。

「せめて破損したり売られたりする前に見つかってほしいです」憤った口調で嘆きながら、探し物の手帳をつかんだ。「ごく最近、これらの文書絡みで起こった災難は、あなた方にも想像しがたいことでしょうから」

「災難?」怪訝な顔で捜査官が訊き返す。「いったい何のことですか?」

「ひょっとして、盗難の捜査にいらした際に言わなかったでしょうか?」

「言わなかったとは、何をです?」

「あの事件のわずか1週間前に、われわれの貴重な歴史資料が別の被害を受けたのですよ。奇妙なことですが、例の盗まれた文書に関連する資料です」

意外な事実を聞き、カルロスとホセ・ルイスは顔を見合わせた。

「3月末のことでしたが」と話を続けた。「イタリア人の女が閲覧室にやってきて、1692年印刷の本を申請したのです。カディス出身のイエズス会士、エルナンド・カストリージョの著作で、こう言っては何ですが、実に特異な性質の本でして……」説明しながら周囲を見回し、何かを探している。「『歴史と自然魔術あるいは神秘哲学における科学』というタイトルの、中世に普及した百科事典のようなものです」

「例の文書と関連すると言ったのは、どんな理由で……」

「余計な口を挟まず、話を聞くんだ」捜査官が友人を黙らせる。

エンリケ・バリエンテが思い出したように、背にした本棚からその本を取り出した。

「これです！　これが問題の本ですよ」

彼が手にした書物は革表紙で頑丈に綴じられたもので、中央に書名と著者の名前が貼りつけられている。

「その女はあろうことかこの本の一部を引きちぎろうとしたのです」そう言いながら貴重な資料をめくる。「《もしも信仰の知識がアメリカ大陸の果てに到達していたとしたら》という章を。奇妙ではありませんか？」

カルロスがびくっとする。

「アメリカ大陸における宣教！　ベナビデスの『回顧録』と同じ内容だ！」

「そのイタリア女はどうなったのです？」ホセ・ルイスが実務的な話題に軌道修正をする。

「それが不可解な話でしてね！　当番の女性司書がページを引きちぎろうとしている女を現行犯で取り押さえました。当然すぐに通報し、警備員が駆けつけるまで女を逃さぬよう机に引き止め

50

ていました。すると……」

「すると？」

「消えてしまったのです！」

「消えた!?」

　バリエンテは真顔になってカオスと化した机上で両手を組み、信じられぬといった顔のホセ・ルイスをじっと見つめた。

「刑事さん、本当なのです。文字どおり消え失せました。女は跡形もなく消えたのです。分裂したのか霧散したのか、亡霊のごとく消えました」

「まさかここにも、リナーレスの館と同様の幽霊がいるってことはないですよね？」

　館長にその逸話を持ち出している自分に、カルロス自身が笑っていた。同じレコレトス通りをわずか500メートル下った2番地に、亡霊が徘徊するとの噂で有名になった古い邸宅がある。いまからちょうど1年前のことだ。新聞やテレビをはじめとする報道機関がこぞってニュースを伝え、中には霊魂と思しき声が収められたカセットまで付録につけた雑誌もあった。

「わたしはまじめに言っているのです」カルロスを見据えたままバリエンテが繰り返した。「そのイタリア人の女は実在していて、登録手続きを済ませて利用者カードを得ています。カストリージョの著作についても閲覧の申請書に記入して、その後、姿を消しました」

「それでは確かに亡霊かと思いたくもなる」まだ信じられぬ様子でホセ・ルイスが言った。

「その本を見せていただけますか？」

館長は記者の求めに驚くことなく手渡す。

「何てこった！」カルロスは本を受け取るなり声を上げた。

破損した章のページを開いたまま呆然となるカルロス。友人の驚きの理由を確かめようと、捜査官も身を乗り出して書物を覗く。〝亡霊女〟に破られた箇所を灰色のテープで修繕してあり、見るからに痛々しい。

「どうした、カルロス？」

「見てくれ。この著者は疑問を投げかけている。コロンブスが新大陸に到達するよりも前に、アメリカ大陸で宣教をした者がいたのではないか？　と」

「本当かよ！」

エンリケ・バリエンテがまばたきひとつせずにふたりを見ている。

「この文章を読む限り、青い衣の女が最初ではないことが明らかだ。南米大陸に始めて渡ったイエズス会士たちが、自分たちよりも何世紀も前に教えを説いたキリスト教徒がいたのを発見している」

「実際とても興味深い本です」専門家の口調になって館長が間に入る。「コロンブス自身が、アンティル諸島の先住民らが、形を変えた三位一体を崇拝しているのに気づいたとも記されています。ほかにもパラグアイで、衣服の胸部分に十字架をつけたパイ・スメなる人物が、福音を説いていたという逸話が残されている。スペイン人が到達する２００年前にです」

「そのような説を……認めているわけですか？」

50

ホセ・ルイスはでたらめな話を聞かされているような顔をしている。コロンブス以前にキリスト教の宣教師がアメリカ大陸に行っていた？

「どうでしょうね」ドン・エンリケが疑問を投げかける。「その当時イエズス会士らが言ったことは、わたしにはスペイン王室の利益に配慮しただけのように思えます。何しろその偉業の主が聖トマスだとみなされているのですから、それはそれで面白い気がしますね。イエスの弟子の中でも懐疑的な人物ですから！　イエスの復活が信じられずに傷口に指を突っ込んだのを悔いたトマスがパラグアイに逃げた。先住民の間でパイ・スメの名で知られただけでなく、イエズス会士の到来まで予告していた……それも、修道会が創設される十五世紀も前に」

「なぜ聖トマスなのです？」

「先住民らの呼称〝パイ・スメ〟を〝サント・トメ〟、〝サント・トマス〟（聖トマス）の発音が変形したものとみなしたようです。ほかにも、１４９２年以前にアメリカ大陸に渡った宣教師ではないかという考古学的な証拠が存在しているのですよ」

「へえ、そうなんですか？」

「たとえばボリビア高原、チチカカ湖岸のティワナク遺跡には、２メートル以上のモノリス（一本石で作られた碑や彫像）があり、ひげをたくわえた男が描かれています。ご存じかもしれませんが、高地で暮らす先住民にそのような者はいません。彫像は現在〝カラササヤ〟と呼ばれる半分地下に入った囲い地にあります。北米先住民の祈禱所キバのようなものです。ともかくその像は宣教師の姿をかたどったものだと言われています。そればかりか、すぐそばにはいくつか別の像もありますが、地元の先住民たちは〝エル・フライレ（修道士）〟と呼んでいるそうです。コロンブスやピサロよりもはるか以前にやってきた最初のキリスト教宣教師たちを表していると考えられています」

長話を聞き終えたホセ・ルイスは肩をすくめた。

「そのような内容の本を盗もうとする。何がそうさせるのでしょう？」

「わたしも考えあぐねていますよ、刑事さん。イタリア人の女はこの本のマイクロフィルムを求めることもできたわけです。ところが彼女の目的は違った。むしろこの章を消し去りたかったようです。時々正気でない連中がそんな行為に及ぶことがありますが、大抵は誰にも特定の情報に触れさせたくないというのが多い」

「正気でない連中ですか」館長の言葉に捜査官の本能が反応した。「本を申請したイタリア女の特徴を、応対した司書はどんなふうに話していましたか？」

「いま質問されて思い出しました。覚えています。その女は登録申込書に記入しながら、ブラジルから到着したばかりだと話したとのことです」

「ブラジルから？」

「ええ。バイーア州トドス・ロス・サントスの岩を探して旅したと。何でもその岩には、まだ人間の足跡が残っていて、地元の先住民たちがパイ・スメの足跡だと言っているとか。同じような足跡はイタプアやカボ・フリオ、パライババなどにもあると説明したと……」さらに言い加える。

「応対した女性司書は、偶然にもブラジル人なのですが、そんな話は一度も耳にしたことがない

50

と説明しています。だからこそよく覚えていたとのことでした」

「なるほどね」

　捜査官は館長から目をそらさずに耳を傾けていた。

「ところで、昨日のアメリカからの電話の件はどうなのですか？」

「ベナビデスの『回顧録』について問い合わせてきた電話のことですか？」館長がホセ・ルイスを見やって応じる。「もう驚くしかありませんでした！」

「聞かせてください」

「考えてもみてください！　17世紀に書かれたフランシスコ会士の文書が盗まれる。それだけでも尋常ではないのに、その数時間後にアメリカの精神科医が国際電話をかけてくる。しかも盗まれた本に登場する修道士の名前を出して問い合わせてきたのですから」

「確かに尋常とは思えませんね……ホセ・ルイス、そうじゃないか？」

　カルロスの言葉には皮肉の色が感じられた。元聖職者で捜査官の友人は、偶然を信じぬ男で、すべては計画されていると思っている。となると、この電話も計画されたものか？　いや、この件ばかりでなく全体も計画されたというのか？

「幸い電話をしてきた精神科医の住所と電話番号は控えておきました。修道士のことでさらに何かわかったら連絡をすることにしています」バリエンテは言い加えた。「非常に強い関心を持っていましたよ！　患者のひとり、女性だそうですが、その人が文書の時代の情景を何度も夢に見ているという話で」

「青い衣の女についても触れていましたか？」

記者の問いに館長はうなずいた。

「もちろん。本当に何もかもが不可解でなりませんね」

「バリエンテさん、その精神科医の連絡先を教えていただけますか？」

エンリケ・バリエンテは素早くメモ用紙に書き留めると、ホセ・ルイスに差し出した。

「できる限り手を尽くします」受け取りながら捜査官は約束をする。「われわれの管轄外に当たる部分もあるので、国際刑事警察機構《インターポール》や米連邦捜査局《FBI》と連携して捜査することになると思います。特に今回のように歴史的遺産が関わった場合にはなおさらです」

「いっそぼくらがアメリカに行くってのはどうだい？」

カルロスの単細胞ぶりにホセ・ルイスは笑いをこらえる。

「おれたちがか？　ビルバオへの出張旅費すら渋った部署だぞ」と言いながら手元のメモを見やる。「ロサンゼルス行きを認めるわけがない！」

不意に記者の頭に名案がひらめいた。

「確かに警察はロサンゼルスまでの航空券代を出さないかもしれないが」ひと呼吸おいて言葉を続けた。「うちの雑誌編集部だったら取材費を捻出してくれる可能性はある。警察の信任状を出して、現地のインターポールに便宜を図ってくれれば、何らかの調査はできるかもしれない。もちろん出版前におまえに全部報告するという条件でだ」

「それはいい！」記者の提案に、エンリケ・バリエンテが興奮して立ち上がった。「わたしの方

50

も文書の消息も含め、この件の成り行きには多大な関心があります。図書館の名誉もかかっているので、当然と言えば当然ですが」

ホセ・ルイスが何やら考え込んだ様子で下あごをかいている。

「ドン・エンリケ、了解しました。カルロスをアメリカに派遣する間、わたしがマドリードでこの件を追えるように何か有力な手がかりをいただきたい」

「有力な手がかり？」

それは、体《てい》よく話を切り上げるためにホセ・ルイスが使った方便で、実際彼は何も期待していなかった。ところが、これを真に受けたエンリケ・バリエンテは、警官の気を引くことを口走った。

「カストリージョの本からページを引きちぎろうとしたイタリア人の女のことですが」と何の気なしに語り出す。「女性特有の観察眼とでもいうか、司書は女が真っ赤なモカシン靴を履いていたと言っていました。とにかく見たこともないほど派手な赤い靴だったと」

「何ですって？」

「そつのない黒スーツにめったにお目にかかれぬ深紅のモカシン靴といういでたちです」

ホセ・ルイス・マルティンは、自分の中でスイッチが入ったような気がした。何の気なしに口にした言葉が作用したのだとすれば、有力な情報かもしれない。

だが、いったい何の手がかりだと言うのか？

51

〝あの方の奇抜な発想にも困ったものだ〟。ジュゼッペ・バルディはそうひとりごつと、渋々観光客に混じってキリスト教の総本山サン・ピエトロ大聖堂の秘跡の扉をくぐる。

身廊を奥まで進み、南翼廊の壁際に並ぶ告解室の中から19番を探す。〝神の面会室〟とも言うべき木製の小部屋の右上には、それぞれローマ数字が記されているが、長い歳月を経て摩耗し、判別できないものも多い。金文字だった頃を想像しながら判断するしかない。19番室は並びの一番東側に見つかった。ハドリアヌス6世の仰々しく飾られた墓碑に、より近い位置だ。管理責任者であるチェンストホヴァ神父がポーランド語で信仰告白を記した、かびた看板が掲げられていた。

バルディはわれながら滑稽に思えた。考えただけで恥ずかしくなる。聖職者同士の密会に告解室を使うなど、百年前ならともかく、バチカン市国でさえ盗聴防止の部屋を備えている現代では、まずありえない。一方で〝異端審問所〟の手先や外国の諜報員らが枢機卿らの部屋に好んで仕掛ける最新式の盗聴器が、ここでは無縁であることも認めるしかない。

とはいえ、彼に選択の余地はない。上司の命は絶対で疑問を挟むのは御法度だ。滞在中の宿舎窓口に残されたメッセージには、いずれにせよ従うほかないのだった。

51

ベネディクト会士は19番告解室に入ると、右側で両膝をついて反応を待つ。予想どおりその時間帯に神の赦しを求めにやってくるポーランド人などひとりもいない。おそらく教皇聖下の同郷人たちは、この時間はうたた寝かテレビ・ドラマに費やしているのだろう。

「聖母マリアの」とバルディが囁く。

「無原罪の御宿りだ、バルディ神父」

斜め格子の窓の向こうから合言葉が返り、〝福音史家〟は小躍りしたくなるのを抑えた。

「猊下ですか?」

「ジュゼッペ、よく来てくれた」すぐに返事が戻ってきた。「きみに重要な情報を伝えたかったのだが、もはやわたしの部屋も安全な場所ではなくなっている」

耳慣れたスタニスラフ・ズシディフの鼻にかかった声には、どこか陰鬱さが漂っていた。そのことが〝悔悟者〟バルディを一層不安にさせる。途端に心臓の鼓動が激しくなった。

「コルソ神父の死因の件で、何かわかりましたか?」

「血液中のアドレナリンを分析した結果、われらが友人コルソ、〝聖マタイ〟が死の直前、強いショックを受けたことが判明した。彼に自殺を決意させるほどの衝撃と思われる」

「何だったのでしょう?」

「わたしにもわからん。何かただならぬことだったのは確かだろう。フェレル博士からも言われたかもしれんが、いまはコルソ神父が最後に会った人物を突き止めるのが先決だ。そのうえで彼の自殺に影響を及ぼしたのかどうかを知りたい」

「承知しました」

「ところで、きみを呼び寄せたのはその話のためではない」

「違うのですか？」

「わたしの部屋でベナビデスの著作の話をしたのを覚えているか？」

枢機卿はバルディの記憶を試す。

「記憶違いでなければ、17世紀のフランシスコ会士の報告書で、アメリカ南部における青い衣の女の出現が記されているとのことでしたが……」

「そのとおりだ」枢機卿は満足げにうなずいた。「コルソは最近その文書に魅了されていた。そもそもスペインで修道生活を送る一修道女が、いかにして肉体をアメリカ大陸まで移動させ、先住民に宣教をしたのか、その記述があったからだ。1629年のできごとだ」

「それについては承知しています」

「きみがまだ知らぬこととして、コルソはベナビデス神父が書いた別の文書、出版されなかった方を探し回っていた。そちらには例の青い衣の女について、マリア・ヘスス・デ・アグレダという名前の修道女であることと、彼女がどのようにバイロケーションをしてアメリカ大陸に行ったか、その経緯が記されていた」

「バイロケーションの……方法ということですか？」

「そうだ」

「彼は見つけたのですか？　その文書を手に入れたのでしょうか？」

51

「そこが問題なのだよ。少なくともいまのいままで、誰ひとりとして興味を示すことがなかった文書だった。コルソはバチカン機密文書保管所でその本を探したが、見つけられなかった。ところがよりによって同じ時期に、何者かがマドリード国立図書館に侵入して国王フェリペ４世が所有していた文書を盗んだという」

上司はバルディが反応するより先に荒い息をついた。

「ジュゼッペ、きみにも予想がつくだろう。〝聖マタイ〟が必死に探し求めていた記録文書だ」

ヴェネチアの神父は頭の中で、いま耳にしていることの論理的なつながりを見いだそうともがいていた。

「午前中に受けた報告では」ズシディフは続ける。「スペイン警察はまだ盗人らを捕らえてはいない。が、犯行の手口からプロ集団だと特定している。おそらくはコルソ神父のパソコンからデータを盗んだ者たちだと思われる」

「猊下はなぜそのようにお考えなのですか？」

「何者かが、青い衣の女に関する情報すべてを葬り去ろうとしている印象を受ける。われわれの内部の誰かかもしれん。われわれが進めるクロノビジョンの研究を阻むためには、手段を選ばぬ連中なのだと思う」

「なぜそこまでわれわれを阻む必要があるのでしょう？」

「いまのところわたしに浮かぶのは」ズシディフが小声で説明する。「われわれと並行して研究を進めていた者がいて、満足できる成果を得たことで、成功に至った手がかりを消しにかかっているという考えだけだ」

それに対してバルディは不満げに言う。

「それでは憶測の域を脱していません」

「だからきみを呼び寄せた。サン・ピエトロ内ではとても安心できない。壁に耳ありだ。〝異端審問所〟までもが、この件で何が起こっているのかと内部で会議を始めている。上層レベルの会合だと言っておこう」

「猊下は教会内に敵がいるとお考えですか？」

「ジュゼッペ、きみはほかに考えがあるのか？」

「ありません。せめて盗まれた文書の内容が把握できれば、どこから調べるべきかぐらいはわかりそうなのですが……」

枢機卿は垂直の棺桶に近い空間で、両脚を伸ばしてからあっさりと答えた。

「それならばわかる」

「本当ですか？」

「ああ、ベナビデスはヌエボ・メヒコの『回顧録』を、ここローマで改訂した。その際、ふたつの文書を作成し、一方はウルバヌス8世に、もう一方はフェリペ4世に渡した。盗まれたのは後者だ」

「それでは、手元にあるではないですか！」

「イエスでもありノーでもある」含みを持たせる答え方をした。「アロンソ・デ・ベナビデスは

51

1629年9月までヌエボ・メヒコ地方の統轄司祭をしていた。青い衣の女に関する情報を、現地に出向いた宣教師たちから集めたうえで首都シウダー・デ・メヒコに向かった。そこから今度は、彼の上司であるバスク人大司教マンソ・イ・スニィガに命じられ、スペインに派遣された。ある調査を完遂する目的でだ……」

「猊下、何の調査だったのです?」

クロノビジョン計画の総括責任者〝聖ヨハネ〟は、格子窓の反対側で微笑した。

「ベナビデスは青い衣の女が、当時ヨーロッパで奇跡の修道女として知られたマリア・ルイサ・デ・カリオンであると確信してヌエボ・メヒコの地を去った。その際問題になったことがひとつある。先住民たちが見たのは若く美しい修道女だった。ところが、マザー・カリオンはすでに60歳を超えていた。にもかかわらず、ベナビデスは認めようとしない。青い衣の女がグアダルーペの聖母出現の再来である可能性も否定し、あろうことか、宙を飛ぶことで若返ったマリア・ルイサ・カリオン修道女であると主張した」

「愚の骨頂ではないですか!」

「17世紀の話だ。空飛ぶ女を許容する時代ではない」

「そうかもしれませんが……」

「話を続けさせてくれ」枢機卿がバルディ神父を制する。「今朝バチカンの機密ファイルを調べてきた」

バルディは枢機卿の言葉に意識を集中させる。

「シウダー・デ・メヒコで大司教がベナビデスに一通の手紙を見せた。差出人はセバスティアン・マルシージャというフランシスコ会士。その中で彼は、恍惚状態に陥ってはさまざまな神秘体験を繰り返すもっと若い修道女のことを語っていた」

「彼女は同時に別の場所に存在できたのですか？」

「修道女に備わっていた能力のひとつがまさにそれだった。彼女の名はマリア・ヘスス・デ・アグレダ修道女。とにかくその知らせで疑問を抱いたマンソ・イ・スニィガ大司教は、ベナビデス本人をスペインに派遣し、調査を命じた。１６３０年初めに大西洋を渡ったベナビデスはセビリアで下船、そこからマドリードに向かい、その後アグレダへ調査に出向いた。彼自らが青い衣の女だとされる修道女に尋問し、それからここローマに居を定めて調査結果を編纂している」

「そこまでわかっていながら、教皇に献上した『回顧録』の文書が役に立たないのはなぜですか？」

「スペイン国王が手にしたものと、教皇が手にしたものはまったく同じではなかったからだ。そもそも教皇の文書は１６３０年と誤って記載されていた。保管所にもそのように記録されている。そのためにコルソは発見できなかった。もうひとつの大きな理由として、国王に献上した文書には、余白部分にベナビデス自身の手で注釈が書き込まれていることが挙げられる。どうやらポルトガル人修道士は、修道女がどのようにして体ごと移動し、携えた典礼用の道具を先住民らに配ることができたか、その辺りのことを詳しく書き加えたようだ」

「典礼用の道具と言いますと？」

51

「ロザリオや聖餐杯……といった品々だ。それらはみな、フランシスコ会士たちがヌエボ・メヒコで遭遇したものだ。先住民たちが青い衣の女からの贈り物として取っておいたという。そのうちのひとつ、ロザリオをベナビデスは自分のものにして、死ぬ時にも一緒に埋めてくれと求めたという話だ」

「それにしてもその修道女はどうやって……」

「正確にはわからんが、マザー・アグレダは修道院内でトランス状態に陥って眠ったままになることもあったという。その際、魂とも呼ぶべき彼女の本質的な部分が、別の場所で物質化して生身の体で体験できたのではないか」

「フェレルの言っていた〝夢見人《ゆめみびと》〟と同じですね！」

「何だって⁉」

バルディは相手の顔が見えぬはずの小窓越しに、ズシディフ枢機卿の驚きの表情を見た気がした。

「猊下はてっきりご存じかと思っていました」

「何をだ？」

「コルソとあのドットーレの最後の実験のことです。〝夢見人《ゆめみびと》〟と称する被験者の女性を、青い衣の女の時代のヌエボ・メヒコに送り込もうとしたそうです。青い衣の女がバイロケーションできた秘密をものにして、ＩＮＳＣＯＭによい顔をするつもりだったのかもしれません」

「実験は成功したのか？」

「その女性は実験途中で退職しています。精神に錯乱が生じたと診断され、アメリカに帰国したそうです。その後の足取りはまだつかめていません」

「何とか探し出せ！」重々しい口調でズシディフは命じた。「彼女が鍵を握っている。間違いない！」

「ですが猊下、どこから手をつけるのです？」

枢機卿が格子窓に顔を近づけたのが、息遣いからバルディにもよくわかった。

「兆しにゆだねるのだ」

52

場面はアメリカ大陸、ヌエボ・メヒコの過酷な砂漠地帯から、スペイン・カスティーリャ地方の蒸し暑い真夏の台地《メセタ》へ、ジェニファー・ナロディは時空を超えてひとっ飛びした。夢だからこそできる芸当だ。単なる夢なのか？　だとしたら次から次へと移る場面がつながっているのはなぜなのか？　それとも何か不可思議な理由から、彼女と関わるはるか昔の時代へと導き、記憶を映し出そうとしているのだろうか？

メイヤーズ医師が口にしていた遺伝的な記憶は本当に存在するのか？　そうだとすると、彼女の見ている夢はことごとく先住民の祖先と関係するのだろうか？

ジェニファーは木綿のシーツにくるまり、寝心地のよい姿勢を求めて体の向きを変える。

仮にそうだとしたら、つまり続けて起こる夢全体がひとつの史実を形づくっているのだとしたら、それを知りたい。フォート・ミード基地の〝ドリーム・ルーム〟の実験中か、あるいはイタリアで過ごした頃に、いま夢で目にしている場面を意識に注入されたのかもしれないとも考え始めていた。自分のプライバシーを侵害され、汚された気分を味わうと同時に、好奇心も抱いていた。幻影が自分をどこへ導いていくのか、それが知りたかった。そうして夢を見るたびに、ジェニファーはさらに遠くの異国の場面に遭遇していく。

たとえばスペイン。

彼女は一度もその地を訪れたこともなければ、首都マドリードにも、強大な支配力を誇ったハプスブルク家にもまったく関心がない。にもかかわらず、黒い錬鉄柵のバルコニーと優雅な薄闇を作る回廊を伴う巨大な建物の映像が、彼女の網膜を占めていた。この時、ジェニファー・ナロディはその建築物がいつの時代のもので、誰の所有物であるかも悟っていた。

驚きに次ぐ驚きの連続だった。

53

1630年9月、マドリード・王宮《アルカサル》

「ベナビデス神父、国王陛下が深い感銘を受けておられたぞ」

「光栄の至りに存じます」

「国王は季節ごとに、さまざまな覚え書きを何十通もお受け取りになるが、王立印刷所で印刷される栄誉を授かったのは、あなたの『回顧録』のみだ」

アロンソ・デ・ベナビデスはフェリペ4世が集めたティツィアーノやルーベンス、ベラスケスの絵画を鑑賞しながらゆっくりと歩いている。禁欲的な先達たちと違い、若き国王はハプスブルク王朝の宮殿内の薄暗い回廊を、壮麗な美術品で華やかに飾ろうとしていた。

ベナビデスにつき添っているのはベルナルディーノ・デ・センナ。フランシスコ会総長を務める王宮《アルカサル》内外で知られた老練の男で、客人ベナビデスに並々ならぬ親近感を示している。

センナは外交手腕に秀でた聖職者で、王室からの寵愛を独占していたため、他の修道会からは妬みを買っていた。加えて言えば、植民地ヌエボ・メヒコ地方におけるフランシスコ会の偉業、先住民の集団改宗を後押しした奇跡の噂を宮廷内に広めた張本人でもある。

つまりは王宮《アルカサル》きっての策士ということだ。

「国王陛下との謁見は例外的に図書室で行なわれる」センナが打ち明けるようにベナビデスに語った。ふたりは黒服の執事に導かれて謁見の場に向かっているところだ。

「例外的にとおっしゃいましたが？」

「そのとおり。通常は王の間で行なわれるが、時として陛下は慣例を破られる」

「それはよい兆しなのですか？」

「申し分ないと言ってもいい。先にも述べたが、『回顧録』にいたく感銘を受けた陛下は、遠征隊の話を直接あなたから聞きたがっておられる。とりわけ青い衣の女の件を何もかも」

「それでは、本当にわたくしの報告書に目を通していただけたと……」

「一字一句、丹念にお読みになっておられた」総長は満面の笑みを浮かべた。「国王のさらなる関心を得られれば、未来のサンタフェ司教区におけるわれわれの影響力は保証されたようなもの。わが修道会の運命は今日のあなたにかかっていると言っても過言ではない」

執事が地味な樫材の扉の前で立ち止まった。客人ふたりを振り返ると、その場で待つよう告げる。次いで大仰な振る舞いで淡い光に照らされた室内に入り、恭《うやうや》しくお辞儀をした。

大きな広間で、奥に錬鉄柵のバルコニーがあるのが、敷居の位置から垣間見えた。床には真っ赤な絨毯《じゅうたん》が敷かれ、部屋の一角に銅製の巨大な平面天球図がかかっている。

「陛下、客人が到着いたしました」執事が告げる。

「通してくれ」

53

　重々しい太い声が響く。センナが慣れた様子で先を行き、ベナビデスがあとに続く。自分がいまこの王宮《アルカサル》で、世界で最も権力を誇る君主のすぐそばにいる。そう思っただけでベナビデスは軽い寒気を感じた。

　書物とタペストリーに占められた空間の奥に、確かに国王がいた。シルク張りの肘掛け椅子に深く腰を下ろし、入ってきたふたりを静かに見ている。彼のそばに立っていた執事が、客人たちの肩書を大声で告げた。

「フランシスコ会総長ベルナルディーノ・デ・センナ修道士、領地ヌエボ・メヒコの統轄司祭アロンソ・デ・ベナビデス修道士両名が、国王陛下との謁見に参りました」

「わかった、もうよい」

　堅苦しい挨拶は抜きにせよと言わんばかりに、国王は執事を黙らせた。

　国王は見るからに品のいい顔つきをしている。祖父フェリペ2世譲りの憂い顔にもかかわらず、健康そのもののピンク色の頬をしていた。巷の噂で彼の健康状態が優れていた試しはないが、少なくとも目の前にいる国王はそれなりに丈夫な印象を受け、青い瞳も明るい色の頭髪以上に輝いて見える。しきたりを無視して玉座から立ち上がった若き国王が、センナに歩み寄り、彼の手を取り口づけした。

「神父、訪問を待ちわびていたぞ」

「わたくしもでございます、陛下」

「宮廷生活は単調極まりない。憂さを晴らしてくれるのは海外領有地の発展ぶりだけだ」

フェリペはまだ25歳という年齢ながら、すでに国王としての風格を備えていた。放蕩混じりの若き日々と決別し、寵臣だったオリバーレス伯公爵の管理からも離れたためか、のびのびとした穏やかな威光を発していた。

「今日はベナビデス神父を連れて参りました。陛下が多大な関心を示した報告書の著者でございます」そう言って紹介をした。「8月1日にセビリアへ到着しました」

ベナビデスは王に敬意を表して軽く頭を下げた。

「そうか、そなたがベナビデス神父……マザー・マリア・ルイサがヌエボ・メヒコの地に現れ、一部の先住民らをわが信仰へと改宗させた。そのように断定した人物であるか」

「陛下、いまのところひとつの推測にすぎぬ状況ではありますが」

「ルイサ・デ・ラ・アスセンシオン修道女、庶民の間でカリオンの修道女と呼ばれる彼女が、王室とは昔ながらの友人であったのをご存じか？」

国王の言葉にベナビデス神父は目を丸くした。

「いいえ、存じ上げておりませんでした」

「まあよい。それはともかくとして、そなたの記録でいまひとつ納得できぬ箇所があった。記述では北アメリカの先住民の前に出現した女性が、若く美しい姿だったとなっている」

「そのとおりです、陛下。われわれもその件には当惑しております」

「それでは、何が根拠でそうなったのだ？　マザー・マリア・ルイサはいまや年を召して病気がちの身だ」

53

「陛下」ヌエボ・メヒコ統轄司祭がうろたえるのを見て、センナが助け舟を出す。「確かに、先住民たちの証言とベナビデス神父の記述に開きがございますが、マザー・ルイサの瞬間移動の能力は証明済みですので、さほど奇妙なことではなかろうかと……」

「それは余も知っている」

君主の視線がフランシスコ会総長に注がれた。その両目には狡猾な輝きが宿っている。フェリペ４世が問い質した。

「ベルナルディーノ神父、そなたは父上がカリオンの修道女と長年文通し、余の妃も彼女と文通を続けている事実を忘れたか？　彼女が体を分離させる件を、本人に直接尋ねたのはそなた自身ではなかったか？　教皇グレゴリウス15世が毒入りワインを口にする前に、奇跡的にローマに出現してグラスを割った件を、彼女の所業だと結論づけたのも、そなたではなかったか？」

「どうか安らかに眠りたまえ……」総長は故人となった教皇への祈りの言葉をつぶやいた。

「ほかにもあるぞ。死の床にあった父上が、天に昇る瞬間まで見届け、昇天へと導いたのはマザー・ルイサだと確信もしていたはずだ」

「陛下のおっしゃるとおりです。年のせいか記憶があいまいになるのをお許しください。ですが、マザー・マリア・ルイサがわたくしに語ってくれた話は覚えておりますぞ。彼女の前に天使がひとり現れて、彼女を修道院からこの王宮《アルカサル》へと導いた。お父上フェリペ３世国王陛下にフランシスコ会の修道服《アビト》をまとって死すよう説得したのもほかならぬ彼女でしたから」

「すでに過去の話だ」父王の話題は国王の気に障ったようだ。そこで再びベナビデスを見つめた。

「先ほどの話に戻るが、報告の記述と現在のマザー・マリア・ルイサの姿は、著しくかけ離れておるようだが……」

「実はその件について、別の方向で調査をしているところです」

「別の方向で調査？　何のことだ？」

「つまり……」ベナビデスの声が上ずった。「現地に出現したのが別の修道女だった可能性が出てきたのです」

「それはいったいどういうことだ？」

フェリペ国王はあごの前で両手を組み、じっと神父を見据えた。

「実は、陛下……」ベナビデスは深く息を吸った。「ベルナルディーノ・デ・センナ師がルイサ・デ・ラ・アスセンシオン修道女の奇跡を調査していた際、ソリアの修道女を訪れて同様の恍惚状態に陥るという若い修道女に会っているのです」

「ベルナルディーノ神父！　余はそんな話を一度も耳にはしておらぬぞ！」

「確かに、お伝えいたしませんでした、陛下」総長が必死の弁解をする。「まさかここまで重要なものになるとは思いもよりませんで、その件は棚上げにしていたのでございます」

「その若い修道女について、いまこの場で教えるのだ」国王は命じた。

総長のしわだらけの顔が厳粛な表情に変わる。腹の位置で両手を組み、君主が座る椅子の前に一歩出て説明を始めた。

「カリオン・デ・ロス・コンデスの修道院でルイサ修道女に尋問をして間もなく、セバスティア

53

ン・マルシージャ修道士から書簡が届きました。現在われわれの修道会のブルゴス管区長を務めている者です」

「彼とは面識がある。話を続けてくれ」

「マルシージャ神父は以前、アグレダにあるコンセプシオン修道院の聴罪司祭だったのですが、そこでマリア・デ・ヘススという名の修道女に会っています。彼女は恍惚状態に陥ると、体が羽根のように軽くなるばかりか、表情までもが慈愛に満ちた柔和なものに変わるのだそうです」

「そもそもそなたがなぜ、彼女に尋問しに行くことになったのだ？」

「簡単な理由からです。わたくしがマザー・マリア・ルイサの出現の真偽を確かめようとしていることは、修道会内でもよく知られていました。そんな中で同時に別の場所に現れていたと思われる若い修道女の話を聞いて、直接わたしが出向いた次第です」

「そういうことか」国王は小声で言い加える。「その若い修道女もフランシスコ会の者なのだな」

「神はそのようなかたちでわが修道会を称えておられるのです。創設者である聖フランチェスコが、主イエス・キリストの聖痕を受けた最初の人物で、並々ならぬ霊感に恵まれ、数々の神秘体験をした事実をどうかお忘れなきよう」

「何か別の現象だったとは考えられないのか？」

私利私欲のために情報をねじ曲げる輩《やから》に慣れているフェリペは、老練の客人2名に対し、もう昔のような世間知らずの若者ではないことを示そうと思った。

「おっしゃる意味がわかりかねます」

「いいか、神父。先住民らに宣教していた女が、修道女ではないとは考えなかったのか？　聖母の顕現、あるいは悪魔のしわざだと」

修道士ふたりは十字を切る。

「陛下、お言葉ではございますが」ベナビデスが反論する。「すでに地獄行きが決まっている者たちに対し、悪魔が福音を説くなどありえません」

「では聖母ならどうだ？」

「それについてはヌエボ・メヒコでわれわれも散々議論しましたが、聖母だと確信できるだけの証拠が揃っておりません。かつてシウダー・デ・メヒコで先住民の男が、当時の大司教スマラガ師に手渡した聖母からの奇跡の像のように……」

「おお！　有名なグアダルーぺの聖母のことだな！」思わず国王が叫んだ。「一度その像とやらを見てみたいものだ」

「多くの画家がいくつも模写しております。慈愛に満ちた穏やかな顔の若く美しい女性で、星々がちりばめられた青いマントで全身を覆っている姿が描かれています」

「青い衣の女……ということではないのか？」

「え……ええ」ベナビデスは口ごもる。

「ですが、聖母が現れたのは100年前、1531年のことです。それも首都メヒコ近郊の人も多い地域でのできごとです。リオ・グランデ川沿いの砂漠地帯に、わざわざ聖母が出現する理由があるでしょうか？」

53

「もうよい。わかった、わかった」と国王は主張を認める。「聞かせてくれ。この件に関して、そなた方は今後どうするつもりだ？」

総長が発言をする。

「ふたつあります。もちろん陛下にご了承いただければの話ですが。ひとつは、新大陸ヌエボ・メヒコ地方における先住民のキリスト教化を促進するため、さらに多くの修道士を派遣すること。もうひとつは、ベナビデス神父をアグレダに派遣し、マリア・ヘスス修道女と会見することです」

「それらふたつの進展状況は、ぜひ余にも聞かせてもらいたいものだ」

「逐一報告いたします」

「差し当たっては」国王が厳かな態度に戻って告げた。「ベナビデス神父の『回顧録』が来週にも王宮内《アルカサル》で印刷されることになる。グティエレス、そうだな？」

会見中、じっと立って様子を見守っていた執事が初めて動いた。書棚の間に設けられた黒檀の机に近づき、引き出しから一枚の紙を取り出すと、そこに記された今後の予定を報告する。

「全部で400部印刷され、うち10冊は教皇ウルバヌス8世の献上用としてローマに発送されることになっております」

「実に素晴らしい」センナは笑みを見せた。「陛下は聡明な国王でいらっしゃると同時に、最高のキリスト者でもあられます」

聖職者の言葉に、フェリペは微笑んだ。

54

その時、サン・ピエトロ大聖堂内に強い衝撃音が3発鳴り響いた。やや鈍めの爆発音だったが、その反響は告解室にいたズシディフとバルディをも震撼させた。ふたりとも慄然とする。何があったというのだ？　まるでベルニーニの傑作、巨大な大理石の聖ロンギヌス像が台座から5メートル下の床に落ち、砕け散ったかのような音だ。何かが炸裂したのか？　いずれにせよ、近い場所で起こったように聞こえる。バルディは本能的に告解室の格子窓から離れ、音の出所を見極めようとした。聖ヴェロニカ像のある辺りから聞こえた気がする。だが彼のいる位置からは、身廊の天井に立ち上る煙の塊しか見えなかった。

「……テロ攻撃か!?」不安に怯えつつ洩らす。

「何だと？」枢機卿も身がすくんだままだ。

「ヴェロニカ像への襲撃かもしれません」とりあえず憶測を口にする。

「そんなばかな。聖ヴェロニカをか？」

ふたりともまだ反応する余裕はない。そのわずか2秒後、黒いスーツを着た大柄な女が煙と埃の間から現れた。猫のような身ごなしで、呆然と立ちつくす信者たちをすり抜け、ちょうどドームからの下り階段出口への線上にいるバルディめがけて突進してきた。

54

「1分30秒」息を切らしながら口にする。

とっさに身をかわしバルディはよろめいたが、すれ違いざまに女は妙な言葉を発した。

「ジュゼッペ、ふたりめに尋ねて。兆しに注意せよ」

バルディは戸惑いを隠せない。わたしの名前を口にしなかったか？　兆しが何だって？　ついさっきズシディフが言ったばかりじゃないのか？

「ふたりめ？」不意にメッセージの核心を捉える。すでに走り去る逃亡者の背に、慌てて訊き返す。「わたしに言ったのか？　おい！　わたしにか？」

「ふたりめよ」振り向きもせず女は言い放った。

それが最後に見た光景だった。

幸か不幸かその最中、場違い極まりない地味なスポーツウェア姿で、銀のニコンの小型カメラを手にした屈強なドイツ人観光客が、すかさず告解室に向けてシャッターを切り、フラッシュが焚かれた。突然の閃光にバルディが声を上げた。

「何だ!?」まぶしさに目がくらむ。

黒スーツの女は姿を消していた。神父同様、観光客の男も呆然としている。信じられぬという面持ちで手にしたカメラの表部分を確認している。

「女を見たか？」ほとんど叫びに近い声でバルディが尋ねた。

「Nein《いいえ》……」

次に現場に現れたのはスイス衛兵たちだった。全速力で駆け抜けていく間も、教皇の護衛時と同様の非の打ちどころのない身だしなみは変わらない。

　赤毛でそばかす顔のたくましい青年、将校らしきひとりが立ち止まって話しかけた。

「神父さん、逃げた女を追っています。テラスに上ったかどうか見ましたか?」

「逃げた女?」

「テロリストです」

　将校は奇妙なほどの冷静沈着ぶりで答えた。

「わたしの横をすり抜けて……あっという間に向こうへ……何者かはわからんが、そこの観光客がシャッターを切っていた」口ごもりつつもバルディが告げる。

「そうですか。神父さん、まだ聖堂からは出ないでください」

　衛兵隊長は機敏な動きでドイツ人男性に近づくと、カメラからフィルムを抜き取った。それからすぐにバルディ神父のもとに戻り、事情聴取を始める。神父の滞在先であるビクシオ通りの宿舎の住所を書き込みながら、できれば2~3日はそこにとどまっていてほしいと言った。その間、隊員2名が上階のテラスを捜索する。バルディとしても何の収穫もなくその場を去る気はない。

「何があったのか教えてもらえませんか?」

　衛兵たちの落胆ぶりが〝聖ルカ〟にも伝わってきた。

「狂信者ですよ、神父さん。この種の手合いが毎週のように何かしらやらかしましてね。大抵はわれわれも未然に防いでいるのですが」

「はあ……」

54

「あの女、ヴェロニカ像の台座を砕こうとしたのですよ。貼り紙を打ちつけようとして！」

バルディは訳がわからぬまま、テロリスト女が口にした言葉については黙ることにした。

「貼り紙？　何て書かれていたのです？」

「それが大したものではないのです」赤毛の青年将校は手にした紙を見せた。「《聖遺物教団の所有物》、何か心当たりはありますか？」

「いや、まったく」

「ほとんどが騒動を起こして喜んでいる愉快犯です。さもなくば気狂い、狂信的な信者、終末論者といったところか。下手をすると教皇の椅子に原子爆弾を置きかねませんからね」

「それにしても……驚いた」

「容疑者が捕まったら連絡します。あなたに証人になっていただかないと。今後の捜査に、このフィルムが大いに役立つかもしれません」

隊長は愛おしそうにフィルムを撫でると、小さな胸ポケットにしまい込んだ。それから神父の滞在先のほかにも、連絡先としてバチカン放送のスタジオの電話番号も記入し、礼儀正しく一礼して別れを告げた。すべては女を追跡していた隊員たちが戻ってくる間のできごとだった。テラスから降りてきた2名の衛兵は興奮に顔を赤らめつつ肩をすくめている。

「消えちまった！」バルディの耳にも彼らの会話が聞こえた。

バルディは困惑したまま、何らかの答えを求めるべく19番の告解室に戻ったが、枢機卿の姿はすでになかった。

密会の痕跡を残さぬように、混乱に乗じて立ち去ったに違いない。

ベネディクト会士はその時、奇妙なほどの孤独感を覚えた。

「どういうことだ」誰かに懇願するかのように小声で繰り返す。「さっぱりわからんよ」

聖職者はうつろな心のまま、しばらくその場にとどまった。一連のできごとにはどんな意味がある？「兆しに注意せよ」と〝聖ヨハネ〟と見知らぬ女が口にしたのは偶然か？　煙の中から現れた逃亡者が突然消え失せ、観光客のフラッシュで目がくらむ。しかも女は「ふたりめに尋ねて」と言った。紛れもなく彼に向かってだ。スポーツ中継で目にする連係プレーのように、彼の胸裏ではさまざまな思いが駆け巡っていた。

〝何の兆しなのだろう？〟、バルディは考えた。

被害に遭った丸天井を支える大黒柱のひとつまで20メートルほどの距離を疾走する。衛兵たちが非常線を張る前に損傷部分を確認したいと思い、慌てて駆けつけたが何もない。柱の壁龕《ニッチ》に置かれた聖ヴェロニカ像の台座はほぼ無傷の状態で、足元にある１６２５年にウルバヌス８世が命じたという銘文だけがやや黒ずんでいる程度だ。

「奇妙な話だ」バルディはひとりごつ。「ウルバヌス8世と言えば、ベナビデスが『回顧録』を献上した教皇ではないか？　兆しというのはこのことか？」

何の確信も得られぬまま〝福音史家〟は付近をうろつき、ベルニーニが彫刻した壮麗な飾り天蓋へとたどり着いた。驚愕に値する作品だった。彫刻家がわずか25歳の頃に造ったものだと聞いている。おそらくは彼も、神の手に触れられた人間のひとりなのだろうと、バルディは考えた。

54

美しさに目を奪われたまま、天国の情景が描かれた丸天井を見上げる。世界最大のキリスト教会ドームで、イタリア語名クーポラで親しまれる、直径42メートル、高さ136メートルの芸術作品だ。ミケランジェロの才気みなぎるクーポラは壮大としか言いようがない。芸術家たちに手を触れた神が、自分にも兆しを示してほしいと本気で願った。

そんな行為が謎を解くことになろうとは夢にも思わなかった。

上の空でクーポラを眺めていたバルディはふとその下に目をやった。丸天井を支える四本柱の上部、穹隅《ペンデンティブ》に四人の福音史家の姿が描かれている。新約聖書でもとりわけ重要視される四福音書の執筆者とされる者たちだ。長さ1メートル半ほどの羽ペンを支えるマタイの姿が目に入る。大きすぎるペンは、彼の友人〝聖マタイ〟、ルイジ・コルソの死を取り巻く一連の事柄ほどに謎に映る。

「そうか！」はたと答えに思い至り、叫んだ。「目と鼻の先にあったではないか！」

高さ8メートルの位置にある円形浮き彫り内で、四人の肖像が笑っているような気がした。

「〝ふたりめの福音史家〟に尋ねろと言っていたのだ！　それが兆しだ！」

55

スペイン国王との謁見は、ベルナルディーノ・デ・センナに何ともいえぬ後味を残した。小柄で騒々しいフランシスコ会の総長は、一瞬自分の既得権が脅かされたように感じた。そこで王宮《アルカサル》を出るや否や、アロンソ・ベナビデス神父に話しかけた。

「よりによって国王陛下が青い衣の女と聖母を結びつけるとは！」声を荒らげた。

「総長、道理には適っております。女はグアダルーペの聖母と同じ青いマントをまとい、同じ白い修道服《アビト》を着て、さらには同じように天から舞い降りてきたというのですから、陛下がそう考えても無理もありません。実のところ、わたくしもその考えを擁護する一歩手前まで行っておりました。しかしながら総長であるあなたとメヒコ大司教の指示に従い、フランシスコ会修道女の出現を支持したのです」

「支持し続けてくれないと困るのだ！　国王ばかりかイエズス会やドミニコ会までもが、出現した女が聖母だと他の者に信じさせ、見解を覆すことになれば、われわれフランシスコ会の主張は意味をなさなくなる！　その理由はあなたにもわかるのではないか？」

「できれば説明していただきたいのですが」

「単純なことだ」センナがひそひそ声で囁く。「ヌエボ・メヒコにおける集団改宗の主が、神の

55

助けを借りたフランシスコ会の修道女だったと国王を説得できなければ、現在わが修道会がやっている海外での宣教活動が他の修道会に託されかねない。王室の気まぐれぶりはあなたも想像できると思う。そればかりではない」強い口調でさらに言い加えた。「今回の改宗劇がグアダルーペの聖女の所業だとの噂が広まれば、一週間もせぬうちドミニコ会が国王に口出しをし、イエズス会が干渉してくるだろう。そうなればアメリカ大陸におけるわれわれの影響力は永久に失われる！　これで納得できたかね？」

「なるほど。ヌエボ・メヒコの宣教の主役者が聖母の顕現だったとなれば、確かに共有の財産と化してしまう。一方フランシスコ会修道女だったと認知されれば、われわれだけの特権になる。ご心配なく。意図ははっきり理解しました」

宮殿内の広大な中庭《パティオ》を歩いていたふたりは、王宮《アルカサル》の正門に出た。そこからは首都の狭い路地を通ってサン・フランシスコ修道院へと向かう。

「『回顧録』の出版準備が整ったところで、アグレダに行ってマリア・デ・ヘスス修道女への尋問をしてもらいたい」

総長のとげとげしい声が一段と厳しくなった。

「修道女が事実を打ち明けてくれるよう、わたしの方から書簡で命じておく。同時にあなたの方にも役立ちそうな彼女の情報を知らせておくので、それなりの覚悟で臨んでほしい」

「覚悟……ですか？」

「マリア・ヘスス修道女は芯の強い女性だ。教会法からの特別免除によって、正規の年齢に達するよりも早く修道院長への権利を得た人物だ。それだけに地域での信頼も篤いし、われわれの利害のためなどという理由で折れるような女ではない……」

「それでも」マヨール広場への上り坂を歩きながらベナビデスが口を挟む。「おそらく説得の必要はないでしょう。何よりもヌエボ・メヒコに出現していたのは彼女だった可能性が高いですから……」

「おそらくはそうだろうが、できればわれわれも危険は避けたい。わたしはまだ若かった頃の彼女に会ったことがあるが、自分を曲げて嘘をつくような性格ではない。そのうえ、霊感に恵まれた家系の人間だということもわかった」

センナの言葉にベナビデスは怪訝な顔をした。

「〝霊感に恵まれた〟とはどういう意味ですか?」

「そういえば、あなたは彼女の家庭環境については知らなかったな。マリア修道女は凋落した名家の娘だが、彼女の家はかなり特異な解消の仕方をしている。父親のフランシスコ・コロネルはサン・フリアン・デ・アグレダ修道院に入り、母親は自宅を女子修道院に変えた。しかもそれに必要な許可を、通常ではありえぬほどの短期間で得たという話だ」

「はあ……」

「それればかりか一家を解消する以前、マリア・ヘススは4歳の時、タラソナ司教のディエゴ・イエペス猊下から堅信の秘跡を授けられている。やはりただ者ではないと見ていい」

「あのイェペス猊下からですか?」ベナビデスは驚きを隠せぬ様子だ。「偉大な神秘家、聖テレ

55

サ・デ・ヘススの伝記作家でもあるイェペス師が？」

「あなたも想像がつくと思う。イェペスがその時点で、すでに彼女の神秘的素質を見抜いていたとしても不思議なことではない」

「そうなのですか？」

正午の時間帯のマドリード中心街は人々がひしめき合っていた。ベナビデスとセンナはマヨール広場内のパン売りや織物商人らの間を通り抜けながら会話を続けた。

「彼女の母親、カタリーナ・デ・アラナは忘我の境地に至って〝神の声〟を聞くなどの神秘体験をする女だった。その声に従って、夫を修道院へと押しやったのもほかならぬ彼女だ。その後は独居房で恍惚状態の中、おびただしい光の幻影や天使たちの姿を……正直わたしにはわからん」

「天使ですか？」

「そうだ。と言っても羽の生えた天使ではなく、むしろ生身の人間の姿をした不思議な力を備えた者たちだ。わたしが初めてアグレダを訪問した時、カタリーナ修道女が語ってくれた。1618年に修道院の建築工事を始めて以来、ふたりの若者が出入りしているが、彼らは飲食もしなければ給料を受け取ることもないのに、朝から晩まで働いているのだと」

「それがなぜ天使と関わるのです？」

「たとえば、工事中に落下したり崩れ落ちた物の下敷きになったりした者を、不可思議なかたちで救ったこともあったらしい。ほかにもマリア・ヘスス修道女と親しくなったのが1620年から1623年のことで、ちょうど彼女の神秘体験が最も激しかった時期と重なっている……」

「それは実に興味深い話です」

「興味深い？　ベナビデス神父、あなたには興味深く映るのか？」

「ええ。ヌエボ・メヒコでフマノ族の前に現れた青い衣の女、その調査をした神父たちの話を思い出しました。報告によると、例の青い衣の女が、われわれに混じって気づかれることなく、あらゆる奇跡を起こせる〝天の住人〟のことを先住民らに語ったとのことです」

「どんな性質の奇跡だと言うのかね？」

「あらゆるかたちのだそうです。そればかりか、彼女に宙を飛ばさせたのもその天使たちだと説明しています」

「ベナビデス神父、正直驚くばかりだ。その件の調査に全力を注いでほしい。天使がわれわれの間で平然と暮らしている、人が空を飛べるように力を貸すなどと聞くと、とても落ち着かぬ気分になる。〝異端審問所〟にとってはなおさらだろう」

56

ロサンゼルス行きのアメリカン航空ボーイング767型機の33C席で、カルロスは現在に至った流れを振り返っている。絶妙につながった一連のできごと、思いがけぬ出会いや発見、考えるだけで信じられぬ気持ちになる。

〝おれ自身は確信してる。おれにもおまえにも、それぞれ運命ってもんがあるってな〟

数日前にアグレダの標識を見つけた際、相棒チェマ・ヒメネスが説いた言葉が、何度も頭を打ちつける。

〝しばしば運命はハリケーン並みの勢いで、人を別の方向にねじ曲げてしまうものだ〟

カルロスは座席の上で何度か姿勢を変えた。

〝ハリケーン並みの勢いで……〟

昨日の午後、国立図書館のエンリケ・バリエンテ館長の執務室を出たあと、カルロスは即座に雑誌『ミステリオス』の編集長に電話した。有能な部下の奇行には慣れっこになっているホセ・カンポスは、ロサンゼルスへの取材旅行を許可し、最終便の航空券代25万ペセタ〔約1500ドル〕を払うと約束してくれた。「みやげとして極上の記事を最低ひとつは持って帰るように。ふたつでもいいぞ。手ぶらで戻ったら承知しないからな」と一応は脅していたが。

だが今回ばかりは、失敗への恐れがない。

奇妙なほど確信に満ちている。

続けざまに起こった共時性《シンクロニシティ》によって、さすがに彼も、自分の星回りというものを考えざるをえなかった。それを全面的に信じるまで、あと一歩のところに来ていた。

物思いにふけっていたため、周囲が空席だらけであることにもしばらく気づかなかった。閑散期の週中では無理もないが、考えごとに集中できるよう席の配置までお膳立てされたかのようだ。ガラガラにすいた機内とは裏腹に、カルロスの頭の中では多くのものがひしめき合っていた。アグレダへの取材をきっかけに、ビルバオ、国立図書館を経て機上の人となる。あまりに急速な展開だ。国立図書館での盗難事件も含め、すべてはあらかじめ書かれたシナリオ、自分はそれを演じている役者にすぎない気もする。〝脚本家がいるならお目にかかりたいものだ〟とつくづく思う。幼い頃、学習帳に出てくる自分の字ではない手本をなぞって、文字の練習をした時と同じ感覚だ。

編集長が詳細も訊かずに海外出張を許可したことだって、どう考えても説明がつかない。

その反面、心の奥では、順調にものごとが進みすぎていることに不安も覚えている。インターポールも快く協力を約束し、手荷物にはロサンゼルスでの紹介先、ＦＢＩの文化財犯罪捜査部長マイク・シェリダンからのファックスが入っていて、到着後に会う予定になっている。ここまで何もかもがうまく運ぶと、勇気づけられるどころか、自分が操られているようで居心地が悪い。問題は、誰によって何のために操られているのか？　ということだ。

56

いったいどんな力が、自分をアメリカまで引き寄せているのだろう？　それも、たったひとりの女性医師に会うためだけに。彼女に罪があるとすれば、たまたま盗まれた文書について、電話で問い合わせたことぐらいだ。その〝手がかり〟が単なる幻である可能性は非常に高い。にもかかわらず、編集長の承諾を得、出発した以上、後戻りはできない。

〝ハリケーン並みの勢いで……〟

カルロスは再三その言葉を反芻した。手元のノートと読みかけの本を閉じ、目をつむる。読んでいたのは、プリンストン大学のジュリアン・ジェインズという心理学者の著作だ。その中で著者は、歴史上の代表的な神秘現象を科学的に説明しようとしていた。

「神秘家か……狂人か……」ひとりつぶやいた。

離陸して1時間後、大西洋上に出た搭乗機は、高度3万7000フィートで水平飛行に入った。機長が挨拶のアナウンスをし、左にアゾレス諸島が見えると告げる。

「マドリードからおよそ8000キロを11時間かけてテキサス州ダラス・フォートワース国際空港を目指し、その後2000キロを3時間半で飛行し、最終目的地ロサンゼルスに到着予定です。皆さまの空の旅が快適なものとなりますよう、乗務員一同願っております」

エコノミークラスの席でくつろぎつつ、カルロスは半ば上の空で機長の情報を分析した。およそ8000キロ、マザー・アグレダがバイロケーションで乗り越えたのとほぼ同じだ。修道女はいまから300年前、恍惚状態に陥っている間に往復1万6000キロ、地球を半周する距離を移動していたことになる。彼はその距離を現代の航空技術を駆使し、片道11時間かけて移動する。

「まったくありえない話だよ」とつぶやく。

ブーツのひもをほどき、ワイシャツの襟を緩め、椅子を倒して毛布をかぶる。深呼吸すると気分が少し落ち着き、いい具合にうとうとし始めた。うまく行けばフロリダ上空辺りまで寝られるかもしれない。

が、すぐに甘い期待であったと知らされる。

さほど間を置かぬうちに、何者かが隣の席に座った。〝空席だらけなんだから、わざわざ隣に座らなくてもいいのに〟。ありがたくない乗客に背を向けようとしたその時、女の穏やかな声がして動作を止めた。強いイタリア語のアクセント、ナポリ訛りの口調だ。

「ありえない話などないの、カルロス。神の語彙《ごい》に不可能という文字はないのだから」

記者は驚きのあまり目を見開き、身を起して隣に座った人物を見つめた。

「あれ？……知り合いだったかな？」

褐色の肌をした魅力的な女性だった。まっすぐに伸びた黒髪をひとつに束ねているため、月のように美しく柔和な顔が際立って見える。体にフィットした黒いウールのセーターに身を包み、青く輝く瞳で詮索するようにカルロスを見つめている。

「知り合いかって？　あなたはわたしを知らないわ。直接会ったことはないから。まあ、そんなこと、どうでもいいけど」

その女性には何か違和感を覚えた。そばにいると何だか体内の代謝が激しくなるようだ。脈拍数が一気に正常値の倍近く上がり、アドレナリンの分泌量も増え、全身が震え始めた。高度３万

56

７０００フィート、外気温マイナス60度という状況下で、なぜか女の声の響きが彼の心臓を限界まで引き上げている。

「プログラマーのことはもう聞いているかしら？」

見知らぬ女性が尋ねてきた。

「プログラマー？」

もちろんカルロスにも彼女が何を示唆しているのかわかっている。数週間前に知り合った、老練の数学教師が最後に口にした言葉のことだ。だが彼はあえて否定することにした。その意図を見透かすかのように女性は微笑んだ。

「このシナリオを書いた者のことよ。それを知りたがっていたのはあなたじゃないの？」

記者は思わず息を呑んだ。

「どうしてそれを……？」

「知っているのかって？」謎めいた口ぶりで応じながら、彼女は背もたれに身を任せる。「あなたがロサンゼルスで何をするのかも知っているわ。わたしたちを追っていることも」

「きみたちを……追っている？」

「そうよ。忘れたの？　何日か前に〝プログラマーを探し出す〟って決めたでしょう？　あなたが首にかけているそのメダル、仕事場へ行く途中でそれを見つけてから、すべては始まったはずよ」

言われてカルロスがメダルに触れるや、女が告げた。

「そのメダルはわたしのなの、カルロス」

彼の顔が青ざめる。

「き、きみの？」

「そうよ。あなたがいまここにいられるよう、故意にわたしが置いたのよ。あなたに準備が整ったと判断したうえでね」

「きみはいったい誰なんだ？」

「いろんな名前で呼ばれているわ。あなたにわかるように言うなら、天使ってことだけど」

カルロスは聖顔布のメダルを引っ張った。金の鎖が首に食い込む。確かに夢ではない。彼が寝入ろうとする前に閉じた本は『神々の沈黙―意識の誕生と文明の興亡』〔邦訳：紀伊国屋書店２００５年〕という題名の大胆な考察をしたものだった。著者のジュリアン・ジェインズは、歴史上の人物が聞いたという頭に鳴り響いた神の声や、宗教に見られる幻視の原因を論じている。カルロスが読み終えたばかりの章では、聖書に出てくる預言者たちをはじめ、ムハンマドやギルガメシュ叙事詩の英雄、キリスト教の聖人たちが、現実と幻聴・幻覚を混同してしまう統合失調症患者と同じような状態になっていたのではないかと述べていた。著者によると、紀元前２０００年紀頃まで、人間の左右の脳はある程度独立して機能し、双方の脳の間で対話がなされ、左脳は右脳から聞こえる命令の声を〝神の声〟とみなしていた。つまり高次の存在の声を聞く人々は、脳にその当時の名残をとどめているわけだ。後に人間の脳が発達して、右脳と左脳が互いに連携するようになると、〝神の声〟は徐々に聞こえなくなり、ついには完全に消え去った。古代の神々とと

56

もに……。

　ではカルロスは？

　カルロスの場合はどうなのか？

「きみが天使だと言うなら、そうなんだろうね」彼は相変わらず激しく胸を打ち続ける、心臓の鼓動を何とか鎮めようと努める。

「驚いた？」

　女性は問いながらカルロスの首筋に触れた。柔らかく温かい指の感触が伝わってくる。小さなメダルをつまんで愛おしそうに像を眺める。

「ヴェロニカの聖顔布……。わたしの大好きな聖像のひとつなの」

「きみの言うことが本当だと信じよう」記者が口を挟んだ。「わざわざこのメダルを通り道に置いて、これまでに起こった一連のできごとへとぼくをいざなったという話も認めよう。そこで訊くが、この場合きみはどんな役割を担っているんだ？　なぜ突然こういうかたちでぼくの前に現れた？」

「わたしの役目は昔からの秘密を守ること。あなたの前にひとりだけ、期せずしてわたしたちの秘密を引き出した男がいたわ」

「まさか」

「その名はアロンソ・デ・ベナビデス。彼が見つけてしまった秘密を守ろうとしているの。ふさわしくない者たちの手に渡らないように。あなたの前に現れた理由は……」ためらってから言葉を続けた。「言ったところで信じないでしょうね」

「言ってみてよ。きみが天使だとぼくが信じれば、どんなことでも受け入れられるだろう」

「いまこうしてあなたに触れることができても、あなたの目にわたしの姿が映っていても」落ち着き払った口ぶりで説明する。「これはわたしの投影。分　身《ドッペルゲンガー》、バイロケーションした像よ」

「本当に？」

「だから信じないと言ったの。いまこの瞬間、もうひとりのわたしはローマで、レオナルド・ダ・ヴィンチ国際空港に向かっているわ。スペイン行きの飛行機に乗るところ」

「あ、そう」

女性が彼の不信ぶりにうろたえる様子はない。

「すぐにわたしたちの存在を認めざるをえなくなるわ。時間の問題でしょうね」

「わたしたち？」とカルロスが訊き返す。

「ちょっと、カルロス！」機内の照明が反射して青い瞳がきらめいている。「わたしがひとりで活動しているとでも思っているの？　天使についての記述を一度も読んだことがないなんて言わないわよね？　イエスの父親ヨセフの夢に現れ、ヘロデ大王が幼児殺害を企てていたことを警告したのもわたしたちの仲間だったわ。その場合は人間の精神に入り込むという巧妙な手段を使う。中には族長ヤコブのようにわたしたちのひとりと対決して、脚を痛めた者もいる。アブラハムは3人の旅人の姿で現れたわたしたちをもてなし、ソドムではロトの家を訪れたわたしたちのあまりの美しさに、凌辱を企てた者もいた。生身の姿、美しさゆえによ。あなた聖書を読んだことが

56

ないの？」

　カルロスは完全に呆気に取られている。

「なぜぼくにそんなことを語るんだ？」

「理由はふたつ。ひとつはわたしたちの存在を知ってもらうため。たとえバイロケーションの身であっても、あなたと同じで実体を伴っているって」微笑みながら再び指先で彼の首に触れた。

「もうひとつは、わたしたちの秘密の件で力になってくれると思っているから」

　記者は椅子の上でうろたえた。

「何を根拠に？」

「すべてよ、カルロス。イタリアでバルディ神父に取材をした時、あなたはわたしたちの秘密に触れていた。そこでわたしたちはあなたを知ったのよ」

「クロノビジョンのことか？」

　女性がうなずいた。カルロスの脳裏に、次から次へとその時の場面がよみがえってくる。サン・ジョルジョ・マッジョーレ島で、シャッターを切り続けるチェマに辟易したジュゼッペ・バルディ神父。一方のカルロスは、神父がおよそ20年間沈黙していた事柄を巧みに聞き出そうと努めていた。後に雑誌に掲載された彼の記事には、多くの読者から称賛の声が寄せられた。それからそのテーマを執拗に追究するようになり……。

「バルディへの取材のあと、わたしたちにはあなたが特異な性格の持ち主だとわかった。表向きは不信心者なのに、心の奥底では大いなる存在を信じたくてたまらない。そこで、わたしたちに協力してもらおうと、超越したものへの探究の道筋を整えてあげたわけ」

「道筋を整えた?」

「たとえば国立図書館に忍び込んだ際に、わざわざビルバオのテハーダ神父に電話した。あなたに追跡の手がかりを残すためだけに」

カルロスは身震いした。

「別に恐れることなどないわ。わたしたちは何世紀もそうしてきたのだから」

「本当かい?」

「そうよ」女性は青い瞳で再び見つめた。「歴史の決定的瞬間に、コンスタンティヌス1世やジョージ・ワシントン、ウィンストン・チャーチル、それ以外の大物たちが聞いたのはわたしたちの声よ。今度彼らの伝記を読んでみなさい! 霊感を得たといった類《たぐい》の記述に出くわすはずだから。モーセをエジプト脱出へと導いたのも、エリヤやエゼキエルを天に引き上げたのも、イエスが十字架上で死んだ時にエルサレムを闇で覆ったのも、ほかならぬわたしたちよ」

「だったら共時性《シンクロニシティ》は? ありえない偶然は?」

「わたしたちの得意技! 最大の楽しみよ、カルロス!」

記者の背筋に再び電流のような奇妙な感覚が走った。共時性《シンクロニシティ》。彼の知人でその言葉を使ったのは、ユングの話をしたホセ・ルイスだけだ。ところが目の前の女性にとっては、ごく当然のことだと言うのだろうか?

「天使は実態のないものだとばかり思っていたけど」一応反論してみる。

56

「それは多くの人が抱いている誤解だわ」

「なぜぼくに会いに来た？」

「天使という言葉は、ギリシア語の〝アンゲロス（使者）〟という単語から来ているの。わたしは文字どおりあなたにメッセージを携えてやってきた」

「ぼくにメッセージ？」

「手元にある書類カバンにリンダ・メイヤーズの情報が入っているわね。48時間前にロサンゼルスからスペインの国立図書館に電話をかけて、盗まれた文書について問い合わせをした精神科医よ」

カルロスは女性の言葉を聞き入れることにした。

「最終的に追うべき人物は彼女じゃない。時間の無駄を省くため、わたしは告げにきたの」

「メイヤーズじゃないのか？」

「ええ。あなたが探すべき人物のことを教えるから書き留めて。事件解決の鍵になるのは彼女ではなく別の女性。名前はジェニファー・ナロディィ。わたしたちは長い期間、彼女の夢に潜り込んであなたの到着に備えていたの」

天使は名前の綴りを一字ずつ発音し、カルロスはノートに書き写す。

「彼女が秘密を握っている。でも本人はそのことを知らない」

「そんなことがありうるのか？」カルロスの鼓動が一段と激しくなった。脈拍が上がったせいで記した文字はとても見られたものではない。愛用のコルク表紙のノートに、その日の締めくくりの言葉のようにページに収まっていた。

「まだつべこべ言う気？　目的を果たせるように後押ししてあげただけでしょ？　そんなに不思議なこと？」

女性はそれ以上何も言わなかった。

記者が首にかけていたメダルを外すと、それを黒いスカートのポケットにしまいながら席を立った。自分の席に戻るのだろう。通路を歩いてファーストクラスの方へと向かった。

後ろ姿を見つめるカルロスの胸にさらなる衝撃が加わる。

黒一色でみごとに装った女性は、深紅のモカシン靴を履いていた！

57

高度３万３０００フィートを時速９００キロで天翔け、架空の子午線を横切っていく。その際に時差を計算するのは難しい。平面図で想像上の線は15度ごとに設けられ、一区間が１時間となる。カルロスが乗ったアメリカン航空とカリフォルニア州ヴェニス・ビーチを隔てる子午線が５区間となった頃、ジェニファー・ナロディはジグソーパズルの新たな１ピースを受け取っていた。彼女はそれがパズルの一部であることなど、まだ知るよしもなかった。

彼女の魂はカルロスとは逆方向に飛んでいた。行き先はスペイン。

58

1631年4月30日、ソリア県アグレダ

ハプスブルク王朝の都マドリードに、アロンソ・デ・ベナビデスが滞在して半年以上が経過していた。長居となったのは彼の著作『回顧録』が反響を呼び、おびただしい数の手紙を受け取り、雑務に追われたためだった。昨年9月の謁見後に王宮《アルカサル》の廊下を歩いていた時には、とても現在の境遇など想像できなかったが、ベナビデスにとっては好結果となったと言える。読者からの手紙の山に称賛の言葉、要人たちとの約束事を余儀なくされたことから、予想以上に王宮近くに留まることになった。

都特有の官僚主義の影響で〝青い衣の女〟の調査が遅れているのは、彼にとってもはなはだ遺憾だった。かと言って、日々の業務に忙殺されていただけでもない。ドミニコ会を筆頭に、宮廷内で陰謀を企てる者たちが王に対して執拗に、ヌエボ・メヒコ地方での改宗者の数を正確に調査せよと訴えていたため、修道士の警戒心は保たれていた。

幸いベナビデスの意志が削がれることはなく、彼自身は早く調査を再開したいと願っていた。彼の調査が進まぬのを狙って〝主の犬《ドミニ・カーニス》〟を自称するドミニコ会が、ベナビデスに栄誉をひとり

58

占めされてなるものかと、自分たちの修道士をリオ・グランデ川に送り込もうと躍起になっていたが、彼らの計画は徒労に終わった。

1631年4月、ベナビデスの手元に、ようやくマドリードを離れて本来の職務に戻ることを許可する関係書類が届いた。今回の尋問の結果次第では、ドミニコ会の野望を永久に打ち砕けるかもしれない。長い手続きの末、彼にアグレダのコンセプシオン修道院院長への尋問許可が下り、その内容を詳細に報告する任務が課された。

そのことでポルトガル人修道士は決意を新たにする。

4月30日の朝、銅と鋳鉄の縁取りがついた合板造りの質素な馬車が、ソリアの田園風景を駆け抜け、モンカヨ山のふもとを目指していた。車内では元ヌエボ・メヒコ地方統轄司祭で異端審問所長官のベナビデスが、フランシスコ会のブルゴス管区長セバスティアン・マルシージャと尋問に向けた最後の詰めをしていた。

「修道院長になる前のマザー・アグレダの聴罪司祭を、あなたがしていたわけですか……」

がたがたと音を立てる馬車の揺れに胃袋を揺さぶられ、マルシージャは不快感を味わっていたが、必死にこらえているので、会話にまで支障をきたす事態には至っていない。

「そのとおりです、ベナビデス神父。メヒコ大司教宛てに書簡を送り、副王領北部で起こっているであろう現象を指摘し、調査するよう勧めたのはわたくしです」

「起こっているであろう現象とは？　何を指して言っているのです？」

「ご承知とは思いますが、テダン族やチジィエマカ族、カルブコ族、フマネ族の集落に新しい王国が訪れているであろうことです」

「ああ、あの件はあなたでしたか！」

途端にマルシージャの表情が満足げな笑みで明るくなった。

「まずはマンソ・イ・スニィガ大司教に先住民らの集落があることを知らせました。あなた方が現地を訪問したということは、わたくしの手紙を無視しなかった何よりの証拠です。かの地におけるわが信仰の痕跡をぜひ確かめていただきたく、したことでしたが」

「もちろんそうでしょう」ベナビデスがうなずいた。「その情報はマザー・アグレダからもたらされたものだったと」

「そのとおりです」

「ところで、告解の守秘義務を破ってまで報告に及んだのですか？」

「いいえ、個人的な告解ではなく、みなで〝わが過ちなり《メア・クルパ》〟の祈りの実践をしている最中に、本人が何が起こっているのかわからないと告白したものですから。どこかに〝移動した〟罪に対して赦しを与えるわけにもいきませんでした」

「確かに……」ベナビデスは合点がいったとばかりにうなずいてみせた。「あなたが述べた部族の中でわたしが知っているのはフマノ族のみです。フマネではありません。リオ・グランデ川の北西に位置する場所です。それ以外の部族については、フランシスコ会士たちはもちろん、国王配下の兵士の誰ひとりとして知らないと思います」

「何もですか？」信じられぬという顔でマルシージャ神父が口にした。

58

「ええ、いまのところは」

「不思議ではありませんね。その点についてはアグレダの修道院長自身が、きっと時間をかけて詳しく説明してくれることと思います」

アロンソ・デ・ベナビデスとセバスティアン・マルシージャは難なく打ち解けた様子だ。マルシージャはソリアの町から馬車に乗り込み、道中、修道女への質問内容を検討した。どこまでが自分たちに許される権限かといった件まで含め、実のある議論ができた。

ふたりとも会話に熱中するあまり、時間が経つことにも周囲の風景が変わっているのにも気がつかなかった。突然変わった光景も、通り過ぎる村々にも、目的地が近くに迫っていることさえも気づかずにいた。

カスティーリャ地方の高地の片隅にたたずむ平穏な村、アグレダ。一望しただけでその土地がナバラとアラゴン両王国間の関門で、牧畜や農業を営む者たちにとっての交点だとわかる。国境の小さな村落にありがちなことだが、地元の貴族階級や進出する修道会の少なさが唯一の特徴かもしれない。コンセプシオン修道会はその数少ないうちのひとつだ。

創設されて間もない修道院では、客人たちへの歓迎の準備がなされていた。修道女たちの手でボスメディアノ通りと教会玄関の間に赤絨毯《じゅうたん》が敷かれ、高名な訪問者らを迎える食事の、パスタや上質のワイン、水などもすでに用意されていた。

マルシージャ神父の事前の配慮もあって、修道女たち一同は当日の朝、外で祈りを捧げながら審問官の到着を待っていた。重要な客人を迎えることを察して、十字架の道行きが描かれた外壁付近に大勢信者らも集まっていた。

ベナビデスが乗った馬車が赤絨毯前に停まると、居合わせた者たちの間に得も言われぬ沈黙が走った。

車を降りる異端審問官の目に映った光景は壮観なものだった。2列に並んだ修道女たちを率いるかたちで、フランシスコ会士と修道女が立っている。すぐにその女性がマザー・アグレダだと理解できた。到着を待ち構えていた様子だ。1484年の修道会創設時にベアトリス・ダ・シルバが定めたとおり、修道女らはみな、純白の修道服《アビト》に聖母の像が描かれた銀色の肩衣《スカプラリオ》、黒いベール、そして印象的な青いマントを身につけていた……。

「ああ、主がこの場に居合わせてくださったなら……」

予想もしなかったベナビデス神父の嘆きに、マルシージャ神父は驚いた。地に足をつけ光景を目にした瞬間に、不意に口から洩れた言葉だった。

「大丈夫ですか?」

「ご心配なく。感銘を受けているだけですから。人里離れた平原、穀物畑が並ぶ谷間、澄みきった青色の衣、何もかもが、わたしがあとにしてきた海の向こうの地を再現しているようで、なじみの場所に戻ったような懐かしさを感じます!」

「〝神を信じる者にはすべてが起こりうる〟と言いますからね」とマルシージャは応じた。

ベナビデスを出迎える場面は思いのほか短時間で済んだ。車を降りた修道士たちは、感謝頌《テ・デウム》の歌声と跪拝する修道女たちを前にする。修道女らの列の先頭にいたフランシスコ会士が一歩出て

58

自己紹介をした。1623年からマリア・ヘススの聴罪司祭を務めるアンドレス・デ・ラ・トーレ修道士だ。近所にあるサン・フリアン修道院に住んでいるという。物腰が柔らかな好人物で、骨ばった顔にやや傾いた鼻、釣り鐘型の大きな耳はネズミかリスを彷彿させた。一方のマザー・アグレダは、正反対の顔と言ってもいい。淡いピンク色を帯びた乳白色の細面。褐色の大きな瞳に、情愛に満ちると同時に強さを感じさせるまなざしが宿っている。

ベナビデスは衝撃を受けた。

「ようこそお越しくださいました」と告げるなり尋ねる。「尋問はどこで行ないましょう?」

青い衣の女と思《おぼ》しき修道女の声には厳しさが感じられた。自分の秘密を報告することへの嫌悪感にも思われる。

「教会の中ではどうか」そこで司祭をしていた当時を思い起こしながら、マルシージャが言った。

「それなら修道院の禁域に立ち入ることなく、机とろうそく、インクなど必要なものを揃えるだけで事足りる。それに主イエス・キリストが証人になってくださる」

ベナビデスはその提案を快く受け入れ、あとは修道院長の判断に任せた。

「では明日の朝8時ちょうどにすべて準備を整えておきます」

「その時間で構わないのですか?」

「異端審問官さまと聴罪司祭さまがそれでよろしければ。わたくしとしても、できるだけ早く尋問と向き合い、あなた方が抱いていらっしゃる疑念を晴らせればと願っておりますので」

「想像されているほどつらいものにはならぬよう努めます」異端審問官が告げる。

「主イエス・キリストの磔刑も苦悩のできごとでした。だからと言って、人類の罪のあがないへの重要性が失われたわけではございません」

修道女たちが修道院に戻りながら唱えた〝いと高きところには栄光、神にあれ《グロリア・イン・エクセルシス・デオ》〟の声に阻まれたことで、ベナビデスは彼女の言葉に答えずに済んだ。

「今日のところはこれにて失礼いたします」マザー・アグレダが事情を説明する。「晩課の時刻なので修道院に戻ります。ささやかな食事を用意してございますので、お召し上がりくださいませ。アンドレス修道士がお二方の宿も手配してあります」

彼女は毅然とした態度で言って、修道院の中に消えていった。

「気丈な女性だ」

「ええ、ベナビデス神父。まったくおっしゃるとおりです」

59

カルロスが呼吸を回復するまで数分間を要した。理由はわからないが、あの女性がそばにいると体に著しい変調をきたすらしい。天使だと言ったが……そんなことはどうでもいい！　こっちのことは何もかも知っている様子だった。反面自分は彼女について何も知らない。

天使だと名乗ったいまの女性と、カストリージョの著作のページを消し去ろうとしたイタリア女が同一人物なら、『回顧録』について知っていても不思議なことではない。それどころか何もかも奇妙なぐらいにつながっている！

33－C席から立ち上がり、カルロスは大股でファーストクラスに向かった。が、そこに女の姿はない。

「お尋ねしますが、黒い服を着て赤い靴を履いた褐色の女性はこちらにいませんか？」

信じられぬという顔で客室乗務員が答える。

「本日ご搭乗のお客さまは30名のみで、ご覧のようにビジネスクラス以上は全席空席ですわ」

〝本物の天使だったのか？〟

カルロスは残りの飛行時間を、ずっと起きたまま過ごすことになった。ただいまのできごとをいったい誰に語ればいいいだろう？

60

ローマ、レオナルド・ダ・ヴィンチ国際空港に向かう前に、ジュゼッペ・バルディ神父は衛兵隊の詰め所に立ち寄った。彼を次の行動へと導く兆しは解けたが、その件は伏せることにする。一方でバチカンを去る前にひとつ解決しておきたい事柄があった。バルディはウゴ・ロッティ大佐との面会を申し出る。前日大聖堂内で事情聴取してきた、赤毛でそばかす顔をした青年将校だ。

事件から24時間、ロッティ大佐は捜査に全力を尽くしたが、聖ヴェロニカ像爆弾事件の手がかりはほとんど見つからなかった。芸術作品破壊の理由も含め、何もかもが不可解だ。

「あまりに奇妙で」と茶色の書類かばんを撫でながら大佐は言う。「支柱の構造上、脆弱な箇所を狙って爆弾を仕掛ける辺りはプロですが、どうもモニュメントを傷つけるのが目的ではないらしい」

「要するに破壊ではなく、誰かの注意をそらす、もしくは気を引くためだと?」

「ええ、そうとしか思えません」

「でも、あなたは納得されていないようですね」

「サン・ピエトロ大聖堂内にある395の像を標的にした破壊行為は、毎年5〜6件程度発生しています。多くは未然に防いでいますが、大抵はミケランジェロの『ピエタ』など有名どころが

60

狙われます。聖ヴェロニカが被害に遭ったことはありません。こう言っては何ですが、フランチェスコ・モーキの作品でも名作と呼べるものでもないですし……」

「何か象徴的な行為だったという可能性は考えられませんか？」

ロッティ大佐は椅子の上で身を揺らすと、意図的に親しげな口調で切り出した。

「わたしが知らない情報を、あなたが隠しているということはないですよね？」

「まったくありません」

ひと言で否定しながらも、見透かされたようでバルディはひやっとした。

「正直困っているんです。神父さん、何かお知恵を貸してはいただけませんか？」

「例の柱の歴史を調べてみましたが、これと言って手がかりはありませんでした」バルディが答える。「ご存じでしょうが、ユリウス2世の依頼でドナート・ブラマンテが設計した柱をミケランジェロがより強固なものに設計し直し、宝を収められる空間も設けた」

「聖遺物のことを宝と呼ばれるのですね」衛兵隊長が笑みを浮かべてつぶやいた。

「ともかく被害に遭った柱には、ヴェロニカの聖顔布のオリジナルが収められています。十字架への道のりでイエスの汗をぬぐったと言われるヴェールです。布についた染みが、救世主の顔に見えると主張する者もいます」

「聖遺物教団とやらについて、何かご存じですか？」

「まったくないですね」

「それではなぜ、わざわざここへ？」

〝福音史家〟は背筋を伸ばした。

「ふたつあります。ひとつは、わたしが今日ローマを去ることをお知らせするためです。バチカン内務省を通じて連絡は取れますので、ご心配なく。もうひとつは……」と言ってためらった。

「昨日大聖堂で押収したフィルムが役に立ったかどうか知りたくて」

「ああ、例のフィルムですね！　これもまた謎なのですよ。昨日すぐに詰め所の現像所に渡して、でき上がった写真を見たのですが、それが奇妙な代物で……」

衛兵隊長はかばんの中のファイルを漁って写真を取り出した。

「これです、見てください」

バルディは写真を受け取る。15×20センチ・サイズのつやなし紙にプリントしてあった。しばしの間、注意深く眺めてみる。ほとんど感光して質が悪い写真だ。画面下方に大理石の床と、そのずっと奥に真っ赤なモカシン靴のつま先が写っている。真新しくて高級そうだ。しかし一番彼の目を引いたのは、画面の左脇中央を占めているものだった。

「それ、いったい何だと思いますか？」

「さっぱりわかりません、大佐。大聖堂でも言いましたが、カメラのフラッシュをまともに受けて目がくらんだもので、女がどこに向かって逃げたかも見えませんでしたから。それにしても」微笑みながら口にした。「こんな珍しい靴を履いていたとは知りませんでした」

「神父さん、どうすればあんなポケットカメラで目がくらむのです？」隊長が反論した。

「あなたが疑いたくなる気持ちもわかります。カメラの持ち主でさえ光の強さに、いったい何が

60

あったんだと驚いていたほどですから。それにフラッシュの件に加えて、この部分に映っているものを考慮したら、ますます厄介になってきますね」

そう言って〝福音史家〟は写真に写っている不自然に光った箇所を指差した。ほうき星のような2本の光の線が、画面を横切っている。神父は試しに、何に見えるか尋ねてみた。衛兵隊長は当然返答に迷い、苦し紛れに口にする。

「露光で大ろうそくの炎が尾を引いたんじゃないですか？」

「でも」バルディが反論する。「陳腐なカメラだと言ったではないですか。フラッシュ内蔵のカメラで、露光も何もないと思いますけど」

「となると、レンズが原因か……」

「いや。それではほかの写真にも出るはずです」

「確かに」隊長も素直に認めた。「その奇妙な跡は、同じフィルムのほかの写真には見当たらないものでした。これでは説明がつかない。昨日の午後、マランガ中尉がパソコンでその部分を引き伸ばしてみましたが、光の筋の後ろには何も見当たらないと言っています。光の帯以外なかったと」

「だとすると、人間の目では捉えられない光だったとしか思えません」

ベネディクト会士はメガネの位置を整えて言葉を続けた。

「おかしな話に思えるかもしれませんが、わたしの目にはこれが何に見えるかわかりますか？」

「さあ、何ですか？」

〝福音史家〟は目の前のそばかす顔の青年をからかうような笑みを浮かべて言った。

「大佐、天使の羽ですよ」

「天使?」

「ええ、光の存在です。聖書に登場する者たちのひとり、いつも神のメッセージを携えてやってくる存在、兆しとして現れる者です」

「はあ、そうですか」さほど興味もなさそうな顔でウゴ・ロッティは応じた。

「これ、いただいても構いませんか?」

「写真ですか? どうぞどうぞ。ネガはありますからご心配なく」

61

61

青い衣の女はこの10年、厳格に修道院の聖務日課を遵守して暮らしてきた。ベナビデスが到着した日の晩も、彼女の生活リズムが変わることはない。

日が落ちた午後8時頃、食事をほとんど摂ることもなくマリア・ヘスス修道院長は独居房に退いた。労働している他の修道女たちの目に触れないよう、ひとり静かに一日を反省する。誰の目にも悲痛に映る極限状態まで自分を追い込むのだった。

午後9時半まで祈りを捧げると、マリア・ヘススは自室のレンガの床にうつぶせになる。それから冷や水で身を清め、粗雑な木の板に横たわり、背中に感じる鋭い痛みを極力考えまいと努めつつ居眠りをした。

他の修道女たちが各自、独居房へと引き揚げた午後11時頃、マリア・ヘススはいつものように〝十字架の実践〟に身をゆだねる。修行の中でも過酷な部類に入る、主イエス・キリストの受難と死を思い描きながら、1時間半にわたって自分の体を痛めつける行為だ。苦痛にさいなまれたキリストと同じように、彼女も疲弊して崩れ落ちるまで、重さ50キログラムもの鉄の十字架を両肩に載せて膝をついて引きずり歩く。次いで気力が戻るまでのわずかな休息のあと、十字架を壁に立て、30分間自らをその十字架にかける。

深夜2時前になると、プルデンシア修道女が彼女の部屋を訪れ、朝課の指揮を執るために礼拝堂に降りるようにと知らせる。朝課は大抵早朝4時頃まで続く。マリア・ヘススは、熱があってもけがをしていても、病気の時でさえも欠かさず朝課に出席していた。だが、ベナビデスの尋問を控えたその日は独居房にとどまることにした。異端審問所の代表者の尋問に臨む、自らの不安を取り繕いたいと思ってのことだ。

「聖母マリアさま、どうかお慈悲を。あなたのお慈悲を」

マリア・ヘススの苦悶の様子は、独居房の扉の下からも洩れていた。

「ずっとわたくしがあなたに忠実で、あなたから教えていただいた多くの素晴らしい事柄を大切にしてきたことはご存じのはず。あなたとの間で交わされた対話を明かすつもりはございません……。どうか現在のこの窮地から、わたくしをお救いください」

幸い他の修道女たちの耳には届かなかったが、彼女の懇願に答えてくれる者は誰もいない。沈黙に困惑を覚えた修道院長は、簡易ベッドに横たわったものの、心は休まらなかった。

一方、コンセプシオン修道院から二百歩ほど離れたサン・フリアン修道院では、何ごともなく4月最後の夜が明けていた。午前7時ちょうど、朝の祈りも果物とパンの質素な朝食も終えたマルシージャとベナビデスは、マザー・アグレダの回答を記入する羊皮紙に至るまで、準備万端に整えていた。

午前7時35分、アンドレス・デ・ラ・トーレ修道士と尋問調書の作成を担当する書記の2名が、サン・フリアン修道院に到着した。マルシージャ、ベナビデス両神父と挨拶を済ませると、4人

61

揃ってアグレダの村を歩いてコンセプシオン修道院へと向かった。修道院の教会に着くと、前日の修道院長の言葉どおりに、大きな机がひとつと椅子五つが整然と据えられていた。机の両端には大きめの枝つき燭台がひとつずつ置かれている。

これ以上何も望むものはない。教会は空気が澄んで静まり返り、外部との接触を阻んでくれるという点でも理想的な場所だ。教会堂入口の聖歌隊席に、時々修道女たちが様子をうかがいに来ることも認めてやるつもりでいる。

予定の時刻に修道院長は現れた。前日とまったく同じ修道服《アビト》を身にまとっている。若々しい顔には明らかに疲れが見える。もう何年も1日2時間の睡眠で生活してきたためでもある。

待ち構えていた神父4人に、マリア・ヘススは挨拶をする。中央祭壇に歩み寄り深々と頭を下げると、席について型どおりの宣言を待つ。ひと晩泣き続けたため潤んだ瞳が輝いている。

「1631年5月1日、アグレダ村のコンセプシオン修道院内教会にて、この村出身で当修道院院長であるマリア・デ・ヘスス・コロネル・イ・アラナ修道女の尋問を行ないます」

書記が自分の正式な名前を読み上げている間、マリア・デ・ヘススは顔をやや傾け静かに聞き入っていた。尋問開始の宣言が終わると、書記はほとんど白紙のページから顔を上げて修道女に質問を始めた。

「あなたがマリア・デ・ヘスス修道女ですか？」

「はい、そうです」

「今日ここで尋問を受ける理由については理解していますか？」

「はい。わたくしがした行為、神が望みわたくしが演じたできごとを述べるためです」

「陳述の際には、すべての質問に対し真実を語ることを誓ってください。本尋問には告解の守秘義務は適用されず、質問には正直に答えてもらいます。そのことに同意しますか？」

彼女はうなずいてからアロンソ・デ・ベナビデスの目を見た。異端審問官の厳しい表情と大きな鼻が、中央祭壇を占めている聖ペテロ像を思い起こさせる。権威で身を固めた男だ。ベナビデスは彼女の真向かいに座っている。両者を隔てる机上には、彼女の側からは判読できない書き込みがなされた紙の山と聖書が一冊載っていた。修道院長の視線が自分に注がれたのを合図にするかのように、異端審問官が口火を切った。

「われわれの報告書によれば、あなたは頻繁に恍惚状態、忘我の境地に至ったということですが、まずはここで、それがいつ頃から起こったのか説明してもらえますか？」

「いまからだいたい11年前の1620年、わたくしが18歳になって間もなくのことです。聖務の最中に恍惚状態に襲われる、それを主がわたくしに望んだのはその頃でした。仲間の修道女の何人かが、床から浮いているわたくしの姿を見たと申しておりました」

ベナビデスが彼女を見据える。

「わたくし自身が望んだ資質ではなく、母親カタリーナと同様、わたくしにも授けられた能力です。母もよく忘我の境地に至っていました。多大な信仰心ゆえに、老いてからこの修道会に入会する決心をしました」

「空中浮揚をしたのですね？」

61

「わたくしの方は何も覚えておりませんが、あとで周りの者にそう言われました」

「その件が外にまで知れ渡ったのは？」

「かつてわたくしの聴罪司祭だったファン・デ・トレシージャ神父は、その手の事柄に不慣れな方でした」

「どういう意味ですか？」

「つまりそのできごとに狂喜して、村で話題にしたのです。当然村中で評判になり、教区の信者がわたくしを見物にやってくるようになりました」

「あなた自身はわかっていたのですか？」

「当時は何も知りませんでした。もちろん目を覚ますたびに、なぜ教会の周りに人々が集まっているのか、不思議に感じてはおりました。ただ、その状態から戻ると、いつも心が愛に満たされていたため、何があったのか人々に問おうと考えることもなかったのです」

「初めて忘我の境地に至った時のことを覚えていますか？」

「よく覚えています。１６２０年の聖霊の復活祭後の土曜日でした。二度目はマグダラの聖女マリアの日です」

ベナビデスは自分の言葉を強調するかのように、頭を前に出して問いかける。

「いまからする質問が証言の領域だと認めたうえで尋ねます。あなたにはふたつの場所に同時に存在できる能力があると耳にしています」

修道女は無言のままうなずいた。

「あなた自身はその才能を認識しているのですか？」

「稀にしか記憶していません。突然自分の意識が別の場所にある。どうやってそこにたどり着いたかはわかりません。初めは修道院の壁の外に出ておりました。レンガ積み職人や見習いの若い人たちに指示を出し、工事の変更を伝えることもしました」

「ということは、彼らにはあなたが見えていたわけですか？」

「ええ」

「その後はどうだったのですか？」

「それから見知らぬ土地まで行くようになりました。一度も行ったことのない場所、わたくしたちとは違う言語を話す人たち、もちろん会ったこともない人々が暮らす場所です。主イエス・キリストの信仰を説いたことはわたくしも覚えています。見知らぬ部族の人々がわたくしたちの信仰を知らなかったからです。ですが、それよりもわたくしを困惑させたのは、自分の内部で聞こえていた声の方でした。見知らぬ部族の彼らを導く、彼らに対して不完全な人間を創造した神を説き、わたくしたちの罪をあがなうためにイエス・キリストをこの地に送り出した神のことを教えなさいと命じる声です」

「命じる声？　どんな種類の声ですか？」

「安心して身をゆだねられる、信頼を寄せられる、そんな感じの声です。おそらくわたくしに語りかけていたのは聖霊の声だったのではないかと思います。聖霊降臨の大祝日に使徒たちに語りかけたものと同じ性質のものです」

61

「どのようにして見知らぬ土地への旅が始まったのですか？」

ベナビデスは横目で書記を見やり、ここまでの供述内容をきちんと書き取っているかを確認した。

「どのように始まったかは定かではありません。わたくしは小さい頃から、スペイン王国が発見した新大陸には、イエスの教えを知らずに地獄で永罰を受けることになる人々が何千、何百万人もいると聞いては心を痛めておりました。そのことを思うだけで具合が悪くなったほどです。そんな状態でわたくしが寝込んだ何回目かの時、母がふたりのレンガ職人を呼んできました。ふたりとも治癒能力があると噂される者たちでした。母は彼らに、わたくしの病気の原因を取り除いてほしいと求めました」

「話を続けてください」

「ふたりのレンガ職人は、わたくしの部屋にやってきて閉じこもりました。いろいろと話をされましたがほとんど覚えていません。ただその中で、わたくしには果たすべき重要な役割があると告げてきました」

「ふたりはレンガ職人ではなかった……そうですね？」

アロンソ修道士はマドリードで総長から受けた忠告を思い起こした。

「はい。彼らは各地を巡回する天使だと教えてくれました。彼らによると、わたくしの家族も同じ血を引いているとのことです。もう何年も前から、神に奉仕できる資質がある者を見極めるために、人々の間で暮らしているとも話していました。その時にヌエボ・メヒコに住む部族のことや、その辺境の地で活動する宣教師の労苦を語ってくれました」

「ふたりの職人と一緒にいたのはどのぐらいの時間でしたか？」

「その時、つまり初回はほぼ一日中です」

「彼らはその後もやってきたのですか？」

「ええ。同じ日の晩、部屋に迎えに来たかと思うと、誰にも気づかれないようにわたくしを外に連れ出しました。まったく一瞬のできごとで、気がつくとわたくしは白い雲に載った玉座に座って空を飛んでいました。下を見やると、自分が暮らす修道院や周囲の耕地、モンカヨ山地とその間を流れる川が目に入ってきます。そのままさらに上昇したかと思うと、次第に周囲が暗くなり、丸い形をした地球が見えます。半分は陰に、もう半分は光が当たっている状態でした」

「すべて自分の目で見たのですか？」

「はい、そうです。正直……自分でも恐ろしくなりました。特に彼らに導かれて海の上を飛んだ時には戸惑うばかりでした。激しい風を顔に感じるわたくしを、いつの間にか光輝く存在に変貌したレンガ職人たちが引っ張っている感覚です。彼らは雲の動きを自在に操れるのか、慣れた様子で右に左にと向きを変えていました」

語られる描写を前にベナビデスは眉をひそめた。彼女の語る内容は、かつて異端のかどで調査されたクエンカ司教のニコラス・デ・ビエドマや著名な黒魔術師トラルバ博士の主張と一致している。15世紀末から16世紀初めになされた供述では、やはりそのような存在と同じような雲に乗ってローマまで飛んだとの話だった。しかも導いた者たちは悪魔だったと疑われている。

61

「ふたりの男たちが神の使いの天使である。そのように確信できる理由は何ですか？」

修道院長が十字を切って答える。

「天使以外にあのようなことができる者がいるのでしょうか？」

「わたしにはわかりません。ですから説明してもらいたい」

「わかりました」ためらいがちに返事をした。「初めは、あなたと同じように悪魔にそそのかされているのではと疑いました。ところが飛び立ってから間もなく、ふたりはわたくしに下に降りて福音を説くよう命じてきました。そのことでわたくしの疑念は晴れました」

「下に降りるよう命じられた？」

「はい。わたくしの足元に光の絨毯《じゅうたん》のようなものが敷かれ、そこを降りて神のメッセージを待つ者たちに福音を伝えろとのことでした。キリスト教徒でもイスラム教徒でもないのはわたくしにもわかりましたが、かといって、わたくしたちの信仰の敵でもありませんでした。動物の皮を身にまとった者たちが、雲から降りてくる光に感銘を受けて、わたくしのもとに駆けつけてくるのです」

「もう一度うかがいます。彼らが天使であったのは確かですか？」

「ほかに考えられますか？」修道院長は一歩も譲る姿勢を見せない。「わたくしの口にするひとつひとつの言葉はもちろん、わたくしの神への信仰心も敬意を持って受け入れておりました。彼らが悪魔だったなら、父なる神への称賛に耐えられるはずがありません」

「なるほど。それからどうなったのですか？」

「彼らに命じられたことを実行しました。初回の晩はそこのほか、2箇所で福音を説きました。別の部族なのか、最初の者たちとは違う言葉を話していました。不思議なことにみな、わたくしの言っていることを理解しているようでした」

「どんな者たちでしたか？」

「特に印象深かったのは赤褐色の肌をした、胸・腕・脚・顔に入れ墨か何かを塗っている部族です。わたくしたちのような石造りの家に暮らし、儀式で集まる家だけが井戸のような造りで、屋根から出入りする形だったのを覚えています。儀式に参加できるのは呪術師の男たちだけでした」

さすがにベナビデスは動揺した。彼がヌエボ・メヒコの辺境の地で耳にしたものとまったく同じ光景だ。行ったこともない彼女がなぜそこまで詳しく知っているのか……。

「フランシスコ会士がやってくることを、その部族の者たちに話しましたか？」

「もちろんです。天使たちに執拗にそうするよう言われましたから。それどころか、わがフランシスコ会の神父たちが伝道活動をしている地域もいくつか見せてくれたほどです。そのうちのひとつで宣教する老神父のもとに、先住民の若者が出向いて、自分の集落にも福音をもたらしてくれと要請する。サクモという名の、寡黙な広い背中をした青年です。彼らに神父の派遣を訴えるように勧めたのもわたくしです」

「イスレタか！」

「何という場所なのか、わたくしは知りません。誰も名前を教えてくれませんでしたから。一方

61

で神父の人員不足を理由に、彼らの願いが実現しないことにわたくしが悲嘆に暮れたのは覚えています。そこでサクモが神父に会いに行く何日か前、彼にどこに向かえばいいか、わが修道会の神父のいる場所を教えたのです」

「その地域には何回ぐらい行ったのか覚えていますか？」

「正確に答えることはできません。何しろわたくし自身よく記憶していないものも多いですから。毎日のように夢でその地方を訪れましたが、それが夢の中だけのできごとだったのか、それとも神がわたくしの宣教の場面を記憶に残しておいてくれたものなのか、定かではありません」

「それでも答えてください。この場合、たとえ正確でなくても重要な事項ですから」

「わかりました。おそらくは……五百回ほどだと思います」

ベナビデスは彼女の答えに目を丸くした。かすかに声が震え始める。

「ご……五百回!?、1620年から今日までに？」

「いいえ。1620年から1623年の間だけです。それ以後はわたくしが主イエス、あるいは主の仲裁者たちに必死に懇願したことで、異国での宣教行為は止んでいきました。以前は毎晩わたくしのもとに来ていた天使たちが、次第に週1回、月1回という具合に訪問の間隔が空くようになり、最終的に一度もなくなりました」

「わかりました……。体を脱け出し別の場所に現れる、あなたのその能力を止める理由を説明してくれた者はいますか？」

「いませんが、わたくし自身が苦行することで肉体を制したかたちです。肉・牛乳・チーズを断ち、菜食に切り替えたうえで、週3日はパンと水のみの絶食を実践しました。能力が消えていったのはそれから間もなくのことです」

「完全に消えたのですか？」

「わたくしにはわかりません。神さまだけが知ることでしょう」

「だが、海の向こう側ではまだ、あなたの姿をした女性が相変わらず出現しているのです」ベナビデスがつぶやいた。

「その可能性はあると思います。わたくしの知らぬ所で、天使たちがわたくしの姿を使って先住民たちの前に出現していることは十分考えられます。あるいは別の修道女に協力を求めたのかもしれません」

ベナビデスは手元の羊皮紙に何かを書き留めると、素早く折りたたんだ。

「よろしい、マリア・ヘスス修道女。供述検討のため、本日はここまでとします」

「承知いたしました」

修道女のあくまで従順な態度が異端審問官を当惑させる一方、彼の隣に座るマルシージャ神父は頼もしそうに彼女を眺めていた。元ヌエボ・メヒコ統轄司祭の期待を裏切る結果にならなかったのが何よりだった。ベナビデスはもう疑いは抱いていない。彼が探し求めていた青い衣の女はこの修道女だった。それが確認できた以上、明日以降は、彼女がいかにして新大陸に飛ぶことができたのか、その秘密を引き出すことに注がれることになる。

それが得られるまではこの地から去るつもりはなかった。

62

バチカン市国を出て2時間後、アリタリア航空のチェックイン・カウンターで荷物を預けている間も、バルディ神父の顔には衛兵詰め所で見せた皮肉めいた笑いが残っていた。空港内は思いのほか閑散としていて、搭乗ゲートも乗客の姿はほとんどない。

バルディは、まるで雲の上に乗っているような気分で所持品検査のゲートをくぐった。当然ながら黒服姿で真っ赤なモカシン靴を履いた女性が、自分のあとを追っているのにも気づいていない。それほどまでに、ベネディクト会士の頭は別の考えに向けられていた。告解室での災難から一夜明けた今朝、教皇の私設秘書であるスタニスラフ・ズシディフ枢機卿から下りた許可が、彼の心を若返らせた。特例措置でバルディが直接〝第二福音史家〟と会うことを認めたのだ。まさに兆しと言えよう！　クロノビジョン計画の規律に再度反することにはなるが、今回は総括責任者〝聖ヨハネ〟のお墨つきをもらっている。何しろバルディに対し、兆しに身をゆだねよと言ったのもほかならぬ枢機卿だ。したがって、いまとなっては部下を後押しするしかない。

「日曜日の内部会議の前までによい知らせを携えて戻ってきてくれ」そう言ってバルディを送り出した。「いまはコルソの実験台になった女を探すのが先決だ。そのためにもふたりめの福音史家〝聖マルコ〟が力になってくれることを願う」

そうして〝聖ルカ〟、ジュゼッペ・バルディはバルセロナ・エル・プラット国際空港に着き、そこで国内線（アビアコ航空の古参の機種フォッカーF27フレンドシップ）に乗り換え、バスク自治州のサン・セバスティアン空港に向かった。到着後はズシディフから手渡されたクレジット・カードでビルバオ・ナンバーの白の3ドアのルノー・クリオを借り、A－8高速道路をひたすら走ってビスカヤ県の県都ビルバオを目指す。

車を走らせて45分後、市街地に入った所でレンタカーを返し、その後はタクシーを拾って運転手に行き先を書いた紙を渡した。目的地へと移動する間、バルディは、20世紀も終わりに近づいたこの時代、ヨーロッパ内の交通移動が速くなったことをしみじみと感じていた。一方のタクシー運転手は、落ち着かぬ様子の神父が渡した行き先に多少疑問を抱きながらも、デウスト大学を目指してアクセルを踏んだ。同じ市内のため到着に10分もかからなかった。神学部はネオ・クラシック風の建物の2階にある。〝聖マルコ〟ことアマデオ・マリア・テハーダ神父は、そこに仕事場を持っていた。

玄関先の一覧にテハーダ神父の部屋番号と位置も示されていた。

バルディは大理石の階段を一段飛ばしで昇り、小部屋のドアの前に立つとノブに触れる。が、すぐに手を離して指の節でノックした。

「はい、何でしょう？」

出てきた巨体のテハーダ神父が、訝《いぶか》しげにバルディを見下ろす。試験真っ只中のこの時期に、なぜ学生のたまり場にこんな年配の男がいるのだ？　しかも訪問者はベネディクト会の修道服姿《アビト》

62

で、驚きの表情でテハーダを見やっている。

「〝聖マルコ〟か?」イタリア語で口にした。

巨人の表情が輝いた。即座にすべてを理解したようだ。

「これは驚きだ！　ここに来る許可は得たのか？」

バルディはうなずいた。相手のイタリア語の完璧な発音が、母語での会話を饒舌にする。

「わたしが〝聖ルカ〟だよ、兄弟」

「音楽研究家か!?」テハーダは両腕を天に掲げて感謝する。「とにかく中に入って座ってくれ！　こうやって直接会える日をどれだけ心待ちにしてきたか！」

白ひげの巨人は学生のごとく喜んでいた。クロノビジョン計画を進めるグループの長のひとりが、自分の仕事場に何を携えてやってきたのかは、まだ彼にもわからない。しかし約半世紀にも及ぶこの計画で初めて、安全対策として定めた最重要規則を破るのだから、何らかの重大事件だと察しはついた。

「テハーダ神父、今回の訪問はズシディフ猊下が許可したものだ。あの〝聖ヨハネ〟がね」

「となると重大な件ということだな」

「最重要案件と言ってもいい」〝聖ルカ〟は何とか説明しようとするが、なかなかうまい言葉が見つからない。「すでに〝第一福音史家〟の自殺については聞いていると思うが」

「ああ、何日か前に知らされた。悲惨なことだ」

バルディもうなずく。

「おそらくまだきみは知らぬと思うが、彼の死後、パソコンから研究に関わる資料が全部、消えていた。行方を捜すにも、どこから手をつけていいかわからぬ状況だ」

「正直わたしにはわからない。そもそもなぜここに来るのだ？　警察ではないぞ」

「それについては……。まあ、神の摂理によってきみのもとへ導かれたと言えばいいか」ためらいがちに説明する。「兆しに導かれた結果ということなのだが」

「その選択は正しいと思う」巨人がバルディを称えた。「最後まで信念を保ち続ける聖職者には、ほとんどお目にかかった記憶がないからな！」

「加えてきみは天使の専門家だったはずだ。たぶん誰よりもその件を熟知していると思う。あちこちに兆しを蒔く彼らの意図を解釈するには打ってつけの人物だろう」

テハーダは肩をすくめてみせる。おそらくはローマ在住の何者かが、バルディ神父に彼の経歴を伝えたのだろうと考えた。

「それについては、ほめ言葉として受け取っておくよ」

「そこで兄弟、きみ自身の目で見てもらいたいものがあるのだが……」

〝聖ルカ〟はかばんの中を覗いてロッティ大佐にもらった写真を探す。茶封筒を取り出すと、静かに中身を出してテハーダの仕事机に置いた。

「昨日バチカン市国で撮影されたものだ。ヴェロニカ像の柱付近で小爆弾が３つ炸裂した直後、爆発物を仕掛けた女が逃げる場面を撮った写真だ」

「ではこの赤い靴はその女のものか？」

62

バルディがうなずく。

「さすがにここまでその事件のニュースは届いていないぞ。被害はあったのか？」

「大事に至らなかったから、今日付の『オッセルバトーレ・ロマーノ』〔教皇庁の機関紙〕にも載っていない。だがよく見てほしい。画像を横切る2本の線と赤い靴の向こうに写っているのはわたしの靴だ。ちょうどわたしは爆発現場に居合わせていた」

テハーダ神父は真剣なまなざしで写真を分析した。机の引き出しから虫メガネを取り出し、ひげを撫でつつ写真を見やる。

「どんなカメラだったかわかるか？」

「よくある小型のニコン、観光客が撮ったものだ」

「なるほど。きみ自身は何も見えなかったということか？」

「何も……。ただフラッシュの光があまりに強烈だったので、カメラの持ち主さえ訳がわからず驚いていたほどだった。わたしはその光で目がくらんだ状態だった」

「ふむ」テハーダがうなった。「きみの目をくらませたのはフラッシュじゃないかもしれん」

テハーダの言葉にバルディは驚きの表情を見せたが、ひとまず口をつぐんだ。

「おそらくは」とテハーダが続ける。「この閃光がテロリストと思しき女を飲み込んだのじゃないか」

「飲み込む？」

「きみは物理学に明るい方か？　この手のテーマを科学雑誌などで読んだことは？」

「いや。わたしの専門は音楽史だから」

「それならばできる限り簡単に説明しないといかんな。たぶんきみが目にしたのは素粒子を扱った物理実験で見られる効果のひとつだったと思われる。特に光子を分離させて、別の場所にまったく同じものの複製《レプリカ》を投射する類《たぐい》の実験で見られるものだ。ともかくその分離現象を量子テレポーテーションと呼んでいる。もっとも、厳密にはバイロケーションということになるが」

バルディが仰天する。バイロケーション⁉

「物質が複製される過程では」とテハーダは説明を続ける。「元となる光子からおびただしい量の光エネルギーが放出されることが確認されている。強い放射物質は機械が感知できるもので、そうなると写真のネガフィルムが感光したとしても不思議ではない」

「しかしいまわれわれは素粒子の話をしているのであって、同時にふたつの場所にいられる人間の話をしているわけではないと思うのだが」

ヴェネチア人神父にも、説明されている理論が自分とも大きく関わってくるものであることがわかり始めていた。仮に憶測が正しかったとすれば、バルディはバイロケーション能力を有する人間の至近距離にいたことになる。そう、マリア・ヘスス・デ・アグレダ修道女と同じ能力を持った者のそばに……。

「いま述べたような、量子の特質を応用した技術開発が進められているのを誰かが否定したとでも言うのか？」

「まさか！　誰もそんなことは言っていないさ」

62

〝聖ルカ〟の心の移り変わりはテハーダを喜ばせる。

「信じられないかもしれんが、わたしはこの手の光の帯が写った写真を前にも目にしている。しばしば不可思議な存在によって生じたとしか思えない現象をカメラが捉えることがある。たとえばボスニア・ヘルツェゴビナのメジュゴリエに出現した聖母の場合も同様のことが起こっている」

「本当かい？」

「とにかくいまわれわれの前にいるのは、ある種のエネルギーを放つ超越的な存在であり、そのものが発するエネルギーは人間の目には見えぬということだ。画家が描いた聖人像によく見られる後光のようなものと思ってもいい。違うとすれば、それを物理的な根拠で示そうとしているかどうかだ」

「まさかきみは、これが聖母の出現だと……」

「それはない。聖母の顕現を証明するとなれば、あらゆる証拠を集めねばならない。ただわたしの考えを正直に言うと、写真に姿が写っていない女は〝潜入者〟、すなわち天使じゃないかと思う。自分の姿を自在に消すことができる、観光客のフラッシュを隠れ蓑にして閃光を放ち、逃亡を装って消え失せる、それができる存在だ」

「それでは憶測の域を出ていない」

「それはわたしも認める。だがキリスト教ばかりでなくそれ以前の伝承では、天使が生身の人間の姿をしていたと語られている。しばしば高次の物質なり姿形なりを取り入れつつ、人々の暮らしに潜り込み、その中でわれわれの生きるさまを見守る存在としてだ。いわばスペイン内戦時に敵方に潜入した工作員〝第五列《キンタ・コルムナ》〟のような……。わかるか？　波と粒子である光と同じように、天使も身体を持つと同時に非物質的な存在だということだ」

「とにかく驚かされっぱなしだよ、わたしは」

「しかもだ」テハーダは手にした大聖堂での写真を振りかざしながら、さらに説明を続けた。「何のためかはわからぬが、人間の目以上にさまざまな度合いの光を感知するカメラが、われわれの目には見えないものをこういったかたちで証明してくれる」

会話が深まっていくにつれバルディは、自分がこの男に会いに来たのは正解だった、まさに打てっつけの人物だったと確信した。兆しに従った結果、適切に導かれたと言えよう。神の意図を信頼したベネディクト会士は、メガネの位置を整えると、テハーダから目をそらすことなく告げる。

「今日の訪問の目的のもうひとつをまだ説明していなかった。女テロリスト、いや天使か……まあどちらでも構わんのだが。彼女が逃げながらわたしの前を横切った際に、兆しに敏感になれ、〝ふたりめ〟に尋ねよという内容の忠告をしていった。それがあってきみ、すなわち〝第二福音史家〟に会うべきだと推測した。ほとんど直感に近かったのだが」

信じられぬという表情で巨人がバルディを見つめた。

「確かに天使は、何らかの兆しを示すためにわれわれの前に出現するものだが……、それとわたしがどう関係するのだ？」

62

「その写真を撮った時、わたしは〝聖マタイ〟のデータが消滅したことへの回答を何とか見いだそうとしていた。それが自分の役目であり、ほかにどうすべきかもわからぬ状態だった。そこで〝聖ヨハネ〟、ズシディフ猊下から兆しに身をゆだねろと忠告された矢先に、この写真の場面だ。奇跡としか言いようがない。今の説明でわかってくれたか？　わたしにとってはきみもその奇跡の一端なのだよ。きみには何か、わたしに言えることがあるはずなんだ！」

「ではそれを探ろうじゃないか！」テハーダ神父も乗り気になって声高に応じた。

「わたしとしては、きみが持っている何らかの情報が、〝聖マタイ〟の盗まれたデータのありかを探す手がかりになると踏んでいる。そのために兆しに導かれて、ここまで来た。それは確かだ」

「ああ。実に不合理なことだからこそ、わたしにも納得できる」

不合理の極みゆえに信頼するよりほかない。いまのテハーダの状況はまさにそれだった。善良な巨人はどうにか友人の力になりたいと考えている。ところが何から協力すればいいのかがまだ見えない。それも神の采配か。

「バルディ神父、〝聖マタイ〟の自殺後に消滅したのはどんなデータだ？」

「明確には答えられない」

「だが、何かはっきりしたこともあるはずだろう」

「ああ。ルイジ・コルソは死ぬ前にある事柄に執着していた。17世紀にヨーロッパと新大陸を行き来していたスペイン人修道女、彼女の能力に関する情報を探し回っていた。現在のアメリカ南西部の先住民たちのもとに何度も出現し、宣教したと思われるその修道女は〝青い衣の女〟と呼ばれていたらしい」

バルディの言葉に、テハーダの顔が凍りついた。

「青い衣の女！　確かか？」

「間違いない。でも、なぜ……？」

「まさしく神の摂理だ、バルディ神父！」巨人が高笑いをした。「参った！　驚くしかない」

「きみが核心に触れたようで何よりだ」

「核心も何も……実にみごとな話だ」やや大仰なそぶりで叫ぶテハーダを、戸惑い顔でバルディが見つめている。「青い衣の女の列福手続きをしている責任者はこのわたしだよ」

続けて聞いた説明に、バルディは愕然とするしかなかった。マザー・アグレダはその生涯で数多くの功績を残しているにもかかわらず、ローマ・カトリック教会からはいまだに聖女と認定されていない。教会内部で何かがあったとしか思えない。彼女の聖性については歴代教皇の誰ひとりとして認める態度を取っていない。クレメンス14世やレオ13世に至ってはそれぞれが〝沈黙の教皇令〟を出して幕引きしたほどだ。過去に教会内でここまで冷遇された女性はほかにいない。だが1987年、テハーダがふたつの教皇令の解除を達成したことで、ようやく青い衣の女の調査が再開された。バイロケーションをしてアメリカ大陸に現れた修道女のことを最もよく知る人物は、紛れもなくアマデオ・テハーダ以外にありえなかった。運命の気まぐれゆえにか、バルディ神父はいまその張本人を前にしている。

62

「聞いてくれ、バルディ神父」ベネディクト会士同様、まだ興奮冷めやらぬ御受難会修道士が話を続ける。「数日前、ここに警察がやってきて17世紀の古文書について尋ねていった。フェリペ4世所有の文書で、青い衣の女の顚末が初めて完全に記されたものだという」

テハーダの説明をバルディは信じられぬ思いで聞いている。

「どうやらそれには」テハーダが続けた。「修道女がどのようにバイロケーションをしていたか、その方法が詳しく書かれていたと思われる」

バルディもその件についてはズシディフから知らされている。当然マドリードで盗まれた事実についても知っていたが、何も言わずに相手の説明に耳を傾けていた。

「なぜ警察が古文書のことを調べていたのだ？」あえて自分のカードを伏せたうえで、バルディが尋ねた。

「実に単純なことだ。何者かが国立図書館から盗み出した……」テハーダが突然思いついたように机上のカレンダーを見やる。「〝聖マタイ〟が自殺した日にだ！」

「驚いたな。古文書についてほかに知っていることはあるか？」

「もちろんだ。１６３０年、ヌエボ・メヒコ地方に出現していた女が、グアダルーペの聖母ではなく自分の修道会の修道女だとの疑念が持ち上がったことから、調査目的でフランシスコ会士がアグレダの村に派遣されている。サンタフェの統轄司祭をしていた人物で、真相究明のため彼女に尋問した。２週間に及ぶ尋問のあと、元統轄司祭……」

「ベナビデス？」

「そうだ。元統轄司祭で異端審問官のベナビデスが尋問の報告書をまとめた」

「きみは報告書の内容を知っているのか？」

「部分的にしか知らん。ベナビデスは修道女がいつも聖歌を聞いたあとに深いトランス状態に陥り、そこから分離、あるいはバイロケーションと言うべきかもしれぬが、とにかく別の場所に移動していったと推測した。わたしはその辺りのことを以前、〝聖マタイ〟の助手にずいぶんと話している」

「ドットーレ・アルベルト、先日会ったばかりだ」

「そう、彼だ」

「何か言っていたか？」

バルディは尋ねながら、頭の中でパズルのひとつひとつのピースを組み合わせようとしていた。テハーダから青い衣の女のことをすでに聞いていたのだとしたら、どうしてあのドットーレは自分に対し、ルイジ・コルソが特に執着していたことを口にしなかったのか？　これまで〝福音史家〟の誰ひとりとして修道女の話をしてくれなかったのはなぜなのか？　〝聖ヨハネ〟すら教えてくれなかったとなると……。

自問を繰り返すバルディをよそに、テハーダが話を続けた。

「アルバート・フェレルが特に興味を示したのは聖歌についてだった」思い起こして説明する。「ある意味当然とも言える。〝四福音史家〟の間では、バルディ神父の先多声音楽《プレ・ポリフォニー》の研究成果はすでに伝わっていた。宗教音楽で使われている特定の振動数が意識を高揚させ、バイロケーション

62

をしやすくするという説だ」

「その様子だとみな、わたしの研究を真剣に捉えてくれていたようだな」

「もちろん！　きみがコルソ神父に送った報告のひとつで、アリストテレスに触れていたのをよく覚えている。プラトンの弟子が、音楽が人間の意志にどのような作用を及ぼすかを研究していたという話だ」

「彼だけではない！」バルディが口を挟む。「ピタゴラス派の連中も音楽を研究していた。フリギア旋法は兵士らの士気を高める。リディア旋法は逆に斥候の心を衰弱させる。ミクソリディア旋法は憂鬱な状態を引き起こすという具合に、戦場で自分の軍隊を鼓舞したり、あるいは敵兵の意欲を削いだりするのに音楽を利用していた」

「だったらよく聞いてほしい。ルイジ・コルソの助手はわたしに、自然界で創造された物あるいは状態には、それぞれ特有の振動が備わっているのを発見したと言っていた。そのため人の精神が、対象となる物と同じ振動を得ることができれば、物の本質ばかりでなく、場所や時代にまで触れることができるのだと」

「ドットーレがそんなことを言ったのか？」

テハーダ神父は再度あごひげを撫で回す。バルディがまばたきひとつせず問い質すことに困惑していた。

「ああ。ベナビデスが行なったマリア・ヘスス修道女への尋問で、わたしが知る数少ない内容が、彼女がどんな時にトランス状態に陥ってアメリカ大陸まで飛んでいったかを詳細に説明した箇所だ。ミサの最中、『アレルヤ唱』を聞いている間にバイロケーションしていた。聖歌の音の振動が彼女を一万キロ離れた場所まで飛ばしていたんだ」

「『アレルヤ唱』？　それは確かか？」バルディがメガネのフレームに触れた。

「驚くほどのことでもないだろう。聖アウグスティヌスも明確に書き記していたはずだ。『アレルヤ唱』は神との神秘的な合一を容易にしてくれると」

「ところで兄弟、コルソがそのトランス状態のひとつを再現して誰かに試したかどうかは聞いているか？」

バルディが手の内を明かさない二度めの行為となった。問いの返答がイエスであるのは彼にもわかっている。だがテハーダが何かを知っている可能性がないか？　コルソの間近で仕事をしていたフェレル博士ですら知らない何かを得ていることはないか？

「いまの問いに対する答えはイエスだ……」答えながらテハーダは何かを思い出していた。「コルソは、中世のミサで使われていた曲の中に根本となる音の響きを見いだしたと言って、誰かに実験したということだったが……」

ベネディクト会士はいつになく焦りを感じていたが、核心となる問いを発する前に少し回り道をすることにした。

「具体的に何の音を使ったかは覚えているか？」

「さて何だったか……。確か、16世紀以降のミサの入場で歌われた『イントロイトゥス（入祭唱）』がド。『キリエ（あわれみの賛歌）』、『グロリア（栄光の賛歌）』がレ。ミは聖書朗読と聖体

62

拝領の間で歌われていた『アレルヤ唱』に用いられたと」

「そうだ！」バルディ神父は叫んだ。「伝統的なミサは、初めから終わりまで完全なオクターブを成している！　典礼はとりわけ神秘状態をもたらすために組み立てられたもので、それによって高い感受性を持つ者が体外離脱をしていた。それはわたしの理論だよ！」

「しかしバルディ神父、ではなぜ、マザー・アグレダだけがその作用で飛んでいけたのか？　同じ修道院にいた他の修道女たちにそれがないのも不思議だ」

「ああ、確かに……」ためらいをみせた。「神経症などの要因も考えられるかもしれないな」

バルディは椅子から立ち上がり、その場で小さな円を描いて歩き始めた。言うべき時が到来した。

「コルソの話だと、その振動を使って実験したということだった。昨日ローマでドットーレに会った時に、彼も同じことを言っていた。〝大いなる夢見人《ゆめみびと》〟と呼ばれる女にその音を適用したとのことだったが、実験途中で断念して帰ったという話だった」

「女？　イタリア人のか？」

「いや。アメリカ人だ。何か聞いているか？」

その言葉を聞いたテハーダが、満面に笑みを浮かべてバルディを眺めた。あざけりにも情愛にも映る表情だが、何かを隠している感じだ。賭けに出るような印象も与える。

「バルディ神父。運命がきみの手にゆだねたい情報が何であるか、やっとわかったよ」

ビルバオ男の確信に満ちた態度に、バルディは身震いを覚えた。

「今日、わたしの友人である国立図書館館長からの連絡で、何日も前からずっと青い衣の女を夢見ているという女の居場所を、警察が突き止めたとの報告を受けた。ロサンゼルス在住の人物で、以前ローマに暮らしバチカン放送で仕事をしていたとのことだ。いま頃警察が捜査に向かっていることと思う。きみが探し求めていた人物は彼女じゃないかね？」

63

ロサンゼルス

「いったい何なのよ！」

　怒りに満ちた顔でリンダ・メイヤーズが吠える。ウィルシェア・ブルーバード１１００番地に建つ高層ビル３階の取調室にこもって１時間。ＦＢＩ捜査官２名と外国人１名が、そんな彼女に対し、自身がどんな状況にあるのかを理解させようとしていた。

「さっきから何度も言っているように、その文書がマドリードで盗まれていたなんて、わたしが知るわけないでしょう？　そこに自分が尋ねた修道士の名が書かれていたのも、偶然だとしか説明のしようがないわ」

　どれだけ必死に訴えても、一語たりとも鵜呑みにする気はない。マイク・シェリダンはそんな表情で彼女を見ていた。メイヤーズ医師も彼のボディ・ランゲージでそれを感じていたのだろう。より寛容そうな外国人の方に助け船を求めた。

「スペイン史なんか全然知らないのに」

「それがスペイン史ではなくアメリカ史なんですよ」見た目は若そうな男が、強いスペイン語訛りの英語で応じる。特別捜査官というよりは大学生に近い容貌をしている。「盗まれた文書は、現在のニューメキシコ州であるヌエボ・メヒコ地方の歴史を扱ったものです」

「まさかわたしを疑っているの？　あの館長、ええと……」

「バリエンテ。エンリケ・バリエンテ」

「そうそう、そのバリエンテ氏が告発したと？」

「いいえ。盗難品を探しているだけで、あなたは単なる参考人です」と告げると言い加えた。「申し遅れましたが、ぼくの名はカルロス・アルベル。スペインから来ました」

メイヤーズが彼を見つめた。

「わたしが図書館にかけた電話が理由で？」

「ええ、そうです」

「メイヤーズさん。われわれが知りたいのは」シェリダンが口を挟んだ。「いったいどこから、あなたがエステバン・デ・ペレアという名を引き出してきたかです」

この美しきアフリカ系アメリカ人女性の内には、精神科医らしからぬ獰猛な何かが潜んでいる。カルロスも、険しい顔つきで戸口に立っているもうひとりの捜査官も、そう感じていた。一方でカルロスは、ハリウッドの長編映画のワンシーンを観ている気分でもあった。少なくともスペインでは、警察署がこのビルみたいな広々とした建物ではないし、捜査官たちがマイク・シェリダンのようにパリッとしたスーツを着こなしていることもない。

「どうです？」シェリダンが問いかける。「あなたにその修道士の話をしたのは誰なのか？　そ

63

れを教えてもらえませんか」

「職務上の秘密なので答えられません」

「この期に及んで職務上の秘密もないでしょう！　こちらは名前だけを教えてくれと言っているのです。情報の出所を確認するために」執拗に説得する。「教えられないのであれば、あなたを窃盗罪の容疑者とみなすことになる」

「冗談でしょう？　わたしは電話で問い合わせただけだわ！」

「先生、実は」カルロスが話しかける。「昨日マドリードでバリエンテスに会ってきました。彼はあなたとの会話を思い出しながら、気になることを口にしましてね」

メイヤーズは黙ってスペイン人の説明を最後まで聞く。

「彼の話では」カルロスは続ける。「エステバン・デ・ペレアの情報をあなたに語ったのは、患者のひとりとのことでした。あなたの患者の中に青い衣の女の夢に悩まされている女性がいると。そうではありませんか？」

精神科医は肯定も否定もしない。

「メイヤーズさん、確かですか？」非難めいた口調でシェリダン捜査官が問い質した。

カルロスは改めて捜査官の顔を見やる。治安を守る立場の男が、喫煙の衝動を紛らすためにガムを噛んでいるさまが、奇妙に思えてならなかった。これがマドリードだったら、みな平然と吸っているに違いない。

「できればその女性の連絡先を教えてもらえませんか？」カルロスは先ほどよりも穏やかに尋ね

た。

しばしの沈黙の後、リンダ・メイヤーズは彼らが最も恐れる返答をした。

「申し訳ありませんが、守秘義務なのでお断わりです。患者の個人データを洩らすわけには行きません。これ以上強要するのであれば、こちらも弁護士に訴えます」

「すでにこちらが、彼女の情報を把握していたらどうです？」カルロスが挑発するように医師を見る。「確認していただけますか？」

「知っているというの？」リンダ・メイヤーズの声には疑いの色がありありと感じられた。「図書館の館長にも一切口にしなかったはずよ」

外国人記者はコルク表紙のノートを手に取り、最後のメモを探す。機内で書き留めて携えてきた情報だ。見つけ出すと参考人のそばに寄り、謎めいた微笑を浮かべた。

「ジェニファー・ナロディという名に覚えはありますか？」

途端に精神科医の顔が青ざめる。

「い……いったいあなた、どこの悪魔からその名を？」

「悪魔じゃありませんよ、先生。天使のしわざです」と冗談で切り返した。

64

「〝ガードマン〞です。管理本部、応答願います」

「こちら本部5×5、どうぞ」

「〝鳥〞が巣を抜け出しました。飛ばせておきますか？」

「いや、あまり遠くに行かないうちに捕まえよう。すぐに〝鳥かご〞を準備する」

「了解」

デウスト大学を出て春の日差しを浴びたジュゼッペ・バルディは、街の中心部まで歩くことにした。一週間続いた大雨のあとで、ビルバオの街には洗い流されたようなすがすがしさが漂っていた。

万事平穏だった。バルセロナ・ナンバーのワゴン車、フォード・トランシトを除けば。

〝福音史家〞が大学の門から出ると同時に、窓ガラス全体がマジックミラーで囲われた車のエンジンが作動した。

「あれか！」

ワゴン車のハンドルを握る屈強な男が、バルディを目で追いながら葉巻に火をつける。

「〝ガードマン〞、横断歩道を渡ったところで捕獲だ」

ザッという音とともに通話は切られた。葉巻をくわえた男はトランシーバーを助手席に放ると、サングラスをかけ直し、ベネディクト会士の近くまでのろのろと車を寄せていった。当の神父は何も知らずに意気揚々と歩いている。

「いまか？」

〝ガードマン〟が確認を取る。

「いまだ」

それで十分だった。

ピアモンテ出身の、がっしりとしたスキンヘッドの〝ガードマン〟はトランシーバーを上着のポケットに突っ込むと、足早に標的に近づいていった。一旦神父を追い抜いたところで、ちょうど信号が赤に変わった。あとは標的がそばに来るのを待つだけだ。半径5メートル内に誰も人はいない。絶好のチャンスだ。神父と肩を並べたところで、突然〝ガードマン〟は完璧なイタリア語で話しかけた。

「やあ、いい天気ですね」

バルディは仰天したが、あいまいな笑みで応じ、素知らぬ顔をして横断歩道の先を見つめた。それが、神父が自分の意志で取った最後の行動だった。アルマーニを着たスキンヘッドの男は、消音装置つきピストルを取り出し神父の脇腹に突きつけた。

「一歩でも動いたら、ここで撃ち殺す」小声で警告した。

〝福音史家〟の顔面が文字どおり蒼白になる。喉元まで心臓がせり上がるような、奇妙な感覚を

64

味わった。神父から拳銃は見えないが、肝臓の辺りに硬い銃口を感じる。生涯を通じて一度も武器を向けられたことがないだけに、不条理な思いと悪寒が背筋に走る。

「あ……相手を間違えている」不自然なスペイン語で答えた。「金など持っていない」

「金が目的じゃないんだ、神父さん」男は構わずイタリア語で告げる。

「し……しかしわたしは……」

「ジュゼッペ・バルディ神父だろう?」

「え……ええ」かろうじて口にする。

「だったら間違いではないということだ」

〝ガードマン〟が話を続けるよりも先に、ワゴン車が信号付近に急停止して、ドアが開く。たくましい腕に無理やり車内に押し込まれ、〝福音史家〟は床の上に前のめりに倒れる。すかさず別の、やはり太い2本の腕に無造作に引き上げられ、奥の座席に座らされた。

「行儀よくするんだ。あんたを傷つけたくないからな」

「きみたちは誰だ? 何が狙いだ?」

バルディは口ごもりつつも母語で問い質した。困惑しているうえ、両腕は打撲し、脈は上がる一方だったが、自分が拉致されたことだけは認識していた。

「安心しろ、あんたに会いたがっているお方のもとへ連れて行くだけだ」スキンヘッドの男が言った。

バルディに銃を突きつけた男は助手席に座り、バックミラーで〝福音史家〟の顔をじっと見据えている。

「下手な真似はするなよ、神父さん。目的地までは数時間かかる」

「数時間？　どこへ行くんだ？」

「落ち着いて話ができる場所にだ、〝聖ルカ〟殿」

その言葉を耳にした瞬間、バルディは身の危険を感じた。

男たちは人違いで拉致したわけではない。バルディが誰だか知ったうえで犯行に及んでいる。まずいことに、ローマから尾行されていた節がある。問題はなぜ拉致されたかだ。

腕に注射を打たれて意識が薄れていった。ヴァリウム10ミリグラム、5時間眠らせるには十分な量だ。

空が暗くなり始める頃、フォード・トランシトはビルバオの環状線からAP－68高速道路に入ってブルゴス方面に向かい、途中で国道1号線に連絡してマドリード方面へと下る。ソモシエラ峠に上る手前のサント・トメ・デル・プエルトまで行った所で、国道110号に入ってセゴビアまで走る。そこで誘拐犯らはローマ水道橋そばのガソリン・スタンドで7千ペセタを払って軽油を補給した。その後は県道でサマラマラに向かったが、町までは行かない。

車内の時計は午後10時7分を指していた。最終的に車が停まったのは、中世スペインでも異色のひとつとされる聖堂から、さほど離れぬ場所に立てられた石の十字架の前だった。そこでエンジンを切ると、教会の正面に向けハイビームを2回点灯し、中にいる者たちに待ち人の到着を知らせた。

65

65

カリフォルニア州、ヴェニス・ビーチ

呼び鈴がけたたましく三度鳴り響き、ジェニファーは目を覚ました。月曜の午前7時に執拗に呼び出す知り合いなど心当たりがない。純白のシルクのガウンを着て、慌てて髪を整えながら、散らかったままの居間を通り抜けて玄関先に駆けつけた。覗き穴から見ると、細い金属フレームメガネをかけた30歳前後の痩せた若者が立っている。見覚えのない顔だ。

「ナロディさんですか？」ドアの内側に気配を感じたのか、訪問者が声をかけてきた。

「ええ、そうよ。何のご用でしょうか？」

「説明が難しいのですが……」家主の不快感を察したらしく、ためらいがちに用件を切り出す。

「ぼくの名前はカルロス・アルベル。いまＦＢＩと、ある事件の捜査をしています」

「ＦＢＩと？」

「急に何を言い出すのかと思うかもしれませんが、青い衣の女についてご存じですか？」

ジェニファーの顔がこわばった。

「え!?」

「青い衣の女の件でぜひ協力をしてもらいたいんです。彼女から受けた何らかの情報を、ぼくに教えてもらいたい」

カルロスはひとつの可能性に賭けていた。マドリードで盗まれた文書を取り戻す有益な情報を得るには、捜査官より外国人記者である自分が会った方が情報を聞き出しやすい。そう主張して、ジェニファーとの対面を自分ひとりに任せてほしいとFBIを説得した。当然赤い靴の天使による配慮も、彼を後押ししていた。

相変わらずジェニファーは不信の目で見ている。

「誰から住所を聞いたの？　電話帳にも載せていないはずよ」

「ナロディさん。大事な話があります。そのためにぼくはマドリードから飛んできました。先日、リンダ・メイヤーズ医師がスペイン国立図書館に電話して、青い衣の女のことを話した。それがきっかけでここまでたどり着いたんです。通してもらえませんか？」

ジェニファーはドアを開けた。

カルロスを中に通した女性には不思議な美しさがあった。起き抜けで、しかも目の下にくすんだ隈がかかっているにもかかわらず、得も言われぬ調和を放っている。日に灼けた肌にスリムな体、頬高で厚めの唇の温和な顔。居間の中はイタリアの土産物で溢れていた。ピサの斜塔をかたどったブロンズ製の文鎮が置かれ、部屋の一番広い壁はコロッセウムの巨大な空中写真が占めている。ハイファイコンポの前には、ラテン系アーティストのCDが無造作に積まれていた。イタリアを思い起こさせる数々の品はカルロスにも心地よい。

65

「イタリアに旅行したことがあるんですか？」

テレビ脇に置いてあるブロンズ製の小さなヴェネチア・ゴンドラを嬉しそうにいじる訪問者の姿に、初めてジェニファーが笑顔を見せた。

「長いことローマに住んでいたの」

「へえ、そうなんだ！」

「ええ。素晴らしい街だわ。あなたも行ったことがあるの？」

カルロスはうなずいた。それからしばし、イタリア人の物怖じしない性格や温かさといった話に花を咲かせた。観光客でさえ慣れてしまう交通渋滞や、懐かしくてたまらない諸々のイタリア料理。偶然ふたりはパンテオンそばの小さなレストラン〝ラ・サグレスティア〟を勧め合った。ローマで最も美味しいパスタを出すとの評判だが、「ローマ人だけが言っている気もするけど」と冗談まで飛び出した。互いの接点が見いだせたことで打ち解け、すぐにリラックスした雰囲気の会話に傾いていった。イタリアの話に夢中になるあまり、ジェニファーはカルロスがＦＢＩの捜査に協力して、青い衣の女のことを尋ねにやってきた経緯さえ忘れたほどだった。

「わたしったら、気が利かなくて」とわびる。「何か飲み物は？　ソフトドリンクか水でもいかが？」

カルロスは首を横に振って断わった。彼の方は頭の中で、相手が完全に会話に乗り気になったところで準備してきた問いをどのように提出していこうかと考えていた。

「ここまで来てくれたついでに、ひとつ謎を解決してもらえる？」

「謎？」

「ええ。あなた、スペイン人よね？」

「そうだけど」

「昨日、スペイン語で書かれた古い本が入った封筒を受け取ったの。いったい何なのか、教えてくれる？」

カルロスはドキッとした。

「本？」

「たぶん……」ジェニファーはタバコに火をつけると本を探し始めた。「確かこの辺に置いたはず……スペイン語が話せるメイヤーズ先生に、明日にでも訊こうと思っていたんだけど、スペイン人のあなたが来てくれて、ちょうどよかったわ！」

〝そりゃそうだ〟とカルロスは心の中で笑った。

やがてジェニファーが古い紙の束を手に戻ってきた。太いエスパルト〔スペイン南部やアフリカ北部に自生するイネ科の植物〕のひもで綴じたその束を目にした瞬間、記者はそれが何であるかすぐに理解した。〝本当かよ!!〟。まさにこの紙の束を手にするために、彼は1万キロもの距離を移動してきたのだった。赤い靴の天使が言ったとおりだ。彼女は秘密を手にしているが、それが何なのかは知らない。

「信じられない」思わず口笛を吹いた。「ナロディさん、これ、何だと思う？」

「わからないから訊いているのよ」

65

記者は驚きで息を呑んだまま、紙の束を手に載せめくり始めた。最初のうちはバロック時代特有の装飾的な文字に戸惑いもしたが、一旦慣れるとあとは難なく読めた。《ウルバヌス8世教皇聖下に捧げる。フランシスコ会修道士、ヌエボ・メヒコ地方統轄司祭アロンソ・デ・ベナビデス神父が現地の集団改宗について綴った回顧録。1634年2月12日出版》。貴重な文献にはオニオンスキンの小ラベルが貼りつけられ、明らかに最近記された赤鉛筆の文字で《禁帯出・手稿原本《オリジナル》・5062》と書かれていた。

「数日前」ようやくカルロスが口を開く。「マドリードの国立図書館から盗まれた資料だよ。ぼくがFBIと捜査しているのは、その盗難事件なんだ」

ジェニファー・ナロディは感情を抑えきれなかった。

「盗んだのはわたしじゃない!」必死に自己弁護する。「わたしが盗んだのなら、わざわざ進んであなたに見せたりしないわ! 違う?」

ジェニファーの言葉にカルロスは肩をすくめた。

「現時点でぼくに言えるのは、これがきみの家にあったことと、犯罪構成要素となる可能性は否定できないことだけだ。所有していた事実を弁明するのは容易ではないだろう」

「犯罪構成要素と言われても……」

「スペイン国家警察犯罪捜査局のセクト対策班が、この文書が違法に国外に持ち出されたとみなしてインターポールに協力を要請したんだけど、その読みは当たっていたわけだな」

カルロスはわざわざ〝この文書〟という部分を強調しながら、手にした文書を叩いた。彼の仕草にジェニファーは身震いした。

「なぜセクト対策班が古文書の捜査をしているの？」

「狂信的な教団が背後にいると疑ったためだよ。その手の集団はおかしな理由から、特定の本や芸術品に執着することがあってね。現に図書館に侵入してこの文書を盗んだ人物は、もっと価値あるものがほかにもあったのに、この1冊だけしか手をつけなかった」

「それは変ね」

「あまりに妙だ。だからこそきみにいくつか尋ねたいことがある」

「ちょっと待って！」ジェニファーが遮った。「こちらにもいくつか訊きたいことがあるわ。ええと、アルベ……」

「アルベルだよ。カルロス・アルベル」

「先ほど青い衣の女のことを尋ねてきたけど、この本とどれぐらい関わりがあるの？」

「はっきり言って何もかも！」と笑って応じる。「この文書には青い衣の女の情報に加え、17世紀初頭にマリア・ヘスス・デ・アグレダ修道女が、体を分離させてヌエボ・メヒコに出現した方法まで記されている」

「マリア・ヘスス・デ・アグレダ！」

ジェニファーはスペイン語どおりには発音できなかったが、それでも即座に反応した。

「修道女について何か知っているの？」

「もちろん！　彼女にアロンソ・デ・ベナビデス修道士、フェリペ4世……みんなこの目で見た

65

わ。いまでも見続けている」

「見続けている……？」

ジェニファーにも訪問者の驚愕ぶりが理解できた。

「アルベルさん」と彼女は改まった調子で説明をする。「信じられないかもしれないけど、わたしのベナビデスに関する知識、彼がヌエボ・メヒコでしたことについては全部、夢で見せられたものよ」

「こうなってくると、もう何でもござれだな」文書を撫でながらカルロスは苦笑する。

「誓って言うけど、ベナビデスの話は聞いたことも本で読んだこともまったくない。そもそも自国の歴史やアメリカ先住民の歴史に関心を持った試しがないもの。だけどわたしに流れる血、遺伝子が仕向けたのだと思うわ。メイヤーズ先生は遺伝的な記憶じゃないかと言っていたけど。あなたも彼女には会っているのよね」

「会うには会ったけど、そんな話はしていないよ。守秘義務だからと一切語ってくれなかったから。だけど、きみの夢の原因がわからなくて、途方に暮れている感じがしたな」

「それは……無理もないことなの。彼女には打ち明けていないことがあるから。特に最後にしていた仕事は夢と大いに関係があるのに」

「いったいどんな仕事をしていたんだい？」

不快感をあらわにジェニファーは顔をしかめた。

「メイヤーズ先生にも語れなかったことを、あなたに話すと思う？」

「きみと出会うまでにぼくに何が起こったか、経緯を聞けば話す気になると思うよ。その前にまず質問するけど、きみは偶然というものを信じている？」

その日の午前中、ジェニファーが用意したブルーベリージャムを添えたパンケーキと、コーヒー2杯を味わいながら、訪問者は自分のこれまでのできごとを洗いざらい語った。アグレダ村へと自分を導いた大雪、マリア・ヘスス自らが創設した修道院、ガラスケースに収められた、朽ちることない奇跡的な彼女の遺骸を目にした時の衝撃……。職場への道のりでヴェロニカの聖顔布が刻まれた小さなメダルを拾って以来、驚きの連続だったこと、最終的にそのペンダントは、ロサンゼルス行きの飛行機の中で持ち主の手に戻ったこと。彼がその話に及んだ際、ジェニファーは突然あることを思い出した。これまでのできごとの背景を考えても、それが単なる偶然ではないと確信した。カルロスが手にしたメダルとまったく同じ物を、彼女はローマで目にしていた。

それはバチカン放送の〝ドリーム・ルーム〟でのことだった。ローマにいる陸軍情報保全コマンド（ＩＮＳＣＯＭ）の諜報員の要請で、フォート・ミード基地から派遣された彼女は、ローマでの仕事初日、最初の実験時にそのメダルを見ていた。実験のインストラクター、アルバート・フェレル博士が同じものをしていたのだ。おそらくは――いや、ほぼ確実に――スペイン人記者が手にしていたのと同じものだったに違いない。

「聞いてくれる？」彼の話に黙って耳を傾けていた彼女が口にした。「わたしも偶然というものは信じていないの」

その言葉にカルロスの表情が輝いた。またもや何かが（いや、誰かがだろうか？）彼の道のり

65

を地ならししてくれていると感じた。一方ジェニファー・ナロディはお気に入りのソファーでくつろぎながら、まだ埋まっていない物語の空白部分を語り出した。不思議なことだが、ふたりはすでにその物語の一部と化していた。

「つい最近までわたしは、アメリカ合衆国陸軍中尉の肩書で、諜報部門に携わっていたの」彼女が初めて口にする話だった。「それは〝サイキック・スパイ〟部隊で、メンバーはみな何らかのESP（超感覚的知覚）を備えた者のみ。想像がつくでしょうけど、わたしたちの活動は国家の最高機密事項だった」

カルロスがびくっとした。

「最後の1年半はローマに赴任し、そこで人間の精神の極限能力を開発するプロジェクトに参加した」

「極限能力？」

「ええ。テレパシーやリモート・ビューイング（遠隔透視）といったサイキック能力よ。当然それらの能力に長けた者だけが集められた。わたしの言っていること、わかる？」

「大丈夫、理解しているよ」

カルロスは驚嘆からなかなか抜け出せずにいた。その手の極秘プロジェクトが存在するとは、いままで何度か耳にしている。旧ソビエトとアメリカの間で繰り広げられている〝特異な戦争〟については、彼の雑誌でもルポルタージュが掲載されて読んだことがある。しかし、そのような計画に実際に携わった人物と対面するなど、思いもしなかった。

「レーガン政権時代、わたしが所属していた中隊はロシアに対抗するかたちで、サイキック能力を持つ人間を駆使して敵の軍事施設の偵察を試みた。〝アストラル投射〟つまり体外離脱できる部隊が、目的地に飛んでのスパイ活動よ。だけど実験のほとんどは失敗に終わった。単純な理由だけど、体外離脱を自在にコントロールできるには至らなかったから。結局そのプロジェクトを指揮していた将軍は解任された」

「きみが現場に加わったのはいつ頃のこと？」

「80年代半ばね。〝サイキック・スパイ〟計画が完全に閉鎖されることはなかった。ベルリンの壁崩壊後も、ロシアが実験を継続している状態だったからよ。それでアメリカでも秘密裏に、精神の極限能力の開発に努めていた。そのうえロシアは、精神諜報活動の成果を他の大国に売るようになっていた」

「ありうる話だな」

「おまけに研究を続けようにも予算は限られている。そこで、わたしが所属していた機関、ＩＮＳＣＯＭはこの問題に関心を示し協力してくれる提携者を探すことにした」

「提携者を？」

「ええ。バチカンよ」

カルロスはとても信じられぬと頭を振った。

「意外な話ではないわ。わたしたちがわずか数十年前から関心を示した事柄に、バチカンは何百年も前から興味を持っていた。考えてもみて。たとえば体外離脱を暗に指す言葉〝バイロケーシ

65

ヨン〟を造り出したのも彼らよ。バチカン内の資料にはその手の情報が溢れているとも聞いたわ。教皇庁が知りたがったのは、精神の仕組みがどんな状態になった時に体外離脱を引き起こすのか、ということ。そこで双方が合意した。彼らは歴史的文献から情報を提供し、わたしたちの側からは体外離脱を再現する技術を提供する」

「再現する技術？」

ジェニファーは皿の上に残ったパンケーキを食べて、すぐに話を続けた。ずっと引きずってきた重りから解き放たれていく感じがする。イタリアを去って以来、自分が必要としていた治療は、この会話だったのかもしれない。カルロスはそんな彼女を見つめたまま、ひとつひとつの仕草と言葉に注意を払っていた。

「ＩＮＳＣＯＭからローマのバチカン放送に男がひとり派遣された。ヴァージニア州で音響設備のエンジニアをしていた人物だった。わたしがローマに到着した時に、すでにその男は、ある種の聖歌が体外離脱をうながす効果があることを知っていた。ところでその人も、さっきあなたが話していたメダルを首にかけていたわ」

カルロスはメダルの情報もしっかり頭に刻み込んだ。

「それにしても音楽だけでパイロケーションは……」

「必ずしも音楽が重要なのではないの。鍵となるのは音の振動。振動が脳に影響を及ぼして、ある種の強烈な精神体験へと導いていく」

「じゃあ、きみは何のためにイタリアに？」

「妙なグループのリーダーとの仕事のために。〝第一福音史家〟と呼ばれる人物だったわ」

「〝第一福音史家〟?」

「もちろん暗号名よ。バチカン放送に行ってみたら米軍フォート・ミード基地にあるのとまったく同じ部屋があって、そこでわたしは実験台にされた。〝第一福音史家〟は新たに調整して作り出した音を使って、わたしを別の時代に送り出そうと躍起になっていたわ」

「別の時代って、過去のこと?」

「そうよ。でも何の成果も得られなかった。50分間、強烈な音を聞かされたけど、実験室では何も起こらなかった。ところがその晩から、わたしは悪夢にさいなまれることになった。幾何学模様が頭の中で渦巻いては目が回り、いろんな色や音や声が一緒くたに押し寄せる。まともに眠ることもできず、不安に駆られ、体重も激減して」

カルロスは無言で聞き入っている。

「まるでアンテナが壊れて、まともに受信できないテレビのチャンネルと、自分が同調したような感覚だった」

「なぜきみを過去に送りたかったか、その理由は聞かされた?」

「ええ、説明されたわ。ただその時は理解できなかったけど、いまは何もかも見えてきた」

「どういうこと?」

「彼らは古い文献に記されていた方法を解明して、音を介して物理的に人を別の場所に送ろうとしたの」

65

「物理的、つまり生身の状態で?」

確信を得たことで、ジェニファーの目が輝きを取り戻した。

「17世紀にバイロケーションを実践していた女性がいた」

「青い衣の女か」

「そのとおり。でもバチカン側もアメリカ側も、彼女がそれをどう実践していたのか知らなかった。彼らの話から察すると、あるフランシスコ会士がスペイン国王のために書いた文書に、重要な手がかりが含まれているとのことだった」

「その文書というのが」カルロスがつぶやく。「これだったわけだ」

「そうね。とても信じられない話だけど」

「文書のことも夢で見た?」

「文書を書いた人物と、歴史的な書物が綴られていく過程を見たという方が正解かしら。実験室から離れたロサンゼルスで、わたしの脳が自ら波長を合わせようとした気がする。最終的に実験の目的は達成された。ただしローマの専門家たちから解放された途端にね」

「それにしても、誰だか知らないが、なぜきみにこの文書を送ったんだろう? スペイン語が読めるわけでもないのに」

「それはあなたの方がよくわかるんじゃないかしら。ひょっとしたら、機内に現れた赤い靴の女性のしわざかもしれないわ。あなたがこの場で手にできるように、送ってくれたのよ。そうだと思わない?」

66

ラ・ベラ・クルス教会の暗い輪郭が、背後に見えるセゴビアの街灯のモザイクと対照的な印象を醸し出す。カスティーリャ地方の都市に鎮座する難攻不落のアルカサル城でさえも、その奇抜な十二角形の建造物の謎の前には威光を失ってしまうほどだ。事実ラ・ベラ・クルス教会の異様さは、周辺の歴史的建造物と比べても際立っている。あらゆるキリスト教の教会とも一線を画する。エルサレムの聖墳墓教会と同じ、12の壁からなる建物は、少なくともラ・ベラ・クルス教会以外にヨーロッパには存在しない……。

辺りが完全に闇に包まれた中、建物の西扉の隙間から洩れるひと筋の明かりだけが、内部が無人でないことを示していた。

「〝ガードマン〞、急ごう。時間がない」

車を降りた大男ふたりが、眠ったままの〝福音史家〞を運ぶ。十字軍に参加したテンプル騎士団たちを描いた中世のフレスコ画の下を抜け、ほぼ手探り状態で聖域へと至る急階段を昇った。建物を支える太い柱のひとつに設けられた小さな空間、小部屋というよりはむしろ壁龕《ニッチ》に近い。実のところ、この建物は教会ではない。キリストの死と復活を思い起こす目的で造られた殉教者のための礼拝堂だ。したがってその空間は最も神聖な場所ということになる。

66

大男たちは、ジュゼッペ・バルディの体をそっと素焼きタイルの床に横たえた。小さな空間を占める祭壇に、神父の頭がぶつからぬよう配慮する。その場には奇妙なカップルが待ち受けていた。白いチュニックに白マント、白頭巾という全身白づくめの男と、赤のモカシン靴を履いた黒装束の女だ。

「遅かったな」男の方が口にした。

叱責の言葉が内壁に反響し、闇をもてあそぶ。葉巻をくわえた方の大男が弁解する。

「〝鳥〟が思いのほか長居したものでして」

「まあいい。あとはわれわれだけにしてくれ」

ワゴン車を運転してきた大男は、従順なそぶりで一礼してその場から去っていった。やがて聖堂内の離れた場所で鈍い音がし、ラ・ベラ・クルス教会の扉にかんぬきがかけられた。白マントを羽織った男がバルディ神父を覗き込み、彼の意識を取り戻そうとする。

意識の回復は緩やかだった。

最初に神父は、全身に形容しがたい電流が流れるのを感じた。次いで脈打つ心臓の鼓動が、両のこめかみにまで激しく伝わる。彼がようやく目を開けた時には、まだ何もかもがぼやけて見えたが、どこかで見覚えのある赤い靴だけははっきり認知した。

完全に目覚めたバルディが身を起こす。

「ここはどこだ？」

全身に震えが走った。

「セゴビアです」

頭巾をかぶった男の声が、布を一枚隔てている割には鮮明に聞こえる。それ以上にどこか親しみを感じさせる声だ。

「きみたちは何者だ？　わたしをどうするつもりだ？」

「神父さん、あなたにしばらくの間ここにいてもらいたいだけです。計画が滞りなく達成されるための措置として」

「計画？　何の計画だ？」

「あなたは短期間に、実に多くの事柄を追究してきました。しかし時期尚早にあなたが目的を果たしてしまうと、せっかくのわれわれの労力が無駄になりかねない」

「労力だって？　そもそもきみたちは何者なんだ？」

バルディが問いを繰り返した。

「怖がることはないですよ、神父さん。わたしはあなたも知っている人物なのですから。当然あなたを傷つけるつもりもありません」

そう言って白マントの男は顔を覆っていた頭巾を外した。薄い頭に両側の髪を撫でつけたアルバート・フェレルの顔が現れる。

「ドットーレ・アルベルト!?」バルディは驚きのあまり冷静さを失いかけた。

「それとたぶん、彼女ともローマで顔を合わせていると思いますが」フェレルは笑みを浮かべて、美しき同伴者を見やった。

66

「ああ！　サン・ピエトロ大聖堂の！」思わず叫ぶ。「兆しに注意しろと忠告した、写真に写った赤い靴の女性だ」

バルディは信じられぬという目で彼女を見ながら言い加えた。

「あなたがどんな部類の存在なのかは知っている」

「何よりだわ」ナポリ訛りの穏やかな口調で応じる。「その方が、わたしたちがしてきたことを理解しやすいでしょうから」

「きみたちがしてきたことだって？」すっかり体を回復した〝福音史家〟がフェレルを見据えて反論をする。「わたしが知る限り、あなたはクロノビジョン計画のためにアメリカ政府から派遣された者だ。一方彼女は……」

「神父さん、勘違いしないでちょうだい。彼もわたしも、あなたをここまで連れてきた男たちもみな、一緒に働いています。あなたが想像するよりもわれわれの数は多く、何百人といるのです。もっとも、ペンタゴン（アメリカ国防総省）もバチカンも本当の意味での上役ではありませんが」

「話がよくわからないのだが……」

「いずれわかりますから、ご心配なく」フェレルはひとまずそう答えて相手を安心させた。「われわれの仕事は聖遺物教団《オルド・サンクタエ・イマギニス》と呼ばれる古くからの集団と大きく関わっています。この教会をはじめとする、ヨーロッパ中にあるキリストの聖遺物を保護している。それに関わる重要な教会の正当な所有者がほかならぬわれわれです。あなたはいまわれわれが所有する建物内にいることになります。ですが、まずはわれわれが過去何世紀にもわたって、キリスト教信仰にとって根幹を揺るがす秘密を保ってきた事実を説明しましょう。過去の時点で不適切なかたちで明かしていたら、教会全体が崩壊していたかもしれない秘密です。しかしながらいま、それが明らかにされる時が来ている」

女性が話を引き継ぐ。

「神父さんはクロノビジョンの研究で、その秘密を見いだす寸前まで来ていた。だから今回、あなたをこの場所に連れてくるしかなかったのです。少なくともわたしたちがいつ、どんなかたちで公表するかを許可しない限りは、あなたが秘密を一切洩らすことがないようにするためです」

「聖遺物教団？」バルディの感情も脈拍も次第に勢いを増していく。「ヴェロニカの彫像に爆弾を仕掛けた張本人じゃないか！」

「ご冗談を！　わたしたちの種族が、爆弾などを必要とすると思いますか？」

「きみたちの種族？」戸惑いを覚えるバルディだったが、言葉の意味を理解し始めていた。長旅で充血した目でフェレルを見やる。「まさか……あなたも天使だと？」

質問をした本人ですら奇異に感じる言葉だった。厳格な神学教育を受け、超越的な現実と向かい合えるだけの心構えができていたはずのバルディだったが、ドットーレのような俗世間に染まった男が、崇高な血筋だと認めるのは容易ではなかった。少なくともビルバオで、テハーダ神父から教えられた話とはかけ離れていると思った。

「わたしはマリア・コロネル。30年前に天使として生まれました」と女が自己紹介する。

66

だがベネディクト会士は彼女の言葉に関心はなく、指を突きつけ非難する方を選んだ。

「サン・ピエトロ大聖堂に爆弾を仕掛けたのはあなただ」

「違うわ、神父さん」冷静な態度を崩さず否定する「爆弾はわたしたちの敵が仕掛けたの。教会の内部には、わたしたちの最も聖なる象徴《シンボル》を破壊したがっている者がいるから。何とかしてわたしたちを罠にはめ、阻止しようと企てる者たちのしわざよ」

「阻止しようと企てる？」

「詳しく説明します。今回の件で鍵となるひとつがヴェロニカです。まずはこのメダルを見ていただけますか」

マリアはスカートのポケットから、布に浮き出たイエスの顔が刻まれたメダルがついた鎖を取り出した。ヴェロニカの聖顔布だ。聖遺物の象徴的存在だが、名前そのものが暗号となっているものだ。〝ヴェロニカ〟とは女性の名を指しているのではなく、ラテン語の〝ベラ・イコン〟つまり〝真の聖画像〟に由来する。バルディは示されたメダルを呆然と眺めている。

「神父さんは歴史を学んだからご存じでしょうが」彼女が淡々と説明する。「聖ヴェロニカの柱は元々、聖なる顔が映ったヴェールを収めるために教皇令で建てられたもの。サン・ピエトロのドームを支える他の3本の柱には、それぞれ聖アンデレの頭蓋骨と十字架のかけら、イエスの脇腹を突いた槍が収められている。いま述べた三つの聖遺物は偽物だけど、〝聖なる顔〟、ヴェールに記されたキリスト像だけは本物……」

「その話なら誰もが知っている」

「いまわれわれがいる、この教会を建てたテンプル騎士団が」フェレルが口を挟んだ。「その秘密を握り、守りとおしてきた」

「秘密？」

「わたしが説明したかったのはそのことよ」美しく輝いた表情でマリアが語る。バルディが息苦しさを感じるのはそのためだろうか？「ヴェロニカの聖顔布が、１５３１年にメキシコで先住民フアン・ディエゴのポンチョに描かれたものと、まったく同じやり方で創られたことに最初に気づいたのはクレメンス7世、17世紀のこと。当時はまだ放射エネルギーへの認識もなかったので、それらふたつを、ギリシア語で人の手によらない聖像を意味する〝アケイロポイエートス〟と呼ぶことにした」

「どのようにして聖画像を創り出すのか、その秘密をきみたちが守り続けていると言いたいのかね？」

「先走らずに」マリアが忠告する。「トリノの聖骸布、ヴェロニカの聖顔布、グアダルーペのポンチョ、いずれも同じ。半人半神の存在である特殊な〝潜入者〟たちが発する放射線によって描かれた。イエスもその者たちのひとりだった。彼らと同じ血筋の者たちは、いまでも地球上を歩き回っている。布の上に姿を写す際に放たれたエネルギーも、今朝あなたがバチカンの衛兵隊詰め所で手に入れた写真に影響を及ぼしたのも、どちらもわたしたちが発する放射エネルギーです」

「なぜきみが写真の件を……？」

66

「壁に耳ありです、神父さん」

「そのこととわたしに何の関係が？」

「大いにあります」

「じゃあ聖ヴェロニカの柱へのテロ行為は誰のしわざだったというのか？」〝福音史家〟はいらだちを隠せぬ様子で尋ねた。「誰が？　何のために？」

「神父さん、落ち着いてください。敵の狙いは、わたしたちが表に出て行かざるをえなくすることです。どうにかしてわたしたちを捕らえたかったが、幸い失敗に終わりました」

「いったい誰なのですか？」神父は食い下がる。

「あなたが尽くしている人たち、あなたからクロノビジョン計画を取り上げようとした人たちです。何のためにあなたがローマに行ったのか、その理由を忘れたのですか？」マリアの視線は冷ややかだった。「わたしたちの敵とはあなたの仲間たちです、バルディ神父。何世紀も前から、フェレルやわたしのような人間を迫害し続けている者たちです。わたしたちのエネルギーを利用したいがために」

ベネディクト会士は応答しない。

それからマリア・コロネルはバルディ神父に、驚くべき話を語り聞かせた。彼女の家系、彼女の源の逸話、「創世紀」さながらの伝説だった。神の使者である天使たちが、どのようにして人間の女たちと接触し、混血児、半人半神の子どもをもうけるに至ったか。人類はその混血から始まり、それ以来、一族の中には並外れた能力を持つ子どもがしばしば誕生してきた。生みの母親よりも天使に近い素質を備えた子どもたちだ。さまざまな能力の多くは、だいぶあとになってから発見された。混血児たちが放つエネルギーは、周囲の者たちの生命に影響を及ぼすこともわかってきた。放射エネルギーの中には人を死に至らせる種類のものすらある。目に見えぬ強大な力は純粋なエネルギーにもなれば、バイロケーションなどの驚異的な体験もできる。透視能力もそのひとつ。普通の人々の精神に入り込み、その者の思考や行動を操作することも可能だ。

「わたしの名字はそんな家系のひとつに属しているの」マリアはバルディ神父に語る。「マリア・ヘスス・デ・アグレダ修道女は、元の名をわたしと同じマリア・コロネルと言った。入信して修道女になる前はその名前を使っていたの。彼女は自分自身のエネルギーを憔悴するかたちで死んでいった。彼女だけではないわ。14世紀にも同じように恍惚状態に陥る別のマリア・コロネルがいて、その遺体はいまでも朽ちることなくセビリアのサンタ・イネス修道院に安置されている。カスティーリャ王、ペドロ1世残酷王に追い詰められて死んだ末に」

「さっき、あなたのような人々を迫害していると言ったのは……」

「そう。ローマ・カトリック教会はかなり早い時期に、わたしたちの種族が有する潜在能力を見いだし、自分たちのために利用しようとした」

「能力をかね？」

「ええ」マリアは真剣なまなざしで応じた。「〝カリオンの修道女〟の名で知られる、マリア・ルイサ・デ・ラ・アスセンシオン修道女にも同じことが起こった。世界各地にバイロケーションをしていた彼女も、わたしたちと同じ天使の娘だった。聖フランチェスコの墓を訪れにアッシジに

66

現れる。危篤に陥ったフェリペ3世の手当てにマドリードに出現する。異教徒たちに迫害され殉教したフランシスコ会士ファン・デ・サンタマルタを励ますために日本に現れる。新大陸からの帰路、イギリス海賊船の略奪を恐れるスペイン船を後押しすべくカリブ海に現れる。ヌエボ・メヒコ地方西部に暮らす先住民に宣教していた姿だって目撃されている。パレンシア県から一歩も出たことがないにもかかわらず！」

「マリア、それほどの能力を誰がどうすれば利用できるというのかね？」

「図らずもとはいえ、マリア・ルイサ修道女の〝飛翔行為〟は、多くの地で聖母出現と勘違いされた。異教徒たちの暮らす地域で、思いがけない成果を上げていたのを知った異端審問所は、彼女に対し聖母マリアを装うよう命じた。その試みが多くの異国の地にカトリック信仰が根づくのに貢献したのは言うまでもないわ」

「そんな話はありえない！」反論するバルディだが、彼の心から次第に確信は薄れていく。

「十分ありうる事実よ、神父さん。あなたも無関係でないと言ったのはここからよ」

アルバート・フェレルが引き継いだ。

「時代を経ていく中で体外離脱能力をコントロールできるようになったのは、われわれのような人間だった。ある種の音楽に備わる振動周波数とバイロケーションの関連性を発見したことで、その秘密を教会の監視外に置くことに決めた。そこでひとつの計画を練った。われわれが握った秘密を解き放してしまえば、今後ローマ・カトリック教会が、自分たちの利益のためにわれわれを利用することはなくなるのではないか。少なくとも数百年続いたわれわれへの迫害や中傷行為は止むかもしれない」

「で、それは達成できたのか?」

神父の問いにフェレルは答えようとしない。

「最初の一歩としてわれわれは、その技術をロバート・モンローにゆだねた。音響エンジニアだった彼については、あなたにローマで話したとおりです。彼にはもともと体外離脱や高次の存在との交信《チャネリング》能力の資質があったので、協力しようと決めた。われわれの能力のひとつであるアストラル投射、そのための技術をモンローが開発すれば、教会が幾世紀にもわたって人類を欺いてきた事実が白日の下にさらされる。多くの聖母出現が実は偽りだったと考え出す者もいるはずだ。そうなればわれわれを追い回すこともなくなるだろうと」

「どういう理由で他の者ではなくモンローを選んだんだ?」

「彼の脳、右側頭葉の感覚が著しく高かったから。側頭葉は脳のアンテナの役目を担っているが、モンローのは非常に高い感受性を持っていた。そのためわれわれとしても彼の夢に入り込み、われわれの目的へと導くのが比較的容易だった。いまから三世紀前にアロンソ・デ・ベナビデス修道士が、『回顧録』の余白に書き記した内容を、20世紀の人間が体系化してくれるのを願った。われわれが国立図書館から盗んだ文書に書かれている」

「なぜ盗む必要があった?」

マリア・コロネルがバルディのそばまで近づいて、神父を凝視する。途端に心臓が激しく脈打つのを感じた。

66

「初めは買い取ろうとしたの。でも応じてくれなかった。そこで借りることにした。あの文書を誰の目にも触れさせぬための措置。実質的には差し押さえた状態よ。わたしたちとは無縁の者が文書を手にし、事実を知らしめる、そんな人間が必要だった。でも無数の触手を持つ教会は、決まって世に出るのを阻止しようとする。幸い文書をローマに送りたがっていた敵側の思惑は達成されなかった」

「わたしとしてはきみたちの意図が、いまだに理解できないのだが」息を詰まらせつつ、バルディが言った。「いったい何が目的で公表したいのか？」

「これまで世界中のキリスト教徒が、いかにだまされてきたかを知ってもらうためよ。わたしたちも含めた多くの者を支配するために、どれほど多くの聖母出現を演じてきたか」

「本当のところ」フェレルが説明を加える。「事実を明るみにすると同時に、〝サイキック・スパイ〟部隊を編成しようとしたＩＮＳＣＯＭの試みと、クロノビジョン計画の存在も知らしめておきたかった。われわれの枠外の誰かが、あらゆる事実をつなぎ合わせて、ヌエボ・メヒコ地方に聖母の顕現などなかったと説明してくれることを望んでいる。それを実際に行なっていたのはわれわれと同じ血を引く者、天使の直系である修道女たちだった。生まれながらの能力を駆使して彼女たちが現地に現れたのは、すべて人々を操作し、縛りつけるための信仰心を根づかせる策略であったのだと」

「枠外の誰かと言ったが、誰を選んだのか？」

「最初にルイジ・コルソを説得しようとした。〝聖マタイ〟は研究プロジェクトの一グループを率いており、バイロケーションに用いる音の研究の進展状況も把握していた。そのうえ文筆家でもあった」

「でも彼は拒否した」マリアが言葉を添えた。

「だから殺したのか……」

「違うわ、神父さん」毅然とした態度で彼女は語る。「コルソとは死の直前にも会っている。何時間にもわたって彼を説得したけどだめだった。あの日の午前中、事実を知って打ちのめされたコルソは、クロノビジョンの研究を棄てる決心をした。わたしにデータのコピーを認め、その後わたしの目の前でハードディスクを初期化した」

「それから何が？」

「気が動転した様子だったので、ひとりにしたわ。その先わたしたちに協力していくか、自分の生涯を捧げると誓った教会の欺瞞に仕えていくかで決めかねた。そこで自ら命を断つに至った」

その言葉を聞いたバルディは、悲痛な顔でうなだれた。

「それできみたちが殺したのではないと、わたしが納得できると思うのか？」

「少なくともわれわれに彼を殺す意図はなかった」フェレルが間に入った。

「ドットーレ、どういうことだ？」

「もう気づいていると思いますが、われわれのそばにいると通常よりも心拍数が速くなっている。そうじゃありませんか？」

図星を指され、バルディは困惑した。確かにいつになく心臓の鼓動は激しくなっている。いま

66

振り返ってみると、フェレルと対面するたびにその状態になっていた気がしてきた。

「それを踏まえたうえで聞いてください」説明を続ける。「死体解剖でコルソが死の直前、軽い心不全になっていたことが証明されています。おそらくあまりに長時間マリアのそばにいたため、コルソの体が耐えきれなくなり心筋梗塞を起こしたと。激痛に見舞われ、助けを求めようと窓から身を乗り出したが、声を発する前に落下し死んだ」

ベネディクト会士の顔が驚愕で満たされる。

「それはドットーレの……」口ごもった。「単なる憶測ですか？」

「憶測などではなく確信です。聖ゲンマの宿舎のアスファルトに落ちた瞬間、コルソの心臓は止まっていました。検視の最終報告でもそう結論が出ています。そのことを言うのを忘れていました」笑みを浮かべた。

「聞かせてもらいたいのだが」気を取り直したバルディが尋ねる。「コルソの代わりはもう決まっているのですか？」

「ええ。ここから1万キロほど離れた場所にいるわ」そう言ってマリアが腕時計を見やる。「そろそろ自分の果たすべき役割を悟るところね」

67

ベナビデスが書いた国王向けの文書を読むのに、カルロスは2時間以上費やすことになった。本文ばかりでなく余白に書き込まれた注釈もむさぼるように読んだ。原文自体は1630年にフエリペ4世のもとで印刷されたものとさほど相違はなかった。一方注釈には、どの聖歌の旋律が〝奇跡の飛行〟を誘発するのかをはじめ、何人かの天使たちがマリア・ヘスス修道女の精神に、どのような働きかけをして数々の奇跡を実践させるに至ったかなどが詳しく記されていた。

記者は、神秘体験の逸話に全般的に見られる共通点も見落とすことなく読み取っていた。同じ時代に生身の天使たちの協力で偉業を成した修道女は、マリア・ヘスス・デ・アグレダばかりではなかった。スペイン黄金世紀の最も偉大な神秘家である聖テレサ・デ・ヘススも、やはり同様の介入を受けていた。《天使の手には長めの金の矢が握られ、矢の先には小さな火が灯っているように見えた。わたしにはその矢が何度かわたしの心臓を貫き、奥まで達したように思えた。矢を引き抜くとわたしの体が、神の大いなる愛の中で燃え上がる気がした》。

ベナビデスの『回顧録』にはほかにも重要な解説がなされていた。音の振動数を基にしたバイロケーションの方法が存在するとまで――少なくとも文章には――記述されている。はるか昔に地上に降りてきた〝潜入者〟たちから、キリスト教世界に持ち込まれたやり方だという。異端審

67

問所が天使の子孫らを探し出して、その方法を強引に手に入れたとまで説明されていた。

「ジェニファー……」

「何？」

「夢の中で青い衣の女を見たと言っていたけど」

「そうよ」

「どんな様子だったか教えてほしい」

「うん……。円錐状の光とともに空から舞い降りてくる。あまりのまぶしさに姿形も見分けられないほど……。でもその後、何度も夢に出てきた女性とまったく同じ人物だったことは断言できるわ。それがマリア・ヘスス・デ・アグレダという名で呼ばれていることも、あとでわかったの」

「いつも同じ女性だったかい？」

「そう思う」

「いつもひとりで現れていた？」

「ええ。なぜそんなことを訊くの？」

「この文書によると」カルロスはページを開いたままで説明を始めた。「同じ頃に何人もの青い衣の女が、新大陸アメリカに飛んでいったと記されている。少なくとも3人はその地域に送り込まれて宣教したという。後に地元の先住民たちからは、聖母マリアの出現だったと見なされたらしい。それについて何か聞いているかい？」

「知らないわ。プロジェクトの関係者の誰ひとりとして、ほかにも青い衣の女がいたとは話していなかったはず」

本文の内容の通訳を待ち焦がれた様子のジェニファーを、カルロスがいま一度見やる。

「ＩＮＳＣＯＭとバチカンとの共同プロジェクトの名前は？」

「そういえば言っていなかったわね。国家機密というわけではないけど、とにかく重要なことだと思わなかったから。ここまで来ると、もう機密だろうと構わないでしょうけど」

ジェニファーは前かがみになって、カルロスの耳元でその名を囁き、ソファーに座ったカルロスを唖然とさせた。

「クロノビジョン⁉」

「そう、クロノビジョンよ。聞いたことがあるの？」

記者はジェニファーから目をそらして答えた。

「ああ。少し前に……」

ジェニファーはそれ以上尋ねなかった。

その瞬間、カルロスは心の底から共時性《シンクロニシティ》を信じるに至った。何もかも〝偉大なプログラマー〟の手で緻密に仕組まれたことだ。もはやそれを追い求めることも、いつの日か対面することも重要なことではなくなった。すべてが現実であると認識したのだから。

それ以上に望むことなど、何もなかった。

68

後部座席をカーテンで覆った黒塗りのフィアット車が5台、フルスピードでピアッツア・デル・サント・ウフィツィオ11番地にある、唯一の建物の通用門を駆け抜けた。サン・ピエトロ広場からさほど離れていない場所だ。少なくともよい兆しではない。招集されたのは国務省外務局長と教皇私設秘書、列聖省、対外事業協会（ＩＯＥ）、教理省の各長官という、バチカンの中枢を担う錚々たる顔ぶれだ。会合は〝異端審問所〟こと教理省の広間において、午後10時30分から行なわれる。

それぞれ秘書を伴った5名の大物たちが3階に上っていく。全員がテーブルに着いた所で、3名のベネディクト会修道女が、バチカンの国章〝ペテロの鍵〟の浅浮き彫りを施した銀の盆に載せたお茶とパスタを給仕し、〝異端審問所〟の職員たちが会議の資料を収めた分厚いファイルを配布する。

無愛想なことで知られる〝異端審問所〟のコルマック長官が、準備が整ったのを見届けると、ブロンズ製の小さな鐘の音とともに厳かな口調で開会の宣言をした。

「お集まりの猊下方、大聖堂内でテロ事件が発生しました。教皇聖下は手遅れになる前に、われわれが卑劣なテロ行為と戦うことを望んでおられます」

枢機卿たちは驚きの表情で、互いに顔を見合わせている。陰謀や策略、破壊行為といった類《たぐい》の言葉は、久しくバチカン内で聞いた記憶がなかった。サン・ピエトロ広場で教皇が狂信的なトルコ人男性から襲撃を受けて以来、ローマにはある種平穏な雰囲気が漂っていたと言ってもいい。戸惑う枢機卿たちの中で、唯一声を上げて説明を求めたのは、列聖省長官リカルド・トーレス枢機卿だ。

進行役の教理省長官ヨーゼフ・コルマックは囁き声が止むのを待つ。１９７９年に教皇から解放の神学の勢力をそぐ任務を任されて以来、痩身のコルマックは情け容赦ない聖職者として名高い。これから取り返しのつかぬ災難を告げるかの目で、居並ぶ枢機卿たちをじっと観察している。

「今週スペインで誘拐された、ジュゼッペ・バルディ神父の行方はいまだわからぬ状況です」

しばしの沈黙の後、再び高位聖職者たちのひそひそ話が始まった。

「彼の失踪はクロノビジョン計画の中断ばかりか、秘密諜報機関が捜査に乗り出す事態にまで発展しています。その件に関しては、お手元のファイルにまとめてあるので……」

コルマックはみなを一瞥し、静かにするよううながした。

「資料を丹念にお読みいただきたい。本会合のためだけにコピーしたもので、目にするのは最初で最後となるでしょう。機密文書保管所のものですから取り扱いには十分ご注意を」

黄色と白のバチカン市国の国旗がついたプラスチック加工された表紙を開けて、５人の枢機卿は興味津々にページをめくる。

「ひとつめの文書をご覧ください」進行役が指示する。「主だった聖母出現を年号順にまとめた

68

ものです。お気づきかと思いますが、11世紀以前に記されているのは、西暦40年にスペイン・エブロ川のほとりで使徒ヤコブの前に顕現した聖母マリアのみとなっています」

「待たれよ！」国務省外務局長のセバスティアーノ・バルドゥッチ枢機卿が、文書を振りかざしながら椅子から立ち上がる。招集された中では最年長の枢機卿だ。

「まさか大昔の聖母出現を議論するために、われわれを呼び寄せたわけではあるまいな？」厳しい口調で言った。

「お座りください、バルドゥッチ神父！」コルマックは憤りを抑えられぬ様子で、最古参の枢機卿を諫《いさ》めた。「教皇聖下がどれほど聖母信仰を重視し、その強化のために尽力してきたかは、皆さま方も痛いほど承知しているはず……」

　誰も反論する者はいなかった。

「では本筋を急ぐことにします。われわれが聖母信仰促進のために取ってきた手段を、何者かが白日の下にさらそうとしている。わが教会の権威の失墜を意図してのことでしょう」

「これは抜き差しならない状況ですぞ、猊下方」教皇の私設秘書で、行方不明のバルディ神父と最後にローマで会っているスタニスラフ・ズシディフ枢機卿が発言した。寡黙なポーランド人の樵《きこり》を思わせる、凍てつくような顔つきでひとりひとりを見回す。「これまでいくつかの聖母出現で使った方法が、何らかの形でバチカン外に洩れてしまったのですから」

「手段？　方法？　いったい何のことだ？」老神父バルドゥッチがさらにいら立った顔で問い詰めた。

「バルドゥッチ神父」再度コルマックが遮る。「今夜の会合の目的をご存じないのはあなただけです。だからこそ、災難の制御に、あなたが重要な役割を果たすことになります」

「災難だと？　はっきり説明してもらいたい」

「もう一度文書をご覧になってください。何世紀にもわたって、わが教会が秘密にしてきた事柄をいくつか説明します」

ローマに暮らしてすでに30年になるヨーゼフ・コルマックだが、地元に根差した神父として奮闘していた頃の気性が抜けたわけではない。バルドゥッチが最初の資料を読み直すのを辛抱強く見守っている。

「いまあなたがお読みになっているのは、最初の聖母出現の記述です。要点だけを述べると、ヒスパニアの地でのキリスト教宣教がなかなかはかどらない状況を危惧したマリアが、当時ローマ帝国の一都市だったサラゴサ・エブロ川のほとりで大ヤコブの面前に現れた、ということです」

「スペイン・サラゴサのヌエストラ・セニョーラ・デル・ピラール聖堂を建てるきっかけとなった逸話です」会合に出席した唯一のスペイン人で、聖母ピラールの信者を自認するリカルド・トーレス枢機卿が口を挟んだ。

「出現が起こったのはマリアが昇天する前のことですが、その時、彼女がヤコブに与えた木製像と碧石の円柱は、いまだに崇拝されています」

補足するコルマックをバルドゥッチは憎々しげに見やり、何やらつぶやく。

「作り話だろう！」吐き捨てるように口にした。「使徒ヤコブがスペインにいたことはない。そ

68

んなもの、中世の伝説にすぎぬ」

「ヤコブの件は伝説でも、聖母が出現したのは確かです、猊下。この驚異のできごとについては、カトリック教会設立当初から多くの議論がなされ、バイロケーションによる奇跡であったと結論づけられました。神の恩寵によって、聖母はエブロ川のほとりに姿を表し、その際、聖地パレスチナの石も携えていった。それがいまだに残っている」

「それがどうしたというのだ？」

コルマックが重ねて言う。

「再度年表をご覧ください。その後の聖母出現は11世紀、１０００年以後と記されていますね？」

バルドゥッチは表向き何食わぬ顔をしながら、列挙される名前・日付・場所を半信半疑で眺めていた。教理省長官が何を示唆しているのか、いまひとつ理解できていない様子だ。

「つまりは西暦１０００年以降、聖母の新たな示現が疫病のごとくヨーロッパ全土に広まったということです。何が起こっているのか把握していた者はいなかった。カトリック教会も例外ではありません。教皇インノケンティウス3世が徹底調査を命じるまではそんな状態だった。ところが調査によって驚くべき事実が判明したものの、歴史的な点を考慮した結果、秘密にしておく決定を下した」

「コルマック神父、話を続けてくれ」聞き入っていたバルドゥッチがうながした。

「わかりました」内心ほっとしながら説明を続ける。「皆さま方が覚えていらっしゃるかどうかは存じませんが、９９９年にヨーロッパはほとんど麻痺状態寸前に陥りました。誰も彼もが、教皇でさえも、その年12月31日で世界が終わると信じて疑わなかった。が、何も起こらなかった。それによって信者たちが意気消沈するかと思いきや、逆に過去にないほど信仰心が活性化された。教区信者が救いに希望を託す度合いは増大し、各修道会の募集も過剰なほどに膨れ上がった。新規に入会した修道士や修道女たちは、突如統制された世界に入り、それまでとは違う修道生活でさまざまな刺激にさらされた。そんな中で神秘家と呼ばれる者たちが増殖し始める。インノケンティウス3世の調査団は、各地で起こっていた聖母の出現と、何人かの修道女たちの神秘体験との間に関連性があることに気がついた。特に修道女たちに注目したところ、ほとんどの場合、突然恍惚状態に陥っては光を放ったり、宙に浮いたり、あるいは激しいてんかんに襲われている例が多かった」

「なぜ調査結果を秘密にしたのだ？」

疑問を呈するバルドゥッチ。その鈍さに一同は笑みを浮かべた。

「バイロケーションをした修道女たちと聖母の混同が、教会の利益を損なうことはなく、かえって都合がよかったからです。中世に急成長した聖母崇拝によって、キリスト教以前の信仰、とりわけ異教の女神への崇拝を駆逐できたばかりか、ヨーロッパ中で大聖堂や教会を建築する口実にもなったのですから。信仰が脅かされる地域には聖母マリア崇拝を作り上げればいい。ところが数人の神秘家修道女の体外離脱現象を利用し、思いのままに聖母崇拝を浸透させていくうちに、問題が発生した。彼女たちを厳格にコントロールし始めてからのことです」

「思いのままにだって？」バルドゥッチは耳にしている話が信じられず問い質す。「どういうこ

68

とだ？　つまりは教会が聖母の出現を捏造していたということか？」

「そのとおりです、猊下。彼女らがある特定の振動数の音楽に浸って、恍惚状態が促進するとバイロケーション能力を発揮することもわかっていた。ですがその試みは危険極まりないものでした。なぜなら利用された修道女たちは、例外なく早く老いるばかりか、わずか数年で精神にも影響が出て、日々の業務でまったく使いものにならなくなったからです」

呆然としつつもバルドゥッチは、〝異端審問所〟から配られた文書に記された年表の先に目を運ぶ。11世紀から19世紀までに、彼らの計画に加わった修道女たちの名前が並んでいた。真実だとすれば一大スキャンダルだ。1250年頃にその名を知らしめたシトー会修道女、アレイディス・ファン・スカルベーク。独居房が閃光に満たされている間、彼女の体はトゥールーズや他のフランス南東部の地域に現れていたという。次いでクララ会の改革者、コルビのコレッタ。1447年に亡くなるまでに何度となくリヨン周辺で目撃されている。あまりの輝きから光の聖母と呼ばれ、彼女をいまだに根強く信奉する者は多い。続いて1594年に亡くなった、スペインのカタリーナ・デ・クリスト修道女。1607年に死去した、イタリアのマリア・マッダレーナ・デ・パッツィ修道女。1690年没の、フランスのマルグリット・マリー・アラコク修道女……。リストにはさらに100人以上の修道女の名前が列挙されていた。

「しかしこれほどの人間を統轄するとなると、かなりの規模の機関でないと無理なはずだ」ますます呆気に取られるバルドゥッチは疑問を投げかけた。

「確かにそのための機関は存在しました。異端審問所内の小さな部署でしたが」穏やかに答えたのは、それまで沈黙を保っていたIOE長官のジャンカルロ・オルランディだ。

「その機関とやらは何世紀にもわたって、知られも罰せられもせず行動してきたのか？」

「処罰という点では何とも……」老枢機卿の問いにコルマックは、ある種の嘆きの色を感じさせる口ぶりで含みを持たせた。「ともかく猊下方を招集したのは、まさにこの件を話し合うのが目的です。お手元のファイルには、八世紀にも及ぶこの計画で、唯一重大な失態となった件に関する情報も入っています。１６３１年に異端審問所が遠隔地での宣教計画に、スペイン人修道女を新大陸ヌエボ・メヒコ地方に送ったあと、起こったできごとです」

「青い衣の女のことか？」

「おおっ！　ご存じでしたか？」バルドゥッチの言葉に皆が驚いた。

「知らん者がいるか。この1～2ヵ月、それに関わる資料が姿を消していることなんぞ、ローマのコソ泥だって知っとるわい」

「その件についてわたくしの方から述べたいのですが」トーレス枢機卿が話を切り出す。

コルマックは彼に軽くうなずき、説明をうながす。

「紛失している文書については」トーレスが説明を始めた。「実に不可解です。マドリード国立図書館の場合もバチカン機密文書保管所の場合も、盗っ人たちは、聖母出現を作り上げる計画があったことを浮き彫りにする文書ばかりを選んでいます。情報を洩らすことで世論に訴えようとしている」

「それゆえ、泥棒たちもよく知っている……」教皇私設秘書のズシディフがつぶやいた。

68

「問題はそこです。強大な力を有する組織が教会内に潜入し、われわれを崩壊へと向かわせるつもりなのは間違いない。幾世紀にも及んだカトリック教会の功績を覆すことをもくろむ、敵の密偵が潜んでいる可能性は否定できない」

「猊下、まさかこの場にいる者を疑っているのではありませんよね？」居合わせた者たちが驚くほどの動揺ぶりで、ジャンカルロ・オルランディが尋ねた。

「あまり興奮なさらないでください。敵は教会の背後で動き回っています。われわれがほとんど存在すら忘れていた、あるいは管理下にあると思っていた文書を彼らが手中に収めた状況です。いずれも音の振動を利用して、いかにして聖母出現を演じてきたか、あるいは神の声なども含めた数々の奇跡を作り上げた方法が詳しく説明されているものです」

「何だって!?　そんなことができるのか？」

バルドゥッチは半ば怯えた目で、静かにうなずくコルマックを見つめた。

「可能です」

「じゃあ欺瞞が暴かれたらどうなるのだ？」

「目を覆いたくなるほどの失墜は免れないでしょう。聖職者が〝特殊効果〟を使って聖母出現を創造してきたとみなされたらどうなるか。裏切られたと感じた教区民は教会から離れ、二度と戻ってはこない……」

「なぜここに呼び寄せられたか、わかったぞ」バルドゥッチは憮然とした顔でひとりごつ。「外務局長であるこのわしに、聖母顕現が真実であったと主張して、全キリスト教徒を説き伏せてもらいたい。違うか？」

「必ずしもそうではありません。それをしたところで打撃は甚大でしょうし、修復不可能だと思われます。敵はすでに文書を手にし、卑劣な現実を公表する機会をうかがっている」

「ではどうしろというのだ？」

「あなたにお願いしたいのは、敵が情報を公表した時に、その事実を知った人々が受けるショックをできる限り弱めることです。すでにわれわれが抑えきれる状態ではありません」

「具体的に何をすればいい？」

「それをいまから決めましょう。案はいくつか用意しています。たとえば、小説やテレビ・ドラマ、映画……とにかく広告を最大限に利用する。事実を虚構《フィクション》化すると、理由はともかく真実味が薄れるものですからね」

突然ズシディフ枢機卿が勝ち誇った顔で椅子から立ち上がった。

「わたくしからの提案です。バルディ神父は2カ月ほど前に、ある記者から取材を受けています。その際うっかり口を滑らせたことで、クロノビジョン計画の一部がスペインの雑誌に掲載される事態になりました」

「そのことなら皆がよく覚えています」コルマックが口を挟む。

「いっそあの雑誌記者にあなたの案を実行してもらってはどうでしょうか。小説を書いてもらうのです。いずれにしても、彼はある程度の情報を持っているのですから、物語を練るだけの素材は揃っている。この際開き直って『青い衣の女』というタイトルの小説にしてしまってもいいか

68

もしれません……」

〝異端審問所〟の長官から思わず笑みがこぼれる。

「取っ掛かりとして申し分ない案です。それにしても猊下、天使並みに機転が利くお方だ」

長官のほめ言葉にズシディフは、内心ほくそ笑んでいた。歴史上で初めて、天使の一族がバチカン内で高い地位に就いたうえ、自分の意見を飲ませることができた瞬間だった。もちろんコルマックも委員会の他のメンバーたちも、そんな事実を知るよしもない。ズシディフの脳裏に、いま頃セゴビアの隠れ家で狼狽しているバルディ神父の姿が浮かぶ。長年自分たちの管理下にあった文書を、わざわざだまして彼に探させたことを悔やんでもいた。だが一方で、教会内の他の者たちに彼らの知恵を悪用されるわけにも行かなかった。今夜にでもあの善良な神父を、ヴェネチアの修道院に帰宅させるつもりだ。もう天使の子孫についての詳細を聞かされたことだろう。時機を見てバルディには、彼の知識と技術を真の奉仕に費やし、自分たちの仲間になるよう提案するとしよう。

カルロス・アルベルに関しては、これから彼が遭遇するであろう多くの共時性《シンクロニシティ》を思うだけで愉快な気分になる。期せずして彼らの組織〝聖遺物教団〟の秘密を嗅ぎ回り、ぶしつけな質問をして注目されたあの記者が、信仰心を取り戻しつつあるのは確信していた。少なくとも天使の存在に疑いを抱かぬことは確かだ。ジェニファー・ナロディにもまったく同じことが言える。しかしズシディフにとって何よりも大きな喜びは、今後、人間が隣人を欺く目的で、彼の兄弟たちを悪用するような事態には二度と陥らないとわかっていることだった。

「いま、天使とおっしゃいましたかな?」からかうような口ぶりでコルマックに囁いた。「同じ天使でも、反逆の天使の方ですがね」

執筆後記　読者への補足説明

青い衣の女の話については、まだ最終的には結論が出ていない。マリア・ヘスス・デ・アグレダ修道女の恍惚やバイロケーションは、〝カリオンの修道女〟の異名を取ったマリア・ルイサ・デ・ラ・アスセンシオン修道女をはじめとする他の修道女たちの体験も含め、三世紀にもわたって歴史の文献から見落とされてきた事柄だ。むしろ年代記作家たちは、彼女の別の功績を強調している。青い衣の女は、自らの生涯を執筆に費やし、同時代の大物政治家たちと頻繁に文通していた。スペイン国王フェリペ４世もそのうちのひとりだ。

円熟期に彼女が執筆した中で不朽の名作となったのは、全8巻の『神の神秘の都』だ。当時の記述によると、聖母たっての願いで彼女が執筆することになったものだという。聖母の生涯が事細かに綴られているこの著作は、メル・ギブソン監督の映画『パッション』（２００４年）に着想を与えたものでもある。マリア・ヘスス修道女はその本の執筆に7年の歳月を費やした。その間、新たな示現や生身の天使との遭遇も体験している。ベナビデス神父の尋問内容と彼女の神秘体験に多大な興味を抱いたフェリペ４世は、１６３１年10月に初めて修道女宛に手紙を書いた。

彼の先達たちがそうであったように、国王も霊感を受けた修道女に信頼を寄せ、悩みを打ち明ける仲になる。重要な政治的決断に迫られた際に、彼女が助言することもあった。また、悲嘆に暮れる王を慰めるべく、マリア・ヘスス修道女が自ら霊媒役を買って出て、早世した王妃イサベル・デ・ボルボンや息子のバルタサル・カルロス（死後、煉獄にいたという）との仲介もしている。

マリア・ヘスス修道女は1643年に『神の神秘の都』の最初の手稿を焼却し、1655年に執筆・改編作業を再開している。他の著作も含め多くのものを自分の手で灰にしているが、ヌエボ・メヒコ地方にバイロケーションしていた時期に執筆したものはほとんど残っていない。彼女の体験を詳細に知りたい研究者にとっては、貴重な手がかりを失ったことになる。しかしながら消失を免れたものもある。マドリード国立図書館に保管されている『丸い地球について』（分類番号：手稿・9354）では、彼女が空から地球を見た時の様子が詳細に記されている。

彼女の奇跡の体験に言及した文書の中でも、最も重要な位置を占めるのは『ベナビデス回顧録』だ。1630年に印刷された初版本には計りしれぬ価値がある。新大陸ヌエボ・メヒコでの宣教をはじめ、当時の様子が克明に記録された最初の歴史書でもあることから、ニューメキシコ州の大学では地域研究の必読書となっている。

本作品に関する資料で公開されているものはほかにもある。アメリカ政府がフォート・ミード基地に〝サイキック・スパイ〟開発の研究所を設けた件については、多くの証言が公表され、その中には自らのINSCOM内での体験を語った記録もある。それらさまざまな証言をもとに小説の筋立てを構築した。1995年に死去した偉大な技師、ロバート・モンローの研究は、体外離脱等の現象を詳しく知るうえで大いに参考にさせていただいた。おもに参考にしたのは『体外への旅』（邦訳／ハート出版2007年）、『魂の体外旅行』（邦訳／日本教文社1990年）、『究極の旅』（邦訳／同1995年）などの著作だ。

ほかにも事実に基づいたものとして、クロノビジョン計画が挙げられる。90年代初頭にヴェネチアで取材したベネディクト会士がモデルになっている。過去を観る実験、過去を写真に撮る実験に関わっていた、ペレグリーノ・エルネッティ神父は先多声音楽《プレ・ポリフォニー》の専門家だったが、1994年に死去している。ヴェネチア、サン・ジョルジョ・マッジョーレ修道院で彼に行なったごく短時間のインタビューの中で、彼が関わっていた研究については教皇ピウス12世が極秘事項に分類していたとだけ語っている。人々の秘密が大々的に暴露されては、われわれの歴史認識に影響を及ぼすと教皇が危惧したのかもしれない。真偽のほどはわからないが、教皇に忠実だったエルネッティ師はその秘密を明かすことなく逝った。

今日アメリカ南西部ではよく知られながらも、スペインではまったく知られていなかった〝青い衣の女〟の逸話。その調査を始めてからぼくが遭遇した数々のできごとの成果が本書だ。当然そこには、ぼくの強い関心事でもある、時間や空間を超越することや共時性《シンクロニシティ》への謎も含まれている。ひとつひとつの細かいできごとをつなぎ合わせた結果、少なくとも自分なりに得た確信がある。この世に偶然は存在しないということだ。本書が読者の手に渡るのに、偶然が作用したなどとは言えないだろう。

謝辞

本書は1629年、荒涼の地ヌエボ・メヒコで遠征に献身し、その地に旧大陸ヨーロッパの意義を携えていった男たちに敬意を表する作品だ。宣教目的で現地に赴いたエステバン・デ・ペレア神父をはじめ信仰に身を捧げた者たちの名前は、必ずしも後世に伝わってきたとは言いがたい。本書を通じて彼らの名誉を回復できればと願っている。いまここでひとりひとりの男たちに思いを馳せたい。アントニオ・デ・アルテアガ、フランシスコ・デ・アセベド、クリストバル・デ・ラ・コンセプシオン、アグスティン・デ・クエジャル、ロケ・デ・フィゲレド、ディエゴ・デ・ラ・フエンテ、マルティネス・ゴンサレス、アンドレス・グティエレス、フランシスコ・デ・ラ・マドレ・デ・ディオス、トマス・マンソ、フランシスコ・ムニョス、フランシスコ・デ・ポーラス、ファン・ラミレス、バルトロメ・ロメロ、フランシスコ・デ・サン・ブエナベントゥーラ、ガルシア・デ・サン・フランシスコ、ディエゴ・デ・サン・ルカス。彼らの名はそれぞれ別の文書や年代記の中、それもおそらくは誰も目に留めぬであろう資料に記載されている。しかし彼らの勇気なくして、この小説が生まれることはなかった。彼らの記憶を少しでも呼び戻すことができれば、著者としては何よりの喜びだ。

もちろん本書の女神《ムーサ》は〝青い衣の女〟である。本文中にも記しているが、1991年4月14日の大雪の最中にすべては始まった。彼女が何らかのかたちで、キャロライン・リーディとジュディス・カー、そして敬愛するアトリア・ブックスの編集者ヨハンナ・カスティージョへとぼくを導いてくれた。とりわけヨハンナの提案で原稿を読み返したことで、大幅な改訂へとつながった。10年近く前に出版された作品が、まるで新たな飛躍を遂げるためにずっとその機会を待っていたかの印象すら受けた。

本書の見えない部分にはさらに多くの方々が尽力している。たとえばトム&エレーン・コルチェ夫妻。アメリカ国内での出版代理人である彼らは、今回の改訂に当たり一ページ一ページを丹念に読み込み、ぼくひとりでは見過ごしてしまったであろう部分もみごとに解決してくれた。アントニア・ケリガンをはじめとするバルセロナの出版エージェントにも感謝している。〝青い力〟に誘発された彼らの仕事に対する情熱があったからこそ、ここまでたどり着くことができた。本書のプロモーションにおいても奇跡が後押ししてくれたのか、アメリカとヨーロッパ双方ともに、『最後の晩餐の暗号』がアメリカで出版された時と同じチームと仕事することになった。高い創造性を備えるマイケル・セレック、スー・フレミング、カレン・ルイス＝ジョイス、マーケティング担当のクリスティーヌ・デュプレシ、広報部のキャスリン・シュミットとデヴィッド・ブラウン、プロモーション・ビデオの製作者イゾルデ・ザウアーとナンシー・イングリス、ニューヨークとマドリードのウェブサイト管理者であるアミイ・タネンバウムとダビッド・ゴンバウ。みんなどうもありがとう。

本作品の執筆に向けて7年間調査を進めている間、青い衣の女の跡を追って一緒にアメリカ取材をしたビセンテ・パリスの協力にはとりわけ感謝している。また細かい専門用語のチェックでいつも世話になっている空軍少佐のファアン・ソル、ぼく自身お目にかかれると夢にも思わなかった資料を探し出してくれたマドリード国立図書館のラケル・メネス、ワシントン州ワラ・ワラ大学のクラーク・コラハン教授、ビルバオのデウスト大学神学部聖書学教授のアントニオ・マリア・アルトラ神父、マドリード・コンプルテンセ大学新約聖書文献学教授のアントニオ・ピニェロ、青い衣の女の話を初めて聞いて以来、並々ならぬ関心を寄せてくれたローマ・バチカン市国在住30年の特派員パロマ・ゴメス・ボレーロにも深謝する。

ほかにも多くの人々にお世話になったが、名前を挙げるのは差し控える。諸々の事情で匿名にせざるをえないことを、どうかご了承願いたい。彼らはぼくにとって天使のような存在だった。天使はそっと平穏に飛ぶに任せておきたい。

人物紹介

小説に登場する実在の人物たち

この作品で際立った役を担った人々の中には、歴史上の者も含め実在した人物が多い。『青い衣の女』は単なる小説以上のものだ。そう感じ取った読者のさらなる興味をそそるため、主要な登場人物の簡単な説明を加えておく。

生年没年が定かでない場合は〝頃〟と記してある。

＊　＊　＊

アロンソ・デ・ベナビデス修道士（1580頃-1636）

ポルトガル領アゾレス諸島・サンミゲル島生まれ。1598年、メキシコで叙階され聖職者に。1623年、当時〝聖パウロの改宗〟統轄地域と呼ばれたヌエボ・メヒコ地方の責任者に任命され、1629年までその職務に就く。後任のエステバン・デ・ペレア修道士に引き継ぐ時点で、すでにその地域の先住民8万人がキリスト教への改宗をしている。その名を知らしめることになった『回顧録』を執筆し、国王フェリペ4世に献上後、アグレダ村に出向き、マリア・ヘスス修道女に尋問している。1631年4月30日に開始した尋問は2週間に及び、アメリカ大陸に出現した青い衣の女と修道女との関わりが明らかになった。アロンソ修道士はその後、当時ポルトガル領だったインドのゴア補佐司教に任命されたが、赴任先への旅の途中で死去した。

アンドレス・デ・ラ・トーレ（生年不明-1647）

ブルゴス出身の聖職者。マリア・ヘスス・デ・アグレダ修道女の最初の聴罪司祭を24年間務めた彼は、のちにそれを《名誉ある職務だった》と回想している。フェリペ4世は彼を司教に推薦したが、修道女のそばで職務を続けることを希望し、その特権は放棄した。アグレダのサン・フリアン修道院で後の生涯を送っている。

エステバン・デ・ペレア修道士（1585頃-1638）
ポルトガルとの国境、バダホス県ビジャヌエバ・デル・フレスノ生まれのフランシスコ会士。名家の出身だったこともあり、教会内でも異例の早さで昇進している。17世紀初頭、ヌエボ・メヒコ地方に異端審問所を開設する際には、責任者を務めている。1629年、同地方の統轄司祭に就任。

カルロス・アルベル
『青い衣の女』の調査をしている間、自分の身に起こった信じがたいできごとの数々を読者に描写するため、この人物を創り出した。ぼくの〝別人格《アルター・エゴ》〟というべき存在だ。カルロスが〝偶然〟マリア・ヘスス・デ・アグレダの故郷に出くわす場面があるが、これなどもその後の自分に決定的な痕跡を残すことになった実体験のひとつだ。

ジュゼッペ・バルディ
虚構の人物ではあるものの、ベネディクト会の司祭で祓魔師、ヴェネチアで先史時代の多声音楽の研究をしていたペレグリーノ・エルネッティ師（1925 – 1994）をモデルにしている。1972年、イタリアの日刊紙『コリエレ・デラ・セラ』の日曜版イラスト新聞、『ドメニカ・デル・コリエレ』に掲載された神父のインタビューは物議を醸した。過去を正確に再現することができる装置の発明・製作に携わっていたことを認めたからだ。彼はその機械を〝クロノビソール〟と命名した（小説中ではクロノビジョンとしている）。彼が亡くなる1年前に、ヴェネチアのサン・ジョルジョ・マッジョーレ修道院でインタビューをした。その時語ってくれた話が、この小説の主軸となる部分の着想を与えてくれた。

セバスティアン・マルシージャ（1570頃-1640頃）
スペイン・パンプローナ、サン・フランシスコ修道院の神学教師およびフランシスコ会のブルゴス管区長。マリア・ヘスス・デ・アグレダ修道女が行なった現在のアメリカ南西部への〝奇跡の飛翔〟を、直接本人に問い質した最初の聖職者。両者の間でなされた会話がもとで、彼は1627年にメキシコ大司教宛に書簡を送り、事実を報告した。

フアン・デ・サラス修道士（生年不明 -1650 頃）

サラマンカ出身のフランシスコ会士。ヌエボ・メヒコ地方イスレタにサンアントニオ伝道所を設立した。1629 年 7 月にエステバン・デ・ペレア神父がその地に到着するまで、彼自身が伝道所を運営していた。ペレアの到着後、青い衣の女の調査のためグラン・キビラ〔フマノ族の定住地クエロセにスペイン人がつけた名前。伝説の黄金の都キビラに由来する〕に派遣されている。

フェリペ 4 世スペイン国王（1605-1665）

マリア・ヘスス・デ・アグレダ修道女のアメリカ大陸での出現、バイロケーション現象が起こったのは、フェリペ 4 世の治世でのことだ。1643 年 7 月には、フェリペ 4 世自らソリア県モンカヨ山の修道院を初めて訪れ、青い衣の女と対面している。その 6 日後に始まった両者の文通は 1665 年まで続くことになった。事実を証明する確固たる記録はないものの、国王の力添えもあって、ヌエボ・メヒコ地方の先住民たちが青い衣の女と呼んでいたのがアグレダの修道女であると、後にフランシスコ会士らが断定するに至ったと思われる。また彼の命により、1630 年にベナビデス神父の『回顧録』がマドリードの王立印刷所にて印刷された。フェリペ 4 世はマリア・ヘスス・デ・アグレダ修道女に深い敬意の念を抱いていただけに、彼女との間で交わされた書簡には、同時代のいかなる記録よりも国王の人柄がよく表れている。

フランシスコ・デ・ポーラス修道士（生年不明 -1633）

1629 年 8 月、モキ（ホピ）族の集落アワトビ〔現在のアリゾナ州にあったホピ族のテリトリー〕にサン・ベルナルディーノ伝道所を設立したフランシスコ会士。この遠征にはアンドレス・グティエレス、クリストバル・デ・ラ・コンセプシオン、フランシスコ・デ・サン・ブエナベントゥーラが同行した。1633 年 6 月 28 日、アワトビにて〝呪術医〟に毒殺された。

フランシスコ・マンソ・イ・スニィガ（1587–1656）

1629年から1634年までメキシコ大司教を務める。当時ヌエボ・メヒコ地方に出現していた青い衣の女の調査を、エステバン・デ・ペレア修道士に命じた。

マリア・ヘスス・デ・アグレダ修道女（1602–1665）

世俗名マリア・コロネル・イ・アラナ。幼少期から神秘的・内向的・知的性格を示す。伝記の多くが、彼女は〝神から授かった知識〟に恵まれていたと記している。つまり一度も学んだことがない事柄についての知識をすでに備えていたという。彼女が13歳の時、両親は自宅を修道院に変えた。17歳になった時に、母親の勧めで修道女への道を受け入れた。1625年、23歳の時に彼女の神秘体験が始まる。修道女たちの目の前で空中浮揚、バイロケーションをはじめとするさまざまな超越的現象を演じた。アメリカ大陸で不可思議な宣教をしていたのもこの時期だ。教皇の特別認可によりわずか25歳で修道院長に選ばれ、聖母マリアの生涯を綴った『神の神秘の都』を執筆し、国王フェリペ4世と熱心な文通を始めた。彼女の生涯についてはいまだ知られていないことが多いが、スペイン黄金世紀に生きたカリスマ的人物の中でも際立った存在であるのは疑いない。

ロバート・モンロー（1915–1995）

卓越した音響エンジニアだった彼は〝体外離脱体験（OBE）〟に強い関心を持っていた。1958年に初めて〝体外離脱〟を体験する。それが脳腫瘍や精神病の前触れ、幻覚といった要因でなかったのを認め、原因究明に乗り出した。後に自分の脳がある振動数の音と同調した際、体外離脱が起こっているのを発見。1974年、ヴァージニア州にモンロー研究所を創設して本格的な研究を進め、〝ヘミシンク〟技術を開発した。そのシステムを用いて脳にある種の音で刺激を加えると、〝体外離脱〟が可能になるとされる。

参考資料

ベナビデスの『回顧録』(1630年)

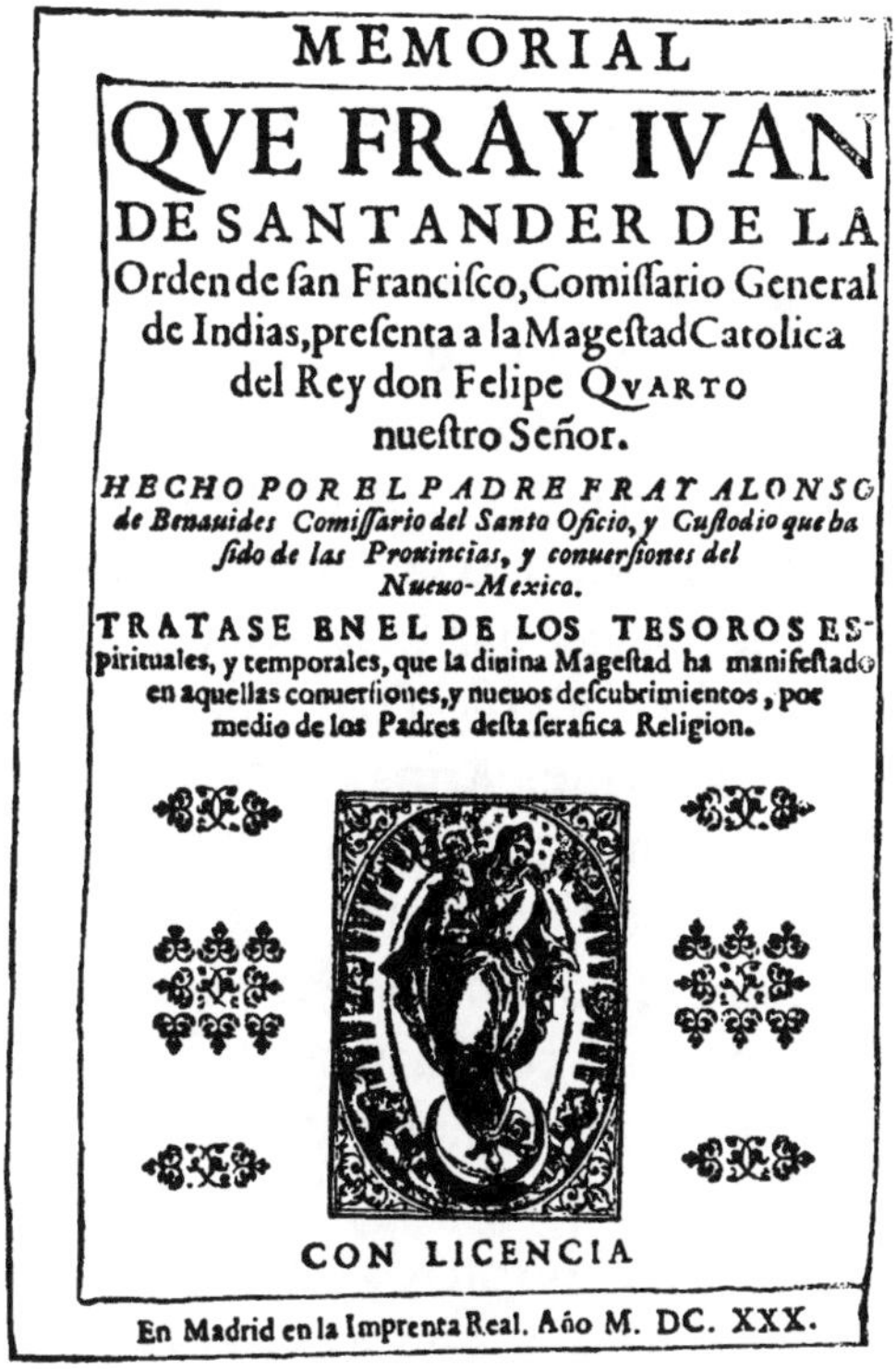

MEMORIAL

QVE FRAY IVAN
DE SANTANDER DE LA
Orden de ſan Franciſco, Comiſſario General
de Indias, preſenta a la Mageſtad Catolica
del Rey don Felipe QVARTO
nueſtro Señor.

HECHO POR EL PADRE FRAY ALONSO
de Benauides Comiſſario del Santo Oficio, y Cuſtodio que ha
ſido de las Prouincias, y conuerſiones del
Nueuo-Mexico.

TRATASE EN EL DE LOS TESOROS ESpirituales, y temporales, que la diuina Mageſtad ha manifeſtado en aquellas conuerſiones, y nueuos deſcubrimientos, por medio de los Padres deſta ſerafica Religion.

CON LICENCIA

En Madrid en la Imprenta Real. Año M. DC. XXX.

1630年、マドリード王立印刷所で印刷・出版され、国王フェリペ4世に献上されたアロンソ・デ・ベナビデスの著作『回顧録』の一項目には、青い衣の女のことが記されている。ヌエボ・メヒコ地方の宣教に《若く美しい女性》が関わっていた事実を認識した、最初の歴史文書である。(※訳文は467ページを参照)

Conuerſion milagroſa de la nacion Xumana.

DExando pues toda eſta parte Occidental, y ſaliendo de la villa de Santa Fè, centro del nueuo Mexico, que eſtà en 37. grados, atraueſando por la nacion Apache de los Vaqueros por mas de ciento y doze leguas al Oriente, ſe va a dar en la naciõ Xumana, que por ſer ſu conuerſion tan milagroſa, es juſto dezir como fue. Años atras, andando vn Religioſo llamado fray Iuan de Salas, ocupado en la conuerſion de los Indios Tompiras y Salineros, adonde ay las mayores ſalinas del mundo, que confinan por aquella parte con eſtos Xumanas: huuo guerra entre ellos, y boluiendo el Padre fray Iuan de Salas por los Salineros, dixeron los Xumanas, Que gente que boluia por los pobres, era buena, y aſsi quedaron aficionados al Padre, y le rogauan fueſſe a viuir entre ellos, y cada año le venian a buſcar, y como eſtaua tambien ocupado con

L 2 los

los Chriſtianos , por ſer lengua , y muy buen
Miniſtro , y no tener Religioſos baſtantes,
fui entreteniendo a los Xumanas, que le pe-
dian , haſta que Dios embiaſſe mas obreros,
como los embiò el año paſſado de 29 . inſpi-
rando a V. Mageſtad , mandaſſe al Virrey de
la Nueua-Eſpaña , q̃ nos embiaſſe treinta Re-
ligioſos, los quales lleuò,ſiẽdo ſu Cuſtodio el
P.F.Eſteuã de Perea, y aſsi deſpachamos lue-
go al dicho Padre cõ otro compañero,q̃ es el
P.F.Diego Lopez , a los quales ivan guiando
los miſmos Indios ; y antes que fueſſen , pre-
guntãdo a los Indios,que nos dixeſſen la cau-
ſa por que con tanto afecto nos pediã el Bau-
tiſmo,y Religioſos que los fueſſen a dotrinar?
* Reſpondieron, que vna muger como aquella
que alli teniamos pintada(que era vn retrato
de la Madre Luiſa de Carrion) les predicaua
a cada vno dellos en ſu lengua , que vinieſſen
a llamar a los Padres , para que los enſeñaſſen
y bautizaſſen , y que no fueſſen pereçoſos ; y
que la muger que les predicaua , eſtaua veſti-
da , ni mas , ni menos,como la que alli eſtaua
pintada , pero q̃ el roſtro no era como aquel,

ſino

87

ſino que era moça y hermoſa: y ſiempre q̄ venian Indios de nueuo de aquellas naciones, mirando el retrato, y confiriendolo entreſi, dezian, que el veſtido era el miſmo, pero que el roſtro no, porque el de la muger que les predicaua era de moça y hermoſa.

(訳文) フマノ族の集落における奇跡の改宗

ヌエボ・メヒコ地方の中央に位置する首都サンタフェを西に背にして37度方向に進み、アパッチ族の地を通り抜け、112レグア東に行くと、フマノ族の居住地にたどり着く。そこで起こった改宗劇は奇跡的なできごとである。何年か前、その地域を巡っていたフアン・デ・サラスという名の神父が、そこに住むトムピラ族とフマノ族に洗礼を施し、世界でも屈指の岩塩産地であるその地域をフマノ族に割り当てた。その後、トムピラ族とフマノ族との間で争いがあった。フアン・デ・サラス神父が戻ってくると、塩商人とも呼ばれるフマノ族は、貧しき者たちの所へ戻ってくる人はよい人であると言って、神父を慕い、自分たちの居住地で暮らしてくれと神父に願った。それが叶わぬと、毎年のように遠い地から神父のもとに足を運び、彼らの集落に宣教に来てほしいと申し出る。先住民の言葉を解する神父だったが、すでに改宗した者たちの世話に追われていたのと、聖職者不足もあって彼らの集落への宣教は先延ばしになっていた。状況が変わったのは昨年1629年、神の計らいにより国王陛下がヌエバ・エスパーニャ副王領に30名の修道士の派遣を決意してからである。後に統轄司祭に就くことになるエステバン・デ・ペレア神父は、前述のサラス神父にディエゴ・ロペスを同行させ、フマノ族の集落への派遣を命じた。出発する前にフマノ族の男たちに、熱心に洗礼を求め福音を教えてほしいと懇願する理由を尋ねたところ、驚くべきことを語った。(われわれの仲間の修道士が持参したマザー・ルイサ・デ・カリオン修道女の肖像を見ながら) 同じ容貌の女が部族のひとりひとりに、神父たちを連れてきて、福音を説いてもらい、洗礼を施してもらうよう説得したと述べた。また、女は彼らの言語で訴えていたとも言っている。女について詳しく尋ねると、彼らの前に現れる女は肖像画と同じ顔だが、もっと若く美しい女性だと証言した。他の先住民たちに問い質しても、衣装は同じだがもっと若く美しい女だったと口々に説明した。

史実の略年表

1602年4月2日
アグレダの村でマリア・コロネル・イ・アラナが生まれる。現在のアメリカ南西部での不可思議な宣教により、後に〝青い衣の女〟の異名で歴史に名を残すことになるが、彼女自身は生まれ故郷から一歩も出たことはなかった。

1629年7月22日
ヌエボ・メヒコ地方の辺境からフマノ族の一団がイスレタのサンアントニオ伝道所に到着し、フアン・デ・サラス神父に集落へ伝道に来てほしいと求める。ちょうどエステバン・デ・ペレア神父ら11名のフランシスコ会士が現地に到着していた。修道士たちは、謎に満ちた若い青い衣の女が自分たちの到着を告げていた事実を聞き、先住民たちの要請を受け入れる。

1629年8月
フアン・デ・サラス神父とディエゴ・ロペスが、フマノ族の男らとともにイスレタから300キロ以上離れたグラン・キビラ（クエロセ）を目指し出発する。ふたりは目的地で、初めて青い衣の女が出現した部族の者たちに福音を説き、洗礼を施すことになる。

1630年9月
スペインに渡ったアロンソ・デ・ベナビデス修道士がマドリードに到着し、国王フェリペ4世に謁見する。ヌエボ・メヒコ地方の統轄司祭としての職務と、その間に遭遇した奇跡の改宗についての報告を国王にするためだ。その年、後に彼の名を知らしめることになる著作『回顧録』がマドリード王立印刷所から出版される。

1631年4月

ベナビデス修道士がマリア・ヘスス・デ・アグレダ修道女に直接尋問する。会見はカスティーリャ地方の村アグレダにある彼女の修道院にて行なわれた。それによりベナビデスは青い衣の女と修道女が同一人物であったことを確信する。この時、マリア・ヘスス修道女は供述したほか、アメリカ大陸に出向いた際に来ていた修道服《アビト》をベナビデスに手渡している。

1631年5月

ベナビデス神父はヌエボ・メヒコ在住のフランシスコ会士たちに手紙を送り、青い衣の女を発見した事実を報告する。この時の書信は1730年に『1631年、元ヌエボ・メヒコ統轄司祭アロンソ・デ・ベナビデス師がマドリードより、副王領〝聖パウロの改宗〟統轄区域の修道士たちに宛てた手紙』という長いタイトルで印刷されることになった。

1634年2月12日

教皇ウルバヌス8世が、ベナビデス自身の手で増補された『回顧録』を受け取る。そこにはベナビデス修道士がマリア・ヘスス・デ・アグレダ修道女と直接会話した際の内容に加え、アメリカ大陸における青い衣の女の出現の張本人が彼女であったとの結論も書き加えられている。

1634年4月2日

教皇の命でローマに出向いたアロンソ・デ・ベナビデス修道士は、信仰流布のための聖省に、青い衣の女の出現に関する新たな報告書を提出する。

1635年4月15日

マリア・ヘスス・デ・アグレダ修道女に対し、異端審問所による最初の尋問が開始する。修道女への審判がないままに、集められた資料類は保管された。

1650年1月18日

異端審問官アントニオ・ゴンサレス・デル・モラルと書記フアン・ルビオのふたりが、マリア・ヘスス・デ・アグレダへの尋問のためにアグレダの女子修道院を訪れる。彼女が青い衣の女の件で異端審問所に協力をするのは二度めとなる。この時にはアメリカ大陸へのバイロケーションも含めた、彼女の生涯でのいくつかの神秘体験について述べている。なお、そのことで彼女に有罪判決が下されることは一度もなかった。

1665年5月24日

マリア・ヘスス・デ・アグレダ修道女が自らの女子修道院にて永眠、享年63歳。葬儀後、彼女が残した手紙や手稿は錠を三つかけた状態で櫃に収められ、形見として公正に使用される機会を待った。そこにアメリカ大陸を訪問していた覚書は含まれていなかったことが、後に判明している。体験の何年後かに彼女自身が〝体外離脱〟を記憶から消すために焼却したと思われる。この消失で歴史は科学的にも文化的にも計りしれぬ価値を持った資料を失った。

訳者あとがき

『青い衣の女』は、1998年に出版されたハビエル・シエラの初の小説だ。『最後の晩餐の暗号』（イースト・プレス刊）がアメリカでベストセラーになったことで、国際市場を視野に入れ、大幅に加筆して2008年に改訂出版された。同年アメリカでは、国際ラテン・ブック賞英語部門の最優秀小説賞を受賞している。

ここではシエラのノンフィクション作品から、本書に関連する情報を補足したい。

『La Ruta Prohibida y Otros Enigmas de la Historia（禁じられたルートと歴史に埋もれた謎）』（2007年）では三章分ほど『青い衣の女』について扱っている。著者は本作品の出版前にアメリカ南西部に行き、マリア・ヘスス・デ・アグレダ修道女が出現した地域や、その頃現地で布教していた修道士たちの足跡をたどった。

著者は出版後に、青い衣の修道女とスペイン国王フェリペ4世との間で20年以上にもわたって交わされた手紙618通を読み、自分が小説で取り上げたバイロケーションが、修道女の資質の一部にすぎないことを気づかされたと語る。

本書では詳しく触れることはできなかったが、彼女には類まれなる予知能力も備わっていたこと、霊媒として国王に多大な協力をしていたこと、当時世界を支配していたスペイン王がいかに彼女を信頼し、頼りにしていたかを説明している。

1637年にフェリペ4世がアグレダの修道院を初訪問した頃、国内各地で反乱が起こっていたが、修道女は王が勝利することを予言していた。同じ時期、王妃が若くして死去するが、そのことも事前に予告していたばかりか、王妃の死後、幾度も煉獄に出向き、王妃から国王へのメッセージを伝える役も負っている。

1646年フェリペ4世は、16歳だった王子を連れて二度めのアグレダ訪問をしている。マリア・ヘスス修道女は王子の顔を見た瞬間、彼が約半年後に死ぬことを悟った。不幸な予感は現実となり、悲嘆に暮れた国王は息子の死からひと月も経たぬうちに三度めの(そして最後の)アグレダ訪問をし、煉獄にいる王子からのメッセージを修道女から伝えられる。

王宮内の陰謀も含めた王子の警告のおかげで、数々の難局を脱した国王に、のちに待望の後継者カルロス2世が誕生した。王位だけでなく青い衣の修道女への傾倒ぶりも受け継いだ若き王は1677年、アグレダの修道院に赴き、朽ちることのないマリア・ヘスス修道女の遺骸の手を取り口づけすると、ひと言「あなたのためにわたくしは生きております、母上」と告げたという。

『En Busca de la Edad de Oro(黄金時代を探し求めて)』(2000年)では、ジュゼッペ・バルディ神父のモデルとなったペレグリーノ・エルネッティ神父に一章を割いている。インタビュー時のことを、神父の顔写真入りで紹介している。最初で最後の、それも1～2時間の会見にもかかわらず、シエラにとってはあまりに印象深い人物だったため、本作品の登場人物にしたと打ち明けている。

祓魔師《エクソシスト》としての活動を尋ねる名目で会見を申し込み、神父が気を緩めたところでさりげなく「本人が触れてほしくない過去のプロジェクト」のことを切り出す辺りは、本文中にも記されている。即座にインタビューを打ち切られるのを覚悟で、シエラは神父に対し、研究内容を明かす時期に来ているのではないかと尋ねた。その際になされたやり取りの一部を紹介する。


「いや……まだその時期ではないでしょう。理由はいろいろありますが、何よりも装置自体がごく単純な仕組みで、誰にでも悪用しようと思えばできるものだからです。詳しくは述べられませんが、過去の光や音の波動、われわれの視覚・聴覚に訴える波は、いずれもエネルギーであるため消滅せずに残っているということ。発明した機械が画期的だった点は、それらの過去のエネルギーを取り出して、何世紀も前の場面を再現できるところです」

「その後、研究は続けなかったのですか?」

「続けていません。ことごとく中止しました。研究内容は教皇ピウス12世にすべて報告していましたが、教皇自身が研究に関わる事柄の公表を禁じられました。過去の音声・映像の再現装置が危険極まりないことを十分把握しておられたのです。考えてもみてください。たとえば、あなたが午前中に何をしていたか、どこにいたのか、誰と会っていたのかまでわかるのですから」

「以前インタビューで、クロノビゾールを使って十戒の石板に記された原文を読んだとのことでしたが、いまでも中身は記憶しているのですか？」

「それについては覚えていますが、一切明かすことはできません」

「いつになったら語れる日が来ると思いますか？」

「わかりません。実際、国家機密扱いになっている部分が多いことはあなたも理解していると思います」

「国家……バチカン市国のということですか？」

「いや、他の国々も含めてです。ですからこれ以上、この件で話せることはありません。申し訳ないが、テープレコーダーを止めてください」


そもそもエルネッティ神父が「クロノビゾール」の研究を始めることになったきっかけは、1952年までさかのぼる。スタジオ内で仲間の神父とグレゴリオ聖歌の録音作業中、鮮明な音が得られず四苦八苦していた友人神父が、半ば途方に暮れて天を見上げ、亡くなった父親に「どうか助けてほしい」とつぶやいた。ごく自然に本能から出た行為だったが、録音後にテープを再生したところ、「もちろん力を貸すさ。いつもおまえと一緒にいるよ」という友人神父の父親の声が入っていた。その経験以来、エルネッティ神父は過去の音や映像が大気中のどこかに漂っているのではないかと考えるようになり、関心を示す技術者たちと研究を始めたという。

２０１５年2月10日のスペイン地方紙『ソリア日報』では、アグレダ村から約30名がアメリカ・テキサス州を訪問すると報じていた。『青い衣の女』の英語版が出版されたあと、２００８年に小説の舞台となったアグレダ村とニューメキシコ州が姉妹都市提携を結び、交流を続けてきたが、今度はテキサス州が同様の準備を始めた。本文中にも出てくるアグレダの女子修道院の面会室に掛かっている青い衣の修道女の絵のオリジナルが、テキサス州ボーモントのサンタアナ教会にある。ドロシー・ホワイトという名の修道女が１９６０年頃に描いたものだ。一方、やはりテキサス州サンアンジェロのマイケル・デヴィッド・フェイファー司教が、本書の出版直後に、神秘の修道女の出現を偲ぶ記念プレートをコンチョス川のほとりに立てている。

本国スペインよりもアメリカ南西部で知られていた青い衣の女が、交流のきっかけとなったことは、著者のハビエル・シエラにとっても嬉しいできごとだったようだ。

末筆となったが、本書刊行に際し、ナチュラルスピリット社長の今井博央希氏と編集事務の諏訪しげさん、前作、前々作に引き続き編集者の山本貴緒さん、ＤＴＰの山中央さんほか、多くの方々のお力添えをいただいた。ここに深く謝意を表したい。

八重樫克彦・由貴子

ハビエル・シエラ　公式サイト：http://www.javiersierra.com/w/libros/la-dama-azul/
ツイッター：https://twitter.com/javier__sierra
（公式サイトはスペイン語と英語だが、スペイン語の方が内容は充実し、頻繁に更新されている。写真や動画を眺めるだけでも、雰囲気が味わえるだろう。ツイッターも基本的にはスペイン語だが、著者は英語も堪能なので、感想を伝えることも可能だ）。

著者プロフィール

ハビエル・シエラ　Javier Sierra

1971年、スペイン・テルエル生まれの作家・ジャーナリスト・研究家。

マドリード・コンプルテンセ大学でジャーナリズム、情報科学を専攻。長年、月刊誌『科学を超えて』の編集長を務め、現在は同誌の顧問をしている。1998年『青い衣の女』で小説家デビュー。2004年に出版された『最後の晩餐の暗号』が英訳され、2006年3月に『ニューヨーク・タイムズ』紙のベストセラー第6位になったことで国際的にも注目される。現在、最も多くの言語に翻訳されているスペイン人作家のひとりである。

［小説］

La Cena Secreta『最後の晩餐の暗号』（邦訳：イースト・プレス 2015年）

El Ángel Perdido『失われた天使』（邦訳：ナチュラルスピリット 2015年）

El Maestro del Prado『プラド美術館の師』（邦訳：ナチュラルスピリット 2015年）

La Dama Azul『青い衣の女』（邦訳：ナチュラルスピリット 2016年）

［ノンフィクション］

Roswell：Secreto de Estado『ロズウェル事件：国家機密』

La España Extraña『不思議の国スペイン』（ヘスス・カジェホとの共著）

En Busca de la Edad de Oro『黄金時代を探し求めて』

La Ruta Prohibida y Otros Enigmas de la Historia『禁じられたルートと歴史に埋もれた謎』

訳者プロフィール

八重樫克彦（やえがし・かつひこ）

八重樫由貴子（やえがし・ゆきこ）

翻訳家。訳書『チボの狂宴』『悪い娘の悪戯』『誕生日』（作品社）、『パウロ・コエーリョ：巡礼者の告白』『ペルーの異端審問』（新評論）、『明かされた秘密』『三重の叡智』『失われた天使』『プラド美術館の師』（ナチュラルスピリット）ほか多数。

青い衣の女

●

2017年2月8日　初版発行

著者／ハビエル・シエラ
訳者／八重樫克彦・八重樫由貴子
DTP／山中 央
編集／山本貴緒

発行者／今井博央希
発行所／株式会社ナチュラルスピリット

〒107-0062 東京都港区南青山 5-1-10 南青山第一マンションズ 602
TEL 03-6450-5938　FAX 03-6450-5978
E-mail　info@naturalspirit.co.jp
ホームページ　http://www.naturalspirit.co.jp/

印刷所／シナノ印刷株式会社

ISBN978-4-86451-229-9　C0097
落丁・乱丁の場合はお取り替えいたします。
定価はカバーに表示してあります。